U0934601

Promising Culture
无量文化
紫微青春馆
ZISE
TOP BOOKS 1号书坊
紫微青春馆
Ziwei Qingchun GUAN

壹漫书系
壹
7-DAY COMIC BASE

西斯廷◎著
XI SI TING ZHU

王戒17
WANG JIE 17

中国电影出版社
2016 · 北京

目录

CONTENT

王戒17

WANGJIE 17

Chapter 1

Boat of Theseus

忒修斯之船

1　伴生之戒

男人站在布满沙砾的海滩上，静静地凝望着蔚蓝的大海。海潮周而复始地拍打着海滩，远来时如群马奔腾，推进到他脚下时，却驯顺如绵羊起伏的脊背。阳光照耀着他那头璀璨如黄金的长发，散发出不可违逆的王者之势，让人只是凝望便甘愿俯首称臣。

因为他长久地凝视，男人觉察到他在身后，侧过脸对他说话。但因为被海潮掩盖了声音，他只见到形状优美的嘴唇在不停地开阖。他朝前伸出手去，想要离男人更近一点。然而男人停止了讲述，挑高嘴角，只留给他一抹嘲讽的笑……

安期蓦然从床上起身，喘着粗气抹掉脸上的热汗。不出所料，汗水咸腥，有海风的味道。

“这个梦已经是这个月第几次做了？”他自言自语着，低头屈起了右手食指，凝视着上头的戒指。戒指拥有银质编织状戒环，蓝宝石戒面，古旧又精致。

应该是从得到这枚戒指的时候开始的吧……

前几天他走在路上，无意间被砸了脑袋，谁知塞翁失马焉知非福，掉落的居然是枚戒指！虽然安期是个珠宝白痴，但他依旧看得出来这戒指价值不菲。在他定睛看时，那块蓝宝石仿佛极深的大海，蕴含的光芒波浪般起伏着，方寸之间波澜壮阔。看得久了，便发现那些光芒交织成一枚纹章，无时无刻不在变幻，恍如活物。

“这绝对绝对不是凡俗之物。”安期喃喃。

他这么说，可不是单纯因为戒指看起来就很贵。作为出生于炼金世家的孩子，他能感觉得到这是件拥有强大炼化能力的宝器。这种东西流落在外非常危险，可能会影响到普通人的生活。出于炼金术士的社会责任感，他把戒指带回了家中，结果导致他现在天天睡眠不足，被迫在梦里陪一个男人看海。鉴于他是个性取向正常的青春期少男，不禁对这种梦表示强烈不满。

要是放在从前，安期刨根问底也要查清戒指的来龙去脉，但现在，他只是打着哈欠扫了眼指向七点的闹钟，一边套上衬衫，一边向厨房走去。身后堆叠如山的棉被下，露出治疗阵的一角，像家中的其他炼化阵一样，统统是未发动的状态——现在的他，只不过是一个刚刚步入高一的普通高中生，要为考试而烦恼，要为作业而折腰。炼金术也好，那些曾经存在过的家人也好，都已经变成了极为遥远的事。

五分钟以后，安期抓了抓头，郁闷地发现自己又煎了两个荷包蛋。果然长久以来的生活习惯很难更改，即使心理上已经认定了“被抛弃”这个事实，身体上还是很诚实地接受着奴役呐。

“叮咚，叮咚。”前厅突然传来门铃声。

安期抓了抓头发：这么早，谁会来家里啊？

等一下！莫非是……

他蓦然睁大了眼睛，朝门厅狂奔而去。

旧式防盗门在视线中越变越大，他在心底里欢腾着：一定是哥哥回来了吧！

“咔嚓。”安期推开一条门缝，防盗锁链随之绷紧。

门外，拥有一头耀眼金发的少年正面无表情地站在清晨的阳光中。金发碧眼，鼻梁硬挺，典型的雅利安人种，轮廓立体得甚至有些锋利了。束成高马尾的过肩长发肆意地散落在脑后，也不显丝毫柔弱，反而让他整个人散发出一种浓烈的挑衅气息。

安期有一瞬间的失落，然而很快就被惊讶取代：这个人给他的感觉，怎么这么像梦里的那个男人啊？

“请问……你哪位？”内心咆哮着的安期努力挤出一个友善的微笑，迎着那人冷酷的目光。

下一秒，那人拔出匕首，一刀劈断了门上的防盗链栓，将安期连人带门一脚踹进房里！

那一脚力道之大，直接将他踹飞到客厅的墙上，活生生把墙壁砸出一道蛛网。安期再是没睡醒，也晓得来者不善，听闻他脚步声接近，铆足力气把身上的防盗门朝他丢去。满心以为是漂亮的反击，却不想那人一拳就将从天而降的防盗门砸得四分五裂。看到自家客厅里站着一位摆出自由女神姿势的外国人，安期除了吐出一口老血喊句“什么鬼啊”，就只能狗一般地逃向卧室。

扑进卧室的一瞬间，背后刀刃破空，安期一脚踹上房门，门板上“笃笃笃”三声脆响。他动作僵硬地回头，只见三把匕首钉穿了门板，刀锋上正散发着冰冷的杀意……

“杀人啦——”安期发出杀猪般的吼声，抓起书包窜上书桌，用力推开窗户。

当卧室门也在陌生人的怪力下灰飞烟灭的那一刻，安期跳下了二楼，头也不回地朝大路上跑去。

“只要跑到大街上就好了吧？人那么多，想杀我也得顾忌警察不是？！”安期赤足狂奔。

跑出弄堂的瞬间，他扶着膝盖长长地松了口气。现在正值上班高峰期，私家车堵成了一条长龙，学生与上班族三三两两在人行道上走着。

安期对身前的人说：“请帮我报警，有人袭击我。”

那人毫无反应地自他面前经过了。

“什么嘛……人情冷漠真的到了这样的地步了么？说好的和谐社会呢？”安期只好转向其他人求助，“可不可以帮我报个警……喂！喂！人命关天，理我一下啊！”

眼看没人帮忙，安期焦虑地回头，杀手正从二楼跳落到巷子里。安期的心脏差点跳出喉咙口，冲上去就拽住离他最近的人：“拜托你帮我报个警，那个人……”

他没有说下去。

因为他发现……他试图抓住路人的手，从路人的身体里透体而过，仿佛是透明的。

“是结界！”安期脑海里飞速地闪过这个念头。

眼角余光中，追杀他的人嘴角上扬，展露出嘲讽的笑容，仿佛在彰显他根本逃不掉这个事实。人潮中如同幽灵般的安期，被这种目光凝视着，从心口到指尖都在一寸寸变凉：“这个人是能够施展空间结界的炼金术士！我决计不是他的对手。可是炼金士为什么要找上我？又为什么要杀我？我又穷又丑，无财也无色……财？！难道是因为……”

戒指？

安期褪下戒指，朝他伸出手：“喂，你想要的是不是这个？”

话音未落，那人足尖一点，大枭一般腾空而起，手中凭空出现一把匕首，朝他的咽喉刺去！

“竟然不是？！”

安期在那王者般的威压下动弹不得，紧缩的瞳孔中，映出那直逼眉心的刀锋。

时间在这一刻无限放慢，安期混混沌沌地想着：啊，这就是要死了……么？

心底里突然传来陌生的讥笑：“呵。”

随着那声讥笑，时间开始照常流淌，与此同时，那柄必将刺穿安期颅骨的匕首，在一寸寸逼近他要害的过程中，一寸寸地碎裂了。那碎裂是如此地彻底，产生的碎片又是如此地细微，以至于看上去就像是阳光洒在风化的金屑上。

最后，击打在安期鼻梁上的，竟只有那人还未来得及握紧的拳头！

“靠！”安期捂着血流如注的鼻子，在灯柱下缩成一团，“打人不打脸啊！”

“安期，你没事吧？！”

低沉且慌乱的声音自头顶响起，身上的压力漠然一松。安期被从结界中释放，又回到鲜活的世界里，抬头就看到一张充满关切的脸。

“明……哲？”安期一字一顿念着友人的名字，真正有了逃出生天的感觉。明哲每天和他一同上学，这个时间的确会等在这个路口才对。

“怎么回事，裤子都不穿地蹲在大街上？”友人关切地脱下外套盖在他身上。

安期一经提醒，赶紧抓紧他的外套捂住身体。

明哲四处张望：“是被什么人欺负了？”

安期犹豫了半天，还是决定什么都不要告诉他了：“没、没什么。”

作为一个普通人，明哲应该对炼金术这样的存在很难理解吧？

明哲略微皱眉，显然对这敷衍十分不满，但是他很快控制好了自己的情绪，在安期眼前挥挥手道：“起得来么？我送你去医院。”

被支撑着起身的安期张望他的背后，人行道上哪里还有什么炼金术士。他消失了，彻彻底底，只有地面上那枚不停打转的戒指，暗示着刚才的一切都不是梦境。

2 暴君

明哲是安期的同桌，两人刚一入学就被分到了一块儿。那时候，安期正经历着人生当中最绝望的剧变，成日魂不守舍，形如傀儡。他既不与人说话，也听不进课，自由活动时在操场看台上发呆，放学则游荡在街上不愿意回家。有天中午，他甚至上了天台。当他攀着栏杆俯视五层楼的高度时，突然听到背后有个声音说：“为什么上这儿来？”

他回头，明哲插着裤袋站在安全距离以外。

没有得到想要的答案，明哲又重复了一遍：“为什么上这儿来？”

“因为……坚持不下去了。”沉默良久之后，安期在天台的劲风中开口。

“是遇到了什么难事么？”

“我的家人……丢下了我。”安期自己也不知道为何据实以告，大概是倾诉的愿望太强烈了吧。

一个未曾成年的孩子，失去了家庭的庇佑，于是，世界上就再没有谁关心过他，没有谁再用温柔的眼睛注视过他，也没有人在意他是否吃饱穿暖，没有人与他说话。他很委屈，又倔强得不想对任何一个人承认自己被放弃的境遇，当情绪累积到再也无法承受的时候，就脆弱得愿意找任何一个人寻求慰藉。

“我哥哥……比我优秀很多，爷爷就带着他去远方修行……我、我一个人……”

“一个人也没有什么不好。”一直安静倾听着的明哲打断了他的话，“家人是生来就被决定的，并非自己可以选择。虽然血脉相连，却终究是不同的人，会各自走上不同的道路，所以天下没有不散的筵席。真正可以陪你一起走下去的，是志同道合的朋友。”

“朋友？”安期讷讷地重复着这两个字，继而无声地笑了起来，笑得前仰后合。

他用生平最凶恶的眼神瞪着明哲，朝他大声咆哮：“你会跟一个连家里人都看不起的废物做朋友么？你会么？！”

明哲走到他面前，朝他伸出手：“会。”

“你说谎……没有人会想呆在废物身边，我是连家人都无法忍受的懦弱的、没有力量的人！”

明哲攥住了他的小臂，让他转身面对着自己，凝视着他扭曲的脸说：“可你有我平生所见最清澈的眼睛。”

安期愣住了。他一直用力瞪着的凶恶的眼睛，也在一瞬间变得模糊。

“人从来不是因为强大才能被爱，而是因为爱着什么人才会变得强大。人类的感情总是可以超越强大弱小、高低贵贱的。”明哲坚定地对他说，又仿佛是在自言自语。

那天之后，两个人就渐渐熟悉了起来。

明哲是明氏的少爷。原本明氏家族中就不乏高官显贵，到了明哲爷爷这一代，更是风风火火下海成立了明氏集团，经过三十年的发展，集团规模颇为壮观。横跨政商二界的明氏，自然是S市当仁不让的豪门。

出身高贵的明哲，自身也优秀得让人自惭形秽。有一个很有趣的定论叫“马太效应”，名字来源于《新约·马太福音》：“凡有的，还要加倍给他叫他多余；没有的，连他所有的也要夺回来。”明哲就是马太效应的最好体现。他谈吐不俗彬彬有礼，人缘好到不得了。成绩全A+不说，还弹得一手好钢琴。都是一样的校服，套在他身上就是玉树临风，吸引了一大批少女对他直行注目礼。衔着金汤匙出生也就罢了，身上还全是令安期等不可企及的优点，果然强者越强，弱者越弱啊。

这样的明哲，却成了安期的好友。

安期起先怎么都想不明白，明哲愿意与自己结交的理由。

“因为你有我平生所见最清澈的眼睛。”他那天是这么说的吧？可这是什么鬼理由？清澈的眼睛有什么用啊，能吃么？！如果自己是个姑娘，还可以看成是浪漫求爱，可自己是个正常的青春期少年啊！安期每每一想到这句话，浑身的鸡皮疙瘩就能掉一地，捡都捡不起来。

可是明哲太哥们了。

知道安期一个人住很孤单，就陪他一同上学放学；知道他学习跟不上，就多为他辅导，将知识点补回来。关心他的吃穿用度，用温柔的目光注视他，与他分享有趣之事。

安期渐渐就不去想自己吸引明哲的理由，也渐渐从自我否定的阴影里走了出来，不再因为被丢弃而自暴自弃、生无可恋。虽然某些时候还是觉得自己有点惨，但是每当这种想法冒头，心底里就有另外一个声音兴高采烈地说：“可我有明哲啊！”

如果家人注定要走上各自的人生，成为不同的人，那人海中遇见的志同道合的朋友，会一直一直一起走下去吧？

可好日子还没过几天，他就莫名其妙被炼金术士追杀。

校医处理完伤口，嘱咐安期小心走路。明哲二话不说就在他身前蹲下：“我背你。”

“那我会追不到女朋友的。”安期一脸愁苦。

“你自己走，势必会迟到；我既陪你到这儿，也没有丢下你一人的道理，只好陪着你慢慢走，所以我也会迟到。你要女朋友，还是要路老师请喝茶？”

在明哲不急不缓的利弊分析之下，安期无奈地趴到了他的背上，走过路过都有人夸明哲绅士风度，明哲都一一笑纳。在只有两人的间隙，明哲轻声问他：“现在可以告诉我为什么会变成这副样子了吧？”

“你就别问了……夫妻都还互相背着藏点私房钱呢，我有点私人问题也很正常。”

“哦？你的命是我捡来的，万一你哪天被人打死在街头，我就是损失了私人财产。”

“你的嘴怎么那么毒啊，什么叫被人打死在街头，能换个好一点儿的死法么？还有，谁是你的私人财产？谁被你捡了命？那天我上天台吹风呢！”

斗嘴突然被一声叫唤打断：“明哲——”

两人同时抬头，是网球社的前辈挥舞着拍子追了上来：“说好早上一起打球的，大家伙都等着你呢，连黎铭都到了，你却在这儿做活雷锋呐？这小同学是谁啊，还劳烦咱们明大少爷背，能自己走么？”

明哲有些为难。安期自发地从他身上下来，明哲后知后觉地扶了他一把：“自己可以么？”

他因为搀扶安期的动作，右手边制服袖子微微往上耸起，露出了一截手腕。他的手腕上，有一圈黑色的缝合线，阵脚齐整，密密实实地缝住了两块颜色相异的皮肤。

安期第一反应是他的手受伤了，刚做过手术。可是回想起他刚才与自己接触时灵巧的动作，又推翻了这个假设：一个腕部受过伤、还没拆缝合线的人，怎么可能二话不说背起自己这样一个大男生呢？而且缝合线两边的皮肤异色，让他的右手简直像是缝上去的。与其说是手术接线，更像是布娃娃拼贴？

感觉到安期的视线，明哲假装检查袖扣，迅速遮掩了腕部的异常：“那你找其他同学帮忙，别逞强。”

“好。”

明哲接过网球拍，和朋友一起走了。

“就这样放下你，太不人道了吧。”同班同学接下了安期这个大麻烦，心直口快地讨伐明哲，“明哲学雷锋助人为乐可真是半途而废啊！”

“哪有这种事，我就是他辛辛苦苦拖去校医院的啊！”安期开朗笑道。

那人一脸“得了吧”的表情：“明哲那叫笼络人心！因为他是明氏的少爷，而他的爷爷正在选择继承人，在所有人面前表现优秀，赚取赞赏与口碑，是少爷的日常吧？不然干吗没事背你穿越整个学院，这叫做戏懂不懂？做戏！但是笼络人心也讲个三六九等，网球社的可个个都是高富帅，跟咱们不是一类人。要他选，他当然和高富帅一起玩啦——你就没发现他不是跟家世好的人混在一起，就是和有特长的能人走得很近，比如说那个运动天才黎铭。”

安期的笑意变得有些勉强：“我什么都没有，我们也玩得很好啊。”

“那是因为你是他同桌嘛……再说了，他不是经常半路丢下你么？”

“哪……哪有这种事？！”安期想不到自己和明哲的互动竟然被同学这样关注着，顿时觉得别扭极了。

“你就别死爱面子了，以后没人一起吃饭，就同我们一起吃吧。”同学拍拍他的肩。

安期被戳到痛处，垮下了肩膀。

的确，明哲的朋友很多，交游甚广。两人约好了一起做某件事，却几乎没有一次中途不被打断的，每当这时，安期就被孤零零地剩下了。而且，明哲几乎像是搜集癖一样挑选着友人，任何人身上只要有耀眼的长处，都会引得他另眼相待。安期有时候听着他兴致满满谈起新的朋友，心里总有点失衡。

这种感觉就像朋友叫你去他家玩耍，一进门，发觉全校同学都在里面开泳池派对，而你还没有带泳衣。

安期落座时，班主任也刚巧进教室。他一如既往地面无表情：“今天，我们班转来一位转学生。他非常特别，是从遥远的意大利来的国际友人，大家一定要好好与他相处。”

安期听闻“国际友人”四个字就有了不祥的预感，一抬头，正对上那双鹰隼般的眼睛！

怎么会这样？！

此时此刻，早上追杀过他的炼金术士，正穿着明显与他的气质不相符合的校服走上讲台！

“这位同学叫做尼禄，是来自克劳狄乌斯家族的贵族少爷，那么——谁要做他的同桌呢？”班主任扫视着底下高举一片的手。

“You。”尼禄干脆利落地挑中了惴惴不安的安期。

“You你个头，谁要跟你坐啊？！”安期急着回绝。

“安期，有朋自远方来，不亦乐乎？”班主任心中的天平明显往新同学倾斜。

安期泪流满面：他一个小时前还想取我项上人头……

就在这时，明哲踩着铃声踏入教室，大声喝止道："不行！"

因为他总是风度翩翩的模样，此时这带着怒气的拒绝让所有人都大跌眼镜。

他对新同学说："尼禄，安期是我的同桌。你什么东西都要与我抢，不觉得自己很幼稚么？"

"明哲？"安期不解地看看他，又看看尼禄，"你们俩认识？"

明哲阴沉道："啊，不但认识，还是兄弟呢。"

体育课前，安期陪着明哲在教室里分发生日派对的请帖。白色素雅信笺，潇洒的派克笔签名。

"这周六是我的生日派对，请你务必前来参加。"明哲对同学们这样微笑着说。

待教室中的人都离开了以后，安期小心翼翼地问他："那个……你和尼禄到底是什么关系？"

因为被他追杀的缘故，安期急于打听他的来历。

"他是我爷爷的混血外孙。我姑姑远嫁意大利，生下了尼禄，和我是表亲。虽然长得偏欧化，体内也有着中国人的血统。"

"诶？"安期疑惑，这和他听到的故事不一样。

流言里，明哲的爷爷和他父亲之间有矛盾。明哲爷爷膝下只有一子，然而两人关系破裂，明父被逐出明家很久。这一晃十几年过去，明父已然去世，明家老爷也再无所出，这才将流落在外的孙子明哲带回明家抚养，考察他的表现，考虑是否要将他当做继承人培养。如果明哲还有一个混血表哥，那好像也不愁继承人啊。

"怎么了？"明哲不知道他在奇怪些什么。

"都没听说过这位少爷……"

"嗯。"一谈起尼禄，明哲的眼神就变得阴狠，"那个家伙一直在国外，最近不知怎么回来了，还很讨爷爷的喜欢，混账。"

"你们之间不会在上演着传说中的豪门继承人之争吧。"安期说笑。

"争？"明哲冷笑，"他不配。"

话一出口，他就意识到自己失态了，连忙观察安期的反应，却发现他全身僵硬地凝视着窗外。走廊上，尼禄手上旋转着篮球，正不紧不慢地朝教室踱来，与安期眼神交汇。

明哲不悦："安期，你打听他的事做什么？"

“啊……抱歉。”安期匆匆忙忙挤开他跑到了走廊上，伸手拦住了尼禄的去路。他同尼禄说了句什么，尼禄轻蔑地扫了明哲一眼，丢掉篮球，与他一前一后离开了。

“”明哲攥紧了手上的派对请帖。

安期这是什么意思？难道连他都觉得自己比不上尼禄么？

安期一瘸一拐往操场尽头跑去。

虽然尼禄表面上是明家的大少爷，但他的真实身份一定没有这么简单，他是冲着自己才转学来的！绝对绝对不能让他在教室里动手，那样会伤到无辜的明哲！

操场尽头无人的角落，安期停下脚步；转身面对阴魂不散的尼禄：“喂，为什么追杀我？好歹给我个理由。”

“理由……”两个人独处的时候，尼禄抛去了贵公子的冷淡优雅，浑身上下散发着可怕的怨念和杀气，“杀死我父亲的时候，就该做好下地狱的准备了吧？！”

“杀人？”安期一愣，很快辩驳道，“虽然不知道你爸爸是哪位，但你都已经这样了，你爸爸恐怕更加厉害吧。你真觉得他是会被我这种人杀掉的么？”

“如果不是你杀了我父亲，你手上的权戒又是从哪里来？！”

“你说这个？”安期摘下戒指，“我走在路上捡的，虽然听起来不太可信但是……”

“受死吧……嗷！”

安期揉了揉自己的手腕，直视着尼禄被戒指砸中的脸：“我说得都是真的，我路上捡的，要是早知道会被误以为杀人凶手，我就不会去碰，更谈不上为了戒指去杀人。刚才说了让你拿走，你还追杀我，简直不可理喻！现在还给你了，不要再缠着我。”

尼禄低头，捡起了地上的戒指。

下一秒，戒指竟分解为万点微光，在空气中形成一道指向安期的光带。光带跨越了两人之间的距离，缠绕上安期的手指，随后凝结出实体。在安期回过神来以前，戒指已经原封不动地出现在他的手上，仿佛之前不曾被摘下来砸别人的脸。

安期目瞪口呆。

“这是无法转让的，”尼禄腾空的身形在他身上笼罩下不祥的阴影，“除非你死！”

“怎么又是这样！”视野里三柄匕首突面而来，安期在内心哀嚎。

然而那些逼近他面门的锐器再次瓦解成碎屑，飘散在空气中，有些甚至飘到了安期的脸上。安期抹了把脸，这是……极细小的水珠？

尼禄“啧”了一声，不再试图使用他那些似乎无穷无尽的匕首，改为一拳朝他袭来！

那种可怕的速度下，安期完全无法反应，只眼睁睁盯着他那不断放大的拳头！

“咔嚓！”离他三厘米处，突然传来清晰的骨裂声。

尼禄的攻势停止了。

他痛呼一声跪倒在地，抱着自己剧痛中的右手：“混蛋！”

安期倒吸一口凉气。

尼禄的小臂中不知何时绽开一朵血色冰凌，冰凌朝向四面八方，刺穿了他的皮肤和骨骼。在烈日的照耀下，冰凌迅速融化，然而流下的却不是普通的冰水，而是淋漓的血液！

安期张了张自己的右手，凝视着食指上的蓝宝石戒指，这是……炼金术么？

“你别得意得太早，你这个强盗，总有一天我会杀了你为我父亲报仇，夺回本该属于我的东西……你碰我干什么！走开！”

安期担住他的胳膊，支撑起他的体重：“这里好歹是学校，你小点声行不行？你受伤了，我送你去校医院。”

“走开！”尼禄推开他，这个举动却牵动了他的右手，让他不得不咬牙忍痛。

“不要像个被非礼的小姑娘一样行不行？你需要看医生。”

“笨蛋，我的伤不是普通的医生可以治愈的。”

“炼金术么？”

尼禄毫不意外：“呵，果然是个炼金术士，无怪你为了权戒能做出男盗女娼之事！”

“这里应该用伤天害理，哪能叫男盗女娼，你中文表达能力真差？”安期没好气地白他一眼，“我虽然是个半吊子炼金术士，可没有跟你结下杀父之仇，更不想一辈子被你污蔑。告诉我来龙去脉，我也许可以将你的戒指还给你。而且——”

他的食指上多了一串钥匙，在阳光中旋转着：“我家里拥有治愈能力的炼化阵哦。”

3　列王纹章

安期拎着便利袋，把虚掩着的防盗门搬到一边。尼禄挑剔地张望了一眼：“哼，真简陋。”

“看到这扇门，你心里就只有这个想法么？”安期指着门上的洞，“这可是你早上一拳打穿的，好歹装得内疚一点行不行？”

尼禄充耳未闻，挑剔地在公寓里转了一圈，找到了刻印在安期床板上的治疗阵，自来熟地盘腿坐了上去。治疗阵被他发动，发出绿色的微光，温柔地将他包裹。

“真是太简陋了。”尼禄打量着平平无奇的房间，随口道。

“你就将就一下吧。”

“炼金术士一般都出自炼金世家，有比常人更为强大的力量，又有几世几代的财富累积，自然会非常富有。”

“也许我祖上也有金山银山，不过我不是那个继承者。我对我的家庭处于炼金世界的哪个层级并不清楚。”

“哼，原来是连家人都不重视的弱者。权戒会选择你真是奇怪。”尼禄陷入了沉思。

“刚才你就一直在说权戒权戒的，权戒到底是什么东西？”

“身为炼金术士却不晓得权戒，再这样下去，一定会变得和普通人一样，成为完全无法洞悉世界本质的庸碌之徒。”

“你好烦。”

“没有听说过权戒，好歹听说过贤者之石吧？”

“贤者之石？”安期如梦初醒，“就是点金石？”

“穷人，你的脑子里只有黄金么！贤者之石，与其说可以将石头变成金子，不如说可以将人类炼化成神祇。”

安期的目光落在戒指上：“神祇？”

“在文明尚处于初期之时，持有贤者之石的炼金术士，可是被人类视为诸神与英雄的存在。他们得到近神的力量，留下了许多神话传说。贤者之石在历史的传承中被打磨成了一枚枚权戒，被炼金术士看做至宝，在家族内代代相传，戴戒指的人也被尊称为‘王权者’。你手上的这枚，是拥有水属性的权戒，以海洋之神波塞冬的名字命名，原本应该属于我们海王世家的。”

“哦……我没有听说过……”

尼禄抓起课本抽他一脸。

安期被拍扁在墙壁上后，瓮声瓮气地问：“那接近我的匕首都变成了水，就是因为波塞冬之戒么？”

尼禄遭受了极大的屈辱，但还是不得不承认：“我从小修习水系炼金术，匕首皆是由水炼成，你是海王，能化解是理所当然。”

“你的手也是……”安期的目光落在他的右手上。冰凌化尽，尼禄小臂上留下三刀六洞，虽然感到抱歉，可果然还是想笑着说一句“活该”啊。

“笑什么笑？！你把我体内的血液变成了冰，除了好笑之外应该有点其他想法的吧？”

“可是我什么都没有做啊。”安期一脸天真无辜，满脸“你打我呀”。

尼禄突然掰住了他的下巴，强迫他与自己对视。凝视他的眼睛之后，尼禄眼神一沉：“果然如此。”

安期不自在地退后：“怎么了？”

“你的眼睛已经被权戒炼化，刻印上了海神波塞冬的纹章。纹章是最高级别的炼化阵，出现在被权戒接纳的王权者体内，发挥作用的，应当是你目视的这个动作吧。通过目视，将身近之物炼化成水，也将袭击你的我体内的血液冷冻成冰。”

“那我岂不是不能随便看人了？”安期揽镜自照，果不其然，他的右眼里隐隐约约有蓝色的光纹，方寸之间波澜壮阔，恍如活物。他想起两次匕首化作流水，都是在占据视线之后，不由得点头赞同尼禄的说法。

“不论你是不是我的杀父仇人，波塞冬之戒都属于我的父亲，继承人应当是我。你考虑什么时候自行了断向我谢罪？”

“我也试着还给你，只是它又回来了，你也看到的不是么？”

“权戒择主，主人不死，它不会重新选择。”

安期恍然：“所以你才觉得我是凶手……”

“啊，在你得到权戒的那一天，我父亲就应该去世了吧。”尼禄冷淡道。

两个人之间陷入了难耐的沉默。

良久之后，尼禄才缓缓道：“还有另外一种可能：凶手不是你。权戒的炼化半径是600米，择主的距离也相同。炼金世家在家主危亡之际，会清空600米半径内所有人，仅仅留下继承者，以保证权戒在家族内传承。但是我父亲不是正常死亡的，他被杀死以后，600米半径内与波塞冬之戒最为契合之人，不是凶手，而是你……所以你考虑什么时候自行了断向我谢罪？”

“完全没有这种考虑！”

尼禄眼神一厉：“我打出生起，就在为继承权戒而受训。你既没有天赋又不曾努力，就窃取了属于我的力量，为什么我要代替你变成一个废物？”

“没有权戒就是废物，你是这么看待你自己的么？”安期反问。

尼禄被他将了一军，沉默半晌，依旧冷酷道：“随你怎么说。能够杀掉我父亲的人，都是可怕的对手，只有拥有权戒才能替父报仇。至于我是怎样的人，根本不重要。”

“那我帮你报父仇不就完了么？”安期举手提议。

“我绝不想让其他人插手。”尼禄一脸嫌弃地扭头，“而且你太弱了。”

“可我有权戒啊，光是瞪人就能把人瞪死……而且我向你保证，最后致命一击由你来，这样你就能达成亲手报仇的目的。”

“那之后呢？我可是立誓要成为波塞冬的男人，你不仅盗走了我的力量，还盗走了我的人生。”

“有那么严重么？”安期简直要哭出来了。

两人对视了几秒钟。

安期无法，只得在尼禄汹汹的目光下抬起了手，以权戒起誓：“如果觉得是我盗取了你的人生，那么力量也好，愿望也好，统统都会帮你实现，这样满意了么，尼禄先生？”

尼禄显然心情大好，但满脸写着“我也没有很满意”：“休想以为这样我就会放过你。”

“你真啰嗦。”安期瘫在椅子上。和尼禄打交道，比连做十八张数学卷子还累。

尼禄把他踢起来：“既然想求我饶你一命，就先帮我去查一个人。”

安期竖起了耳朵：“谁？”

“明哲。”

“恕我直言，你爸爸都被谋杀了，权戒也落到了我手里，你还在惦记着和明哲争家产么？！”

“明哲这种笨蛋想跟我扯上血缘关系，也未免想得太美。”尼禄不屑道。

“什么？”安期消化了三五秒钟，“你根本不是明哲的表哥！”

尼禄从怀里掏出一枚袖珍版国际象棋棋盘，上头只有两枚棋子，白皇后与黑皇后。

“这是什么？”

“圣斯汀棋盘，用来搜索600米内的炼化痕迹。”

“为什么只有两枚棋子？”安期很好奇。

“不同棋子对应着不同级别的炼化痕迹，能够让皇后移动的，只有王权者。”尼禄把白皇后放到棋盘另一边，它果然自行朝尼禄这一边挪动起来，“我刚才被你的炼金术所伤，身上有你的炼化痕迹，它感应得到。”

“你觉得杀死你父亲的也一定是王权者，用皇后搜索他们。”安期恍然大悟。

“父亲去世以后，我追踪他到最后现身的S城，想在这里找到元凶。明哲是触发皇后移动的第一个人，这表明他与权戒有关，我便想从他那里获得关于父亲的线索。但是和他接触之后，我发现他不是戴戒指的人。我便蛰伏在他身边，想要见到他背后的炼金术士。”

安期沉吟了片刻，明哲为什么突然和炼金术扯上了关系？

而且……

“你到底怎么变成了他表哥？”

“我对明氏上下所有人催眠了，这样才能和他同进同出。但却被看做了争权夺位的对手，根本无从下手，可恶啊。”

“可恶的人明明是你好么！”

“现在我受伤了，你是他的同桌，有很多机会接近他，我要你查出他背后的炼金术士。”尼禄说着，从安期口袋里摸出手机，把自己的电话号码存了进去，设为快捷拨号，“查到消息立刻告诉我。”

“诶？我……”

“不想干就立刻归还权戒，自我了断。”

“知道了知道了！”安期抢过手机。

“对了，明哲触发的是黑皇后。”尼禄提醒他，“他身上，有黑炼金术的痕迹。”

4 船票

安期给尼禄留下午饭，告诫他有小偷来统统打出去，这才返回教室。

因为方才安期是追随尼禄而去的，明哲对他的去而复返充满戒备。

“你跟尼禄很熟？”他轻描淡写地问。

“不不不……一点儿也不熟。”安期矢口否认。

“哦，是么？”

安期心虚：“真的，我跟他一点关系都没有。”

明哲凝视着他的眼睛，突然换上了寻常的完美笑意：“明天的派对，你一定也会来的吧？在派对上，我祖父也许会宣布一个惊天的好消息。”

然后在擦肩而过的瞬间，用只有他们俩能听到声音低沉道：“站在我这一边比较好，因为他是不会赢的。”

直到班上的好事分子围着明哲连声说“恭喜”，安期才明白过来，原来他所谓的好消息，就是明家老爷要正式宣布他为继承人了。

可不论明哲是不是继承人，他都会站在他那一边，因为他们是朋友啊。

比起明哲的家财万贯，安期更在乎他的安危。黑炼金术是禁忌，受术者往往因为眼前的好处落入痛苦的深渊，一定要尽快查清真相才行。

眼见明哲拎起书包离开教室，安期下意识地跟了上去。电影里的调查貌似都是从跟踪开始，可是到了校门口，安期才发现事情没安期想象得那么简单——明哲有专车接送啊。

安期赶紧拦了一辆出租车：“师傅，跟上前面的那辆车！”

“这么小年纪就玩尾行啊，”师傅扒着方向盘转过头来严肃地教育安期，“这样追女朋友是不行的。”

“男的！”

师傅用奇怪的眼神看了他一眼，继续开车。

“车开了开了快追上去啊师傅！”

师傅一踩油门追上了前面那辆凯迪拉克。

明哲没有直接回家，而是去了趟第三医院。因为停车场单车进出，他们之间又隔了两三个车位，等安期到达停车场的时候，发现凯迪拉克后座上已经没有人了。安期下车跑进门诊大厅找了一圈，也没有在熙熙攘攘的人群中发现明哲的身影，最后只好回到出租车上忍受师傅的碎碎念。

所幸明哲很快就回到了车上，这次，他去了酒吧街。

安期眼看他走进一家叫做“Liar”的酒吧，赶紧付完车费，在师傅“现在的小孩子都不学好”的唠叨中，跟了进去。

门前的侍应生见到他，流露出惊讶的表情，上下打量着他。一听说安期是跟明哲一起来的，一副心领神会的表情，没有核查安期的身份证就放行了，看来明哲是这里的常客。侍应生领着安期走过一条幽暗的走道，将他送入大厅，防火门打开的瞬间，模糊的鼓点瞬间变得清晰刺耳，果然灯光摇曳，群魔乱舞。

“里面请。”侍应生躬身比了个请，“L先生在包厢里。”

安期心想L先生是谁，但没有问出口，毕竟多说多错，只微微一点头跟在他身后，从醉生梦死的酒吧客身边穿行而过。虽然灯光昏暗，但安期发现了几个特征明显的炼金术士。城中有炼金术士的秘密集会场所，安期猜测这家酒吧也是其中之一，只是，明哲到这里来是要做什么？

两人很快离开了大厅，来到一处僻静的包厢。侍应生躬身比了个请，安期怯怯地推门进去。包厢装潢精致，品位不俗，有人坐在书桌后看窗外的风景。

侍应生把安期按坐在书桌前：“L先生，他说与明哲一起来的。”

老板椅上的人闻言转过身来，是个长发披肩的美貌男青年。

“明哲素来一个人来拜访我。”被称为L先生的人道。

“他……不知道我跟着他。”

L先生在烟灰缸上敲落雪茄的灰烬：“哦？你和他是什么关系？”

安期想不到会遭受如此盘问，一时间汗如雨下：“他是我的同桌，我们的关系非常好……”

“可爱的小弟弟。”L先生笑道，“为什么不好好念书要跑到我这里来？”

“明哲也来了啊！我只是想知道更多关于他的事……而已。”安期小声道。

L先生与服务生交换了个眼神，从抽屉里取出一张卡片，推向安期：“明哲来这里，只是取船票而已。”

纯黑的票券纸质厚重，上面写着烫金的Θησευς，完全不认得是哪国语言，也不知道什么意思，可是除了这行字以外，就什么信息都没有了。

“船票？他要去哪儿？什么时候？去多久？”安期满头雾水。

L先生笑道：“你现在也有船票了，不如自己去问他。”

眼见他不想透露更多，安期见好就收："好的，谢谢。"

"不用谢。"L先生愉悦地笑起来，缓慢地一抚右手无名指，"戴戒指的人都应该互相帮助。"

待安期走出那家叫Liar的酒吧，依旧心有余悸。

尼禄科普了权戒的重要性之后，就教他操控权戒隐形的办法，因为高中生戴戒指太过显眼，在外容易遭人注意。所以安期在普通人眼里，应该是不戴戒指的。

然而L先生最后叫他……戴戒指的人。

L先生那个抚手的动作，也让他空空如也的无名指上，出现了一枚铅灰色指环，恍如魔法。

L先生是谁？知道什么？船票又是什么？这一切都像个谜。

而且，明哲的凯迪拉克也早已消失在夜色中了。

"您不上楼么？"司机问道。

明哲凝视着二楼的窗子。温馨的橘黄色灯光中，梳着高马尾的高挑少年正在屋子里转来转去，脖子上搭着毛巾，手里惬意地拿着一罐冰汽水。

"安期从不让我进他家的门。"明哲遥望着尼禄的剪影，淡淡道。

司机笑了一声："想不到尼禄少爷这么快就能在学校里交到朋友。不过也是，虽然脾气大了些，但大家都喜欢他。"

"大家都喜欢他……"明哲喃喃着，回想起回家第一天爷爷对他说的话。

"你爸爱上了一个配不上他的女人，为了她离开明家去受穷。现在他不在了，你倒跑回来找我。可你看看你这副德性，从头到脚哪有半点可取之处？"

明哲攥紧了自己的手，当时自己是怎么承诺的？

"我会努力变得优秀的，请您相信我！"

然而当他千辛万苦让爷爷逐渐对他改观之时，尼禄又来了。

脑海中响起当日在书房外听到的话："橘生淮南则为橘，生于淮北则为枳。礼仪，谈吐，才艺，眼界，为人处世……这些可不是光光靠血统就能够继承到的。即使是最名贵的兰花，也只有经年贵养在温室里才有可能开花结果。明哲两个月前才被寻回大宅，此前不过是一个没有接受过像样教育、无人看顾的穷苦少年。他是不可能凭着那一点点血缘，在飞上枝头之后立刻就变成凤凰的。"

爷爷的回答很模糊，但明哲听明白了一句："不论他变得怎么样，他眼里那股粗鄙的阴狠都改不掉，为我所不喜。”

轻而易举能获得别人喜爱的尼禄，和无论如何都无法让他人满意的自己。

那天，他在门外暗暗发誓：“我还要……变得更优秀才行……”

他也确实做到了，继承权就快要落入他手里。

但是，为什么安期要说谎？为什么安期和尼禄在一起？他们有什么阴谋？不，以安期的城府他耍不出什么阴谋诡计。那么，他仅仅是……对我感到厌恶么？因为出现了更好的尼禄，所以不再需要我？

呵，人类的感情。

明哲摇上了车窗：“走吧。”

5　船上的交易

安期回家之后，想叫醒尼禄跟他汇报所见所闻，然而那个混小子已经睡着了。安期退回客厅，翻了床被褥打算在沙发上将就一晚。临睡之前，他把纯黑船票和明哲的生日请帖放在一起，盯了半天。

请贴上的日期是明天。

船票则日期缺失，码头地址也无，完全不知道应该上哪儿去找那艘船，也不晓得会不会遇上明哲。

安期毫无头绪，心想着：“算了，这种复杂的事情明天一早交给尼禄就好了。”沉沉闭上了眼睛。

但是还没睡多久，他就被吵醒了。

起先，他隐隐约约听见外面有人在大喊大叫，刺眼的光三番几次照到眼皮上。等意识稍稍清醒一些，他就感觉床在剧烈地摇晃。

他蓦然起身：尼禄那个混小子又在作弄我！

然而光线和喧哗都是从窗外传来的。

安期跌跌撞撞踩着不断摇晃的地板，朝本该是窗扇的地方冲去，抓住把手用力往外推开！

咸湿的海风瞬间涌入他的鼻腔，急遽的雨点噼里啪啦打在他脸上。安期拿手遮住额头，努力睁开眼，结果发现自己正站在宽十余米的甲板上，再远处是桅杆、船舵，以及船艏那尊迎着狂风暴雨的胜利女神木雕！现在它正随船艏一道高高翘起，迎着即将迎头打来的巨浪！船只整个失去了平衡，他掰着门框都在往下溜……

他吓得转身将门掩上，太可怕了！

这是在做梦么？一定是！只要躺回床上睡一觉就会好……

可是安期一回头，发现这根本不是客厅了！

客厅此时变成了一个船舱，装修风格很原始。粗糙的木质地板上覆盖着动物皮毛，挨近墙边摆着一摞绘有人像的瓦罐，本来是床的地方现在变成了一张书桌，桌面上的灯盏散发出动物油脂燃烧的臭味——比较诡异的是，灯影下摆放着一摞塑料文件夹，还有一支黑色水笔。

安期连扇了自己五六个巴掌，却只感觉到疼，没觉得醒来。外面，狂风暴雨还在继续，船员们用他听不懂的语言唱着号子，将自己的身影投放在门上。安期实在无法确定自己到底在经历些什么，扑向书桌翻开文件夹，希望可以找到答案。

文件夹上用中文写着：船客交易登记表。谢天谢地，中文，和任何不正规地下贸易场所的台账一样字迹不清，还脏兮兮的。

翻开头一页，安期就大吃一惊，因为右上角就贴着明哲的照片。往下则是一张表格，表格具体分四栏，日期、交换部分、交换对象、签名。签名前半部分乱七八糟，后半部分却是明哲亲笔所为。

表格的内容是这样的：

2015.7.6 自由 楚尚 明哲

2015.7.13 完整的皮肤 木明 明哲

2015.7.18 气质 凌悦由 明哲

2015.7.23 笔迹 越瑶 明哲

2015.7.28 弹钢琴的特长 沈冰冰 明哲

2015.7.31 话术 宁明祥 明哲

2015.8.5 运动细胞 尼禄

2015.8.5 桃花运 尼禄

看到这里，安期将目光从纸页上挪开，望着燃烧的油灯陷入了沉思。这张表格是什么意思？为什么尼禄也会出现在表单上？而且纵观全表，这是仅有的两次明哲没有签名确认。

安期把这些问题暗暗记下，继续往下看。之后的八月明哲似乎再无动静，但是到了九月，行程又密集起来。

2015.9.6 学习能力 楚才 明哲

2015.9.15 运动细胞 黎铭 明哲

……

看到这里，安期突然心下一惊。

楚才和黎铭，他都认识，是他们的同班同学。

他们所在的班级，是重点中学重点班。普通人都是费尽千辛万苦才考上，楚才却是保送来的，因为他在初中就拿过全国奥赛冠军。普通人通过不断训练才能掌握的知识，楚才似乎上课听一遍就能消化吸收，据说有人见他考试前一天一边打游戏一边看书，最后还拿了满分，可以说他是生来就有学习的天赋。

然而上了高中以后，楚才的传奇没有延续下去，第一回测评他就被挤出了前十以外。安期一直记得那天他拿到成绩单后惊诧的表情。他也因此一蹶不振，状态非常低迷，每回测评都下降一些，校长决定要把他调到普通班去。

黎铭则是体育特长生，在校运动会上跳高受伤，目前还在恢复中，经常可以看到他出现在运动场上刻苦地训练。

而明哲，一切都很好。

大家都已经习惯他拿全年级第一，也习惯在他拿到金牌后为他鼓掌。

联想到这张表单上的“学习能力”“运动细胞”，表头上的“交换部分”“交换对象”……安期突然有了一个非常恐怖的念头，难道说，明哲身上的这些光环，都是靠从别人那里调换来的？

不不不，不可能。

自由、气质、钢琴特长、话术、学习能力和运动细胞……这些东西又不是身外之物，如何交换？世界上哪有这种事？

等一下，难道是——黑炼金术？！

正在这时，船舱外传来脚步声，似乎是朝这边来的。

安期心里慌极，四下一扫，发现灯光的阴影里有一个不起眼的柜子，矮身就爬了进去。门被推开的时候，安期刚好将柜门关闭。

“这次又要麻烦船长您了。”外头传来明哲的声音。

安期贴近门缝，朝外张望，发现明哲依旧是白天那副打扮，身处这样莫名其妙的环境也气定神闲的模样，还替另一人拉着门，看上去轻车熟驾。

“不客气。”另一人的声音嘶哑难听，恍如漏风。“明哲少爷，先与你说一声恭喜，你获得了继承权。不过这次，你需要交换什么呢？你看上去已经得到了你想要的一切。”

“眼睛。”明哲回答。“虽然气质变了，但是我的眼睛却和以前一样，大家都不喜欢。我想拥有更温柔的眼睛。”

“那么，想好交换对象了么？”

明哲的那双眼映着火光，看上去格外冷酷无情。

他沉默了良久，说了两个字：“安期。”

6 风暴眼

一滴液体打落在权戒上。

安期终于知道那句“你有我平生所见最清澈的眼睛”，是什么意思了。

他一直到知道自己很没用，浑身上下找不出半点才能，连家人都像扔垃圾一样将他丢弃。

他也知道自己不配拥有别人的关注，特别是那个站在人群里都会发光的人。

但是明哲还是出现在自己的生命里，为他照亮了没有什么温暖可言的未来，告诉他他不是一个人，再弱小也值得被真心相待。

起先是受宠若惊，然后是用力回应，以为找到了新的羁绊。

可原来我在你心中，只是一双可以掠夺的……眼睛么？

安期蜷缩在狭小且随着船体不断摇晃的柜子里，抱紧自己的膝盖。不知道过了多久，明哲和那人离开了船舱，房间里重新变得安静，他也终于能够疲惫地从柜子里滚落。现在风势似乎减弱了不少，安期贴着门扇，听见他们召集船员放下手头的工作，来甲板回合：“今晚，客人需要我们找到的人，叫安期。”

“Aye！”船员们附和。

“16岁，一米六五的矮个子，住在朝晖小区4幢201号。太阳升起之前，务必将他找到。”

“Aye！”船员们叫喊得更大声了。

甲板上的人开始行动了。他们步履沉重地走下甲板，去船舱中挑选趁手的家伙，而安期反身背贴墙壁，眼看他们一个个跳船而走。船长邀请明哲去医务室坐等，外头不一会儿又恢复了平静。

“竟然要去家中抓我？”安期不得不开始考虑现在的境况，“这到底是什么地方？！”

他下意识地把手探入口袋，只触摸到硬卡纸光滑的表面。安期一个激灵把它取出来，发现是那张古怪的船票。船票无甚变化，正面依旧是安期看不懂的Θησευς字样，只是此时背面多了一行小字：交换你所想。

“什么鬼！只多了一句广告传销语！”安期收好船票，决定从这艘诡异的船上逃走，不然接下来将要经受的事简直难以想象。

他偷偷推开门，跑到了甲板上。风雨已经停了，周围空无一人，连船舵都无人掌控。他跑到船舷想判定这艘船是在哪里，却发现厚重的雾气下能见度极低，连水面都无法看清。他扫视四周，从他站立的地方最远也只能看到船艏的胜利女神雕像，再远就混沌一片，就好像这艘船飘荡在一片虚空之上，无来路，无去路，无声无息。仔细打量这艘船的船体，发现它已经千疮百孔、老旧不堪了。所有木板都有修葺过的痕迹，以至于根本找不到两块颜色相同的相邻木板，在长久的时间里，它们被一块一块替换掉了，看不出本来模样。

“难道你是要跳船么？”肩膀突然被人拍了一下。

安期颤抖着转身，刚才和明哲在一起的船长正提着风灯站在自己身后。此时，他当着安期的面把斗篷上的风帽缓缓摘下。

“啊——”

安期发出一声尖叫，因为船长那被幽暗灯光照亮的脸上，布满了可怕的缝合线！

他当即就要跳船，腾空的瞬间，衣服却突然一滞，下落被阻——一只巨手将他拎回了船上，随意丢在甲板上。那是一个异常高大的船员，阴森森地站在船长身后对着他笑。从浓雾里走来更多的船员，手上抄着各式各样的家伙，将安期团团围住。他们暴露在空气中的皮肤上布满了缝合线，无一例外，看上去就像一堆可怖的人体拼接品！

“踏破铁鞋无觅处，得来全不费功夫呢……我们去人间找了半天，原来是就在船上。”

等等，他们已经下船去找过自己了？还有人间是什么意思，这艘船根本不在人间么！

安期吓得屁滚尿流，下意识地支起身体往后爬去，却摸到了一截笔直的小腿。

安期仰头，明哲正用那双冰冷的眼微笑着俯视着他：“欢迎上船，安期。”

“枉我如此看重你，原来你的一切都是靠与别人交换得来的……你将别人身上的优秀品质，与你身上平平无奇的地方相交换，以此来变成一个合格的继承人，你不觉得你自己很自私么？！那些突然失去自己身上闪光点的人，也许一生就因此而改变，这样难道公平么？！”被捆成一团粽子的安期朝明哲愤愤道。

明哲的眼神一暗，有一瞬间流露出受伤的表情，但很快换上了冷笑的面孔：“天赋，才能，原本就是随意地散落在每个人的体内。外貌，出身，品质，等等等等，造成每个人的命运也从一开始就根本不公平！既然如此，美好的品质与其散落于各人身上，不如都变成我的吧！你们对自己的闪光点懵懵懂懂，我却会好好珍惜，我有必须要优秀的理由。”

明哲狂热地倾诉着，完全没有意识到自己是在劫掠。

“这些优秀品质，除了天赋之外，还有很多是后天努力得来的结果！黎铭日复一日在赛场上流血流汗，才会有今天的成就，你凭什么轻易占有他的运动细胞？！”

明哲脸上充满被冒犯的恼怒，但是很快就又为自己找到了托辞：“后天的努力有很多种，我也在努力啊……这么多人里面，只有我找到了与人交换这种方式来提升自己，我们只是走的路不同罢了……”

“你根本就是狡辩！”安期气得七窍生烟。

明哲的眼里透露出某种疯狂：“很快，你也会成为我的一部分。到时候你就会知道这滋味有多美妙。”

说完，明哲不再理睬他，走到船长身边问道：“从前那些与我交换的人被绑上船的时候，都处于熟睡状态，为什么他会醒着？”

船长瞥了一眼安期，询问明哲：“您是担心他的知情，会有损您的利益么？”

明哲沉默一阵，笑道：“怎么可能。他只是个无关痛痒的小角色，而明天祖父就会宣布我为继承人。就算他把我做的事公之于众那又如何？没有人会相信他说的话。”

船长将安期送往船舱的时候，彬彬有礼地自我介绍：“您好安先生，这里是可以与人交换你所想之物的地方，我是船长，也是船上的主刀医生。我们承接了明哲少爷的订单，将要为你们交换双眼。”

“做这种生意不怕遭天谴么？”

“天谴？”主刀医生把风灯靠近自己布满缝合线的脸，表情十足扭曲，“安先生，您以为我们正在经受的是什么？我们早已在承受天谴了，做这份营生不过是天谴的一部分。”

“可我是无辜的啊！”眼见他打开陈旧的舱门，让人将自己安放到样式古怪、材质生锈的手术台上，安期就尖叫着挣扎起来，“凭什么明哲说换就换啊！”

“他是拥有船票的客人，您只不过是他指定的交换对象。以前的交换对象都是在熟睡中上船，在熟睡中经历手术，回到人间后什么都不记得，只是您的情况特殊罢了。”

“船票？”安期捕捉到他话中的重点，“你是说……有船票，就是你们的客人？”

“是的，拥有船票的人，就是我们的服务对象，拥有下订单的权力。”

说着，主刀医生将安期的头部固定，用特殊器械扩张他的眼皮。

“等一下啊！”安期喊停，“我也有船票！我也有船票！在我左边睡衣口袋里！你摸一摸就知道！”

主刀医生神情狐疑地探入安期的口袋，抽出了那张纯黑卡纸。

“对么？”安期紧张道。

“的确是船票。怪不得我们追捕您的时候，您会出现在船上。除了客人，没有人可以清醒着上船——请问您需要下订单么？”

安期松了口气：“我就不下了，我只希望取消明哲与安期换眼的要求。”

“不可以。”医生道，“一旦下单，无法取消。写在契约上的文字具有神圣性。”

“别当我没看过你们脏兮兮的表单！”

安期与医生反复交涉无果，又急又恼。看来今天的皮肉之苦是逃不掉了，心里也对明哲愈发失望。不仅仅是因为他心安理得地占取他人身上最为宝贵的东西，来为自己的名利增加筹码；还因为他对自己所做的一切，都只是逢场作戏。于公于私，自己都不能让他如愿以偿。

“我要下新的订单，与明哲交换……那样东西！”

在尖锐的器械刺破双眼前，安期向船长坚决道。

7 揭露过去

第二天，安期头痛无比地从床上醒来，发觉床单和自己都湿漉漉的，带着一股咸腥的海风味，似乎在提醒他昨天晚上不是一场梦。他跌跌撞撞跑进卫生间里，抓住镜子把自己凑上去，发现除了瞳仁的大小和颜色之外，眼睛的轮廓、形状都与之前殊无二致，只是右眼深处的炼化阵消失不见了。

换眼应该是成功了吧……

安期下意识地探下左边口袋，船票还在，背面的那行字变成了：欢迎下次光临。看来他的订单也应该完成了。

今天下午就是明哲的生日派对，要赶紧叫醒尼禄，告诉他这一切。

安期用毛巾擦着脸，推开卧室门，然而尼禄不在房间里。

“去哪里了呢？”

正当他满心狐疑之时，门厅处传来轰隆倒地的声音。

“门都被你打得脱框了，就不能小心点开……诶，你们谁啊？”

门外那几个神情不善、身穿铆钉牛仔裤的小混混一拥而上，把安期拽出来，捂住他的嘴就拖下楼梯塞进车里。

安期坐在吞云吐雾的不良少年中间，只有一块毛巾可以防身，趁人不注意把手探入睡衣口袋里，用快捷拨号拨通了尼禄的电话：“各位大哥这是要带我去哪儿……是不是认错人了？”

“安期，是你没错吧？”身边人将手随意往他肩膀上一搁，朝他吹了口香烟。

“诶……是。”

“是我们老大要见你。”副驾驶上的人转过头来扒下墨镜说。

“你们老大是——”

他们高妙道：“你见了就知道。”

当安期被捆成粽子丢在明哲脚下的时候，他不禁翻了个白眼：“我就知道。”

明哲坐在地下室中央的椅子上，居高临下地俯视着他：“又见面了，安期。”

“呵，你不是已经交换到你想要的东西了么，绑我做什么？”安期紧盯着他那双温润如水的眼睛，愤愤难平。“你也真够有手段，还和街头混混为伍，真是知人知面不知心！”

几个混混面露凶相，衣冠楚楚的明哲递了个眼神，他们便老实地缩回一边。

“昨天晚上，你知道得太多了，”明哲俯下身来，用只有俩人能够听到的声音在他耳边道，“我想，我送你的那张请帖应该作废，我也不希望你对任何人提起此事。”

“你不是信誓旦旦没人会相信我所说的么？”

“与其相信没人会信你的鬼话，不如把你监禁起来、让你无法对人吐露来得保险。今天对我来说很重要，我不想因为你这种人功亏一篑。”

说完，他穿着笔挺的西装从椅子上站起来，紧了紧自己的领带：“这家伙就交给你们了，别让他出现在我的生日派对上。其他的，你们爱怎样就怎样。”

“是，明哥。”

随着门油门一响，外凯迪拉克绝尘而去，几个小混混抄起家伙朝安期走来，个个脸上写着“不怀好意”四个大字。

“刚才你说‘和街头混混为伍’，怎么，你是看不起哥几个么？”

“No！不！您幻听了，我说得是‘和街头霸王’为伍……啊，你别过来！”

正在这时，门“砰”地一声被人踢开。

尼禄拿绷带吊着右手，凶神恶煞地站在门外，对即将被群殴的安期说：“是你打我的电话？”

“不是我还有谁啊！”

“打我电话做什么？”

“我被绑架了啊！”

“哼，弱者——所以你们就是绑匪了么？！”尼禄眼风一扫，“他是我的家贼，能严刑拷打他的人只有我，谁准你们碰他一个手指头？！”

三分钟以后。

尼禄一脚蹬着安期，一手扯开他身上的捆绳：“弱也要有个限度，连这种等级的小混混都打不过，不如自行了断好把权戒还给我。”

安期揉了揉手腕：“他们都是明哲的人！他是这群混混的老大！”

“哈？”纵使料到明哲不该是个完美的大少爷，知道真相的尼禄脸上也写满了意外，“明哲？混混？”

他踢了脚躺地呻吟的小混混们：“说，明哲和你们，是什么关系！”

“他是从前带我们在道上混的大哥……跟其他小团体打架争地盘，问学校里的学生收保护费的那种……”

尼禄冷笑一声：“呵，有意思——那后来呢？”

“后来有一次不小心打伤人了，明哥就、就进去了。”

安期吃了一惊：“进去了是什么意思？”

混混不好意思地挠挠脸：“就是进少管所呗……后来不知道什么缘故，提前出来了，还变成了明氏集团董事长的孙子，我们也跟着鸡犬升天。”

安期突然想起昨天晚上在船上看到的表单，第一行写着的是自由，莫非明哲突然出狱也是有人代为受过？！

安期心下一寒：“他曾被关在哪个少管所里？”

“城西，青泉山少管所。”

安期不安地碰了碰尼禄的手背，尼禄会意，把一行人催眠了丢进厕所里。

安期取出那张船票：“我有了非同寻常的发现，明哲通过黑炼金术，使自己变得优秀起来。”

“Θησευς。”尼禄准确地念出了那个怪异的单词，“这是忒修斯之船，卡片上是希腊文的写法。”

安期觉得这个词十分耳熟。

“忒修斯之船”其实更多地是作为一个哲学命题被人熟知：有一艘可以在海上航行几百年的船，归功于不间断的维修和替换部件。只要一块木板腐烂了，它就会被替换掉，以此类推，直到所有的木板都不是最开始的那些。那么，最终产生的这艘船是否还是原来的那艘船？如果不是，忒修斯之船又是哪一块木板被调换的时候，成为另一条船的？

安期想起船上颜色各异的木板，结巴道：“忒修斯之船真的存在？”

“你不是上去过了么？”尼禄瞥他一眼。

“等等……如果那条船真的是忒修斯之船，那它可是从古希腊时代就存在的古物啊！”

“我说过了，初代炼金术士因为持有贤者之石，被尚处于文明初期的人类称呼为诸神与英雄。神话中的忒修斯掌握拥有‘交换’这种能力的贤者之石，那艘船也是贤者之石炼化的结果。船上主导交换之人，应该就是忒修斯权戒的继承者了吧。”尼禄攥住了船票，“如果是真的话，这可不得了。”

“很容易证实真伪。如果我没猜错的话，少管所里，此刻应该关着一个无辜的人，名字叫楚尚。”

待他俩自青城山少管所出来以后，安期心里很烦躁。他们在那里见到了楚尚，楚尚向他们哭诉他的莫名遭遇。虽然这证明了昨天晚上的经历确确实实存在，但安期一点儿也高兴不起来。他看到无辜的人变作了替罪羊，接受惩罚和审判；他也看到有能者失去了他们的宝贵才能，还不知晓为人所偷窃。更为可怕的是，那艘船上进行的黑暗交易，对现实世界有着深刻的影响——楚尚和明哲交换了自由，明哲的刑期就加诸在楚尚身上，白纸黑字写明了楚尚是伤人者，连受害人都一口咬定凶手是楚尚，仿佛记忆被篡改。有关此事的一切，都被交换得严丝合缝。

尼禄却很兴奋："终于让我找到了一个王权者，我去会会他，也许他会清楚我父亲去世的真相。"

"我得去揭露明哲的所作所为。"

"哈？那种事情根本无所谓吧。"

"明哲害了很多人，继承人派对就在今天，我一定不能让他得逞。"安期坚决道。

8　派对风波

明家院内，歌舞升平，水晶灯在光滑的大理石面上投下倒影，映出明家少爷一丝不苟演奏钢琴的完美侧脸。

一曲弹尽，明哲从钢琴前站起来，手握香槟向欣赏他表演的人致敬。他个子高挑，正在从少年蜕变为成年人的身形虽然尚显单薄，却已经有了明家老爷年轻时的风姿，加之那一身挺括的名牌定制西装，让诸多少女倾慕不已。今天是他的生日，听说明家老爷要在派对上宣布继承人的消息，无怪他眉眼含笑，那股拒人于千里之外的凛冽气质褪尽，双目比平日里更为多情。

墙上的指针一格一格走过六点，明哲变得有些焦躁不安了。他一边应付着包围他的富家千金们，一边在人群里寻找尼禄和祖父的身影。尼禄这个手下败将不出席他的生日派对，情有可原，可是祖父呢？

明哲走到管家身边："祖父怎么还不下来会客？"

"老爷与燕律师两人正在书房密谈。"

"燕律师？"

明哲想起刚刚完成的遗嘱修订，心里泛起一丝不安。不是已经尘埃落定了么？为什么又请来这方面的专家律师？

正在这时，手机震动，明哲一看来电显示，脸色一白，走到无人的阳台接起："这种时候打来电话做什么？不知道我正在做什么么？"

"老……老大！那个人……跑了！"

"这么多人看一个，还让人跑了，你们干什么吃的？"

"主要不是他，是来救他的那个黄毛……就是经常和您不对付的那个，叫什么尼、尼……"

"尼禄？"明哲的眼神蓦然变得阴狠，"呵，果然是一伙的……"

"他们临走前还问了青城山少管所的事……"

明哲眼前一黑，再不听手下的絮絮叨叨，挂掉了电话。

"没关系的，没关系的……他们知道又怎样，又能怎样？那艘船上的交易如此隐秘，他们拿不出任何证据！"

明哲强自镇定，拿起香槟回到大厅里。

然而大厅里的气氛都变了。

因为安期正像一个误入文明世界的野蛮人，气喘吁吁地出现在大厅门口。

明哲先是一愣，担心安期来戳穿他的恶行，随即想起没有人会信他的鬼话，有恃无恐地上前羞辱："安期，我可不记得我有邀请过你。去哪儿都穿这一身运动服的家伙，不适合这种场合。"

楼梯上突然传来重重的手杖跺地声："他是我请来的！"

明哲转过头，惊讶地望着姗姗来迟的明家老爷："祖父……"

"不！我不是你的祖父！"白发苍苍的老人走到大厅中，扬起手杖，指了指安期，"我是他的祖父！他才是我的亲孙子！"

这一句话对明哲来说无异于平地惊雷："祖父！您在说什么啊祖父！他只不过是个一无是处的混小子，他怎么会是……"

"住口！你这个挖空心思妄想取代安期、夺我家业的骗子！"明家老爷走到安期身边，"安期已经拿到了医院的出生证明，还有我与他的DNA化验结果！你不用再狡辩了——来人，把这个骗子给我丢出去！"

在这场变故中，最先回过神来的是管家，他们一拥而上想要控制明哲。而明哲突然回过神来，挣脱他们的束缚，揪住安期的领子一拳砸在他脸上："你这个混蛋！你和我交换了——"

“谁允许你拿脏手打我弟弟的？！”不知何时出现的尼禄钳制住他的手腕，单手错开了他的关节，明哲低叫一声跪倒在地，满脸难以置信。

安期蹲下身，借着扶他的姿势在他耳边道：“对，我和你交换了，血统。”

明哲突然爆发出一阵狂笑，整个大厅鸦雀无声，回荡着他扭曲放肆的笑声，然后他越笑越轻，失去了所有力气，安期感觉到有眼泪流过他的脖颈。

明哲当晚就被扫地出门。无论他多么优秀，只要他不是明家人，他的野心也就没有实现的那一天。

“你们还跟着我做什么，看我的笑话么？现在你们满意了，嗯？明家是你们的了！可千万记得你们现在怎么要好，别到时候狗咬狗！”明哲阴狠地看了眼追出来的安期与尼禄，说完转身就走。

“你还没有醒悟么，明哲。”安期捡起石头砸中了他的后脑勺，“你正在经历的，就是你伤害过的那些人曾经经历的，你现在知道这感觉不妙了吧？”

“不妙？哈哈，哈哈哈哈，一无是处的感觉当然不妙！这个世界上谁会对一无是处的人友善！是你，生来就高高在上什么都有、每天用鄙视的目光看着我的尼禄少爷？还是你——”明哲指着安期的鼻子又哭又笑，“你很清楚一无是处是个什么滋味！如果不是我，你什么都没有！根本不会有人在意你，也不会有人与你做朋友，连你的家人都不愿意接纳你！可是你对我做了什么？一旦有了更完美的尼禄出现，你就立刻巴结上了他。当我没有了地位，财富，长处，连你这样的废物都会践踏我，人类就是这样趋炎附势的动物！所以我只有靠自己去争，去抢！我有什么错？！”

安期突然冲上来给了他一拳，明哲想要还手，却对着他发红的眼眶时愣住了。他从未见过安期如此凶狠的神情，一时间不知道该如何是好。

“我是废物，可是我也是有心的！”安期拎着他的领子咆哮，“我是怎样的人、以及你是怎样的人，都无关紧要，重要的是我们是朋友！是朋友啊！你做错事，我才想让你回头！我从来没有想要从你那里谋取些什么，也没有想过有什么更好的人会出现……我每天每天……都因为有你在我身边，高兴得跟个傻瓜一样……”

明哲的心猛地跳漏了一拍，胸口似有热烫又酸涩的洪流，下一秒就要破体而出。

但是看着安期的眼睛，那股暖流又被愧疚冲得无影无踪。

他挥开安期的手：“我只是想被重要的人认可，哪怕一次都好，所以……”像是说给他听，又像是说给自己听。

天不知什么时候下起雨来。初秋的庭院里，安期仰着头，雨水落进了他的眼睛，流下来却是热的。

“为这种人倾注感情，你是白痴吧。”背后传来尼禄的嘲讽。

安期沉默了良久：“也许吧。”

9 真相之外

之后几天，安期拒绝了明家老爷的种种邀约，依旧住在自己没有防盗门的出租屋里，每天走路去上学。明家的事在学校里传得沸沸扬扬，以往不起眼的安期受到了许多关注，无论走在哪里都能收到众人艳羡的目光。他蓦然间觉得，原来只要换一个身份背景，以往觉得无法做到的事都能变得很容易。也许这就是明哲选择投机取巧的理由吧。

一想到这里，安期就不自觉望向身边空空的课桌。明哲已经很久没来上课了，不知道是去了哪里。没有人关心已经与明氏集团没有半点关系的明哲，正如没有人在乎那个家境贫寒、进过青城山少管所的明哲。明哲亲手埋葬了他那不堪的过去，以至于当他苦心建立起的伟岸形象轰然崩塌——他这个人，都不复存在了。

安期不得不自己去找他。

安期追问了过去与他有过交集的兄弟。他们也在派对以后失去了与他的联系，但是他们显得很轻松：“不用担心，明哥想来应该过回原来的生活了吧。”

“原来的……生活？”

“他原本就是混混，现在被戳穿了，大概在看不见的角落里讨生活吧。”

安期越发不安。他无法想象明哲是在什么角落里挣扎长大的，而自己掠夺了他的血缘，把他的未来彻底搅乱了。更加糟糕的是，明哲失去了家族的庇佑，极有可能步入炼金术士的世界，成为黑炼金术的牺牲品。一想到这都是因为自己的缘故，安期就被焦虑与愧怍的情绪彻底吞没。

“请你们告诉我明哲经常去的地方，哪怕有一点点希望都好！”

“他可能会在第三医院陪他的妈妈。”

“妈妈？”安期想起豪门故事里那个充作背景的平民女孩，眼睛一亮，“明哲的妈妈还活着？”

“嗯，但是好像也活不久了。她得了挺严重的病。”

“这样啊……”

安期辞别了小混混们，打车到了第三医院。那天安期跟踪明哲的时候，他也在这里短暂停留。安期没有深究他为何要来这里。当时安期只顾着追查他突然之间变得优秀的真相，现在想来，他是来这里看望他的母亲。

安期来到住院部，打听他们母子的事，值班护士似乎对他们非常熟识：“哦，你说明哲啊……他母亲在我们这儿住了挺久了，尿毒症，治得晚了，境况挺惨。这种病也就是烧钱，要彻底治好还要配型换肾。你别看他是明氏集团的公子哥，其实他手头上没什么钱，他爷爷一直就没有承认他父亲和他母亲的婚姻，一开始看他也不顺眼，更别说替他母亲花钱治病。所以呐，那位少爷自打母亲生病以后，就像变了个人似的，想早日被他爷爷认可，成为名正言顺的继承人，支配家财来为母亲治病。”

安期整个人都是懵的：“他、他是为了他母亲？”

“那也是个可怜的女人，这辈子没进明家的大门，却总拉着那孩子的手让他认祖归宗，了却他爸爸回家的心愿，说哪天走了以后也好放心。”

安期突然有点惶恐，想起那天明哲在花园里说的最后一句话——

“我只是想被重要的人认可，哪怕一次都好。”

当时安期就觉得这句话说得十分古怪，却是为了救人性命、了人心愿的缘故。

可他那天，却毁了明哲的生日派对……

“那他妈妈现在在哪儿？”安期急切问道。

“哦，你问她啊。前几天进了CTU，眼看不动手术是活不了了，就等资金到位，结果明家出了这么大的事儿……”

“然后呢？他妈妈，还活着么？！”安期猛地抓住护士的肩膀，像溺水者抓着最后一根稻草。

护士吓了一跳：“活……活着。很奇怪的，说好就好了，就跟没事人一样，连主治医生都只能用奇迹来形容。不过这两天倒是没见明哲来过。”

安期的手一软，脑子里只有两个字：换命。

他已经知道明哲会在哪里了。

安期浑浑噩噩走出医院，满脑子都是明哲在花园里与他争执时候的表情。那种被人打碎了最珍贵的念想时，绝望到面目可憎的歇斯底里。

明哲不是个好人，但安期突然就明白了，他是抱着怎样的心情说这个世界本来就不公平，又是抱着怎样的心情，承受着尼禄高高在上又理所当然的鄙夷。

安期打开手机联系尼禄，想告诉他这个线索，然而没人接听。电话中的女声机械地一遍遍重复着“该用户不在服务区”。安期突然想起来，尼禄这个混蛋昨天晚上也一夜未归，早上更是逃课。他一摸口袋，果不其然，船票不见了！

尼禄天天念叨着要去见见忒修斯权戒拥有者，该不会是偷了他的船票上船了吧！

那他怎么办？

安期一拍脑袋，赶去了那家叫“Liar”的酒吧。天色尚早，酒吧霓虹闪烁，门庭却冷落，上次见过的侍应生正穿着执事服站在门边。见到安期，他流露出饶有兴味的表情：“又见面了，小弟弟。”

“您好，打扰，我要见L先生。”

“这次又是为了明哲么？”

安期咬牙：“是为了明哲……和另外一个麻烦的家伙。”

侍应生长长地哦了一声：“L先生今天很忙。”

安期让戒指现形，眼巴巴地比在胸口：“可是我有很要紧的事！事关性命，您能不能帮我……您看我毕竟是有戒指的人……”

话说一半，他便吞了回去，因为一张黑色的、拥有Θησευς烫银字样的船票，此刻正摆在他的眼前。

“如果L先生没有猜错的话，你是来找这个的。”

安期一把抄进怀里：“谢谢啊、谢谢……不过你们怎么知道的？”

“L先生洞悉人心，L先生也喜欢看好戏。”侍应生挑高唇角，“特别是与戴戒指的人有关的一切。”

10　绝战

安期的手指再次确认船票在睡衣口袋中，然后掀开被子躺上了床。睡着没过多久，他醒来，耳边是一阵一阵的海潮。

他推开船舱，外头有人守着甲板。

“是需要下订单的客人么？”那人的声音嘶哑难听，把自己的脸隐在阴影里。

“我有船票，但我不是来下订单的……我来找一个人，他叫明哲，是船上的常客。他在船上么？”

那人沉默了一阵："他在。"

"他在哪里？我要见他！他似乎与人交换了不得了的订单！"

"跟我来吧。"

船员踩着老旧的甲板，带安期往船尾走去。走到无人的船尾，船员指着水面让安期瞧。安期从厚重的雾气中隐约望见尘世的种种，那是人间。

"不不，我是来找明哲的……"

船员摘下了斗篷，向安期展示他布满缝合线的脸。

"走吧。"明哲对安期说，"我已经成为……这艘船的一分子了。"

"怎么会这样？"安期望着他脸上拼花似的皮肤，又握住他的手撸高他的袖子，发现他的身上也全部被缝合线布满了。

明哲苦笑了一声："每一次交换，都会遭受反噬，何况我这次与母亲交换了……像我这样下过无数订单的人，最后的下场都是留在这条船上，成为人不人鬼不鬼的存在。自己都不知道身上的哪个部分是自己的，好像只是一堆拼凑起来的垃圾。"

"可你为什么不说呢？"安期又急又怒，"你因为有人骂你母亲是、是妓女，大打出手断送了前途；你在青城山少管所第一次做交易的那个晚上，你妈妈进了医院；后来你不断交换争取继承权，也都是为了能够自由支配家财救她性命……这些你为什么不都说出来呢？"

"有什么用呢？说出来你会帮我么？还是说你会对我做的那些事坐视不理？我妈躺在病床上一天比一天虚弱，做交易我一点都不后悔！"

"我……"

安期发现明哲说的话没有错，即使知道真相，自己也还是会阻止他，决不允许他因为自己的不幸就去盗取他人的人生。

明哲明白他的回答，突然间笑得有些温柔了："就知道你不会站在我这边。可偏偏……你这种眼里干干净净的人，纵然挡了我的道，我也讨厌不起来。"

说到这里，两人都听见有脚步声朝船尾来。明哲突然拽住安期的领口，将他整个推出船舷外。

"干什么你！"腾空的安期扑腾着扒拉他的脸。

"小声点儿！现在说什么都晚了，跳船以后，你就可以回到人间。"明哲压低声音道，"你和尼禄，都不是普通人吧？"

“诶？”

“尼禄拿着船票来过，但是船长将他扣下了，关进了禁闭室，说什么用炼化阵困住他……他还想要你，把你和尼禄一起交给一伙人，这样他们就答应解开他身上交换过多产生的反噬！你先走，从今以后，都不要再和这条船牵扯上任何瓜葛！”

“不行，我是来带你们俩回去的！”

“我咎由自取，没有怨言。又心愿已了，去哪儿都无所谓，你不用管我。”

“还有个尼禄！”

话音刚落，一把剑架到了明哲脖子上：“谢谢你把新任海王送到我手上，明哲。”

雾气中，越来越多的船员显现，将刀尖对准了他。

“把他给我。”船长命令。

明哲毫不犹豫地松开了双手，安期尖叫着向人世间坠落。明哲朝船长一咧嘴：“你别痴心妄想。”

“痴心妄想的人是你吧？”

船长说着，底下就传来一声“哎哟”，明哲低头，望见船体中伸出一柄大网，将安期整个网住，拖进了船舱。明哲不禁头痛地啧了一声，输得太难看了。

船长使了个眼色：“把他给我抓起来，让他明白不听话的海盗是什么下场。”

船员押着安期来到甲板上，与明哲擦肩而过。

船长得意洋洋地鼓掌：“想不到海王纡尊降贵上过我的船，我有眼不识泰山，失敬失敬。禁闭室已经准备好了，还望我们合作愉快。”

“无冤无仇为什么要抓我！”安期眼见黑暗的禁闭室打开，用脚抵着门不肯进去。

“我们无冤无仇不错，但有人出了大价钱想要你的戒指，出价是，解开我身上黑炼金术的反噬……”话音刚落，船长眼前突然一花。

尼禄已经扛着安期单膝跪在船舷上。

狂风中，尼禄缓缓睁开双眼：“区区一个炼化阵想要困住我？你真是痴心妄想。他的戒指是我的，除了我，谁都休想抢走！”说完便纵身一跃，带着安期跳下忒修斯之船。

穿破层层阴云之后，尼禄重重落在楼顶。

他怀里的安期头发蓬乱如鸟巢：“刚才那是自由落体么？”

尼禄放开他，伸出右手。自他手心抓握处凝出一把长弓，足有一人高，通体泛着银光，明亮不可逼视。在他头顶，沉重的号角声从城市上空升起，仿佛巨鲸游曳长空。阴云密布的天际电光雷鸣，古老的船只破空而来，云层中显现出船艏胜利女神的阴惨面容。

“来了。”尼禄一把攥紧了弓。

不属于人间的生灵从天而降，个个面目狰狞，捉着弯刀朝安期冲来，身上的缝合线散发着可怕的黑气。尼禄持弓挡在安期身前，手上凝出不知凡几的匕首，轮指捻弓长射，肉躯皆化为黑气。无数黑气如蜂群般在天幕中游曳，又重新组合成人体，谁都不在意自己究竟成了谁，以至于即使尼禄飞快出击，却依旧挡不住杀不绝。

鏖战越久，尼禄的体力消耗就越大。眼看一支长箭从左侧向他袭来，他转身格挡，手臂上被拉开一道口子。

“你在做什么？上次瞬间让我的匕首化作流水的架势呢？”

安期抓着他的衬衫：“我、我和明哲换了眼睛！现在用不了！”

“你说什么？！”

“你千万别生气！我就是怕你生气才不敢说的！你一定要镇定！注意前面！”安期躲在他身后说道。

尼禄一脚踹开奔袭而来的船员：“我拖住他们，你去找他！他若是能够发挥波塞冬纹章，我们就还有救！快！”说着，尼禄随手抓了把黑气糊在安期脸上，将他一屁股踹入人群当中。

安期鼻腔里充盈着一股腐朽的气息，差点没吐出来，更加要命的是，他屁股朝天扑进船员当中，有个被尼禄砍下来的人头当即凑过来闻他！

“你闻起来很新。”那个看起来像布艺骷髅的家伙这样说道。

安期突然明白了，船员经过无数次交换、重组，身上的器官多已失效，他们用气息辨别敌我！

他跌跌撞撞爬起来，学着尼禄的模样，拢了把黑气抹在自己身上，逆着人潮朝悬空的大船狂奔而去。因为明哲刚才展露出了对自己的友善，船长必然不会让他参与围捕，他应该还在船上才对。

虽然做好了这样的心理准备，但是当安期见到明哲的时候，还是忍不住软倒在地。他被绑在桅杆上，遍体鳞伤。

“明哲！”安期手脚并用地爬到他面前，“明哲！”

明哲虚弱地睁开眼睛：“你怎么还在这里？”

“没有你我们逃不掉！”安期对他解释，“听着，我的眼睛里有一枚波塞冬纹章，可以将目力所及的一切物质化作水……现在那枚纹章连同我的眼睛，都在你身上！”

“我？”明哲苦笑了一声，“我做不到那种事的吧？”

远远的，传来模糊不清的打斗声。安期回头，尼禄的白衬衫已经染上了血色。然而他无法将自己隐藏起来。他吸引了船员的目光，一旦他退出战场，安期就会暴露。然而他太累了，只是拄着长弓喘了口粗气，胳膊上被砍出一道深可见骨的伤口。

安期焦虑地转过头，必须快点让明哲振作起来！

“你可以的！不就是炼金术么，和算术也没什么两样！你那么聪明，一定行！”

明哲被逗笑了：“我书念不好，每天只会街头斗殴，连自己的母亲都救不了……不然我为什么要上这儿，掠夺别人身上的优点？！我爷爷看不起我，我爸爸不指望我，就算是所谓的朋友，也不过是为了我身上那点根本不属于我的东西吸引，一旦拆穿我的伪装，就会鄙视我、厌恶我、唾弃我，我根本就是个一无是处的人，难道你还不明白么？所以不要对我有所期待了，我已经……没什么力气了。”

“为什么不要指望你，也不要对你有所期待？！”安期扑上去解开了束缚明哲的绳索，“当初把我拽出深渊的人，是你！”

明哲蓦然抬起了头。

暗的不见光影的深夜里，有人用温柔的眼睛注视着他，有人同他说，相信。

但是他的眼神很快就变了：“小心！”

船长从背后一把扯住安期的手肘，把他拖倒在地，踩住他的手腕，对着他的无名指高高扬起了匕首。

明哲一脚踹向船长的膝弯：“滚开！”

船长趔趄一下后稳住身形，转身掐住明哲的脖子，将他高高举起：“就凭你？”

船长与半空中的明哲对上了视线。安期焦急地等待船长被波塞冬纹章杀死，然而什么都没有发生。待明哲被掐得面红耳赤后，船长甩手将他扔到两米开外。明哲一头撞在船舷上，缓缓伏倒。

“看他……”安期朝明哲伸手祈求。

“没有用的。”船长挑高唇角，“我的确可以将纹章从王权者身上转移，但是他人无法使用，他可不是权戒认可的持有者。”

“安期——”尼禄因为船上的战斗而分心了，彻底被打乱了节奏，不多时就被众多黑气湮没。他越想挣扎到安期身边，就越是不能，最后漫天黑气中，只剩下一只伤痕累累的手。

安期陷入了前所未有的绝望之中，闭上了眼睛。

然后，他清晰地听到有什么东西，在甲板上滚动的声音。

他睁开眼。

明哲躺在甲板上，用力朝他伸出手，把手里的东西，朝他的方向推来。

安期整个人都开始发抖。

那是……

他们俩交换了的、带有波塞冬纹章的右眼！

“不要……用脚踩着我的朋友。”明哲抬头，脸上划过一道血痕。

染着血的眼睛滚到了安期的手中，瞳仁深处显现出一枚亮蓝色的纹章，目力所及之处，船长的胸口亦是从上、下、左、右四点生发，顺时针产生一道亮蓝色的光环。代表海王波塞冬的符号在注视下形成，被标记的人体一切分子瓦解。质子、电子在极快速的运动中重新排布，结合构成新的元素……

于是在某一瞬间，船长以及他的匕首，统统化作透明的海水，哗一下冲刷在两人身上。

一枚非常暗淡的戒指从半空中掉落出来，看不出原来的颜色，在地面上滚动了几圈后开始崩塌、分解。随着忒修斯权戒分解为暗如黑血的光纹，悬浮在半空中的船，呼喊着朝尼禄挥刀的船员，一切都从下往上支离破碎，散为黑尘。光纹仿佛具有巨大的引力，黑尘如飓风般汇入光纹之中。最后，光纹挑选了明哲，缠绕在他的无名指上，凝出了实体。

摔落到楼顶的两个少年趴在地面上，又哭又笑。

安期用力握住了明哲的手，像是握住了此世最珍重之物。

End

明哲和安期走在放学回家的路上，两人的右手无名指都有一枚戒指。安期那枚是宝蓝色的，像是极深的大海，明哲的那枚则暗如黑血。

“我妈妈找到了合适的肾源，明天做手术，能不能活着出来，还未知。”

“诶？”

“老头子找不到尼禄，觉得自己可能是得了老年痴呆，臆想出了个外甥，因此寻我回去，我要求他承担我母亲的手术费用。”明哲耸耸肩膀，“我还进过少管所，这可丢死他的脸了。”

安期听着他故作轻松的语气，不由得轻笑：“一切都会好起来的。”

当日船长死后，忒修斯之戒在600米半径中找到了最为契合之人——明哲。

明哲一夜之间变成了王权者，掌握了“交换”的秘密。但是，他不再热衷于“交换”，而是找到了船上的交易台账，把自己的订单一份一份解除，让每个人复归原样。他现在不再像个完美无缺的贵公子，但笑起来更加轻松、爽朗了。

“不论会不会好起来，我都已经释怀了。”面对着友人的祝福，他释然道，“我从前一无所有，以为拥有完美的家世就可以被他人认可。可当我拥有我曾经梦寐以求的一切，他人的认可却变得那么廉价，我知道他们不是在看真正的我。”

“除了我。”安期骄傲道。

“除了你。”明哲惭愧地低下头，“我其实……一直都知道，你是特别的。所以当发现你和尼禄在一起之后，我特别害怕，害怕你会从此看低我。之所以与你换眼，与其说我很需要你的眼睛，倒不如说我在借此惩罚你、报复你。我当时心里很乱，做了很多混账事。可你到最后都还愿意相信我，我就告诉自己，啊，我可不能让这个家伙失望。那是比被爷爷的认可更重要的东西。”

“人从来不是因为强大才能被爱，而是因为爱着什么人才会变得强大。在人类的世界里，只有感情可以超越强大弱小、高低贵贱，这是你告诉我的。”安期笑得灿烂。

“我那时候其实并不相信那番话。只是看到你，就像是看到了从前的自己，无法丢下你不管。”

“所以我发誓，永远都会期待你。远在你变成任何模样之前，你就是可靠的朋友。”安期走到家门口，对他挥了挥手。

明哲笑着目送他离去，这一次，能做一辈子的好朋友吧。

安期回家，发现尼禄窝在沙发上看电视。

“你怎么在我家里？”

“这是我家，混蛋。”尼禄斜眼道。

“什么时候发生的事，我怎么不知道？！”

“你不肯自行了断还我权戒，我们就成了仆从关系，你不记得了么？什么愿望都会帮我实现，你自己说的。”尼禄一本正经地盯着屏幕道。

“”

过了一会儿，尼禄又说：“你还答应要帮我找到杀父仇人。现在唯一的线索断了，你要加倍努力。”

“可我没说包吃包住啊！”

尼禄从怀里夹出一张银行卡，丢在他面前：“去做饭。”

安期双手过头恭敬接过：“您要吃什么？”

“肉——你的炼金术也要从头学起，小子。”

“是的！没问题！”

安期走进厨房围上了围裙，嘴角挑高，在哥哥和爷爷离开后，头一次燃起了大秀厨艺的激情。

强大与弱小并不重要，重要的是人与人之间的羁绊，不是么？

Chapter 2 Tyrant

暴君

1 炼金术士的班主任

早上第一节课就是数学课，班主任在讲台上拿着尺规讲解三角函数。安期脑袋一顿一顿，眼见脑门就要磕到桌子上，忽然之间被人敲打了后脑勺。安期猛地惊醒，发现同桌的尼禄正责备地望向他。

安期心里一凛，赶紧翻开笔记本打算跟上进度，却发现里面夹着一张试卷：

一、简答题（每题不少于150字）

1、炼金术的起源。

2、举出三个炼金流派及其代表人物。

3、举出所有囊括火系炼金术的权戒。

二、论述题（每题不少于500字）

1、波塞冬之戒已知技能。

2、如果你的女朋友被一伙坏人所绑架，对方要求你用权戒换取她的生命，正确的应对方式是?

安期瞬间就听不进去讲台上三角函数了。他提笔，斜眼看向隔壁的尼禄，尼禄正抱臂冷冷地监视着他："我要考察你昨天晚上的修习成果。"

自明哲一事后，尼禄就以安期偷了他的海王戒为由，要求他寻找父亲被害、海王戒易主的真相。具体做法是：强行绑定、严格训练。强行绑定包括：申请调换同桌，搬进他家；严格训练就是，无时无刻不在灌输炼金术理论与实践课程。

"我晚上做完两人份的作业，还要修习炼金术，忙到十二点才能睡觉，一早起来还要洗衣服做饭，我已经很累了，你不要太过分！"安期压低声音，但压制不住自己的怒火，"我数学超烂的，不听课根本完成不了作业！"

"你炼金术也超烂。人的精力有限，只能学一样。"

"我选数学。"安期毫不犹豫地回答。

"不可理喻。"尼禄冷冷道，"波塞冬之戒是掌管水元素的神器，多少炼金术士孜孜不倦钻研一辈子，只求一亲芳泽，你竟然有了海王戒还想着三角函数？老实说，我们意大利人根本就连九九乘法表都背不全，可依旧过得很好。”

“不会吧？”安期难以置信，“8乘以9等于？”

“72，”尼禄面沉如水，“我毕业自牛津数学系。”

“说好的炼金术和数学只能选一样呢？你为什么既是炼金术士又是数学系毕业？你不要太过分！”

“因为我智商高。”尼禄一脸理所当然。

安期嫉妒了好一阵，终于寻了个由头：“可是你的语文很烂。‘一亲芳泽’根本不能那么用，多少炼金术士孜孜不倦钻研一辈子只求‘一窥究竟’才对。”说完得意洋洋地看着他，觉得自己终于扳回了一局。

尼禄面无表情，修长的手指点了点他的试卷：“做。”

安期乖乖提笔。

两人头顶突然笼罩下一道阴影：“你们刚才在窃窃私语些什么？”

班主任路一鸣正手执教鞭，出现在他们跟前。

路一鸣是高一8班噩梦般的存在。

他是班主任，平日里总是板着张脸，最平常的表情就是微微皱着眉，以至于年纪轻轻，眉间就有一道深深皱纹，糟蹋了那张眉清目秀的脸。八班的同学们正值天真烂漫之际，头一次得知世间竟有如此忧思之人，以至于看到他自然而然悄下声，不知是同情还是敬畏。

路一鸣的日常生活完全由理性操纵着。他每天准时准点用85℃的水泡咖啡，咖啡里永远加一颗方糖，杯子摆在离桌沿10厘米处，1厘米的偏差都不会有。他按着编排的教案上课，用清朗的声音完成45分钟的宣讲，1分钟不多，1分钟不少，也不会像其他老师一样，拿课上练习、同组讨论、作业讲解充数。

所以当安期和尼禄讨论得越来越大声之时，路一鸣终于忍无可忍地一推眼镜走下讲台，以比平时说话更快的语速责备了他俩，没收了两人勾勾画画的课本。他发现里面夹着的考试卷，不禁冷冰冰道：“是觉得数学学得很好，所以在课上做化学作业了么？”

他随便一扫就看到“举出三个炼金流派及代表人物”，因此推断是化学。

尼禄脸色一变。让凡人得知炼金术的存在，是炼金术士的禁忌。他想要抽回书，然而路一鸣用教鞭挥开他的手，阻止了他的企图。

路一鸣继续往下看，白纸上尽是些“举出所有囊括火系炼金术的权戒”“波塞冬之戒已知技能”之类的问题。空白处有安期的字迹，用圆珠笔画着几个圆形图案。这几个图案在他的注视下，开始散发出不同颜色的光泽，像齿轮一般在纸上旋转着。

路一鸣的眉头皱得更深，严厉地责问他俩：“这是什么？”

尼禄立即吩咐安期：“删除他的记忆！”

“什么？你疯了？这是在上课！这么多双眼睛看着呢！”安期躲在他身后期期艾艾。

“突发事件永远是最佳的练习机会。你先删除班主任的记忆，我随后删除所有人的记忆——还记得失忆术如何发动么？”

安期迎着众人宛如看疯子的目光，两颊滚烫：“我做不到……”

路一鸣警觉道：“你们到底在说些什么？”

“快！”尼禄眼神一厉。

安期被逼无奈，徒手画阵朝路一鸣释放，结果本该是精神控制的阵法，却窜出来个火球！火球撞上路一鸣手中的课本，迅速蔓延至他的衬衫袖子上，几个胆小的女生立刻尖叫起来。路一鸣眼疾手快，一把抓起尼禄搭在椅背上的校服，想要盖住衬衫隔绝空气，然而下一秒，火势冲天而起，吞没了校服和他的整条右臂，火焰呈现出妖异的青白色。

“你怎么搞的？”在班主任的痛呼声中，尼禄回头大骂安期。

“我、我弄错了……”

“火球术和失忆术都会弄错？！”

“”全班同学默默目睹两人争执，纷纷掏出手机报警。

安期面对手臂着火的班主任，急得都要哭出来了，突然记起自己现在掌管着水元素，灵机一动，摘下眼镜。自从他知道右眼刻印有波塞冬纹章，随时都可能发动之后，就配了一副平光眼镜架在鼻子上，避免自己一不小心唤醒沉睡的力量，过失杀人。

随着安期聚精会神凝视的动作，火中变幻出一枚蓝色的符文，火焰瞬间化作水汽呼啦散开，露出蓬头垢面、满手血污的路一鸣。

路一鸣抱着伤臂：“你们……”

背后突然传来介于少年与成人之间的低沉嗓音：“老师，我带你去校医院。”

路一鸣回头，发现班长不知什么站在他身后。

“明哲……”

下一秒，明哲手心朝上，凝出一个金黄色圆形光阵。

向来可靠的班长唇角微挑，对着他流露出温柔的笑容："忘了这一切吧，亲爱的老师。"

随着他的话语，炼化阵脱离他的右手浮空，自上而下束缚住了路一鸣，最后如同一道紧箍咒般嵌入额头，消失不见了。

路一鸣的眼神变得呆滞，呆呆地跟着明哲重复："忘记这一切。"

"" 全班同学目睹班长控制了班主任，双双抱成了一团。

这个时候，下课铃声准时响起。

最早窜出教室的隔壁班同学，看到高一8班金光大作，以为自己眼花，揉了揉眼睛。

鸦雀无声的教室里又再次变得吵吵嚷嚷。

尼禄收起释放群体性失忆术的手，与明哲对视一眼。

路一鸣此时此刻有些迷惘。他发现自己站在课桌之间，课没讲完，还烧伤了一条胳膊。

他的身边，意大利学生尼禄假装念书，安期瘫在椅背上喘着粗气，似乎刚刚经历过一场浩劫。班长明哲谦恭有礼地站在背后："路老师，请问有什么需要帮助的么？"

路一鸣扫了一眼那两个古怪的学生："你们两个第二节课后跟我来一趟办公室。"

"他不是忘了么？怎么还怪罪到我们身上？"安期扒着尼禄轻声问。

"忘了什么？"路一鸣扫他一眼。

"没什么，我带您去医务室处理伤口吧。"明哲彬彬有礼地搀起了老师，递给两人一个警告的眼神。

校医务室。

"老师，你怎么会烧伤呢？哦，你一定是化学老师吧？"年轻英俊的校医温文尔雅地问道。

路一鸣摇摇头，表情迷惘。

校医锲而不舍地追问："那是怎么烧伤的呢？"

路一鸣扶额："我不记得了。"

“不记得了？”校医夸张地张大了嘴，“这都能忘？”

“我最近……经常忘记一些事情。”路一鸣扶着太阳穴，感到一阵一阵头痛。

“哦，是健忘症么？有没有什么外伤病史？”

“病史……”路一鸣回忆起小时的车祸，点点头，“因为车祸得过脑震荡。”

“这样的话，还是去医院看看吧。”校医帮他包扎完，这样建议道。

“好的，谢谢。”

“他怎么样了？”安期小心翼翼地询问明哲。

“手伤得厉害。不过我趁他不注意对他使用了治疗术，你不用太担心，养几天就能好。”明哲安慰他。

安期松了口气，继而对尼禄咆哮：“都是你！”

“明明是你弄错了失忆术和火球术。”尼禄拒不背锅。

“是你硬要在上课的时候让我做那炼金术基础训练题！”

“因为你太弱了。”尼禄摊手，“没有变强的觉悟，就把权戒还给我。”

“但是我也有我自己的生活，我是要高考的！我可不像你已经考上牛津数学系了！”

尼禄见他执意争吵，停下脚步转身面对着他：“我毕业了。”

“可我只是一个普通人……”安期垮下了肩膀，人与人的差距真是太大了。

“听着，普通人的生活，根本不值得过，现在最最重要的是你‘王权者’的身份，以及这个身份将要带给你的命运。实话实说，我不知道你为什么还要呆在学校里，你完全应该辍学跟着我去修习炼金术。”尼禄一脸天经地义。

“不！我才不要！”安期满口拒绝，但因为尼禄瞬间变冷的眼神他连忙又补上一句，“我会努力达到你的要求，可你也要答应我不要把炼金术带进学校，普通人受不了的！”

“可以让他们失忆。”

“你太过分了！你把大家当成什么了！”安期的胸膛剧烈起伏，怒瞪着尼禄。

“强者支配弱者是这个世界的铁律。”尼禄居高临下地说着冷酷的话。

安期被彻底激怒了。他揪住了尼禄的领子，因为力量不足以撼动他，所以自己只好凑过去威胁道：“我很珍惜我的同学和老师们，希望他们都能平平安安。让你的炼金术离他们远一点，不然的话……我们中国有句古话，兔子逼急了还咬人呢！”

尼禄俯视了他半晌，“噗”地笑出了声，扭过头躲开了他的视线。

一旁的明哲伸出双手把较劲的两人推开："别顾着争吵，二位，你们正在被请去喝茶的路上。因为路老师丢失了记忆，我对他的说辞是，你们俩上课玩火，把他的一条胳膊烧了。"

尼禄讽笑："玩火。"

"但凡有更好的借口，我也不会这么说——话说你们篡改他记忆的次数多么？路老师对校医说他时常失忆。"

尼禄和安期对视一眼，回答道："是第一次。"

明哲点点头，选择相信他："以后路老师不在，你们大可以想怎么训练就怎么训练，记得避人耳目。"

"他不在？"尼禄和安期一同竖起耳朵。

"他的手受伤了，自然要回家静养，我们能自由一段时间了。"明哲伸了个懒腰，"每天对着这样阴沉的班主任，还被委以重任，总感觉像是老了十多岁。"

"你不正是和他一样阴沉的家伙么？"尼禄挑眉。

"老师能回家真是太好了，真希望他再也不要回来。"安期松了口气。要是尼禄继续我行我素，他实在想象不到路老师要承受多少伤害。

三个人这样说着经过茶水间，正在他们背后泡咖啡的路一鸣身体一僵。

他盯着供水机上85℃的字样，面无表情地垂下了眼睛。

"做人要规矩。你们是学生，学生就应该好好上课听讲，好好考试得高分。老师讲课的时候，不要做其他事，更别说玩火。玩火很危险。"

安期怯怯道："对不起。"

尼禄却仔细打量着路一鸣，试图在他身上看出什么破绽："老师怎么一口咬定是我俩？"

他担心明哲的失忆术火候不到家，此时在话中设套，想要看看路一鸣到底遗忘到那种程度，到时候让他想起来就糟糕了。

路一鸣在他的审视下一如既往的冷静："我原本是能够讲完课的，但是下课的时候，我还剩下一个知识点的两个例题没讲。虽然我好像有点断片，可我知道当时一定是出事了的，不然时间不会无故消失，而那时候我又站在你们身边，所以班长说得应该没错，你们玩火烧伤了我——不过你又是怎么知道我断片的呢？你们是不是有别的事瞒着我？"

听了路一鸣的解释，尼禄确信明哲的失忆术很成功，但是像路老师这样精明的人果然很难完全骗倒。

安期偷偷拽了拽尼禄的袖子："够了。"

路一鸣对这对同桌愈发怀疑。

就在这时，同一办公室的老师下课进来了："诶，小路老师，又训学生啊？"

"调皮。"路一鸣挥了挥手让两人离开，顾自摆弄起花瓶里的野杜鹃。杜鹃是山里采来的，花在枝桠上开得密密实实。

"男孩子都调皮，你也该适应了，随他们去吧，能考高分就行了——诶，你手怎么了？"

路一鸣按了按伤手："没什么，泡咖啡烫到了。"

"那晚上聚餐是去不了了么？"

"大概是去不了了，我想早点回去休息了。"路一鸣垂下了眼帘，"顾老师，最近几天能不能帮我代个课……"

一旁的同事早已冲到了隔壁英语组办公室："晚上的聚餐，小路老师不去了，大家可以喝酒喝个痛快了！"

"酒会我要去！"窗外传来娇俏的女声，"聚餐一点意思都没有的。"

"之前那不是要照顾小路老师的口味么，他是滴酒不沾的……好了好了现在都妥了！晚上约啊！"

等同事到处宣扬一番回来，路一鸣也没有了调班托付的兴致了。原本他打算休息一个礼拜，现在看来，下午能回家睡一觉就已不错。他与年长的前辈说定，起身离开，身上涌来从未有过的疲惫。

他为人循规蹈矩，未免无趣，不讨学生与同事的喜欢，这些他都是知道的。自从双亲故去后，他老实本分地上学，念完师范找了份稳定的工作，符合所有人对自己的预期，成为和弟弟截然不同的人。这样的人生不会出错，只是有时候有点寂寞罢了。

路一鸣一个人走到停车场，开车驶出学校，与一辆停在校门口的小金杯擦肩而过。

那一瞬间，他的眼睛蓦然瞪大了。

路一航从街那边单手插着口袋走来，怀里抱着一束野杜鹃，嘴里嚼着口香糖。

他迎着"涵光中学"的门面，兴奋地整了整自己的皮夹克。今天，他来见自己阔别多年的哥哥，不再以一个失败者的身份。

2 双生

路一航捧着杜鹃花敲开高一年级数学组办公室时，里头只有老前辈在吃药："哟小路，你怎么刚出门就回来了？"

"您好，我是……"

"刚好，年级组长说下午开会。既然你不准备走了，下午的课我就不代了。我一个老头子，给一群高中生开班会，也不合适。"老前辈拍拍他的肩膀，转身离开。

"跑那么快干吗，不听人说话啊？我是他双胞胎弟弟啊。"路一航望着老头子的背影，无奈道。

他在空无一人的办公室里晃了晃，很快找到了哥哥的书桌。他把杜鹃花插在案头的空花瓶里，饶有兴趣地摆弄着书桌上的物事，漫不经心的表情也变得温柔起来，像是小孩子见到橱窗里心爱的玩具，每一样都要拿起来把玩一番，与他不羁的外表很不相符。哥哥还是那副样子，纸笔文件整理得干净利落，有条不紊，简直像个女生。但是当他看到照片的那一刹那，脸色一沉。

那是一张泛黄的老照片，背景不知是哪里的山川石壁，上头有一对年轻夫妻拥着一个孩子。但是照片一角被剪掉了，看得出曾经有另一个孩子倚在父亲腿边，与照片上的孩子并肩站着。

路一航在哥哥的位置上慢慢坐下，以一种近乎虔敬的小心翼翼，将照片拿到眼前。

他轻抚着照片上年幼的哥哥："你还是恨我。"

"路老师？"办公室门口突然有人叫他，"路老师您没有回家么？不是说下午的班会由严老师代上的么？"

路一航回想起刚才见面就自说自话的老头子："哦……他好像要去开会之类的。"

"那班会是您自己来？您不休息没事么？"明哲关切道。

路一航这才意识到他被学生错认成了哥哥。但出于一种奇怪的心理，他没有去戳穿，而是重复道："休息？"

明哲扫了眼他的手："您的手……"

路一航低头，望向自己包扎过的右手。他在打架斗殴中手骨骨折，现在已经好很多了。听这位同学的口气，哥哥也受伤了么？路一航不禁眉头微皱。

听说双胞胎之间总会有神奇的感应，有时候一个人经历了厄难，另一个人也会经历厄难，就像是两个人在冥冥之中走向同一种人生……想到这里，他不禁泛起愉悦的笑容。路一航意识到这种想法非常幼稚，哥哥受伤了，他理应伤心才对，但是他会为这种无聊的巧合开心着，只因为他们之间还有血脉相连的羁绊。

“我……是怎么受的伤？”路一航问明哲。

明哲冷汗直冒，怎么又问？是他没有将路老师的记忆清除干净，还是失忆术太过彻底，把老师变成了个傻子？

“是……烧伤。”

“烧伤？”路一航原本慵懒地靠坐在电脑椅上，此时直起身子，表情严肃，“严重么？”

明哲一头雾水：手长在自己身上，有多严重不知道？

路一航也意识到这个问题很蠢，咳嗽了两声，转而问他：“那……是谁干的？”

“尼禄和安期已经在写悔过书了，三千字每人份。”明哲略微躬身，代友致歉。

“小兔崽子……”路一航气得抓紧了扶手。果不其然，是哥哥的学生干的。

“老师您说什么？”

“啊没什么，带我去班上吧。”路一航站了起来，双手插在裤袋里，嘴里嚼着口香糖。

明明两人差不多高，明哲却感觉一阵压迫感。今天的路老师，感觉很奇怪。

路一航跟随明哲往八班走去。

有一瞬间，他的手探向口袋，想给哥哥打个电话，后来反应过来自己没有哥哥的号码。他也想过要跟身边这个班长坦白，自己不是他的路老师，只是一个七八线小演员，可是这个念头一闪而过，最终他还是选择了沉默。他觉得这是一个极好的机会，去了解哥哥的生活。他想看看哥哥每天在面对着怎样的人，体验哥哥的快乐与烦恼，带着一丝忐忑。他觉得自己就像一个见不得光的跟踪狂。

没办法，谁叫他就是这样糟糕的一个人呢？连世界上唯一的亲人都想跟他斩断关联，以至于他已经记不太清记忆里哥哥的模样，需要用这样的方式去拼凑起那个曾经熟悉的人。

“同学们静一静，开班会了。”明哲拍了拍手，回到了自己的座位上。

路一航大喇喇地走进教室，迈上讲台，挽起衬衫袖子撑着桌面，俊秀的脸上露出迷人的微笑：“大家下午好。”

所有人都一副见了鬼的模样：今天是什么日子？路老师居然笑了？

面对着这群呆若木鸡的高中生，路一航终于思考起及其现实的问题：他根本不会教书，以及，班会是什么？

“呃……今天我们来开一个比较特殊的班会。特殊的意思就是……和从前完全不同。”路一航在讲台上走来走去，信口开河，“平常，我是老师，大部分时候都是我在讲，你们听。今天我们角色互换。你们来讲讲我，随便讲，对我这个人有什么印象，有什么意见，觉得我是个怎样的人，都可以畅所欲言。”

眼看底下毫无动静，路一航一挑眉，摆出最完美的微笑：“女生表白也可以。”

教室最后一排有人捣乱，举手问道：“男生呢？”

“我会十分感动，然后拒绝你。”

哄堂大笑。

“真的什么都可以说么？”最后一排的家伙继续问道，“从前有个皇帝他就这么讲过，然后把所有说真话的大臣都杀了。”

“我听到的版本是他虚心接受了那些大臣的意见，于是他的朝廷蒸蒸日上。而且现在是法治社会，杀人犯法。”

学生们面面相觑，最后还是那个捣乱的家伙做了第一个吃螃蟹的人：“老师你长得那么帅，为什么总是皱着眉头一脸苦大仇深？”

“因为我总在操心你们的事。”

“别胡扯了！你连笑都没有笑过！从来没有！你笑起来明明很帅！”

难道哥哥从来没有……笑过么？

“那一定是你们考得太差了。”路一航笑得有些漫不经心。

女生们集体撒娇：“路老师好坏！”

男生们也统统起义：“我们是很好的学生！明明是路老师要求太高太严厉了，还总是要我们守规矩！”

“他……我也是为了你们好嘛。”路一航抓抓头，“期待你们成为更好的人。”

他都不管我的诶，小兔崽子们，知足吧你们。

“但是无关紧要的事也要管，剪指甲烫头发什么的，那不是阻碍我们变得更好看么？”女生哭诉。

路一航痞痞地笑：“你是想去酒吧约会么？在学校里，学生就该有学生的样子，而且他……我也不喜欢花枝招展的女生，纯粹审美问题。”

女生气到叉腰：“老师，你有女朋友么？”

……哥哥有没有女朋友？我也想知道。

“你觉得我有么？”路一航笑着反问。

“没有！路老师周末也在给我们补习，一定还是单身。”

“是么？”路一航沉默了一阵，“可能因为我不知道怎么向女士示爱吧！”

“哈哈哈！”大家都捧腹大笑。

“别误会了，我可不是单身——吉他？”他取出音乐角陈列着的乐器，翻身跳上讲台，随意一拨，“我是一匹来自北方的狼——”

安期看着在讲台上引吭高歌的班主任，以及在他的感召下跑到音乐角开始开演唱会的乐队，眼珠子都快要掉出来了。

他拍拍尼禄的手臂：“我们把路老师的脑子烧坏了。”

尼禄沉吟几秒钟：“不，都是明哲干的。”

安期震惊：“你真赖皮！”

“这音乐真糟糕。”尼禄流露出难以忍受的表情，站起来拽过安期，“走，跟我去上课。”

“诶？尼禄你干什么？！”

“这种班会根本没有什么好开的吧？我们两人找个没人的地方修习炼金术。”

路一航不知什么时候跳下了讲台，大摇大摆地走到他俩跟前，挡住了去路。

“所以，你就是尼禄？”他挑衅地望着高大的意大利少年。

安期打量着面对面的两人，闻到了一股浓重的火药味：“老师……”

路一航举起了打着绷带的右手：“就是你，烧了我？”

“不是啊，是……”

尼禄抬手挡住了想要解释的安期，把他拦在身后，直视着路一航的眼睛，毫无惧意道：“是。”

路一航点点头：“好小子！”

他突然高声道："你们最喜欢体育课吧？！班会不开了，你们自个儿玩去吧！有人查起来，算我的！"

教室顷刻间变得鸦雀无声。

"愣着干什么？班长呢！"路一航吼道。

明哲硬着头皮起身。其他人在他的组织下，纷纷带上运动器械溜走了。大家光凭第六感就知道，这里恐怕要发生了不得的事件，尽快疏散比较好。

"等等！"路一航叫住了众人，大家纷纷停下了脚步。

"做人要守规矩，这句话没有错，你们都记着——听到了么？！"

"听、听到了。"众人纷纷应是。

"走吧。"

众人如蒙大赦。今天的班主任喜怒无常，让他们十足地体验了一把什么叫伴君如伴虎。

待教室里清场后，路一航冷笑一声："现在，让我们来算账吧。"

"不要打他！"安期冲到尼禄面前，把他挡在身后，"老师，其实烧你的人是我！"

"哦？"路一航眯起了眼睛。

"你怕什么？"尼禄扯住安期的胳膊把他拖到身后，迎着路一航不屑道，"你想怎样？"

"尼禄！"安期尝试让他闭嘴。

"他又不能拿我怎么样，大不了再删他一次记忆。"尼禄哼了一声，拽着安期从路一航身侧离开。

但是，他们还没有走到教室门口，地面突然开始震动，安期一个站立不稳摔倒在旁边的椅子上："地震啦——"

话音刚落，他就感觉头顶一黑，竟然是吊扇脱落，飞旋着朝他砸来！

尼禄连忙把将安期扑倒，两人一起滚进课桌底下。只听"砰"得一声，吊扇砸落在地，四分五裂，断裂的扇叶碎片借着旋转的势头斜飞出去，噗地一声插入了尼禄的大腿上。安期看到血涌出来就傻了，尼禄道了句"不好"，推开课桌就带着他往外跑。

背后的路一航轻啄了一口左手上显形的权戒："没规没矩。"

安期担着尼禄的胳膊，支撑着他走到操场尽头："刚才那是怎么回事？！"

尼禄背靠大树坐下，喘着粗气："他好像不是普通人。"

"不管是不是普通人，他也是我们的老师啊，怎么可以说话那么冲！"安期仔细检查他腿上的伤，心里又气又急，几次三番想拔掉插在他大腿上的吊扇碎片，可都下定不了决心。

尼禄扣住他的手腕："别，万一伤到的是大动脉，血一喷，我和你就阴阳永隔。"

安期慌乱到没空纠正他在乱用成语，忙不迭地点点头："我先带你去医院。"

"你们要上哪儿去？"路一航不紧不慢地从远处走来，一只手打着绷带，另一只手上，青金石般华丽耀眼的权戒不容忽视。

两人皆是一愣。

尼禄嘿笑："想不到我们身边还藏着个王权者。"

"你平常也是这么跟老师说话的么，外国小哥？我想他一定很讨厌你这样的学生。你们俩放火烧他，他竟就咽得下这口气，你们是不是家里有什么背景啊？我说怪不得一副了不起的样子，看了就让人手痒。"路一航笑得不怀好意，"要是这个班里没有你们这两个问题学生，哥哥一定会轻松吧？"

"老师你在说些什么？你误会了，事实根本不是这样的！"安期慌张地担起尼禄的一条胳膊，随时准备逃跑。

"听不懂人话么？我在说，血债血偿吧！"

说着，他举起了手，手背上的纹章与权戒组合成诡异的图腾，释放出可怕的风沙。风沙所掠之处，两人头顶茂盛的大树瞬间变成一片火海。烧得滚烫的枝干不断往下掉落，陷两人于蒸笼之中。

"水！"尼禄提醒道。

安期摘下眼镜，凝神释放出波塞冬纹章，在火灰灼伤他的眼睛之前，一树着火的叶冠都被转化成了水，哗啦淋在两人身上，也浇灭了地上的火势。安期趁机带着尼禄逃跑。

"哦？"路一航觉得很有趣，这两个学生似乎也不是一般人。

正当他想要继续追猎时，铁栅栏外传来摩托车响。

此处靠近学校后门，外头是个废弃的篮球场，现在，十几辆摩托车在外面盘亘着停下，骑手个个头戴白色头盔，身形矫健。他们下车撩开外套，掏出了藏在里头的棒球棒，旋转着跳进矮墙里。

安期原本想带着尼禄往那个方向逃跑，此时躲在墙角下不敢现身。这群人显然来者不善，除了棒球棒，还带着各式器械。但是他们直接越过了安期一行，径自往操场上去了。

一辆小金杯姗姗来迟，里面的人推门而出："砸了我的场子，以为躲这儿来我就找不到你了？"

听闻其声，路一航脸色一沉："谁躲谁，混账东西。"

中年男人关上了车门，抹了把自己油光发亮的齐肩长发，抬起头来对路一航冷笑一声："这样吧，我卖你个面子，把你手上的戒指交出来，放你一条狗命。"

路一航满脸不屑："放我一条狗命？你以为你有多大能耐。不管新账老账，爷爷今天跟你好好盘算盘算，盘算完了，就送你上西天，不用着急。"

"我是不能对你做什么，不过这里是学校吧？"中年男人翻过低矮的铁栅栏，扫视四周，发现了不远处高一8班的学生们，"人还挺多啊。"

他一挥手，之前那群戴着白头盔的喽啰冲进了操场，肆无忌惮地追逐起正在自由活动的学生们。女生开始尖叫，打篮球的男生们则把她们拦在自己身后，可是面对着管制刀具也束手无策，面露恐慌，恍若一群被恶狼围成一团的小羊。

路一航这才意识到之前那群人也是冲着他来的，目的是挟持人质威胁他，不禁破口大骂："你这个畜生，连小孩子都不放过！"

"我本来就是畜生，但是你不一样，你何必与我斗？俗话说的好，光脚的不怕穿鞋的，我是亡命之徒，所以你就不要和我磨蹭了，把东西直接交出来！"

路一航咬牙切齿。教师这个职业，是哥哥从小的梦想，这样下去会因为自己的缘故，毁了他的前程。

就在这时，斜拉里突然窜出来个人影，一肘子敲向中年人的后颈，手中凝出匕首要刺他的颈动脉。中年人的反应速度相当快，被压制的状态下，堪堪避过袭来的刀锋，眼明手快地拔掉了尼禄腿上的断片。尼禄哀嚎一声倒下，捂住了自己血涌如泉的伤口。

安期大惊失色："你在干什么！"

尼禄没空理睬他，而是对路一航吼道："你别傻了，别把权戒交给他！权戒选择了你，你就是他的主人！就算给他们，他们也不会放过你！先杀他，再救人！"

中年人一脚踩在他脸上，堵住了他的嘴，尼禄的声音就变得支支吾吾的了。中年人从怀里掏出一把货真价实的半自动步枪："你这个人怎么话这么多呢。"说完就扣动了扳机。

“不要！”路一航懵了。

晴天的校园里，划过一声清脆的枪响。

但是本该让尼禄脑浆迸裂的子弹，最后只在他眼睛上溅出一滴水花。

中年人抬头。

两米开外，瘦弱的安期眼中，旋转着一枚蓝色的炼化阵。他手上的海王戒也显形了。

“哦？还有一个。”中年人笑得露出一口金牙，“发大财了。”

话音刚落，尼禄抱住他的脚踝用力一扭，将他拖倒在地，翻身骑在他身上制住了他：“快！去救人！”

路一航二话不说朝操场跑去。

安期担心与中年人缠斗的尼禄：“你行不行呀！”

“别废话！快去！”

安期一狠心，跟上了路一航。可他没跑出多远，地面就开始震动。安静的教学楼里瞬间人声鼎沸，所有人都以为是地震了，尖叫着试图逃离楼体。而操场上的袭击者和学生们，在大自然的威力之下，也忘记了前一刻还在刀刃相向。连安期也不得不抱住刚才烧焦的枯树，才勉力维持住平衡。

在这山崩地裂中，只有路一航是稳的。他一步一步走上升旗台，手上是华丽耀眼的王者纹章，十米开外都能看见。

路一航朝天伸出左臂。

天空瞬息变色，阴霾遮蔽阳光。同时，一道裂缝“咔嚓”一声，撕裂了平整的跑道。

裂缝以极快的速度向远处蔓延。安期极目远眺，发现裂缝循着跑道的弧度，在操场尽头闭合。整个操场以裂缝为界，与地面相割裂了。在震耳欲聋的轰鸣声中，操场开始崩裂下陷，不管是学生还是那伙暴力分子，都在落石中哭喊着抱成一团。

不过半分钟的时间里，操场就坍塌成了一个巨大的陷阱！

当安期赶到路一航身边的时候，他已经收回了手，阳光再一次落在他的身上。

“老师……”

“都结束了。”他笑了一声，把外套搭在了肩上。

“老师，你不管了么！”安期指了指坑下努力往上爬的同学们，“坏人，同学们，要叫救护车，可能还要请消防员哥哥搭天梯救人……”

路一航打了个响指，手背上的纹章随之一亮。地面重新开始摇晃，安期一屁股坐在了升旗台上，目瞪口呆地望着坑底缓缓抬升，恢复到与地面齐平，最后只有跑道上可怖的裂缝，彰显着刚才的一切都不是做梦。

“这下可以了。”

路一航回到了哥哥的办公室里，取了那束杜鹃花，和来时一样信步离开了校园。他一路走着，身边是吓蒙了的学生们，还有吓蒙了的歹人。后者骑上摩托车，自他身边飞一般地逃窜，仿佛在逃离极为恐怖之物。路一航配合地整理了一下自己的发型：“告诉你们老大，他在国道上肇事逃离的事儿，我跟他没完。”

“老师！”身后又传来讨人厌的声音，从刚才开始就一直跟着自己。

“我不是老师，我是路一航，你们路老师的孪生弟弟。”他嚼着口香糖转身，懒散地插着口袋笑着，“和他教书育人不一样，我专办坏事。”

“等等，你去哪儿！”

他在四下溃逃的喽啰中扬了扬手中的杜鹃花：“扫墓。”

3　过去

尼禄坐在救护车的后头，接受着紧急处理。安期坐在他身边，把手小心翼翼地贴在他的纱布上：“你的腿还好吧？”

尼禄斜眼：“还不是因为你，笨蛋。”

“怎么又是我？”安期不解。

“要不是你把失忆术错放成火球术，什么事都不会发生。”尼禄拿校服袖子抹掉嘴边的血，“因为我受伤，都按不住那个老流氓，白白让他跑了，可恶啊。”

安期明白，自己大概要因为错放火球术这件事被他归罪十天半个月，放弃了反驳，自觉转换了话题：“那个……刚才那个像我们老师的人，他说他不是路老师，是路老师的孪生弟弟。”

“别管他了，他是戴戒指的人，根据《神圣联盟》条约，我们最好不要去接近他。”

“《神圣联盟》条约？”

“是王权者之间的和平协议，制定于公元1345年。当时教会势力强大，宗教法庭屠杀了许多炼金术士，随心所欲的王权者第一次感受到了危机，在里斯本缔结联盟。1345年里斯本会议确立了后世炼金术士的行为模式。第一，炼金术士转入地下，隐姓埋名，逃避阴谋家的迫害，这也是为什么炼金术的存在极端保密的缘由；第二，王权者互不干涉，王权者不可谋杀王权者，限制了王权者之间互相争斗造成的内耗；只有在王权者主动请求帮助时，才可以打破互不干涉条约，为其提供庇护。”

“那我们为什么不能去找他聊聊？”安期奇怪道，“你不是很想接触这个城市里的其他王权者，打听你父亲的事么？也许他会知道。”

尼禄摇摇头，掏出怀里的圣斯汀棋盘，白皇后朝他移动：“他很危险。”

“为什么？他使用的并非黑炼金术啊。”

“权戒各有各的特性，但是像这样能轻易引发地震的，我却没见过。一开始我觉得这会不会是土系炼金术，但是他也能让树燃烧。一般的权戒都只有一种元素属性，他的权戒不但打破了这个规则，还充满着暴戾的破坏欲，却会被白皇后所感应，不是被禁绝的黑炼金术。这种不明来路的王权者，还是暂时不要去管他，反正跟我们也没有什么关系。”

“虽然你那么说，但我知道你还是会管的。”安期狡黠笑道，“你刚才……为了救同学们挺身而出了吧？”

尼禄一愣，哼了一声扭过了脸：“你不是很珍惜你的同学和老师们么？要是他们受伤，你会咬我的吧？我才不想被你咬。”

安期受宠若惊：“所以也是因为我说‘不能把炼金术带入学院’，就放弃了用炼金术攻击老流氓、改为肉搏的么？你可真是听话呀。”

“吵死了。”尼禄让他闭嘴，继续刚才的话题，“比起路家兄弟，我对那伙混混更感兴趣。还记得中年男人说的话么？有人出大价钱买权戒。上一任忒修斯也说过这番话，我直觉他们背后是同一股势力。”

正当两人拌嘴之际，不远处传来校长哭天抢地的声音：“这是怎么回事？怎么回事！”

保安解释：“高一八班在操场上自由活动的时候，突然冲进来一伙不法分子，劫持了学生，然后操场就塌了……”

“你当我瞎呀？”校长指着操场，“这不是好好的么？”

“那是后来又升上来了……”

“你当操场是自动舞台啊，可伸缩可旋转灯光舞台？”

“校长我说的可都是实话，大家伙都看见了。”

“那不法分子呢？”

“都骑上摩托车跑了。”

校长一脸“不会吧”的表情，保安为难地指了指操场尽头的树，“不法分子还把树给烧了，差点烧死八班两个学生——就那俩。”

因为尼禄是尊贵的意大利留学生，校长连忙殷勤道：“尼禄啊，脚上的伤还好？”

“不好，被吊扇割伤了。”

校长脸上的笑挂不住了，转头问保安：“不是烧的么，咋还有吊扇呢？”

“八班的吊扇也砸下来了。”

“为啥呀？好好的吊扇，转着转着就能飞下来，那脑袋还不跟韭菜似的全给收割了？”

“我找学生们了解过当时情况，说是班主任把他们都赶了出来，要跟这外国小哥单独谈谈。外国小哥早上得罪了班主任，估计是打起来了吧。”

校长思忖了半分钟：“我说这事儿怎恁邪门……路一鸣呢路一鸣？他班里出了这么大事儿他人去哪儿了？”

“刚才还在的……”保安伸着脖子四处张望。

校长直接打通了他的电话：“喂，路一鸣！我问你，今天下午的班会课，你为什么不好好上，把学生都赶出去上体育课？不用！不用回答！你的学生都已经告诉我了，你是为了和意大利留学生单挑！你作为一个人民教师，不好好教书育人，和学生单挑，把吊扇都给拆了！把树都给烧了！把操场都给震塌了！把恐怖分子都给引来了！你看你做的都是些什么事儿……你哪里是人民教师，你是恐怖分子的头儿吧！咱们庙小容不下您这尊大佛，当老师太屈才了，您走吧！”

安期背着书包敲开路一鸣家的门时，他正着急出门。他见到安期很惊讶：“你怎么来了？”

“我听到校长给您打电话了。”安期脸上有愧，“我想老师一定很惊讶为什么会被辞退……您有个孪生弟弟，对不对？”

路一鸣先是一愣，而后面沉如水：“果然如此。”

他转身进门，安期纠结了片刻，也脱掉鞋跟了上去：“他不是故意的，明哲说他只是想代课……”

“一个戏子，能指望他些什么？”路一鸣把自己扔到沙发里，推高额发，是自暴自弃的态度。

“但是他可能惹上了麻烦了。他……他有一枚很特别的戒指，有些人在追他。”

“那关我什么事？”

这回轮到安期愣了：“你们不是兄弟么？”

路一鸣没有说话。

安期猜他俩关系不大好，沉默了一阵，开口道：“我也有哥哥，我在他眼里大概也很不正经，所以他也对我很失望。”

他小心地窥探着路一鸣的脸色，见他不是太反感这个话题，才继续说下去：“我不是很清楚哥哥的想法啦，但是我很清楚被哥哥讨厌的弟弟是怎样的感觉。就是……即使知道被讨厌着，也会想依赖你，因为是哥哥嘛。”

安期说着说着就笑起来，抓了抓脑袋：“觉得有哥哥在什么都不用担心，很害怕被他丢掉，会努力想去帮他做点什么证明自己不是个废物，即使是被夸奖一句都会高兴半天。但其实总是在闯祸，帮倒忙。”

“你懂什么？”路一鸣突然一手打翻了桌子上的玻璃杯，杯子摔在地上，碎得四分五裂，“不要在这里教训我！”

安期的笑容僵住了，他意识到自己又帮了倒忙，沮丧地背起书包，离开了他的家。

掩上门的时候，他转过头来轻声说：“总之，他真的很需要你。”

路一鸣怔怔地望着花瓶里的杜鹃，眼神放空。

路一航捧着新鲜的杜鹃花来到哥哥家门外，紧张地敲了敲门，屏住了呼吸，里面却无人应答。他的忐忑一扫而光，闷闷地叫了声“哥哥”，这么大人了，声音里却还有一丝委屈和懦弱，像是小孩子考了不及格回家，没有一点底气。原本最好的打算，是哥哥毫无戒备地开门，那就可以趁机死缠烂打地溜进去。但是他这一声喊，大概也就只能喝碗闭门羹了。

路一航等了一会儿，里面依旧一点动静都没有。

“哥。”他最后一次象征性地敲了敲门，“我知道你在里面，你不开门，我就站在外面说了。”

说完，他背倚着门靠坐下来，像小时候一样盘着腿，仰着脑袋。

“你知道我从小就调皮捣蛋，长大了也不学好，做个七八线小演员，不像你有份正经营生，让人看得起。我以前每年来看你，都不敢叫门，总觉得我这副烂泥扶不上墙的样子，你看了就碍眼，别说原谅我，大概连看一眼都多余……”路一航将十指插入发中，定定望着放在脚边的野杜鹃。

“我这次来就是因为我跟从前不一样了。我总在是在想，如果当年我能够抬得起车，是不是爸妈就不会死，你也不会不要我。我现在真抬得起车，我几乎什么都做得到，不然我也不会回来。”路一航擎起手指，呆呆地望着上头青金色的权戒。

然后他将权戒捋了下来，轻轻放在杜鹃花上。

“但我发现根本没有两样，哥哥，我依旧什么都做不成，只会给你惹麻烦。”路一航突然捂住了自己的脸，声音变得嘶哑，“你的手受伤了，我就想帮你代个课，学着你的样好好做事，可……我一辈子都没有办法追上你，所以这个戒指，就交给你保管了吧。我拿着它，也干不了什么好事，可哥哥不一样，哥哥总有办法物尽其用。”

路一航絮絮叨叨讲了许久，不知什么时候没有了声息。

路一鸣打开家门的时候，门外空无一人，只有一地娓娓的杜鹃。

他翻找了零落的花瓣，里面并没有什么戒指，但是有一张照片。照片上是一部小金杯，牌照污浊，但还是可以看出是XS90831的字样。路一鸣陷入了沉思，捧着花进门，插在了空空如也的花瓶里。

安期当天晚上都漫不经心，回话也总是慢半拍，躺在治疗阵中的尼禄忍无可忍，伸出长腿踹他一脚：“你怎么回事？”

“老师和他弟弟，貌似有间隙，关系不是很好。”

“你去找过他们了？”

“我没有……”安期撒了个小谎。尼禄早上说过不准他和路一航接触，他可不想触这个霉头。

话音刚落，外头传来踹门声，两人都吓了一跳。安期穿上拖鞋打算出去看看，尼禄把他拽住：“别去。”

窗外传来机车轰鸣。尼禄撩起百叶窗往外探了一眼，小巷子里开进来很多摩托车，骑手戴着白头盔，是白天那伙人。尼禄想起中年人见到安期时的贪婪神情，把他塞进床底下：“不要出来，他们是冲着权戒来的。”

说着，修长的食指在空气中比划了个隐身阵，一道浅灰色光纹像蜘蛛网般罩住了床底，从外面看来，安期的身影消失了，床底下黑洞洞的一片。

"那你呢？"安期想要爬出来。

尼禄把他的脑袋按回去，手指按在唇上比了个嘘。

中年人一脚踢开卧室，尼禄静坐在床上。

"私闯民宅不怕我毙了你么？"他冷冷道。

"不怕。"中年人举起自己的半自动步枪。

他比着枪四处瞧瞧："另外一个人呢？"

"这是我家，什么另一个人。"

中年男人并不吃他这一套，招呼手下进来一起翻找。眼看有人蹲下来检查床底，安期屏住了呼吸，与他隔着一道隐身阵对视着。虽然只隔着呼吸相闻的距离，但那人最后还是握着砍刀对中年男人摇摇头，意思是床底下没有。

"我可听说你们住在一起呢！"

"我还听说你是来抓我们路老师的，现在怎么杀上我家了？路老师可不在这儿。"尼禄枕着脑袋，眼珠子一转，"你是想要戒指？"

"有人出了大价钱想要。"

尼禄挑高唇角："所以你就扛着枪来了？真是不要命。"

"谁不要命？"男人把黑洞洞的枪口顶上了他的太阳穴。

尼禄朝着他翻白眼，露出鄙夷的神色，床底下的安期吞了口唾沫。

男人嘿了一声，收回了枪，把手机丢给尼禄："打个电话，让你们老师和那个小朋友把戒指送来芙川路锦明酒店17楼1708号房——报警我就炸得你脑袋开花。"

尼禄接过手机，拨通了路一鸣的电话，对面很快接起，却没有做声。

"喂，路老师，我是尼禄。"尼禄平静道，"现在有伙人闯进我家绑架了我，他们想要那枚戒指，你得把它送到芙川路锦明酒店17楼1708号房，不然他们有可能撕票。"

对面路一鸣懵了："什么？！你现在还好么？人在哪里？"

尼禄答非所问："安期也在你那儿？那正好，你们一起把戒指交过来赎我。"

说完，尼禄便挂掉了电话。

"都通知到了。"他把手机丢还给中年男人。

男人对手下打了个手势，他们上前拿口袋把尼禄套了起来，尼禄也不挣扎。安期躲在床底下，眼看他们把尼禄打包带走，捏了一手的冷汗。

路一鸣驱车赶到安期家楼下的时候，安期已经等在那里了。

“尼禄怎么样？”路一鸣甩上车门问道。

“是这样子的老师……这件事让我怎么讲。”安期原地兜圈。

“不要着急，慢慢讲。”

“尼禄……是个炼金术士，我们都是炼金术士，包括您的弟弟路一航。”安期真诚地望着他的眼睛，尽可能一字一顿地叙述，“我和路一航各有一枚戒指，非常强大，跟魔戒似的，所以那群亡命之徒就绑了尼禄，想换我们的魔戒。”

路一航盯了他半天，脸色越来越难看，最后把手背贴上了他的额头。

“我说的都是真的！”安期伸出右手，向他展示自己的五指，“手指上是空的，对不对？”

路一鸣严肃认真地点点头。

安期聚精会神，古旧精致的蓝宝石银戒凭空出现在他的无名指上：“现在你相信了吧？”

“这是你新学的魔术么？”路一鸣问。

“这是权戒！”安期抓狂，“这是炼金术！尼禄一直逼我上课不好好听讲在修炼的玩意儿，今早上还拿火球术烧了你的手，尼禄就擦除了所有人的记忆！——哦班长明哲也是个炼金术士，你的记忆是他擦除的。”

路一鸣按住了他的肩膀：“好吧，我相信你。然后呢？”

“嗯？”

“你们都是炼金术士，有人要抢戒指因此绑架了尼禄，然后呢？我们要做些什么？报警？”

“他们会撕票的！他们有枪，而且警察也根本不会信我们的鬼话。”安期沮丧地把脚下的石子踢出很远，“我需要把尼禄赎回来。但是对面开口要两枚权戒，你的弟弟在哪儿？我希望他能跟我一起去。哦不要误会，我当然不是要把他的戒指送人，只是假装一下而已，我们两个联手就足以对付那群流氓了。”

路一鸣面露难色。

“老师？”

“我不知道他在哪儿。”路一鸣愁苦地摁了摁自己的眉心，“他来找过我，但是我没有见他。他也提到了那枚戒指。”

“他说什么了？”

“他说戒指由我保管，但是……我没有找到那枚戒指。”

安期摇了摇头：“戒指是不能转让的，除非他死了，所以应该还在他那里。你知道他会去哪儿么？”

路一鸣想了想：“上车。”

一航可能会去那个地方，毕竟，今天是父母的忌日。

天下起了雨，车子经行在开往郊区的盘山公路上。这种天气鲜少有人上山，天地间亦只剩下雨声，路一鸣被这种孤独瘆得体寒。

“路老师，这是去哪儿？”

路一鸣回神，发现自己不是坐在后座上，而是握着方向盘。车里坐着的也不是自己的家人，是今年刚带的学生，蓦然间有点分不清今夕何夕。

他问安期：“你今年多大？”

“诶？”安期流露出疑惑的表情，“十七岁。”

路一鸣长长地叹了口气：“十七岁，十七年……是啊，都过去那么久了。”

“什么事？”

“我父母。”

路一鸣轻叹一声，仿佛听到车厢里双亲的笑声。他们说今年的杜鹃花开得特别好，他们说可惜突然下起了雨，他们讨论野杜鹃可以在家里的花瓶里养多久。弟弟在身边挥舞着一束花，他脱了鞋站到了座位上，杜鹃的艳红色在眼前扫来扫去。

“滴滴——”前方急弯处驶来一辆大卡。

路一鸣狠狠一脚踩住了刹车。

安期抓着安全带，瑟缩在副驾驶上：“路老师！我刚才跟你说有车你没听见？！”

路一鸣喘着粗气，定定地望向右手边。那是山路上的急弯，路边是铁青色的护栏，护栏那里立着一块警示牌：事故多发区域，减速慢行。

对面的司机摇下车窗朝他吐了口唾沫，骂骂咧咧道了句什么，启动远光灯晃花了他的眼睛。

“我父母，当年就是在这里出事的。对面超速，车被撞下了山崖。”路一鸣声音很轻，说话间整个人都颤抖着。他的眼前又浮现出刺目的远光灯，耳边响起刺耳的喇叭声，车身颠倒，天旋地转，让他有呕吐的欲望。

一旁的安期倒吸一口凉气。

“我们也在车里。”路一鸣坚持着说下去。

“‘我们’？”安期琢磨，“是你和你弟弟？”

“对。”路一鸣伸手试图去拽住弟弟，可是身边什么人都没有。

最后，最后怎么了？

车子滚倒在山崖下，他把哭叫着的弟弟推了出去，弟弟是伤得最轻的一个，他爬出去以后找不到人帮忙，只会哭，于是爸爸妈妈错过了最佳的获救时间。

“那天我们进山采杜鹃花，弟弟调皮，拿花逗开车的爸爸，擦伤了他的眼睛。不然爸爸也不至于避不开车。”说到这里，路一鸣突然捧住了安期的脸，双眼失焦嘱咐他道，“千万不要调皮，千万不要调皮，知道么？要乖，要守规矩，不然会出事的。”

安期面对着神情恍惚的路一鸣，轻轻抿了下嘴唇。

他终于理解，为什么路家兄弟的感情会那么糟糕了。

“前面就是我双亲的公墓，我去看看我弟弟在不在那里，你在车里等我。”路一鸣将车窗放下一些，锁上了车门。安期坐在副驾驶上，乖巧地点了点头。路一鸣努力给了他一个宽慰的笑，打着伞上山了。

安期目送他远去。这个男人的背影在淅淅沥沥的雨中显得如此寡淡，甚至透明。他垮着肩膀，似乎下一秒就会被这风雨湮没。

路一鸣捧着杜鹃花上山，发觉有一个穿着黑色风衣的人站在墓碑前，身姿挺拔如青松。他停下了脚步，胸口涌动着酸涩的洪流。在他的大脑做出反应之前，他已经听见自己带着哭腔地喊道：“一……”

但是下一秒，有人突然从背后将他按倒，雨伞和花掉落一地。

黑衣人转身踩住了他的手腕：“果然你会上这儿来扫墓。老板都等不及了，让我们亲自来请你。”

失望和雨水一道将路一鸣淹没了——这个人不是弟弟。

“你是谁？”路一鸣挣扎着问。

那人从怀里掏出一个形制诡异的透明水滴瓶，蹲下身检查了他的手指，然而上面是空的。他对同伴使了个眼色，路一鸣感到有人开始搜他的身。

“没有。”另一人说道。

“如果你们在找戒指的话，那你们恐怕要失望了。我不是你们要找的那个人。”雨水顺着他的额发往下流，路一鸣抬头，看不清父母的墓碑。

那人似乎觉得棘手，考虑再三后，说：“把他带回去，反正戒指他也不可能交给别人。”

安期见到路一鸣走下绿树掩映的山道，背后有人押着他的肩，是早上遇到的过的那伙混混，心下一沉。路一鸣停下了脚步，扫他一眼，安期转身躺在了副驾驶上，捂住了自己的嘴。

黑衣人张望白色小轿车的方向。

“怎么了？”另一人问。

“没什么。”

他们将路一鸣塞进面包车，面包车随即开走了。

确认那伙流氓已经离开，安期坐起来试图开门，但是车门纹丝不动。

“不要慌，不要慌……”他摘下了眼镜，露出右眼的波塞冬纹章，冲着车窗低语，“Aqua。”

车窗纹丝不动。

“Aqua。”他又认认真真咬文嚼字地重复了一遍。

车窗还是没有丝毫反应。

安期突然转身一拳头砸了过去：“开门啊！”

然而他的手穿透的不是坚硬的玻璃，而是一道水帘。水帘泼在地面上，车窗空空如也。

安期发出了一声短促的笑声，跳出了车外。

但是他却不知道该怎么办才好了。尼禄和路老师都被绑架，对方要他和路一航交出权戒，可是他被丢在了荒郊野岭的公墓，上哪儿找路一航？他记得路老师说他会来这里祭奠父母，那如果在这里等等，他会来么？或者找到公墓管理处，问问他们有没有他的联系方式……

安期淋着雨三两步跑上山道，很快看到了那束被丢弃在雨中的杜鹃花。

被墓园的气氛所感染，他将花捡起来，抖了抖上头的雨，想要祭奠面前的墓碑。墓碑是夫妻合葬的，底下写着“子路一鸣、一航敬立”的字样，漆已褪色，有一片花瓣黏在字上。

安期伸手拂掉花瓣。

“哟，来扫墓啊。”守陵人拿着红黑两罐油漆走到他面前，“你是这家的亲戚？”

“不、不是。”

安期退到一边，不妨碍他做事。

守陵人拿出黑色的毛笔："这对夫妻死得惨哦，不过儿子孝顺，年年来扫墓。他不来我都忘了该给墓碑上色，过意不去、过意不去。"

安期看着他添漆的动作，突然间瞳孔一缩。

手中的花掉落在地。

芙川路锦明酒店17楼1708号房。

尼禄被五花大绑地捆在椅子上，依旧不失气度。

"你知道戒指是什么东西么？"他抬起下巴，询问中年男人。

中年男人倚在桌边，逗弄着鱼缸里的金鱼，他一弹手指，金鱼就惊慌失措地游来窜去。他得意地瞄了眼尼禄，道："是能换钱的好东西。"

"也能换命。"

"当然。"男人拿枪比着他的脑袋，嘴里模拟着"砰"的声音，"我现在就可以要了你的命。不过还要等等，等你的小朋友和那个姓路的把戒指交到我手上。"

"他们交给你，你也用不了，拿不到。"尼禄语带嘲讽。

"是么？"中年男人从怀中掏出看不出材质的透明水滴瓶，"他们说把戒指放到这瓶子里就可以了。"

尼禄神情立变："艾萨克之瓶？"

艾萨克之瓶是牛顿发明的容器。除了是个大科学家以外，艾萨克·牛顿也是位杰出的炼金术士。以他命名的容器可以捕捉权戒，中断权戒散入无形的进程，不论权戒是否有主人。

"你从哪里得来的？！"尼禄进一步追问。

"别当我是傻瓜，我知道你们那戒指有古怪。"中年男人拿枪拍拍他的脸，"但是有人懂，还会给我钱。小兔崽子，还真当我治不了你了。"

"告诉我他是谁，我也许会放你一条生路。"尼禄眼里迸发出可怕的杀意。

"哦？"中年男人哈哈大笑起来，"这句话应该我说才对——不，这只是谎话，你的小朋友把戒指给我的时候，我就会杀了你，还有他。特别是你，我就从来没有见过你这么讨人厌的东西，一枪崩了干净。"

尼禄眯起了眼睛，唇齿微微翕动，无声且快速地吟唱起男人听不懂的语言，黛色的眼睛一瞬间变得极深，恍若望不见尽头的海底。

吊灯明灭。

中年男人胸口抽痛，抬起枪指着他，面露恐慌："你在说什么？"

尼禄闭上了眼睛，表情享受，声音渐渐加重，男人心脏处传来的疼痛感也越来越明显。他无法保持平衡，手中的枪亦是脱落，不得不倚靠着手边的桌子。这时候，尼禄已经声如洪钟，每个音节都像是在践踏他的心脏，男人捂住了耳朵大叫："不！停下——"

桌子上的金鱼缸却突然炸裂，金鱼像炮弹一般射出，内脏拍碎在天花板与墙壁上，像是盛开的血色烟花。

尼禄哈哈大笑起来，歪着头问男人："还想杀我么？"

男人倒在地上，嘴角流下一道血迹。

这时，桌子上的手机响了，是尼禄被收缴的手机。听出是安期的专属铃声，他下巴一抬："接。"

男人颤颤巍巍地站起来照办，将安期的声音设置成外放。

"喂，尼禄？"

"什么事？"尼禄瞥了眼男人，不耐烦道。

安期原本想问他有没有受伤，但听他这中气十足的，也就把这个问题先放到一边："绑匪在么？"

尼禄扫兴："找你的。"

男人粗声粗气："什么事？"

"我在城郊龙铭公墓停车场，你派人来接我吧。"

"我派人来接你，凭什么？！"男人终于爆发了，指指尼禄又指指安期，"你们一个一个的，把我当什么了！"

"我自投罗网不好么？我是波塞冬权戒拥有者，现任海王，我来赎人。"

尼禄一愣："别来！我好好的。我自愿跟他们走只是为了顺藤摸瓜，找出他们的幕后黑手，不用担心我。"

"你当着我的面这么讲出来真的好吗？"中年男人目眦尽裂。

下一秒，黑衣人敲开门，将路一鸣推入房中："老板，人带到了。"

路一鸣双手被缚，趴在地毯上，发出了痛苦的呻吟。

"我是去赎他的。"电话对面的安期这样说道。

4 是谁

芙川路锦明酒店17楼1708号房外。

安期抬手把戒指丢进了艾萨克之瓶里。

权戒想要分化成细微的颗粒逃脱，可是碰到瓶子的内壁却重新凝成了实体，被看不见的丝线束缚着，直到无法动弹。

“你这个蠢货！”尼禄绝望地看着他丢弃海王戒，“你在干什么？！”

安期避开尼禄的目光，向中年男人要求：“这个人攻击性太强，脾气又不好，我不想跟他关在一起。我想和老师关在一起。”

“要求还挺多哈小兔崽子……所以你们到底把我当成什么了！”中年男人咆哮着打开了保险。

“听着，另外一枚戒指你还没有拿到手，对么？我劝劝他，也许就有戏了。我是个和平主义者，我也不在乎什么戒指不戒指，我更加不贪财，我只是想早点回去洗洗睡了。”

“安期——”尼禄恼怒地大吼。

“你会放我们走吧？如果我们交出所有戒指的话。”安期直视着中年男人的眼睛。

“当然。”男人坦荡地张开双手，指着手中的枪，“这就是吓唬人的，我压根不喜欢杀人，杀人有什么好的呢？杀人又不赚钱，戒指才赚钱。”

安期点点头：“谢谢。”

男人揽着他的肩膀往外走。

“你为什么信这种男人都不肯信我？！”尼禄凝视着两人的背影咆哮。

芙川路锦明酒店17楼1709号房里。

安期如愿以偿地被推倒在路一鸣身旁。

“老师……”安期艰难地翻了个身，与他并排躺着，“老师你还好么？”

“嗯。”

黑暗中，路一鸣的声音轻且无力。

“现在可好，我们都落到了绑匪手里。老师，你弟弟会来么？”

“我不知道。”路一鸣叹了口气，“他是个靠不住的人。”

年幼时的画面一帧帧滑过脑海。打虎跳把茶几踢碎的他，修屋顶从脚手架上掉下来的他，放鞭炮差点炸断手指的他，躲在衣柜里恶作剧的他。

“他看上去的确笨手笨脚又调皮捣蛋，也许来了也无济于事，但是，他会来么？”安期轻声问他，“如果是我哥哥受难，无论我有没有力量，我都会本能地冲上去保护他。他看上去也很重视你。”

“也许。”路一鸣无法反驳。

“那如果是你弟弟被绑架了，你会去救他么，老师？”

路一鸣的表情变得有点恍惚：“我……救他？”

“对。”

路一鸣摇摇头：“我绝对绝对不能原谅他犯下的错事，他害死了爸爸妈妈。”

“所以他即使死在哪里，你都不想知道，也不会心疼？”

“我就当他已经死了！”路一鸣控制不住自己的情绪，凶恶地瞪着安期低吼，虽然说着绝情的话，却带上了颤抖的哭腔，“我当他已经死了！他为什么还要回来！”

“因为他一直在赎罪，不是么？这么多年来，他每年都不忘记回来一次，虽然你都不肯见他，可是他还是把杜鹃花留在你的门外。”

“那又怎样？这些够么？爸爸妈妈都不会回来了啊！他们都不会回来了啊！”路一鸣痛哭流涕。

“他也一直在追查肇事者的下落，他记得当年的那个车牌。他想告诉你，但你不想听。”

“他找到又能怎样，我能做什么呢？让我去告肇事司机？十七年了，没有证据，没有人会认的……没有人……难道让我去杀人，放火？我做不到的。”路一鸣趴在地上哽咽着摇头。

“但是路一航做得到啊。他从小不都是这样不管不顾的性子么？想当演员，想做歌手，被嘲笑了、被欺负了也敢打回去，口口声声说自己是一个洒脱不羁的浪子，想去哪儿就去哪儿。”

路一鸣抬起头来，眼圈红红的：“对，他就是这样的人。”

“所以让一航回来，好不好？你是哥哥，你不原谅他，他就永远走不出来。”

耳边，安期的声音突然跑远了。

306国道上，路一鸣看到刺目的远光灯，听见刺耳的喇叭声，车身颠倒，天旋地转。

芙川路锦明酒店17楼1709号房里，安期看着他的身体缓缓伏倒。

在那急速的下落中，路一鸣伸手试图去拽住弟弟，这一次，他搂住了他。

他抱紧了他。

他保护了他。

车子滚倒在山崖下，他把哭叫着的弟弟从着了火的废墟中推了出去，弟弟是伤得最轻的一个。

“走啊。”

弟弟哭着往回跑，想要拉住他的手，将他从车底拉出来。

“走啊——”路一鸣大骂着，用力往外一推。

路一航猛地睁开了眼睛。

一滴眼泪落在苍白的手上。

原本空无一物的无名指，此时此刻，凝结出一枚青金色的权戒，在灯光下发出流光溢彩的光芒。

“路一航，”路一航听到耳边传来少年温柔的声音，“车号XS90831肇事车主，你的杀父仇人，正在外面。”

当酒店17层发生剧烈爆炸的时候，安期冲进尼禄的房间，解开了束缚他的绳索。

“怎么回事？路一航来了？”他看着头顶摇摇晃晃的吊灯，“就该像他这样，上来就打！”

“他一直都在，”安期解绑的速度慢了一拍，“这个世界上，根本没有路一鸣这个人。”

“他不是我们的班主任么？”

“我们的班主任，不是路一鸣而是路一航，路一鸣早就死了！当年路家出了车祸，一家四口除了最小的弟弟无人生还。弟弟以为是他调皮捣蛋惹的祸，没有办法原谅自己，久而久之，分裂出哥哥这个人格，以哥哥的身份活了下来，忘记了自己究竟是谁。而他的主人格路一航，一直被深深压抑着，潜意识中的所有自我厌恶，都被异化成了对弟弟的厌恶，只有与当年车祸有关的事，才会释放他。最近他之所以频频失忆，就是因为他无意间在街上看到了当年车祸的肇事者——XS90831的车牌号，因此恢复了弟弟的人格，用权戒的力量追杀那伙人。那伙人也不是吃素的，不知受何人指使，开始谋夺他的权戒，于是演变成了现在这种状况。”

安期话音刚落，外面传来惊天动地的爆炸声，双手得以释放的尼禄护住了他的双耳："你又是怎么知道的？"

"我去了趟龙铭公墓，守墓人正在为墓碑上漆水。路一航的漆水是红色的，路一鸣的漆水却是黑色的！在我们中国，墓碑上的黑漆代表此人已经去世了。我回头一想，发觉了很多我们忽略的线索，这些线索都指向了他们其实是同一人。哥哥的手被烧伤，弟弟也打着绷带来学校，说是双胞胎也未免太巧合了。而且，这伙歹人，他们从来没有对兄弟俩有过区分！他们抓弟弟，跑来学校里；弟弟说自己去扫墓，他们就来龙山堵哥哥！他们知道只存在一个姓路的，所以才会提前得知他的动向！更重要的是……我从来没有看到过他们两兄弟同时出现过！"

几声枪响，随之而来是此起彼伏的讨饶与尖叫，就连尼禄也流露出敬畏的表情："你释放的是怎样一个恶魔啊！"

"什么？"安期不解。

尼禄神色凝重地步入走廊，安期紧随其后，发现脚下躺满了恶疾缠身、虚弱至极之人。

"他们怎么了？"

"瘟疫。"尼禄拦住了想去帮助他人的安期，"他是潘多拉，一切厄难之主！"

安期的眼中浮现出了恐惧。

传说中，潘多拉是众神创造的女人，神灵们赐予她礼物，唯独雅典娜拒绝给予她智慧，所以潘多拉性格冲动，行事不加思考。他们给予她一个宝箱，嘱咐她千万不要打开，然而潘多拉抵御不了自己的好奇心，打开了那只盒子，于是所有的灾难、瘟疫和祸害都飞了出来，人类从此饱受灾难和瘟疫的折磨。

如果路一航是潘多拉权戒的拥有者，他惊人的破坏力，也就不足为奇了。

"你要什么你都可以拿走！你要多少钱我都可以给你！雇我抢戒指的人是一个戴着单片眼镜、随身带一把铁伞的家伙，他身边还有一个高个子年轻人，身手了得……"中年男人面对着火海中一步步走来的路一航，吓得手脚并用地往房间深处爬，最后退无可退，战战兢兢地将后背贴在了落地窗上。"你放过我！你放过我！不然我就开枪了！"

"XS90831，是你的车牌？"路一航的眼睛在黑暗中炭火一样地燃烧。

"是……是的。"男人瑟缩地把手按在扳机上。

“从什么时候开始用的？”

“一直、一直用。”

“十七年前，你在去今天龙铭公墓的那条盘山公路上，把一辆轿车撞下了山崖，这件事你还记得么？”

男人不再言语，眼神里却有了一种截然不同的恐惧。

刺目的远光灯，狂响的喇叭，车身颠倒，天旋地转。

路一航又想起那一幕，太阳穴钝痛。

他爬出车里，抬头呼救，眼前的这个人在撞坏了的护栏边低头张望了一眼，仓皇离开了。

“你，见死不救。”路一航一字一顿道。

男人终于下定决心扣动了扳机：“去死吧啊啊啊啊啊啊——”

青晶石般流光溢彩的权戒一闪，手中的花从中间断裂，子弹炸膛，溅得男人满脸是血。

“今天，也没有人救你。”随着路一航的诅咒，房间的角角落落涌现出无数的蛇与蜘蛛，虎视眈眈地望着黑暗中新鲜的人体。

路一航静静地离开了房间，关上了门，背后是来自地狱的尖叫。

不久以后，房间里传来窗户碎裂声，男人的尖叫声远了。

路一航闭上眼睛，淌下两行眼泪。

他报完了仇，一切都该结束了，他也是该下地狱的人……

“路一航！”走廊尽头传来少年尚青涩的声音。

安期艰难地绕开障碍物，走到他面前。

“路老师，你说小时候出车祸得过脑震荡，很多重要的事情都记不得了。那现在呢？现在记起来了么？”安期仰着头问他。

“记得……重要的事？”

“对，”安期用力点点头，“真相。”

路一航按住了太阳穴，脑袋一抽一抽地疼。

他仿佛又回到了十七年前，下雨的傍晚。

刺目的远光灯。

狂响的喇叭。

车身颠倒，天旋地转。

透过车窗，肇事车牌XS90831这串数字深深印入脑海。

然后一双手，将他温柔地拥入了怀中。

在那急速的下落中，哥哥拽住了他，抱紧了他，保护了他。

以至于在最后，他还有力气爬出着火的废墟。

其实他一个人根本爬不出来，是头破血流的哥哥在背后用力推着他："走啊！"

他终于呼吸到了新鲜空气，抬头想要叫人，但那人仓皇地离去了。

他回头想扛起车，把爸爸妈妈还有哥哥拉出来，可是油箱开始起火。

"走！"哥哥用力甩开了他的手，他流着泪跌坐在地上。

车子很快就爆炸了。

在火光亮起的那一瞬间，哥哥望着自己的、满是血污的眼睛，弯了弯，竟笑了。

和平常一样的，很温柔很温柔的微笑。

他就是那样一个不紧不慢、待人和善的人啊。

于是，在很多年以后，芙川路锦明酒店17楼的走廊里，路一航想起了被自己遗忘了的，哥哥说的最后一句话。

也是最重要的那一句——

"没关系。"

哥哥无声地比着这样的口型，被火光吞没了。

Chapter 3

Dreamer

梦想家

1　来自罗德岛设计学院的邀请

画室里静悄悄的，只有沙沙的笔触声不绝于耳。每个人都在认真作画，白笙却凝视着画上之人的脸，无法下笔。这幅画从他初学开始，就精心布局、勾线、上色，现在已经将背景、人物统统完成，只有主人公的眼睛怎么看怎么不妥当。他总觉得画不出那个人的神韵，连下笔都觉得是亵渎，越改越觉如此。

正在他犹豫的时候，美术老师拍着手走进教室："Hi boys，天大的好消息。我的母校对咱们这儿打开了绿色招生通道。招录组近日将亲临S城，对提交作品集的学生进行面试。其中得分最高的一名学生，只要他在高三毕业之前，拿到雅思6.5以上的成绩，就能直接去F国进修美术。怎么样，心动吧？！那可都是因为我哦！"打扮邋遢、扎着马尾辫的美术老师放肆地大笑起来，对学生比了个大拇指。

虽然大家面面相觑，但还是不得不承认，他的话非常诱人。谁会想到，这个不靠谱的年轻人毕业自世界排名第二的罗德岛设计学院。他说的那个特别通道，也与他在业界的名气不无关联。

"从现在开始，大家一定要全力以赴准备作品集。毕竟，时间已经不多了，让我瞧瞧……"美术老师一看手表，微笑道，"招生组再过半个月就来了！"

"半个月怎么可能拿得出来啊！"孩子们忍不住大声抗议。

美术老师天真无邪地眨了下眼睛："一名伟大的画师，应该抱有随时都能震惊世人的觉悟。所谓作品集，并不是让你临时抱佛脚地去画，而是让你拿出自己这一路走来最得意的那些作品，一鸣惊人！所以，加油吧，老师看好你们！你们随时都可以从我这里获得支持和帮助。"

"话是那么说，可名额只有一个的话，那肯定就是徐晋的了吧！"有人瘫坐在椅子上怏怏道，"我们的画摆在他旁边，简直就像是在兰博基尼边上停着一辆拖拉机，这种差距，招生组的大师们一定一眼就看出来了……诶，徐晋这个家伙真是让人生气！"

大家纷纷附和着，语气却并不如他们所言充满着愤怒，反倒夹杂着骄傲、崇拜甚至宠爱的情绪，可见徐晋在绘画社中享有多大的人气。他出身于书香门第，父母都是有名的画家，从小经受着艺术熏陶，可以说血液中就流淌着对于色彩与线条的直觉。加之经年累月的训练，造诣远非同辈可及。也许正因如此，大家也都对他心悦诚服，普通人与天才之间的距离，连嫉妒这种感情都无从讲起。

见大家斗志全无，老师好脾气地劝说着围绕在徐晋周围的同学：“大家不要那么悲观嘛……”

这个时候，教室一角突然传来“砰”地一声，是颜料盘不小心打翻在地上的声音。

白笙沉默着，弯腰去捡。

老师仿佛突然看见了救星：“白笙也不错的，他进步得非常快，完全可以去争取一下　大家都要像白笙学习！知道了吗？”

他的一席话，让教室里再一次炸开了锅。

“这家伙对徐晋不满么？都嫉妒得摔颜料盘了啊，做给谁看。”

“脾气真是孤僻。明明是后入学的小子，却完全没有尊重学长的自觉。”

“有点天分又怎样！反正他的画我不喜欢。”

“他这样的人和徐晋相比简直是不值一提，恐怕还得再练个十几二十年吧。”

大家七嘴八舌地冷嘲热讽着。

白笙对伤人的话充耳不闻，但是再呆下去未免尴尬，索性收拾画具准备离开。徐晋从刚才开始就略微皱着眉头，既不为即将到来的机会欣喜，也不为大家的赞扬骄傲，只是在大家提到白笙的时候回过神来，看着他擦身而过。教室门拉开又阖上，十数双眼睛目送白笙在门后消失，更加肆无忌惮地评头论足。美术老师没办法地扶额：“真是的……”

喧哗的教室里，只有徐晋一人看见了那枚滚落在门边、不断打转的戒指。

“那家伙……丢了东西么？”他想。

然而下一秒，那枚戒指突然消失不见了，仿佛只是一个幻象。

2　咖啡馆的偶遇

白笙夹着画具走在天色阴沉的傍晚。

正是放学时分，周围的同学正三五成群地往校门外涌去，人潮里的白笙显得孤独，不引人注意。

“又搞砸了……”他抱紧了怀中的画具，在心底里这样说着。

他因为不善言辞、只会闷声作画的缘故，和绘画社的其他人都不太熟悉。作为新入社的学生却很快得到了美术老师的赏识，这种情况下，就渐渐地引起了他人的关注和不满。“明明是新手却窜得那么快”“孤傲得根本不理人”这种话，也迅速为他贴上了标签。不过人际关系上的失败，对他来说已经是家常便饭了，他也不是很在意。他在意的是他始终没有能和徐晋搭上话。觉得徐晋画得很好，希望他可以引导磕磕绊绊学得很辛苦的自己，也想把自己脑海中的场面分享给他……总之，想跟天才一起享受画画的快乐，一起画出最美好的画，这是他的愿望。

但是总觉得已经被讨厌了。因为老师总把他们俩放在一起的缘故，再加上那种传言……自己在他心里会是一个怎样的人？不自量力的跳梁小丑？没有天赋的杂鱼？白笙沮丧地想着，推开了咖啡馆的玻璃门。

“我来了。”

“又来晚了小白！快去换上制服！”

“好。”

忙碌到八点，咖啡店的姐姐凶巴巴地出现在他身后：“喂，小孩子可以收拾收拾回家了。”

“其他人都还在工作，只有我……”白笙担心道。

“钱不会少你。正在长身体的小孩子，就应该早点回家睡觉。”姐姐叉着腰，一副不肯相让的架势。

白笙忍不住微笑起来，揉着酸痛的肩膀走向换衣间。他的家庭条件很差，晚上要打零工补贴家用，所以今天老师提议的时候，他才无动于衷。远赴F国数一数二的艺术类院校进修，是他的梦想，但是他很有可能凑不齐高昂的学费，也会给家里造成沉重的负担。

而且……

他展开了那副油画，盯着画上人的侧脸。他始终画不出那个人的神韵，也对自己的画技没有什么信心了。

其实他并没有其他人看起来的那么高傲，敢将徐晋视为自己的竞争对手。徐晋所有的，他统统都没有。他和大家都一样，因为距离太过遥远，而连嫉妒都不敢。

叮铃叮铃，挂在门上的风铃响了，唤回了他的思绪。

“你好，给我来一杯拿铁……白笙？”吧台处传来熟悉的声音。

白笙吓了一跳，连忙将手里的画收起来，但是穿着制服的样子无论如何遮掩不了。有那么一瞬间他想逃走，想遁地，但是他又麻木地站在那里，仿佛正在对那个不断接近的人说：“看，看吧，看我这幅落魄的样子，我根本就不配做你的对手。”然后他和徐晋的第一次搭话，就会在他的极度自卑中结束。

“你也在这里？”徐晋不等他回答，就对吧台的姑娘打了个手势，“两杯拿铁，一份巧克力松饼。”

白笙和徐晋坐在靠窗的位置上。

“你在这里打工？”徐晋解下了红黑格子的羊绒围巾，扯了扯制服领口。

“嗯。”白笙抓紧了腿上的裤料。

“白天上学，晚上打工，那你要什么时候去准备作品集？”徐晋搅动着咖啡问道。

“老师不是说……只要挑选自己满意的画就可以了么？”

徐晋奇怪地看他一眼：“满意的画永远是下一幅。难道你想用旧画充数？真是自信呐。”

“不，只是觉得自己没有入选的可能。”

“是因为那些人的疯言疯语么？”徐晋沉默了几秒钟，啧了一声，“比你强的人是不会花时间去贬低你的。那些人内心深处实际上在嫉妒你，然而又没有超越你的能力与决心，就只能在言语上伤害你，好让你慢下脚步，沦落到和他们一样。总之，不要让他们得逞。”

抓住裤料的双手一松，白笙惊讶地抬起了头，徐晋他这是在安慰自己么？

原来从未说上过话的徐晋是这样的人，既温柔，又聪明，不论在绘画作品还是为人处世上，都很有涵养……对，当然会是这样，他在绘画室的时候对其他同学就是如此，用平缓的语调交谈着，既不会因为自己的天赋而怠慢他人，又乐于将自己的经验心得分享给同行。只是自己卑微到让他看不见，也没有勇气开口同他说话罢了。

“所以你打算什么时候准备作品集？”徐晋在刚上来的巧克力松饼上淋上冰淇淋，推到他面前，自己则找了个舒服的姿势靠坐在沙发上，交叠起了双腿。

白笙凝视着因为囊中羞涩一直没吃上的巧克力松饼，咽了口口水：“我……还没有想好。”

“哈？”徐晋表情严肃起来，“只有半个月的时间，要策划主题、挑选与修改画作，甚至要完成新的作品，现在都还没有主意根本来不及吧。”

“有你不就可以了么？”白笙脱口而出。

“你在说什么傻话？”

白笙也自觉这句话有些傻气，但是他觉得难得搭上了话，应该直抒胸臆。

“我的意思是……会被选中的一定是徐晋你。大家之所以提前恭喜你，也是因为相信你一定能够做到。你有那样的天才，又不会被现实打败，如果画画可以称得上是理想的话，你就是理想应该有的样子。所以只要有你就够了。你准备最好的作品集，去罗德岛设计学院进修，成为最棒的画家，以后在我们所有人都泯然众人的时候，依旧可以在电视上看到你，看到你的画，这样就可以了。”

砰——

徐晋不轻不重地砸了一下台面，打断了他结结巴巴的话：“想得还挺远。不要擅自把自己的意愿加在我身上，我不负责帮你实现理想，想要就自己去。”

“我……根本没有那个经济实力。”

“哦？现在就已经在思考打败我以后的事了么？船到桥头自然直，到时候哪怕就当我赌输了，还你赌资也不是不行。几十万的花销，我还负担得起。”徐晋啜了口咖啡，“还有什么问题么？”

白笙失笑，他们俩今晚都在说什么傻话，明明八字还没有一撇的事，自己在担心日后的花销，徐晋却立下了赌约要供他上学？

“问题是……我画得不好。”

“那就改。好作品都是改出来的。”徐晋说着，朝他伸手。

“诶？”

“给我你的画。”

“哦哦……”

白笙翻出画稿递给他。

徐晋聚精会神地一张张翻看着，时不时说些“这里的透视应该这样”“色彩太厚了”“比例不对”的话，甚至从制服口袋里翻出一支2B铅笔在上头涂涂改改，一点也不客气。

天下起了雨，窗玻璃上拉出一条条斜线，静谧的咖啡馆被沙沙的雨声笼罩。白笙望着暗色灯光下的徐晋，产生了一种不真实感。

“为什么帮我？”在他回过神来之前，话已出口。

徐晋头都不抬地说：“因为只有我们俩。”

“什么？”

“那个绘画社里，只有我们两个人在一心一意做‘画画’这件事而已。”徐晋将视线从画纸上挪开，对上他的眼。

白笙涨红了脸，这是在肯定他么？

“那也许在其他地方，你能找到更好的伙伴……”

“那是自然。只是现在还没有什么‘其他地方’，也没有什么‘更好的伙伴’，只有我们两个人。”徐晋收回目光，不满意地啧了一声，“你还真是弱啊。努力画下去，不要让我太无聊。”

3 浮标

离开咖啡馆的时候，天依旧下着小雨，徐晋撑着伞，白笙抱着画具，两个人沉默地往前走着。到街口时，白笙停下了脚步：“你往哪里去？”

徐晋道：“往你家的方向，顺路。”

“是么？”白笙觉得未免有点太巧了，但还是不由得高兴起来。可以躲雨的伞，可以领路的人，这真的不是在做梦？

分别的时候，他小跑着迈上台阶，回过头来问：“以后也能像这样教我画画么？”

“好。”徐晋围着红白格子围巾，撑着伞在雨里说道。

白笙笑起来，目送他离开，摸出钥匙开门。在门缝透出灯光的一刹那，细小的声音自背后的黑暗中传来，听起来就像是一枚硬币或者是其他类似的金属物件在地上旋转。可是当徐晋回头的时候，那里什么都没有。

之后的日子里，白笙经常约徐晋在咖啡馆见面。徐晋给了他很多帮助，让他看清了他画技中的不足。以前即使白笙朦朦胧胧有意识到，却没有勇气去面对的那些问题，都被徐晋一针见血地指出。

“我只能凭直觉感觉到‘好看’抑或是‘难看’，但是对于徐晋来说，他却能准确地说出‘为什么会难看’‘怎样处理好看’，他的心里对于画画这件事，是有章法的吧。”白笙在心里感叹，“果然是大师的意识么……”

“所谓的章法，不过是前人的经验，随便翻开哪本教科书都能看到。即使一时半会儿无法领悟，后天经过千百次的训练也能习得。但直觉什么是好看，什么是难看，却是可以被称为天赋才能的东西。”徐晋仿佛能够看透他的心，揉了揉他的脑袋，“有打算动笔画的新作品么？”

“嗯！”白笙用力点点头。

这段时间学到了很多新的东西，回过头来看自己从前的画，能看到更大的进步空间。既然徐晋如此尽心地指导着自己，自己也应该尝试新的突破，来让他不无聊。

这样想着，白笙望向窗外。风雨如晦的城市尽头，大海在黑夜中蛰伏。平静的海面下酝酿着的力量，足以将一切黑暗摧枯拉朽地毁去。

他想画风暴海。

将初稿交给徐晋以后，徐晋的神情似乎变得非常迷惘。白笙紧张道：“怎么？”

徐晋摇摇头：“没什么。构图很漂亮，线条也进步了不少，好好上色应该会非常有震撼力。”

白笙腼腆地笑起来，这次轮到徐晋问：“怎么？”

“因为你一直喜欢讽刺我，没想到也会被你夸奖。这次打稿虽然自己很有信心，但是一想到要拿给你看，就感到忐忑，这种忐忑甚至不下于面对着罗德岛设计学院的大师。”

“是么？”徐晋的神情不那么自在，“我希望你能继续画下去，这难道不是最大的褒奖？”

“是——不过，你放学以后一直单独指导我，真的没有问题么？你不用准备作品集么？”白笙将底稿夹入画夹中，小心翼翼地问出了这个问题。如果因为自己的事而耽误了徐晋的准备，他不知道该有多愧疚，甚至会产生“自己这是在亵渎”的想法。

“我有在准备，不用担心。”

“这几天离开绘画室的时候，都看到你专心对着画架，好想知道你在画什么。”白笙说完便自知失言，“我怎么好看你的画。”

都是竞争对手，理应避嫌。

“这没什么，我不也在看你的么？”徐晋扶着膝盖起身，“走吧。”

“诶？”

“我的画都在画室里。”

“这么晚来学校不好吧？我只是说说而已，不是非要看的。”无人的走廊里，白笙走在徐晋身边，小声劝阻着。

“因为白天人多口杂，不太方便。”徐晋解释。

“哦。”

白笙停下了脚步。

有两三秒的时间，他一动不动凝望着徐晋的肩膀，然后低下了头。

在学校里，徐晋依旧不和他讲话，被人群围绕着，在他融入不到的另一半教室里。白笙也有自知之明，不去攀附。他想要的是和徐晋一起画画，如果只能在下课后的咖啡馆实现，那也不是什么要紧之事。只是被他那么一说，心里有点难过——

为什么我是见不得光的朋友？

白笙摇了摇头，用力把这个念头从脑海里驱逐出去。

徐晋打开了绘画室的门，回头问道：“还愣在那里干什么？”

“哦。”

白笙小跑着跟上他的脚步，在属于徐晋的柜子前蹲下，看他打开柜门，将里面的一叠画稿交到他手里。白笙眼睛一亮，像是看到极珍重之物，沉沦在那些出自天才的想象之中，连呼吸都要忘记。

就在这时，走廊里突然传来人声：“诶，那么晚了绘画室怎么还亮着灯？”

“是最后走的家伙忘了关灯关门了吧？”

徐晋起身：“储藏间还有一些素描，我去拿给你看。”

“麻烦你了。”白笙朝他点头致谢。

徐晋走进储藏间的时候，绘画社的两名同学也正巧跑到门口，见到白笙有些意外：“诶……是你？这么晚了还在啊。”虽然平日里他们也嘲笑过白笙，但是单独遇到，还是尴尬地打了招呼。

白笙点点头：“我马上就走。”

“走的时候记得关灯关门啊。”

“嗯。”

两个家伙这才离去。

徐晋回来的时候两手空空：“没有找到。”

“你都没开储藏间的灯。”白笙无奈。

“我夜视能力很好。”徐晋再次在他身边蹲下，顺便把柜子最里面的画卷取出来，“这是我正在画的。”

白笙闭上眼睛：“这个不看。”

徐晋笑：“随你。”

半个月很快就过去了，罗德岛设计学院的大师们已经莅临S市，然而白笙的作品集却迟迟交不上来。美术老师急得直跳脚：“你为什么不交？你为什么不交？”然而白笙就像个闷葫芦似的什么也不说，抱着自己的画夹也不给人看。

他遇到了瓶颈。风暴海完成了，但是缺了点什么。他知道缺了点什么，却不知道到底是什么，所以这张画只能打90分。他虽然尚青涩，却也有点艺术家的脾性，不是最好的不公之于众。拖得日头一久，始终没有着落，就开始怀疑自己，怀疑一切。能画好么？能得到他人的认可么？可以比别人的更好么？现在都画不出来以后能画一辈子么？这些问题塞满了他每一个脑细胞，让他无法冷静。他看着画布上嶙峋的巉岩、怒吼的铁铅色波涛以及山岳般厚重的云层，心情也和这海一样，随时都可能爆发。

他一个人坐在咖啡馆的卡座上，翻出他从开始学画以来一直没有完成的那张画。每当他遭遇挫折，他总是望着画中人的侧脸想着：难道就走到这里了么？

咖啡馆的店门突然被用力推开了，浑身湿透的徐晋闯了进来，一眼就望见了靠窗的白笙。他走到他面前：“为什么不交稿？”

“我……跟最好的画之间，始终隔着一些东西。”白笙慌忙将那幅画收起来，“我不觉得我自己能做到。”

“那是自然的。”徐晋抢过了摆在台面上的风暴海，咬开了自己的食指，在左下角的地方抹了几笔，“你才刚刚开始，你跟最好的画之间远隔着千山万水。但是不走下去，永远都隔着千山万水。你不想有一天，跟我一起见到最美的风景么？”

白笙接过徐晋递过来的画。

徐晋画上去的是一枚……在海水中沉浮着的红色浮标。

那个瞬间，所有的一切都活了过来，风暴、大海、云层还有风。

白笙突然意识到，徐晋也在千山万水外，也许一辈子都无法追上。

但是又近到触手可及。

白笙颤抖着伸手，握住了徐晋的手腕。

“谢谢你……我想画下去。”

招生那天，绘画社的同学们在教室外等待着，紧张得像是在等待审判。徐晋是最先进去的，出来的时候神情一如既往地寡淡，但越是如此，越是让人感到绝望。所有人都在想：除非此时此刻彗星撞地球刚巧把这个人砸死，不然其他人都是没有机会的吧。

白笙排在倒数第二个。进去的时候，他回头看了眼徐晋，眼中含笑。徐晋捕捉到他的凝视，却皱起了眉头，仿佛不明白他为什么会与自己做眼神交流。白笙敛目，都这个时候了还要在外人面前扮生疏么？他强压下不安，推门而入。

教室里，几个考官翻阅着他的作品集，神色都很惊喜，连充作翻译的美术老师都偷偷对他比了个大拇指，气氛因此而变得轻松起来。

“说说你为什么要画画？”

“因为……以前看到有人认真画画的场景，觉得非常美丽。所以自作主张地猜测这会是一件有意思的事，想和他一起做。”

“可创作是孤独的事，没有其他人可以帮你，和你在一起的只有你的作品。”

“是的。”白笙讷讷道，“但是，如果有一天，我的作品可以摆放在他的作品旁边，那也不是很好么？这个世界上有人在和你做一样的事，你所经历的一切他都有经历过，虽然走着不同的路，有快有慢，但都同样是在披荆斩棘，最后一起达到心中最好的风景。这样，在这个世界上，有一个人，你所有的心情他都能理解，你所有的孤独他都在一起承担，画画就变成了最让人开心的事。”

教授们彼此交换了一个眼神：“这么说，你有个一起画画的好朋友？”

“对。”

教授将作品集的压轴画翻开，指着风暴海问：“所以，这是你们的共同创作么？”

白笙离开教室的时候，美术老师神色凝重地让他把徐晋请进来。徐晋走过他身边，眼神带着冷意。白笙隐隐约约明白是哪里出了问题。浮标是徐晋画上去的，徐晋当时明确要求放弃署名：“只是一笔而已，没必要大动干戈。”可是教授和老师又是如何知道的呢？

很快，门里传来争执声，动静越来越大，其他人都纷纷站起来探头张望。过了一会儿，门被拉开，教授们鱼贯而出，美术老师和徐晋尝试着挽留他们，但是教授们重复着“Sorry”离开了。

美术老师面对着好奇不安的大家苦笑了一声："嗯……得到名额的人，是金明杰。"

所有人都目瞪口呆，被点名的人都一脸状况外："怎么会是我？不是徐晋也应该是……"他瞥了眼白笙。

美术老师把俩人作品集翻到某一页，比对到一块儿，举在胸前。

白笙愣住了。

两人都画了风暴下的大海。暗色调，锋利的线条，波涛汹涌的动态感。

而且两人都在左下角画了红色浮标。

"不诚实的创作，这就是理由。"美术老师苦笑了一声，说。

"为什么会这样？"白笙盯着两张画，整个人都在颤抖。

他要画风暴海的事，只有徐晋知道，徐晋见证了他从起笔到落稿。既然如此，他应该知道，在同一次比稿会上尽量不能碰这个主题了……

更何况那个红色浮标！

如果他的画在自己之前完成，那他应该知道这种关键性元素是绝对不可以出现在第二幅画中，可是他亲手加上了……如果他的画在自己之后完成，那更是从头撞到尾。

他到底是要做什么？

他到底是要做什么啊……

"这是临摹么？"

"抄袭吧……"

"太糟糕了，这可是作品集主打诶！不会换一个抄么？"

白笙觉得自己仿佛站在冰水里，浑身瘫软，眼看着水位升高夺走温度夺走呼吸却逃不掉……

美术老师几乎难以启齿："徐晋，白笙，这到底是……"

话音刚落，他眼前突然人影一闪，徐晋冲过去揪住白笙的衣领，高高扬起了拳头！

美术老师眼疾手快地钳住他的手腕："徐晋！有话好好说！白笙，到底怎么回事？"

白笙咳嗽了两声，眼圈通红地指着徐晋道："他……是他……"

"哦我想起来了！"某位学员排众而出，"那天晚上，我在绘画室里见过白笙，他蹲在徐晋的柜子前翻东西！不止我一个看见，魏矛也和我一起的！起先没注意，现在想起来，有问题呐！”

“对对对！”另一名学员举手，“那天我也在场！”

徐晋瞳孔一缩，神情变得更为狰狞了。

被那双曾经温柔的眼睛这样仇视着，白笙的脸变得煞白，浑身颤抖如没有生气的纸人，但是眼睛却是红的，血丝在眼球里蔓延，越来越浓。他的怒气也不断攀升着，甚至想要握紧拳头一拳砸在徐晋脸上，可是他眼里的血丝，最终凝成了一滴眼泪。

那滴夺眶而出的眼泪带走了他所有的情绪。

在千夫所指中，他只是颓然地凝视着徐晋没有感情的眼睛：“那天……是你带我来绘画室的。你在里间的……储藏室里，他们才没有看到你。”

求求你，说出真相……

“我没有。”徐晋斩钉截铁道。

4 傀儡

白笙冲进大雨里，脑海里回响着在绘画室中众人的话语。

他说：“那天晚上我和母亲一起去听了音乐会，票根都在，我的朋友们也都知道。”

他说：“我和他不熟，更别提去什么罗曼斯咖啡馆指导他。”

他说：“要是知道他画风暴海，我怎么可能还会选择这个主题？”

为什么会这样？

“白笙，如果是这样的话，你可能得暂时退出绘画社了，关于你今后的去留，我得好好考虑一下。”

“真是糟糕！毁了自己理所当然，但是毁了徐晋，这是安得什么心？”

“嫉妒也不是这么个嫉妒法吧。”

所以为什么会这样？

白笙猛地推开咖啡馆的门。

“小白？”正在擦杯子的姐姐望着湿透的少年，惊讶道，“今天怎么这么早？”

雨水从发梢滴滴答答往下流，有不同于雨水的液体，啪嗒、啪嗒打湿了地板。

少年抬头惨然笑着：“因为以后都……不画了。”

空无一人的绘画教室里，徐晋坐在画架前，保持着他沉思时特有的表情，手却擎在半空中迟迟无法落笔。如果有人在场，一定会觉得他惨遭飞来横祸，难过得很，然而他竟笑了起来。起先只是轻微地耸肩，然后便是癫狂地仰天大笑，笑得眼角都流下了泪水，不得不把脸贴在风暴与海的画纸上维持平衡。

“真好啊……”他的眼泪渗进画纸中，“真好啊。”

在半年以前，美术老师将他叫到办公室里，对他坦言：“自从你跟着我学习以来，已经很久没有进步过了。诚然，你的画技日益娴熟，但是我看不到画里的灵魂。你在画画的时候，是悲伤还是快乐，孤独还是平静，我统统都看不出来，你的画里没有感情，也就是说，你失去了被称为灵感的那种东西，只剩下了技艺。你没有激情了，你似乎只是……为了画而在画。”

说完，美术老师递给了他白笙的画：“真正的画师应该是这样子的。即使技巧尚不成熟，但是，在试图透过他的画告诉我们些什么。从这点上来说，白笙也许是个天才。”

从那时候开始，心里就对那个人在意得不得了。

徐晋知道老师说得没错，画画对他来说，成了一种输不起的竞赛，光环压身的他必须不断赢下去，才能符合世人眼中的期许。然而，在碰上白笙的时候，隐约的怀疑变成了赤裸不争的现实：自己也许不像自己以为得那样有才华。

才华，是在另一个人身上。

眼看他一天比一天进步得更快，心里着急却无计可施。

然而白笙是怎么了？竟然临摹了自己的压轴之作？

与其说恼怒、愤慨，不如说狂喜之情满溢在他的四肢百骸。

白笙的内心也充满着自卑……么？

自卑到需要借助自己的灵感才能继续下去的地步？

他在看着我，他肯定着我的画，那个傻瓜兴许还觉得追不上我……哈哈，我竟被白笙这样在意且嫉妒着！

徐晋心中充满了从未有过的平静。

他人的嫉妒，是治疗心病最好的良药……

一片寂静中，突然传来金属与地板摩擦的声音。徐晋抬起头，发现一枚戒指滚到门边。

戒指?

似乎在哪里见过。

门吱呀一声打开，被雨淋透的少年从黑暗中显身，发梢滴着水，滴答，滴答。

徐晋陡然间睁大了眼睛。

他受到了极致的惊吓，以至于坐在位置上无法动弹。

少年一步一步走向他。

徐晋往后退缩，整个人紧贴上画架：“你是谁？”

少年抓起他手边削铅笔的小刀，横在了他的颈边：“我就是你啊，徐晋。”

与他有着相同外表的“徐晋”冷酷地说道。

“去向所有人承认《风暴海》是白笙的创作，洗去他头上的污名，让他继续画画！”

刀就架在他的脖子上，徐晋反倒不像刚才那样慌张了。他飞快地浏览着周围可以帮他活命的工具，嘴上应付着：“哦？你不是自称为我本人么？你应该最清楚那张画是我的独立创作，从构思到细节，一分一毫都是我的，我为何要放弃我的权力？”

那个“徐晋”抿唇：“可是白笙，他的《风暴海》，也是他的，除了那枚浮标……”

“不错。如果没有那枚浮标，受过训练的人都能看出来，两张画只能说是相同题材的撞车现场，他也不会落得这种下场。只是红色浮标是整幅画的点睛之笔，在暗色系的画面上加上亮色的细节，瞬间能让整个场景脱胎换骨。这是多少次思考的结果，如果连这都能凑巧，那就说不过去了。如果我没猜错，那枚浮标，不是他自己本人的主意吧。”

“那是因为他问我了！”不知从何处来的“徐晋”激动道，“他很痛苦，因为他的画缺了点什么，他走不出来，他很信任我，我却救不了他……可是我看过你的画，我知道你的浮标能救他，所以……”

“哦？所以你擅自从我这里盗走了浮标的创意，嫁接到了他的画上，最后酿成了这样的惨剧么？真是愚蠢。”徐晋哼了一声，“你到底是什么人，与我长得如此相像，又这么心心念念帮白笙？你是我从未见过面的双胞胎弟弟，还是去韩国整了容？”

“我就是你！”假“徐晋”一把揪起他的领子，高高举起了刀，“你死我就不会再见不得人了！”

安期猛地睁开了眼睛。

是他的卧室。墙上的挂钟指着十一点，窗帘外透来一点微光，应该是雨中的路灯。在这朦胧而暧昧的灯影里，床前的少年以及他手中的匕首却无所遁形。

“我是来看看你有没有踢被的。”尼禄发现他醒来，手里的匕首散入无形。

安期开灯起床。

“那个……为什么突然醒了？”尼禄问完，觉得这不像是自己的口气，讷讷地加上了“混蛋”二字。

安期久久没有回话。

自从路老师的事件过后，他和尼禄一直在冷战，尼禄甚至自觉地去沙发上睡，现在深夜出现在卧室里还鬼鬼祟祟……

尼禄觉得安期可能是猜到了他的意图，不由得将匕首紧攥在指尖，如果有任何异常的话……

“我梦见了两个人。”安期突然抬头，神情迷蒙地揉了揉眼睛，摸索着戴上了平光眼镜，“这次，波塞冬和另外一个人站在一起。看到他突然有了小伙伴，很不习惯，于是就惊醒了。”

尼禄松了口气，将匕首藏入袖里：“是其他权戒出现了。王权者与王权者之间，有超乎常人的感应。”

“是么？”安期挠了挠头，“可是完全感觉不到细节……他在哪儿，多大了，适婚么，统统不晓得。”

尼禄取出圣斯汀棋盘，此时，白皇后正移动着，最后指向了七点钟方向。

“是王权者的炼化痕迹，我们去看看。”

两人穿上制服，循着白皇后的指引，不多时便来到校区。尼禄敏捷地翻墙而过，安期有些为难地在围墙外仰着头，无计可施却不开口求援。尼禄犹豫了几秒钟，伸出手去，沉默地将他拉到身边，也没有像从前那样说些刻薄话。两人之间的气氛尴尬。

他们一言不发地循着圣斯汀棋盘来到了绘画室外。已经是深更半夜，绘画室的灯却还亮着，而且似乎传来……打斗声？

下一秒，有个家伙被连人带门踹到走廊上，重重摔在及胸高的外墙上，慢慢滑落。

"同学！"安期冲上去扶起他。

待看清楚他的容貌后，安期不由得轻呼："徐晋！"

徐晋的名声非常之大，经常在全校活动中看到他，即使不是同班同学，也对他的脸很有印象。

尼禄挡在他俩身前，对着灯光中慢慢踱出来的人眯起了眼睛："哦？怎么还有一个？"

安期扫了那人一眼，倒吸一口凉气："两个徐晋？怎么回事？"

他怀里的徐晋举手："我是真的。"

尼禄手执棋盘向前，眼看白皇后稳稳指向他眼前的"徐晋"，眼神一厉："看来，你就是王权者的炼化之物了。"

眼看尼禄与假徐晋陷入了混战之中，徐晋不解："王权者？炼化之物？这都是什么？"

"说来话长……你听说过贤者之石么？"

"哲人石？当然有，这是古典绘画中经常出现的元素。"

"哲人石可不只是想象的产物，世界上真的有哲人石存在。虽然做不到点石成金，却能让普通人拥有超能力。眼前这个跟你一模一样的家伙，就是某个佩戴哲人石戒指的人使用超能力的结果。"安期尽可能简单明了地解释给他听。

"哲人石戒指？"徐晋陷入了回忆，"最近的确经常看见诡异的戒指，时不时出现在角落里顾自滚动！"

"你得到了这样的戒指？"安期用意念让海王权戒显形，"看，这种戒指的戒面就是哲人石！"

徐晋摇了摇头："我只是偶尔瞥见过，并没有得到，刚才还在这里的。"

话音刚落，尼禄整个人破窗而出，捂着胸口地上站起来："混蛋……"

安期仿佛见到了世界末日："你竟然打不过他？"

"他……他不是人……"尼禄盯着绘画室里的假徐晋，他身上的伤口正在以肉眼可见的速度愈合，"应该是傀儡。"

"傀儡？"

"有一些王权者，他们的能力不在他们本身，而在于他们可以凭借权戒召唤非人类，这些非人类……统称为傀儡！”

“呵。”傀儡徐晋发出了表示不屑的声音，插着制服裤袋朝徐晋缓步走来。

安期将徐晋护在身后：“现在怎么办？”

“傀儡听从主人的意愿，他的主人能够驱策他！”尼禄看向徐晋，“我们三个人里，只有你有可能是他的主人！命令他试试！”

徐晋闻言，对傀儡发号施令：“停下！”

傀儡充耳不闻，出手一掌将安期打飞，拽住了徐晋的领子将他高高举起。

徐晋抓着他铁钳般的手口齿不清道：“我……不是……他的主人……”

“不论是谁召唤出来的，这个傀儡的本体，都应该是镜子中的影。不然没道理傀儡与徐晋身形一致！我听说过‘水仙之戒’，这种戒指就能将影子召唤到现实当中，”尼禄推理道，“那么，把周围的镜子玻璃全都打碎就可以了吧！”

说着，他飞快地脱下外套裹在手上，一拳打碎了就近的窗玻璃。而后他跳进了绘画室中，抡起椅子打碎了左侧墙壁后的镜子。

“愚蠢。”傀儡收紧了指掌，徐晋被他擎在半空中，连呼吸都开始变得困难。

安期汗如雨下：“尼禄，好像还是不对……”

“我才不是他的影子。”傀儡高傲道，“我比他好一万倍。”

说罢长手一挥，将徐晋掼到了空中，未等他落下，又飞起一脚，踹上他的肚腹。徐晋越过走廊外墙，斜斜飞了出去！

“徐晋——”安期大叫着扑向栏杆，却什么都没来得及勾到。

在安期的视野里，徐晋睁大眼睛不断下落，双手在空中扑腾着试图抓住什么，却徒劳无功。他的制服衬衫鼓涨如白鹤，眼睛却因为明白即将到来的死亡而瞬间熄灭了。

啪地一声，眼镜掉落在地。

安期的右眼中，显现出一枚亮蓝色的纹章。目力所及之处，徐晋的背后、那象征死亡的水泥地上，亦是从上、下、左、右四点生发，顺时针产生一道亮蓝色的光环。代表海王波塞冬的符号在安期的注视下形成，1.6米半径的圆周中，一切分子瓦解。质子、电子在极快速的运动中重新排布，结合构成新的元素……

“哗——”

0.76秒之后，徐晋落地。然而那一瞬间的刺骨却让他无比清醒。他在减速的下坠中抬起自己的手，望着包裹自己的蓝色液体，他这是……在水里？

他被丢下教学楼以后，竟坠落在一潭深水之中！

可是绘画室所在的教学楼下，有这么深的水潭么？

带着这样的疑问，他用力划拨着眼前沉滞的水，直到再次浮起！

雨不知什么时候停了，那个名叫尼禄的外国少年夹着安期从教学楼五层一跃而下，稳稳落在自己的身边。

“没事吧？”安期焦急地问道。

“啊，没事。”徐晋抹了把脸上的水，呸地一声吐掉，这水是咸的，莫不成是海水？

“你没事就好……”安期松了口气，摇摇晃晃盘腿坐下，刚才的炼化耗费了他很大的体力。

“还没完呢。”尼禄走到他俩身前，手中凝出两柄匕首，面对着黑暗中悠然走来的傀儡，“他是何种傀儡，由谁驱策，统统还不晓得。他怕是要继续追杀徐晋，直到他死亡为止。”

“不能阻止么？”安期伸手将徐晋拉上来。

“如果主人下达的是‘杀死徐晋’这样的指令，恐怕在任务完成前他都不会停下。徐晋，快回忆一下，你跟谁有这深仇大恨。”

5 皮格马利翁

“都说了小屁孩不要那么晚睡觉，会不长个子的！”咖啡店的姐姐一把勒住白笙的脖子。

“痛痛痛……”

“说，今天出什么事儿了，赖在这里不走？”

白笙从她的桎梏中解放出来，张了张嘴，却最终什么都没有说出口。他扫了眼大厅一角的壁炉，因为是主打复古风格的装修，壁炉一直启用着，此时，炭火正在幽微的灯光下泛着悠悠的红光。

白笙对姐姐勉强笑道：“借你壁炉一用。”

“诶？”

白笙走到里间，取出自己的作品集，毫不犹豫地丢进了火里。

“你这是在干什么？！”姐姐伸手想去抢救，但无奈火舌猛地蹿高，将他的画作吞噬殆尽。

她气急败坏地收手捏着耳朵："你这个死小孩！你想什么呢你！这可都是我帮你打掩护的时间偷着画下来的，说烧就烧么？！"

"我已经……不会再画画了。"

白笙说着，展开唯一一幅单独摆放的作品——从未画完的那个人的肖像——最后再看了一眼，也一并投入了火里。

"呃……"长相与徐晋一模一样的傀儡突然抱头呻吟。

尼禄抹掉了嘴角的血。前一秒还刀枪不入，后一秒便突然跪地哭号……自己是在不知情的情况下使用了什么绝杀么？

"啊——"傀儡发出极度痛苦的声音。

他的周身环绕起烈火，自下而上舔舐着他那炼化所得的身体，火舌所到之处，形体凭空消失。三人眼睁睁看着他消散在空气中，最后只剩下痛苦的呻吟回荡在教学楼之间，还有一星半点的火灰。

"够了！"姐姐突然抓来扫帚，捅进了壁炉中，将画作和炭火一起拨出、踩灭，从灰烬中找出边角受损的最后一张油画。"不画了？你会后悔的！"

白笙望着画中人布满黑灰的脸，心里涌起了无限委屈酸楚："我，是因为遇见了那个人才去学画的。他认真画画的样子，让我觉得，他在做的一定是一件幸福之事，留住脑海里美好的想象、将它们永远定格于画纸之上，也一定是最值得做的事。我想变得像他一样，但是我不知道为什么却和他越走越远了。"

"哈？"姐姐在黑灰中咳嗽了两声，一巴掌拍在他的头顶，"是因为什么人才爱上画画的么？那它们也太可怜了。"

"它们？"

"对啊，你画过的那些东西。"姐姐将灰烬中的纸片一一展平，"不是因为很美、很值得定格才努力画下来的么？怎么能因为某个人做了某些事，就全盘否定、甚至毁掉了呢？它们可都是有生命的东西，难道不是么？原本不被人注意的风景经过你的手，被大家看到；甚至原本只存在于你脑海里的事物，被带来这个世界上。你是它们的创造者，你从来都不孤单，你还要去创造更多，不应该是这样么？"

姐姐说着，将碎片珍重地放进了少年的怀里。少年不自觉地一张一张翻看下去。

原来，除了最上头那张一直没有完成的画以外，他还画过那么多那么多的东西。

一滴眼泪打湿了第一张画纸上那只黑色大枭。

大枭在风雨里，有最骄傲的姿态。

一声鹰唳划破长空。

刚经历过生死劫的三人抬头，望见头顶有一只巨枭盘旋。它通体漆黑，翼展不知几米，简直就像传说中的大鹏一样，拥有绝对的气势与威压。

安期紧张地问尼禄：“这又是贤者之石召唤来的生物么？”

“我好像在哪里见过它。”徐晋陷入了回忆。

半晌，他蓦然抬头：“半年之前，我在白笙的画上见过这只鸟！对，就是这样，黑夜里的巨枭，是一张炭笔速涂，虽然勾勒简单，但是因为太过震撼，一直留在我的脑海里。”

他说到这里，将前因后果一串连：“白笙？”

尼禄追问：“怎么？”

“那个和我一模一样的傀儡，是为了白笙的事找上我的。而白笙他……”徐晋将两人之间的恩怨统统据实告之。

“难道是将画中之物具象化的能力？”尼禄皱眉。

“将画中之物具象化？”安期咂舌，“听起来好厉害……是神笔马良？”

“不，应当是皮格马利翁之戒。”尼禄笃定道，“这次肯定不会错。”

安期重复：“皮格马利翁？”

“他是希腊神话中的塞浦路斯国王，非常擅长雕刻。他用全部的精力与热情雕刻了一座美丽的象牙少女像，结果爱上了她，祈求神让她成为自己的妻子。爱神阿芙洛狄忒被他打动，赐予雕像生命。后来，皮格马利翁就成为艺术史上的一个典故。”作为画家，徐晋对此一清二楚。

“不错。以他命名的权戒，拥有着炼化灵感、从虚空之中创造并召唤所思之物的能力。”尼禄自水潭边站起来，对徐晋严肃道，“这种能力如果控制不当，将相当可怕，只要他愿意，他几乎可以创造任何傀儡，操纵它们达成他的心愿。我们得赶紧找到他。你知道他有可能在哪儿么？”

徐晋沉吟片刻，说：“罗曼斯咖啡馆。他今天和我对质的时候提到过，他最近都和‘我’约在那里见面。”

“快点回去吧小屁孩，这天底下就没有什么过不去的坎儿。”

“谢谢姐姐。”白笙被这样灿烂的笑脸温暖着，似乎自己也在某一瞬间充满了对明天的渴望。

哪怕事情已经没有转折的余地。

即使他愿意坚持，其他人也不会再认同他画下去了吧……

那他脑海里存在着的那些画面，会全部都死掉么？

好难过。

好难过……

叮铃——

金属滚过水泥地的声音在寂静的夜里格外响亮。白笙低头寻找时，一枚戒指正撞上他的鞋帮。戒指翻了个面，在他脚边晃荡起来，频率越来越高，最终静止不动了。

“是你啊。”白笙像是见到熟人，将戒指捡起。最近总有种奇怪的感觉，好像自己被这个戒指跟踪了，一直听到戒指滚动的声音却不见它的形，说出来怪吓人的。不过应该是错觉吧，天底下哪有这种事，要赶紧将它物归原主才行。

这个念头还未闪过，一抹冷光破空而来。白笙本能地往后一仰，匕首旋转着擦过门面，直直穿过他的手掌，射落戒指，继而将他的手掌钉穿在墙壁上！

“啊！！！”白笙发出一声惨叫。

滚落的戒指像沙质一般分解成点点金光，继而组成一条光带，恍若有灵之物感知到了危险，往巷子里逃窜。来人却用透明水滴瓶将它一把拢住。瓶中的光带重新凝固成一枚戒指的模样。白笙抓着自己的手，惊恐地质问突然出现的两个黑衣人：“你们……做什么？”

其中个子高挑、用匕首袭击他的少年默然不语。另外一个年纪稍长、撑着一把铁伞的男人则用轻佻的口气安抚着白笙：“不要怕，不要怕，年轻的国王，我们只要取走戒指就好。”

“戒指……不是我的……放开我！”

高挑少年一脚踹向他的肩，顶出腰间银鞘中的长刀。年轻男人却按住了他的手：“零，屠杀普通人违反第一律法。”

“穆先生，他是王权者，顶级炼金术士，不是什么普通人。”

“出现在S城中的新任王权者都很特殊，大部分被权戒选中之人，此前都对炼金术毫不知晓。他们有些甚至没有完成征召过程。你眼前的这人正是如此，就在刚才，权戒还在跟踪他、考察他，这也是他没有佩戴权戒的原因。回收权戒、放他们一条生路，这是馆长的要求。”

零怏怏放开了把刀的手。

“有人来了。”穆先生凝视着旋转的司南发出警告，“是近期使用过炼金术的王权者。”

“哦？”零再次按住了刀柄，“踏破铁鞋无觅处，得来全不费工夫。”

“不知敌我，先走为妙。如果他们是来找这个人的，我们带走他，找个适合交手的地方，胜算更大。”

被称为零的少年神色不悦，却还是干脆利落地拔出了钉穿白笙手掌的匕首，在他痛苦地蜷缩成一团时，将人扛上肩带走。穆先生在纸巾上写了几个字，丢在原地，快步跟上了零的脚步。

6　乱斗

三人赶到罗曼斯咖啡馆外的街道时，发现有打斗过的痕迹。

尼禄抹了把墙壁：“血。”

而徐晋矮身，在四下散乱的稿纸中捡起了一幅小画。樱花树下，有个少年坐在青草甸上画画。虽然只有侧脸，但徐晋还是认出这是他自己。

是什么时候的事？

完全没有印象了……

在他所不知道的时候，曾经被白笙以这样的目光注视着么？

“什么嘛……”他笑着扶额，“画我做什么。”

所以，这就是傀儡徐晋的由来？因为白笙画下了自己，他又拥有了具象化的能力，那个徐晋就来到了这个世上。

“有人抢先一步带走了白笙。”安期率先发现了用记号笔留下字迹的纸巾，“还约我们去学校天台。”

“白笙是皮格马利翁之戒的拥有者，身边有傀儡保护，除非权戒失效，什么人能绑走他？”尼禄说到这里，神色一沉，“难道真的有人能够猎杀权戒者……说不定跟我父亲的死有关。”

“猎杀？”徐晋被他的话吸引了注意，“白笙会死？”

“还不会。”

尼禄把自己武装到牙齿，经过安期身边，留下一句话：“小子，你乖乖在这里别动，我去去就来。”

“喂，这算什么——”

“这是个陷阱。他们既然能追猎到白笙，自然也能对付你。目前尚不知晓他们用什么办法让权戒失效，你去的话，岂不是把海王权戒拱手相送？”

“可是太危险了！我绝对不会让你一个人去！权戒都不在你身上，你……”安期注意到尼禄脸色一沉，不由得闭嘴，自己戳到了他的痛处。

“我虽然被偷走了属于我的力量，但至少不会拿权戒开玩笑。”尼禄冷硬地望着远方，故意不与他对视。

“我没有拿权戒的事开过玩笑！”安期反驳。

“那难道是我摘下权戒放进敌人的艾萨克之瓶中么？”尼禄转身面对着他，居高临下地陈述事实。

“你根本不相信我。不相信我能保护好权戒，保护好老师。”安期扬起了下巴，与他针锋相对。

尼禄仿佛听到了一个天大的笑话：“哈，我为什么要相信一个拙劣的小偷？”

“所以不如杀了了事？”

安期话一出口，尼禄就愣住了，避开了他的目光。

两人之间只剩下急促的呼吸声。

“你们好像吵完了，咱们可以走了么？”一旁徐晋收起了那张他的肖像画。

“你去又是干什么？”尼禄和安期齐齐回过头来。

“多一个人，多一份力。无论如何也不能让白笙就这样受着委屈死去。”徐晋摇了摇纸卷，“也想问个清楚明白……他为什么画我。”

三个人往纸巾上留下的地址赶去。

“这个具象化的能力，是根据主人的意愿使用的么？”徐晋紧跟在尼禄身边问着，“也就是说，主人心目中傀儡是什么样，傀儡就会变成什么样？”

“所有傀儡，本质上都是战士。至于其他属性……无法超脱主人的认知。”

“什么意思？”

“打个比方，即使白笙按照对你的理解，创造出了一个‘徐晋’，并且觉得他是个顶尖画家，可那个‘徐晋’，却无法拥有超越他本身的绘画技能。这大概就是皮格马利翁之戒的局限吧。”

“这样……”徐晋慢下了脚步。

“怎么了？”气喘吁吁才能勉强追上他们的安期经过他身旁时，关心地问。

“没什么。”徐晋摇了摇头。

学校顶楼。

零站在女墙上，长袍在夜风中猎猎作响，一如黑夜里静默的雕像。

然而，在某个瞬间，他睁开眼，几不可闻地冷哼一声。

那一刹那，尼禄率先冲开楼道。紧随其后的徐晋环视四周，发现白笙被反剪着双手高高吊在水管上，不顾一切地冲过去将他解下来，却摸到了满手湿滑的血液。居高临下的零双手盘刀，静静地看着他们动作，并没有丝毫要前来阻止的意图。

可是当安期出现时，他眼光一厉，长刀出鞘。

尼禄翼护在安期身前，凝出匕首试图格挡他的攻击，然而在全速的奔跑中，零突然改变了轨迹，反身一跃从左侧绕到了右侧，突破了他的防御距离。

“好快！”尼禄面对着空空如也的身前，瞳孔一缩。

下一秒，安期面前出现了高挑少年放大的脸，带着绝对掠食的意念朝他的手腕斩去！

“Aqua！”

随着安期这一声暴吼，本应斩断他右手的刀刃消失不见，取而代之的是一泼冰凉的海水。

零的身形凝固在收刀之时。

他面前的安期喘着粗气，眼镜不知何时拿掉了，露出了右眼中的波塞冬纹章。纹章经历过一次发动，正从亮蓝色逐渐减退。

“呵，”零那浸湿了的刘海背后，露出一双冷酷的黑色眼睛，“好久不见，原来做上了海王。”

“是熟人？”尼禄心下一惊，却见安期的神色与他一样迷惘，对眼前一身黑衣的少年显然非常陌生。

下一秒，安期背后突然闪现出一个黑影，尼禄瞳孔一缩：刚才袭击他们的人，只是为了分散他们的注意力，并且把他和安期隔开？！

“小心——”

一直隐藏在黑暗中的穆先生铁伞横扫，猛击在安期背部，安期直直往前扑去，戒指脱落，掉进了零早已准备好的艾萨克之瓶中。权戒悬浮在容器中央，好像被无形的线条牵扯，再也无法动弹，更遑论回到安期的手上。

“你是蠢货么！”尼禄怒斥，“一点防备都没有！”

“我已经尽力了……”安期弯腰咳嗽着，吐掉嘴边的血，被铁伞猛抽的滋味可不是盖的。

“对年轻的海王这样发脾气可不好哦——零吓到你了么，海王陛下？”穆先生收好容器，拄着铁伞走到零身边，“零的脾气可不好，趁着他还没有拔出第二把刀，快走吧。”

“开什么玩笑！”尼禄怒吼，“不论你们是谁，不交还权戒，我都不会善罢甘休！”

“哦？”穆先生懒散地一挑眉峰，“原来是海王世家的小王子，失敬失敬。不过我刚才说得很清楚哟。趁着零还没找到新的刀，赶紧滚，不然的话……”

他的眼色一凛，嘴角上扬，流露出极为轻佻的微笑：“他就会做出大不敬的事呢。”

“说什么大话！”尼禄欺身上前，“谁输谁赢还不知道呢！”

但是他尚未触及到穆先生的袍角，零已经切入两人之间，匕首与短刀发出金属撞击的铮然之声。

尼禄被他震得双手酸麻，倒退两步，咬牙切齿地对上零那双冷酷的眼睛。这个混蛋，体术不在他之下！有他保护着那个男人，恐怕连近身都很难！

就在这时，倚在墙边垂着头的安期突然摇摇晃晃站起来，大叫一声朝穆先生冲去。

可惜被零一脚踹在墙上，彻底失去了意识。

“你做什么？！”尼禄气急。

“显然是不想拖累你啊。只可惜，没有权戒的海王连普通人都不如，真是个笑话。”穆先生对零使了个眼色，“零，你拖住他们，我先带着戒指回去。”

零垂下了眼睛，视线流连在昏迷的安期身上：“随我处置？”

穆先生莞尔：“啊，既然是炼金术士，那就随你处置。”

这厢打得难舍难分，十几步开外的风机背后，徐晋正握着白笙被钉穿的手，用制服领带试图阻止他的出血。对于一个画师来说，他的右手是无价之宝，徐晋难以想象白笙此刻正经历着如何的疼痛与惊恐。

“徐……晋？”白笙睁开眼睛，看到他的脸有一瞬间的惊喜，然而想到之前的经历又惶恐不安，想从他手里抽手。这一动是彻骨的疼痛，徐晋按住他的胳膊：“别动，你受伤了。”

白笙警觉地张望四周。这里貌似是教学楼的顶层，看来之前袭击他的神秘人将他带到了这里，问题是……

“你怎么在这里？”

“说来话长……听着，陷害你的事，我没有做。那是一个阴差阳错的误会，在你身边的其实有两个我。”徐晋从来没有这么嫌弃自己嘴笨，他拿出那张自雨水中捡到、熨帖在胸口的画，递到他眼前，“陪伴你的，是画上这个徐晋，不是我。那枚戒指，有能力让你将笔下的一切具象化，所以你笔下的我就来到了这个世上，把我的红色浮标交给你使用……”

白笙懵懂地接过那张画：“具象化？”

“是。”

“之前那个在咖啡馆指导我的，只是我的……想象？”

徐晋并不知道他与傀儡徐晋的过去，所以此时保持着沉默，只等白笙自己理解。

他视野中握着画的手慢慢开始颤抖：“我希望和你一起画画，他就来找我了……我遇见了瓶颈，叫天不应叫地不灵，希望你能把我拉出深渊，他就替我画下了浮标……可我烧了他！”

“他没事。”徐晋帮他拂去画中人身上的黑灰，“他现在无法现身，是因为你的戒指被夺走了。”

“戒……指？”

“是的。”徐晋按着他的脑袋，从风机后方凝视着四人。安期昏倒在墙边，尼禄与零对峙着，穆先生则收起铁伞，对着地面虚虚划线。诡异的是，凡他所指之处，地面上出现对应的光纹。

“穿校服的那两位同学和你一样，也拥有那种诡异的戒指，另外两个人是来抢夺戒指的，掳走你是为了引诱那两位同学现身。如果不阻止他们的话，我们大家都有可能死在这里。”

“我……我能做什么吗？”

徐晋苦笑一声：“你召唤出的那个我，非常强大，如果可以夺回戒指让他回来，一切都不成问题。”

“他们把戒指藏在透明容器里，那透明容器……藏在那个画炼化阵的绑匪身上！”白笙想起之前在路口遭遇的细节。

“好，我知道了。你在这里乖乖等着。”徐晋将他放下。

“别去！他们很危险！”白笙用能动的左手扣住了他的胳膊。

徐晋轻笑了一声，拨开他的手：“如果你心目中的我，是那个温柔又强大的存在，那我是不是也该露一手，证明你没有看错人？”

不多时，穆先生的炼化阵成型，看起来是拥有金属光泽的紫蓝色液体界面，却因为奇特的光芒，让人怀疑液体另一面别有洞天。

“我先走一步，大家请好好享受零的服务。”穆先生抬了下他的单片链条眼镜，迈入了炼化阵中。紫蓝色液体恍若有灵之物，攀附上他的身体。只不过是一眨眼间，他淹没于阵中，消失不见。

“不好，是空间门！”尼禄咬牙切齿。

就在这时，风机背后突然窜出来一个人影，跑到阵前，伸手插入空间门中！紫蓝色液体顺着他的右手蔓延到他的脸上，将他往下方拉扯，他却使出浑身的力气往后挣扎。然后，零和尼禄同时发现，他竟然从紫蓝色泥沼中拖出了一只手！

零脸色大变，投掷出短刀直逼徐晋的面门！

短刀却在半空中被打飞，旋转着改变路径飞向天际，然后噗一声插入十几米外的水泥地里。

尼禄对着零冷笑一声：“别小看炼金术士啊，混蛋。”

他身后，徐晋爆发出怪力，将穆先生拖出了空间门，凭借着自己的体重牢牢将他控制在身下。两人近身缠斗中，穆先生怀里咣当掉落艾萨克之瓶！徐晋眼疾手快一把敲开瓶塞，权戒化作金光一闪而过，片刻之后，从风机箱后走来右手流血不止的白笙。

而他的右手无名指上，赫然是皮格马利翁之戒！

他艰难地将手举到眼前，将手背上出现的炼化阵对着众人：“凡我创造之物，尽数现身！”

一道金光平地而起，旋转着勾勒出人类的形体，单膝跪地的傀儡徐晋在他身边缓缓睁开了眼睛：“是，吾王。”

徐晋哂然一笑，总算来了。

傀儡朝徐晋走来，徐晋往白笙走去。两人错身而过的时候一击掌，傀儡徐晋邪笑道：“只会画画的人走远点儿，等会儿打起来，可不太好看。”

零与穆先生背靠着背，面对着包抄的尼禄和傀儡徐晋。

“你们是什么人？对权戒有什么企图？！”尼禄喝问。

“不修体术的后果还真严重呐。”穆先生吐了口血沫子，牛头不对马嘴地嘀咕。

零冷哼一声，表示“你知道就好”。

穆先生换上了认真的神情，快速分析战场上的局势：“权戒是炼金术体系中最强宝器，对上可以使用权戒的王权者，我们根本没有胜算。尼禄还好说，但是那个傀儡几乎不可战胜……不对。皮革马利翁之戒的所有能力都基于召唤术，王权者自身的体术、炼金技能却没有显著的提升，所以现在最容易除掉的反而是白笙！”

“了解。”

话音刚落，两人突然一齐向傀儡袭去。

另一边的尼禄哦了一声：“这是看不起我么？”

然而下一秒，零突然改变了行动轨迹，纵然一跃向白笙刺出短刀！

“小心！”徐晋拽住他的手把他拖到怀里，拿脊背对着从天而降的刀锋！

白笙越过徐晋的肩膀望着短发的冷酷少年，以及他映着月光的刀。视线被越来越浓的杀气布满了，他甚至看到零的嘴角带着胜利的自信，上扬。

结束了……么？

樱花树下的少年，在绘画室的两个角落各自努力的时光，一起描绘过的《风暴海》……

还有那些在风暴里独自翱翔的巨枭，笼里打盹的花猫……

它们存在于纸面之上，脑海之中，夜半无人时千万次温暖过他寂寞的想象。

“不要！”

巨浪泼天而来，浪头带着风暴的伟力，像拂去一片小帆般拂去腾空的零。转眼之间，他和他的刀在海浪中打了个卷，消失不见。

“怎么回事？”尼禄目瞪口呆，“海？”

傀儡徐晋心下了然，闭上眼睛轻笑了一声：“这是风暴海。”

“什么？”

“是他们俩一起到达过的风景。”

徐晋和白笙相对而立，两人身周是一道水的漩涡，从那个漩涡中诞生了海浪、沉船、礁石、风云与雷电，掠夺权戒之人很快就被海水吞没了。

“但是我们怎么办？”不断上涨的海水里，尼禄奋力抓住避雷针稳定身体，傀儡徐晋说了句“你想死么”，引导他往前方游去。游了一小段路，尼禄突然想起什么，潜下屋顶找到了昏迷的安期。

当两人一起浮出水面时，尼禄用力拍打着安期的脸颊，逼他吐出海水。

“唔……怎么了？咳咳……”

“涨水了。”

“水？”安期迷蒙地放眼四周，“我们怎么在海里？”

尼禄答非所问：“还好你胖，没有被冲走。”

前方的傀儡徐晋示意他们抓住飘来的沉船木片，尼禄却在湍急的海浪里吼叫：“让白笙停下！停下！如果他不停下，我们今晚都得淹死在这里了！”

“不会的——你看！”傀儡徐晋指向前方。

不远处，一枚鲜红色的浮标在风暴中浮沉。徐晋带着白笙爬上了浮标，正在朝他们招手。三人奋力朝浮标游去。

当尼禄把安期的手搭在浮标上的时候，他迷糊地打了个寒噤：“冷……”

“你不是海王么……等一下，海王戒！”尼禄这才想起来，波塞冬之戒还在那伙人手中！

正在这时，不远处的沉船碎片上出现了穆先生和零的身影。穆先生在木板上发动了空间门，带着零跳入阵中，但是封印着海王戒的艾萨克之瓶也在一个浪头打来时，掉入了海里。他们最后没有回身去找，而是选择离开这片海域。

安期松开手，潜入水中。

“你去做什么！我去，蠢货！”尼禄焦急地紧随其后。

安期对他的喊叫充耳不闻，不断下潜。

头顶的风暴在水平面下消弭无声，大海像母亲的子宫一样宁静。学校沉没在大海深处，仿佛千百年前的古迹。而在这无前无后无上无下的深水中，海王戒正囚禁在艾萨克之瓶中，缓缓下落。

安期水性好，很快潜到了海王戒下方，捧着容器，自下而上凝视着追来的尼禄。

尼禄嘴里吐出一连串气泡，似乎想说什么，却呛了好几口水的样子。安期笑起来。他知道他大概在说：打开啊你个笨蛋。可是打开了以后，戒指回到他的手上，又有什么用呢?

快要无法呼吸了……

安期捧着海王戒用力一推，推向了他。

自己却闭上眼睛，沉入了海的深处……

END

“徐晋，有人找！”

徐晋在画架前抬头，看到了窗外的白笙。

他跑到门外，白笙所在的地方，一米见方之外都没有人，大家见到他纷纷绕道。

徐晋皱起了眉头：“明明已经解释了很多次了……”

“没有用的吧。如果没有‘两个徐晋’这个前提，我们撞了题材又撞了元素这件事，无论怎样解释都圆不回来，还是算了。”白笙笑了笑，把他的肖像画递给他：“今天来是想把这幅画送给你。”

樱花树下，少年对着画架，眼中流露出古代哲人一般高贵的静思。

“我是因为憧憬你，才想去学画画的。可能是太寂寞，想要跟你这样优秀的人做朋友的缘故……虽然你没有注意到过我，可是我因为你，体会到了很多情绪。我梦想着能接受你的指导，也嫉妒过你，愤恨过你，招生组事件以后甚至希望这个世界上没有你，我的傀儡也因此顺从我的心愿做了伤害你的事，但是以后都不会了。”白笙平静地凝视着他的眼睛，“因为原来，我一直都错了，我并不是因为什么人而坚持走下去的。如果是那样，早在很久很久以前，我就已经放弃了。但事实上，即使以为你对我做了残忍之事，我也还是想画；即使全世界都已经不再相信我，我也还是想画！我想把他们带到这个世上，我要为我笔下的他们继续走下去。徐晋，我已经……不再憧憬你了。”

徐晋点点头，把画交还给他：“那换我憧憬你吧，皮格马利翁的继承者，能从虚空之中创造生命之人。你笔下的世界，很精彩。”

白笙微笑着，越过他的身侧，朝前走去。

“很抱歉，为您加上了那枚浮标。我只是无法超越您认知的傀儡，无法为您的才能增添些许光彩……”隐身的傀儡徐晋在白笙耳边喃喃絮语。

“不……我感觉得到，我被我所创造之物，温柔相待着。”白笙温柔地闭上了眼睛。

徐晋凝望着白笙的背影，仿佛看到阳光中，有自己的身影自虚空之中隐现，陪伴在他的身侧。

校医院里。

安期缓缓睁开了双眼，尼禄放大的脸印入了眼帘。他受到了惊吓，咳嗽着想要坐起来，反被尼禄按住了：“不要动！你知不知道你差点淹死了！你在想什么？难道你在水下就打不开瓶盖了么！”

“你是想杀我的吧，那天晚上。”安期虚弱道。

尼禄沉默了半晌，暴躁地反驳：“我说了，那天晚上我是来看看你有没有踢被，笨蛋！”

“是么？克劳狄乌斯家族的大少爷，什么时候需要对笨蛋撒谎？”

尼禄被逼到了这种境地，气急败坏地踹了下他的病床：“是啊！你一点用都没有，偷拿了我的权戒也只是累赘，还根本不好好爱惜，我无数次都想杀了你、取而代之了！你满意了么！”

“那……那时候不救我不就可以了么？晚几分钟打开瓶盖，我一死，权戒再次择主，除了你还是你。为什么要救我？”安期强压下想要发笑的念头，不依不饶地逼问。

尼禄咬牙切齿地揪住他的领子：“你呢？你这个狡猾的笨蛋！为什么明明知道打开瓶盖就可以获救，还将瓶子推向我！你想做什么？是想成全我么？”

两人视线胶着。

安期率先别过脸去：“我就想知道，你有这个贼心，到底有没有这个贼胆。”

尼禄瞪大了眼睛，这才明白入了圈套，转过身去留给他一个背影：“哼，别想太多了，笨蛋。饶你不死不过是我计划中的一环，我是不会对你心软的。”

“哦？你有什么计划啊？”安期把脚探出被窝，踹向他的屁股。

尼禄狠狠瞪他一眼：“零和穆在四处掠夺权戒，也不吝于杀人，我怀疑他们就是杀死我爸爸的幕后黑手，所以你要赶紧好起来，追查他们的下落以及背后的势力。”

“哦。”

“还有，学校里都到处都湿漉漉的，还有鱼，今天轮到我们做值日。”尼禄抱胸道。

然而安期已经缩回了脚，还掀起被子盖住了脑袋：“我睡了——”

“你给我起来！你是想死么！我现在就杀了你！听见没有！”

Chapter 4

Bacchus' Mid-night

酒神的午夜

1 父与子

叶理回家的时候，父亲正在老旧的电脑前玩蜘蛛纸牌。听到前厅的动静，他在围裙上搓着手站起来，端起放在茶几上的水果拼盘迎上：“回来啦，饿了么？先去洗个手吃点水果，晚饭还要过一会儿才能好。”

叶理嗯了一声，拈了瓣甜橙往嘴里塞，父亲却打了记他的手：“在外面摸东摸西的，手多脏，全是病菌，先去洗手。”

叶理眉头一皱，丢下句“那不吃了”，便径直走进自己的房间关上门。

这周五的家长会上，他将作为学生代表发言，要花时间准备稿子。今天的作业也不少，两件事儿撞一块儿，更要争分夺秒才行。作为众望所归的优等生，他可没有那么多闲工夫浪费在琐事上，比如洗手不洗手——父亲有时候真是搞不懂轻重缓急。

叶理在拥挤矮小的书桌前坐下，点开了蘑菇台灯，开始赶作业。

不知过了多久，父亲敲门：“小理，吃饭了。”

叶理头也不抬：“做完这张卷子就来。”

“卷子吃完饭再做不行么？”父亲唠叨着，“天大的事儿大不过吃饭。饭点就该吃饭，吃不上饭就伤胃，老来有你苦头吃。把手里事情停停，赶紧吃完了洗个澡，我好洗衣服去。”

叶理被打断了解题思路，丢掉了手里的笔，瘫在椅背上按了按眉心，闷坐了一会儿才懒散地走到餐厅。父亲已经落座，打开电视，津津有味地看起来。

“七点了，看新闻联播。”叶理虽然不用考政治，却对国家大事比较关心。

父亲护着遥控器不肯依他：“嘿，电视剧多好看呐！”

叶理知道与他多说也是对牛弹琴，顾自喝汤。父亲的鲫鱼炖豆腐做得不错，他也就这道菜还拿得出手。只是家里只他们俩人，每天还烧四五个菜，真是浪费。

“诶我说小理，周五开家长会你怎么不告诉我？”冷不丁地，父亲蹦出那么一句。

叶理一愣，父亲怎么知道的？

“你们老师今天打电话给我了，还让我作为优秀学生家长上台发言。”父亲嘿嘿笑着，从口袋里摸出几张挂号单，背后密密麻麻写满了发言稿。他在医院上班，接到消息手头没纸，就捡了几张挂号单临时充数，反正背后是空的，能写字。他把几张小纸条按顺序递给儿子，眼里流露出与他年纪不符的忐忑，“你作文好，给我看看，写的还过得去不？”

叶理随手就把挂号单丢进喝剩下的鱼汤里：“你别去了。”

父亲“诶”了一声想伸手去捞，无奈圆珠笔蘸了汤汁早就化了，父亲不由得懊恼，还有些委屈：“你这孩子……你干什么呀？”

“你上台讲什么？”叶理眼里的轻蔑再也隐藏不住，在这一刻喷薄而出，“讲你成天打蜘蛛纸牌的心得？还是讲你在医院做护工的经历？别人的爸爸都是企业家或者大学教授，全都西装笔挺开着宝马奔驰去开家长会，你骑着辆小破驴还想跟他们科普如何教育下一代？你就是个俗人，别瞎凑热闹了。”

说完，便丢下满桌的残羹剩饭走进了卧室，再也不看父亲一眼。

后来一整晚，父亲在外面做家务时，手脚都特别重，发出乒乒乓乓的声音，好像小孩子受了委屈，在特意寻求他的注意。叶理也在某个瞬间反省：刚才的话是不是说得重了？

然而他的确看不起父亲。

父亲平庸，无能，活到这个年纪，也谈不上还有梦想之类的东西，只是每一天都在浑浑噩噩地过着。因此才会甘于伺候人的工作，也甘于困囿一室之内成日家长里短。而他还年轻，他与父亲是不一样的。他不想让别人知道，他有这样一个没用的父亲。

只是父亲混杂着绝望、委屈的眼神，以及那红了的眼圈，始终无法从脑海里驱逐出去，让他无法安心做任何事，只好把自己扔到了睡了许多年的小床上。

这时，耳边传来金属物件滚动的声音。好像是硬币，又有可能是戒指。叶理想睁眼去看，眼皮却有千钧重，不一会儿便坠入了沉沉的梦里……

2　欢迎光临梦的世界

叶理不知道自己是在何时睡去的。不过睁眼时，墙上的挂钟指着清晨四点，窗外异常热闹。他们这样的老小区，住满了五六十岁的老头老太，平日里早早就在楼下打起太极，不过也不至于四点就开始，是发生什么事了么？

他走到窗边撩开窗帘，这一瞧倒吓了一跳：整个小区、乃至整个城市都灯火通明，亮如白昼，几乎所有人都在街上游荡。他们有的在说话，有的在奔跑，有的在吃饭，有的在购物。再仔细观察，却发现他们都各自沉浸在自己的世界里，与周遭的人没有丝毫互动，生生透漏出一股诡异之感。

虽然明白闭门不出更安全，但是叶理最不缺的就是好奇心和冒险精神，这恐怕是自负有才之人的通病吧。

门外和往常不一样，小而窄的楼道消失了，取而代之的直通大街的几级楼梯。叶理走到大街上，混入状似疯癫的人群当中，仔细地观察着他们。这时候，一个孩子突然撞上了他的腰。

“呜……呜……”孩子一把抱住了他的大腿，“哥哥，救救我，救救我！”

在小男孩触碰他的一刹那，叶理感觉到大地震颤，不远处传来惊天动地的脚步声。前一刻还平静的街道一眨眼就换了副模样，建筑物在燃烧，滚滚黑烟裹挟着警笛冲上天际。一只浑身长毛的怪物扒着高楼大厦探出脸来，叶理站在马路中央，在硕大阴影的笼罩下惊出一身冷汗。这家伙目测有五米多高，像是金刚和《怪物学院》中沙利文的集合体，张嘴咆哮时，喷薄而出的臭气熏得他几欲窒息。

叶理当机立断就抱起孩子冲回家中。但是进门的瞬间，门上金光大作。他扑进了客厅，怀里的孩子却惨叫一声，反弹到街上，仿佛被看不见的结界阻挡。

孩子坐在空无一人的街上哇哇大哭，一只巨掌从天而降，将他高举过头，悬于血盆大口之上。悬空的小孩儿四肢胡乱挥舞着，崩溃地哭喊着“哥哥救我”。

眼见巨怪松手，小孩儿往他嘴里掉去，叶理浑身汗毛都竖了起来，大喊一声“不”，便冲出了门外！

下一刻，孩子忽地凭空消失了。

那巨兽也哀嚎一声，仿佛搁浅的巨鲸，缓缓伏倒。头顶的阴影越来越大，却同时越变越淡，叶理眼睁睁看着无比真实的巨兽从下往上慢慢变得透明，最后彻底消失在空气中，仿佛之前什么都没有发生过。

眼前又出现了之前的街道，人们依旧沉浸于自己的世界里，对刚才的一幕毫无反应。以他为圆心，周围似乎一个正常人也没有，也找不到那个孩子。叶理原地打转，心里想着：这到底是什么鬼地方？！

毫无征兆的，一只手突然搭上他的肩膀：“喂，你是醒着的么？”

叶理转身，对上一双明润如水的眼睛。

他有一刹那的失神："我是不是在哪里见过你？"

"哈？怎么可能！"陌生人夸张地笑着，"这种时候不该问我是哪儿来的梦者么？"

"哈？梦者？"叶理一挑眉峰，表示不解。

陌生人从他的表情中看出端倪："难道你不是梦者？"

"什么是梦者？"

陌生人对他的问题充耳不闻，长长地"唔"了一声后陷入了沉思："你竟然什么都不知道，却能在梦中保持清醒……"

"梦？"叶理捕捉到了重点，扫视周遭，"难道说这里是在梦中？"

"与其说是梦，不如说是梦界，是独立于现实之外的、由意识构成的世界。一般人只有睡着以后才能来到这里，他们都不是清醒的，而且会在这里遇见他们潜意识中渴望或恐怖之物。"

陌生人随手触碰了身边一个喋喋不休的大婶，周围的空间产生了波折，叶理发现他们站在窗明几净的客厅中。那大婶气愤地对一名年轻男子骂道："这么大年纪还不结婚，你是想做大龄单身男青年么……"

陌生人收手，这个画面就随之消失了，他们重又回到了街上，只有大婶还在一旁对着空气骂骂咧咧。

"原来如此。"叶理终于明白方才诡异的一幕是如何产生的了。

小男孩做噩梦，梦见了被巨怪追逐乃至吃掉，他因为与小男孩产生了身体接触，亲眼目睹了这幕幻想，而周围的人却各自沉浸在各自的梦中，并不互相干涉。仿佛要印证他这个观点，眼前骂将的大婶和另外一个人越走越近，眼看要撞个满怀，却透体而出——街上的人对彼此来说是互相透明的，他们只看得到自己的梦境。

搞清楚了这一点，叶理慢慢接受了这是在梦界的事实。他转而抛出了另外一个问题："如果经历的事情恐怖到将他们吓醒，他们就会从梦界消失？"他还在担心刚才那个小男孩儿。

"对，一旦情绪积累到无法承受，就会让意识触发自我保护机制，产生类似于'啊，我大概是在梦里'的想法，他们也就能回到现实世界，自己的躯壳中。"

"躯壳？"

"人类的躯壳，也就是——"陌生人的表情突然变得严肃，"身体。"

叶理不禁打了个寒噤："做梦难不成是灵魂出窍？"

“差不多。梦界的一切都是意识构成的，意识进入了纯精神的梦界，专注于梦中的经历，就没有余裕再支配身体，身体因此处于睡眠状态。不过天亮以后，意识自觉需要苏醒，就会回到躯壳当中。”陌生人扫了眼自己的手表，“差不多早上六点了，看。”

街上游荡之人显著变少了。一些在梦中经历了恐怖之事的人，早已中途退场。享受梦境之人此时也意犹未尽地停下了手中的活计，半梦半醒地走进自己的家宅。他们越走越困，走上台阶的时候都打着哈欠，可以从窗口望见他们躺倒在自己的床上，消失不见。

有些人睡眼惺忪间走错了门，被门上金色结界反弹出来，一屁股坐在街上，怔忪几秒钟之后，又起身找寻正确的家门。

叶理想起方才他试图救下孩子，孩子却被大门阻隔的细节，皱起了眉头：“这些门似乎有筛选的功用，只允许特定的人通过。”

“这是一种保护机制。”陌生人解释。

“保护？保护什么？”

“回到躯壳中的路径。”陌生人笑得神秘，“意识脱离身体来到梦界，从哪儿来就回哪儿去。如果不属于本体的意识接近了通往躯壳的通道，自然就会遭到排斥。”

纵然胆大如叶理，也不禁毛骨悚然，因为他听出了陌生人的弦外之音：“人类的意识……还会找错自己的身体？那岂不是灵魂互换？”

“很少发生，但也不是没有。而且我们这些梦者存心作恶的话，夺舍不是什么难事。”

“你刚才一直说梦者梦者的，梦者到底是什么？”叶理同陌生人走在空旷的街上。现在，他们只能遇见更少的人了。少数是依旧眼神迷离的做梦之人，不过更多的却是眼神清醒、和他们一般在互相交流着的人类。

“梦者是修行清晰术的人，可以在梦界自由穿行。”陌生人警惕地与其他梦者对视着。

“世界上还真有炼金术士么？”叶理耸耸肩。

“是啊，这没什么好大惊小怪的。你更特殊，一个普通人却天生自带清晰术。虽然不知道你是什么情况，可是你要小心，在梦中徘徊不去很损耗精力，甚至会耗尽灵魂，除非你是……”陌生人低头偷瞄了眼他的手。当发现他手上没有任何东西的时候，表情很有些失落。

叶理顺着他的目光望了眼自己的手指："怎么了？"

"没什么。"陌生人摇了摇头，"我到这里是来找酒神的。你见过他么？"

"酒神？"叶理失笑，"继炼金术之后，你告诉我世界上还真有神？"

"整个梦界，也就是我们现在呆的这个地方，就是酒神建造的。酒神造了一个梦，连通了所有人的梦，缔造了这个伟大的城市。他是因为有操纵梦境的伟力而被人尊称为神的炼金术士。"陌生人与他娓娓道来，"你真的对他一无所知？"

叶理摇了摇头。

陌生人泄气："也是，你怎么会知道。其他梦者说，他已经很久没有在梦界出现过了。如果有酒神手持'狂欢之剑'保卫着这座城市，这里也不至于人人自危，害怕被掠夺了躯壳。"

说着，便垂头丧气地打算离开。

"等一下！"叶理叫住了陌生人，"我……我该怎么出去？"

"你自哪里醒来，哪里就是你通往躯壳的路径。"

"谢谢。"叶理告别了陌生人，回头朝自己家走去。

3 被缚于梦中之人

叶理成功通过门的筛选，回到了自己的房间。他仔细检查了自己的床，发现床上有一个圆形炼化阵，大概这就是陌生人所说的"通道"了吧。正当他想要回到现实中时，他听见父亲的卧房中传来哭泣的声音。

心中有一个声音说着"别管他了"，另一个声音却按捺不住好奇，催促他前去查看一番。也许是父亲正在做什么诡异的梦呢？

他循声推开了父亲的卧室门。

有一刹那，叶理很好奇将要看到的画面，但眼前的场景再一次告诉他，对父亲抱有期待是错误的。卧室还是那个卧室，父亲不在这里。此时此刻，他应该在面前的床板上，酣睡着打呼噜，和过去的每一天、未来的每一天一样——没有梦。

叶理短暂地思考了一下父亲，便将注意力重新集中在哭声中。在卧室中听，声音便愈发清晰了。那是一个年轻女子在哭泣，自地面以下传来。

叶理在床边跪下，目光落在布满灰尘的地板上。那里有一块突起的抓手，抓手连着暗门。叶理觉得有趣，在他40平米的家中，竟然还有暗门？不过也不好说，毕竟这是梦里。

他推开床，双手用力开启暗门，一股陈腐的味道扑面而来，仿佛经年埋葬的棺椁。叶理咳嗽了两声："梦中的感知还真够逼真的。"

暗门底下是一条长而垂直的竖井，井边有可供攀爬的铁质抓手，叶理看不清底下的情况，喂了一声："你是谁？"

哭泣声一顿，似乎因为突然的打搅而不知所措，井中于是变得死气沉沉的。

"你不告诉我，我可就自己下去了。"叶理往下爬去。

虽然井中极冷，但他掌心火热，心中狂跳。也并非不害怕，梦中光怪陆离，存在于潜意识中的可怖之物有可能躲在任何一个角落窥觑着，可这危险抵不过他心中渴望冒险的念头。生活太过平淡无奇，他的聪慧让他能够轻松掌握任何技能，在同辈中脱颖而出。但是他却每天被无能的父亲束缚着，无法尝试这世上危险而又充满诱惑的一切。梦中就不一样了，一个冒险故事就摆在他的面前。

竖井很快到了底。叶理双脚着地拍了拍手上的灰，朝有光之处走去。很快，他来到一个房间，房间里空无一物，只有中央突兀地支撑着一张病床，病床上绑着一个美丽的年轻女人。她的手脚被固定，嘴上贴着胶条，双眼被蒙蔽，连哭泣都无法尽兴。

叶理伸手帮她除去这些束缚："你是谁？"

女人却像受惊了的兔子，忽地从床上坐起来，睁眼打量周围："这是哪里？"

"这是梦里。"

"梦……"女人捂住了自己的胸口。她皮肤微黑，穿着一条白色抹胸紧身裙，牢牢包裹住她玲珑的曲线。

叶理红着脸脱下自己的外套递上："对，这是梦里，天一亮所有人就得回到现实。你是从哪儿来的，就得回到哪儿去。"

"我……我一直呆在这儿。"女人用她沙哑又好听的声音重复道，"我一直呆在这里。"

"总是梦见这个场景？"叶理调笑道，"你的梦也真够无聊的。"

女人摇头："不，不是这样的。我的意思是，我一直呆在梦里——如果如你所言，这是梦中的话。"

"哦，没有现实的记忆？那也非常正常。人类做梦的时候，很少有意识到自己在做梦，更别提回忆起关于现实的种种。总之，天一亮，你就能够回去了。"

"是、是么？我只是做了一个又长、又恐怖的梦么……"女人抓紧了他的外套，对他展露出温暖的微笑，“谢谢你，听你这么一说，我一点儿也不害怕了。”

叶理脸上热烫，不禁羞涩万分。

“你是什么人，为什么会出现在我的梦里？”女人不安地挨近叶理，戒备又胆怯地张望着四周。

“你醒来之后就会忘记我，所以不问也罢。”叶理看了下手表，“天快亮了，如果你就是从这里入梦的，那么也该从这里离开梦境，我送你回去。”

“真是神秘的小哥。”女人朝他笑了一声，曲起了一条腿，抱紧自己的膝盖。另外一条腿悬在病床上，脚尖耷拉着白色低跟鞋轻轻摇晃，嘴里唱起了一首没有歌词的曲子。

叶理竟觉得这旋律非常熟悉：“这是什么歌？”

女人笑着摇了摇头，表示她也不清楚。

叶理并不深究，目光再一次落在表盘上，离早晨6点还有几秒钟的时间。

5，

4，

3，

2，

1……

叶理长长地松了口气，她该回去了吧。

“那个……你为什么要叹气？”温柔且沙哑的女中音再一次在耳边响起，叶理瞳孔一缩，对上了那双茶色的眼睛。

她怎么还在这里？

叶理脑海里浮出一个可怕的想法：这个女人，真的被囚禁于梦中了。

4 平江路108号

叶理和女子相对坐于餐桌两侧。

女子握着面前的水杯很有些忐忑：“请问……我身上是发生了什么奇怪的事么？”

“你说得也许没有错，你一直呆在这儿。大概有多久了？”

女子回答：“我……我不知道。我没有时间观念。我只知道我一直在刚才的那个房间里。”

“手脚被缚，眼睛蒙蔽，嘴上贴着胶条？”

“是的。”女子对遭受的暴行心有余悸。

“那么，还记得是谁做的么？”

女子摇摇头。

“现实中的事呢？”

女子有点慌乱：“方才你也说，在梦境中回忆现实，好比是前世的浮光掠影……”

“即使是前世也偶然能想起一两个画面吧？！”叶理激动地一捶餐桌，“梦境是消耗人类灵魂的地方，一直徘徊不去可是会消失的！”

言毕，两人都是一愣，连叶理也不知道自己为何如此激动。

女人则低下头道歉：“对不起……我什么都想不起来。我一直都看不见，听不到，无法言语，不能动弹，在那口井里呆了很久。我都不知道我是谁了……”

温暖的手指忽然触碰了她。她受了惊吓，抬头对上了叶理的眼睛。

他解释道：“你脖子上挂着一枚钥匙。”

女子这才意识到他抓着自己胸前的挂坠。

串绳是劣质牛皮，挂坠则是一枚钥匙，起先一直藏在她的白色紧身裙中，她一低头，便从胸口滑落，悬空摇晃，让人很难不去注意。叶理是想伸手抓住那钥匙，却碰到了女子冰冷的肌理。

“这是哪里的钥匙？”

面对叶理的询问，女子一如既往地懵懂无知。

叶理将钥匙翻面，上面刻印着平江路108号的字样。

“我想，这会是你回归现实的线索。”叶理笃定道。

叶理回到现实中，正是清晨六点半。天刚破晓，门外有父亲蹑手蹑脚洗漱的声音。

他起身，偷摸躲过卫生间里父亲的视线，闪进他的卧室。贴地查看，床底下没有暗门。

当然会是这样才对，父亲的床底下怎么可能锁着女人？不过话说回来，梦中的事并非毫无来由，而是与现实有千丝万缕的联系，平庸的父亲与那样漂亮的女人曾有过交集么？

“你在做什么？”父亲的手放在门把手上，显然很惊讶儿子清晨出现在他的房间里。不过他的表情比以往冷淡，显然没有释怀昨晚的争吵。

叶理回报以更冷淡的脸色，与他擦身而过。

父亲冷不丁扣住他的手腕，脸上有着一丝无奈：“吃了早饭再去学校。”

叶理脸色稍舒。他知道他与父亲争吵，永远不会落了下风。

叶理站在平江路109号前，蹙起了眉头。

然后他又后退几步，瞟了眼右手边店面的门牌号，平江路107号，没错。

107号，109号……不停地前进又后退的叶理无法理解，为什么108号不见了？

叶理思考了几秒钟，打开手机，使用了最简单的办法：网上搜索一下。

搜索的结果超乎他的想象：S城平江路108号公寓，曾经发生过一起凶杀案。当时这里住着父女两人，某天夜里，凶手闯入其家中杀死父亲，然后一把火烧了公寓，十六岁大的女儿也从此下落不明。

警方迟迟没有破案，流传的案件细节却耸人听闻。有人声称凶手将父亲肢解失踪的女儿恐怕也难逃厄运。因为有了这样的传言，开发商也再也没敢重建被大火烧毁的108号公寓，导致平江路在107号之后直接跳到109号。

叶理看到这里打了个寒噤，莫非他在梦中遇到的年轻女人，是失踪的那个女孩儿？

当天夜里，叶理再次陷入梦境，刚一睁眼便听到客厅传来熟悉的曲调。与现实的家中一般无二的地方，女人正围着围裙在四处清洁。他的家显现出前所未有的窗明几净，桌面一尘不染，洗衣机里没有堆满了的脏衣物，不锈钢的料理台亮得能当成镜子。

“你在做什么蠢事？”叶理上前夺下了她手中的抹布，“这是梦中。”

“这就是我呆的地方，”女人笑得温暖，“反正我也没有其他事可以做。”

“如果非要清洁的话，我一个念头也能完成。这里是我对我家的映射而已。”

“那为什么从来没有‘让它变得干净’的念头呢？”女人在围裙上擦了擦手，“你带我来的时候，这里可是一塌糊涂。”

“从来没有这种念头。”叶理理直气壮，“因为是和父亲两个人住，所以对干净什么的完全无所要求。我们可都是男人，做家务的水平也就勉强及格而已。”

“这样啊……原来是单亲家庭。”女人恍然大悟。

叶理再次在餐桌前坐下："先别管我的事了，多担心担心你自己吧。我今天去了平江路108号。"

"那里什么样？"女人眼里有了光芒。

"你要做好心理准备。"叶理神色复杂地复述给她听，"108号公寓已经被烧毁，不在了。而它之所以被烧毁，是因为二十年前那里发生过一场命案。一对父女住在公寓里，父亲被杀，女儿失踪。你能记起来点什么么？"

话音刚落，父亲的卧室中突然传来男子的痛呼。

"啊！啊——"

叶理转身望向卧室的方向。卧室门在他眼前变化了，奶白色的木门幻化成了深棕色的两开铁门，从门缝中还透出红色的火光，不多久，黑烟便弥漫了整个客厅。

"这是……"叶理下意识地询问女人，却望见女人眼圈泛红地站起来，解下脖子上的钥匙，插进了眼前的门锁中。此时，门的正上方，悬着平江路108号的门牌。

女人用力洞开大门，一股热风扑面而来！

叶理咳嗽着，瞥见了屋中地狱般的场景。

门背后早已不是父亲的卧室，而是他所不熟悉的客厅。客厅里的一切都在燃烧，窗帘、桌椅、景观植物，全都泛着幽幽的亮红色。而客厅中央，有一个壮年男子被按倒在地。穿风衣的年轻男子骑在他身上，对他进行惨不忍睹的虐杀。女孩儿躲在花架后哭泣，女人对上了她的眼睛，整个人都开始颤抖。可是正当她要冲进门里去的时候，凶手扛起女孩儿离开了。

"不——"女人哭叫。

平江路108号的深棕色两开铁门缓缓掩上，同时从墙壁上剥离，就好像纸上的画在纸张点燃后迅速褪色。火焰、黑烟、哭叫声统统被卷进门缝，最后砰地一声关上的，是父亲卧室那道寻常的木门而已。

女人跌坐在地上，整个人都在颤抖。

叶理在她身边蹲下："所以那个女孩，是你么？"

女人啜泣着承认："那个人，杀了我父亲，烧了房子。"

"你看清了他的脸么？"

女人摇摇头。

"他带走了你，然后去了哪里？你应该还没有死，你还在这里就是最好的证明，毕竟死人是不会做梦的。"

"我……我记不得了。"女人突然发疯似地捏紧拳头，敲打着自己的太阳穴，

“我为什么都忘了！我什么都忘了啊！”

叶理攥住了她的手腕，停止了她近乎自残的行为。

女人悲哀地凝视着他：“我要是……一直想不起来怎么办？”

叶理提醒她：“钥匙。”

女人低头。

她的钥匙上面，字串变了。

“后唐街26号404室。”叶理与她对视一眼，“看来你每次打开一扇门，就会读取自己的一部分记忆，映射在梦境中。我们可以据此了解真相。”

女人依旧没有高兴起来，而是虚弱地枕上了他的肩膀。

叶理有被依靠的感觉，却并非男女之情。他哼起那首不知名却熟悉的歌谣，好像这是他们两人间的约定。

5 后唐街26号404室

有了上一回的经验，叶理轻车驾熟地前往后唐街找寻线索。这一带是老小区了，房屋老旧，六七层的居民楼墙上刷着新漆，走道里却阴暗潮湿，堆满了杂物。很多人家的铁门上挂着蜘蛛网，显然是许久没人住了。当他敲开26号404室的门时，一位鸡窝头的年轻人探出头来：“外卖呢？”

“没有外卖。”叶理冷淡地扫视着他背后的客厅，“二十年前在平江路108号发生过一桩命案，父亲被人杀死，女儿下落不明，这件事你知道么？”

年轻人举起双手：“不是我干的。我今年十九岁，是个年轻人，连暴力向的动漫都不喜欢，只喜欢看青春美少女的题材……”

“我是问你知道些什么。”叶理推门而入，神态自若地仿佛在自己家中一样。这里是一套六十平米的二居室，看起来有些年头了，装修却还不错，就是被年轻人弄得乱七八糟，像是鸡窝。

年轻人跟在他身后转悠：“你是警察么？我看你的年纪，不像警察啊。”

叶理答非所问：“那个失踪的女孩，最近被人找到，她神志不清，但是报出了你家的地址。”

年轻人再一次举起双手：“这房子是我租的。”

“租的？”

年轻人点头如捣蒜："所以我真的什么都不知道。"

叶理将桌子上的手机丢给他："打给房东。"

"我才不要！"唯唯诺诺的年轻人跳起来，不顾一切地推脱，"我躲他还来不及，我还给他打电话！一看你就年纪轻轻，根本不知道欠债是何物……喂！你干什么？！"

他话没说完，就被叶理揪住了领子拽到眼前。叶理居高临下地俯视着他，一字一顿道："这里，也许，发生过命案。也许，在你每天睡觉的床底下，就埋着尸骨。不问清楚，你敢睡么？"

叶理盯着他的眼神镇定到冷酷，年轻人瞬间感觉室温下降了十度，不禁打了个寒噤。他的眼睛情不自禁打量着四壁，从来熟悉的居处，此时看起来却处处透露着诡情。猩红的窗帘底下有深色的斑迹，桌子底下的地板有切割过的条纹，柜子里更是传来细微的声音……年轻人一把抢过手机："我打！我打！我打还不行么！"

电话很快接通了，年轻人在听到对面"你几号交房租"的咆哮后瞬间腿软："那个……我其实是有其他事情想问一问……"

"我就问你什么时候交房租！欠了几个月了！"

"那个……"

叶理一把夺过手机："平江路上曾经发生过一桩命案，108号公寓中父亲被杀，女儿失踪，这和你的房子有什么关系？"

对面的老头愣了一下，操着一口方言骂道："小崽子你胡说些啥？"

"我是警察。"叶理平淡地回应，顺便递给年轻人一个眼色。

年轻人会意，凑上来哭爹喊娘："老爹，真的是警察！警察！据说这案子里面的当事人找到了，昏迷中报出了你家的地址！诶哟这可是……"

叶理嫌他啰嗦，把刚入戏的年轻人一把推开，夺回了电话的主动权："你最好仔细想想。不然媒体一曝光，说你这房子与凶杀案有关联，你说你还租得出去么？"

"退款！赔钱！"年轻人狐假虎威地冲着手机大吼，一时之间找回了尊严。

"真没有！"隔着电话都能想象房东那张哭丧着的脸，"警察同志，我这房子，干净得很，租户来来去去都是正经人。就你眼前的这个最不正经，有事您找他。"

叶理和年轻人对视一眼，年轻人第三次举起双手。

"租户来来去去，总有那么几个不对劲的。您老再回忆回忆，一有线索立刻通知他。”叶理说完收线，把自己的手机号码存到年轻人通讯录里，丢还给了他：“常联系。”

等送走叶理，年轻人才松了口气，这老成少年到底哪里冒出来的，吓死他了。

走到楼下，叶理望见几个老阿婆在树荫底下乘风凉。老小区绿化做得好，小区里还有小公园。看她们摇着蒲扇吃着西瓜，叶理就有了主意。他走过去，展露出最灿烂的笑脸：“阿婆好。”

老阿婆们都面面相觑。

“我是王婆婆她孙子呀，不记得了吗？小时候住这儿的。”叶理拖了把藤椅，在她们身边坐下。“后来搬走了，我奶奶还经常提起你们这些老街坊邻居。”

“哦哦是王婆婆家的孙子啊，都长那么大了，小伙子真俊。”

“好多年不见了！她怎么不来啊。”老阿婆们纷纷跟他套起了近乎。

“我奶奶身体不好，现在跟我们一块儿住，这儿的房子也想卖了，我今天就是来这儿办点手续。”

“卖了？不值当呀，这儿的房子都老成这样，再等几年就赶上拆迁了，到时候下半辈子就不愁喽。”

“实在是我们自己也不太愿意住了，楼上那户人家太吵。”叶理叹了口气。

“你们是住哪家来着？”

“就那幢3楼，楼上404租掉了。”叶理指了指9幢26号，他刚才上楼的时候注意到3楼没人住。

说起404，老阿婆们都炸开了锅：“就是勒！你说大家都是十几年街坊邻居，你不住了也租给个正经人。可那家呢？只看钱！前些日子还租给过几个不正经的女人！每天半夜踩着高跟鞋撒着酒疯上楼，还有男的大半夜在楼底下按喇叭喊名字，烦也烦死了，那幢楼里的人闹到居委会去，才不给她们租了的。现在租给了个男的，平日里也不见人，看起来有些猥琐。”

“哦……这么乱租是要出事的。”叶理引导着话题。

“你别说，以前还真出过事，警车都开来了。”有个老阿婆突然道。

几位阿婆登时炸开了锅：“还有这种事？我怎么不知道。”

“什么时候？”

“老早了，我刚退休那会儿，说起来也有个十六七年了。那时候那家刚搬走，房子租出去，租给了一对小年轻。女的很漂亮，男的也长得俊，一家人和和气气的，和楼道里都蛮好的。”老阿婆娓娓道来，“后来有天晚上，两夫妻突然打架了，我们就听到那女的在屋里哇哇大叫，说杀人啦杀人啦，然后就是乒乓的声音，也不知道什么东西倒掉了，那女的就没声音了。”

叶理皱眉：“家庭暴力？”

老阿婆回答：“太惨喽，别的夫妻床头打架床尾和，可是那女的还跳窗了，砸在二楼雨棚上。三楼的谁——是你家爷爷吧？”

“老张。”叶理接过话头。

“对对对，老张就说这个不行，要报警，要叫120，就去打了电话。那个时候哪有手机哦，都是跑到有钱人家家里借的。后来警车啊、救护车啊全开过来了，乌拉乌拉绕了整幢楼，我印象很深的。”

老阿婆们七嘴八舌，有的表示自己也有记忆，有的则啧啧称奇。

叶理关心的是：“那女的后来怎样了？”

“拉去人民医院了，也不知道死没死。应该是没死。那种时候跳楼是大新闻，上过报纸的，报纸上说还在抢救，后来也没说死了，应该就是没事吧。”

“那个男的么？”

“后来还来过几次，收拾收拾搬走了，没见过。”老阿婆说起来也很感叹，“看着也是挺好的一个小伙子，喝醉了打起老婆来那么狠的，我是想也想不到。”

老阿婆们纷纷表达了自己的控诉、愤懑与惋惜之情后，就拐到广场舞的话题上去了。叶理趁她们不注意走到一边，打电话给年轻人让他问问这件事：“问房东那对夫妻的名字。”

不一会儿，年轻人回电：“那对夫妻，男的叫叶满，女的叫谢玉。我是不是圆满完成任务？”

但是电话那边只传来一声巨大的撞击声，是手机坠地的声音。

毒辣的太阳底下，叶理保持着接电话的姿势，觉得周身都冷。

叶满，是他爸爸。

6　妈妈

叶理从小没有妈妈。

“你有我不就够了么？”不论他问爸爸多少次，都只会得到这个敷衍的答案。

起先他只是觉得这有点奇怪，别人的妈妈都来幼儿园接他们回家，为什么他没有？但是他早熟，很快就意识到这个世界上有单身家庭这种存在，于是从奇怪变成了羡慕嫉妒恨。

“一定是因为老爹太无能，所以妈妈和你离婚了。”

“你懂得也太多了吧？！感情这种事情相当复杂，现在还不适合和你交代……”

虽然爸爸极力否认，但是叶理却觉得这显而易见就是真相。爸爸一个大男人，做着没钱没地位的护工，这就是妈妈离开的理由吧？

然而他错了，真相极有可能比他想象得还要糟糕！

爸爸家暴将妈妈送进医院……他这么多年来又在人民医院做护工……

叶理狂奔向人民医院。

身世的秘密，今天终于可以揭晓……

叶理冲到住院部前台：“你好，请帮我查一下，这里有没有住着一位叫谢玉的病人？”

“哪个科室的？”

叶理喘着粗气摇了摇头：“不、不知道。但是她是我妈妈，可能跟一件案子扯上了关系，我怕她出事，麻烦帮我查一下。”

前台护士显然对他这番话的真实度持怀疑态度，但因为是直系亲属，还是沉默着开始查询，很快给出了结果：“在11楼D区，1103号病房。”

“谢谢！谢谢！”

叶理搭乘电梯冲上11层，越接近1103号病房，脚步就越是沉重。走到门外后，他甚至不敢进去，只轻轻将手贴在探窗上，张望着里头。与梦中少妇面容相近的女人静静躺在病床上，脸上罩着氧气罩，身上连着无数导管与挂针，紧闭着双眼。

“你是她的家属么？”路过的护士经过他的身边，投来狐疑的目光。

“是。”叶理擦掉盈眶的眼泪，有些激动地朝她点头，“我是。她是我妈妈。”

护士的眼神越发奇怪了：“以前从没看你来过。”

“我不知道。”

“不知道？”护士发出了荒诞的笑声，“她昏迷十多年了，你竟然说你什么都不知道？”

说罢，铃声响起，护士急匆匆离开了。

叶理推门而入，在她床边坐下，仔仔细细端详着她的面容。多年不曾运动的身体因为缺乏光照，显现出死人般的苍白，除了呼吸之外，没有任何体征可以将她与尸体区分。叶理屈起食指抚摸着她的脸，指尖传来与梦中一样冰凉的温度，不由得让他伤心落泪。

正在这时，走廊上传来对话：“老叶，又过来照顾你老婆了？”

“是啊是啊。”

叶理凑近门上的窗子，发现父亲正与人打着招呼，显见是要往病房里过来了。他惊慌失措，赶忙躲进了洗手间里。过不了多久，父亲果不其然推门而入，为昏迷的母亲擦身，也为窗台上的绿萝更换了清水。做完这一切，他在床边坐了一会儿，直勾勾地盯着母亲，良久才叹了口气：“儿子有出息，考试考得好，要去台上发言，就是不带我。”

说完，他又停顿了半分钟，仿佛在等待床上的人睁眼与他说话，然而房间里至始至终都只有他一个人。

“走了。”父亲弯腰亲吻了母亲的额头，离开了病房。

隐在厕所里的叶理松了口气，却握紧了拳头。

为什么要躲起来，他自己也不知道，但是看见了父亲深情的模样，他心里却分明燃烧起怒火。

他突然就意识到，自己是恨着父亲的。

他不是生来不幸，是父亲造成了他的不幸。

父亲的窝囊是毒瘤！

他窝囊，所以没有自我，一个大男人只会在家中围着自己打转；

他窝囊，所以太想要自我，把自己的无能发泄到无辜的人身上，通过不断地犯罪来满足自己的控制欲与征服欲！

他夺走了母亲的家庭，继而夺走了母亲，把她变成了一具不会笑也不会说话的傀儡。在那个法治缺失的年代里，他逃避了法律的惩罚。大概是良心不安吧，他选择成为了医院的护工，为曾经犯下的行径赎罪——然而后悔有什么用？自己为此失去了母亲！

懦弱的父亲甚至不敢对自己明言，让他长那么大，都不晓得母亲就在离自己那么近的地方！

叶理一拳砸在墙壁上。

他要复仇。

7 苏醒的植物人

叶理从小心思深沉，那天回家之后，没有表现出任何异样。然而他厌恶父亲到了极点，比往日表现得更加冷淡，关在自己的卧室里寻思着如何报仇。

只是他想着想着，便回忆起在厨房里穿着围裙转悠的父亲，讲过时的笑话逗他打趣的父亲，往他口袋里偷偷塞零钱的父亲，因为输了蜘蛛纸牌而闹脾气的父亲……心中无数种情绪交织，扰乱了他的思绪，让他无法冷静思考。

叶理丢下了纸笔，枕着脑袋在床上躺倒，强制停止思考关于父亲的一切，萌生另一种想法：如果在梦里遇见的少妇就是妈妈，那让她回到现实中，医院里的那个植物人就会醒来了吧？

他蓦然坐起来：对啊，就是这样！

既然自己有穿梭梦界的本事，当务之急，就是要将沉睡的妈妈唤醒！

这个念头让他兴奋不已，躺在床上辗转睡去，直达半夜，才听见悠然的金属旋转声传来，梦界的大门随即向他敞开……

一睁开眼，叶理就闻到了蓝莓酱的甜味，厨房里传来那首童谣，声调却不如之前那么欢快了。

叶理赤裸着双足下床，循声步入厨房，妈妈依旧围着围裙在忙活着："你回来了啊？"

叶理一把将她抱住。

被少年这样热情地对待，女人有些不知所措："请问……发生了什么事了么？"

"妈妈。"叶理轻声说。

她手中的碗摔碎在地上："你、你说什么？"

"妈妈。"叶理闭着眼睛埋在她的发间，仿佛在确认她的味道。

“我是你的……妈妈么？”

叶理收紧了双臂回应他。

“我好像是有个孩子，但是他还很小很小……”她扶额，因为回忆带来的痛苦而蹙起长眉，“他还不会走路，需要我抱着他。他喜欢我抱着他的时候哼歌，那样他会很快睡着……”

眼泪顺着他的脸颊流入她的脖颈上，仿佛发酵了经年的美酒，把她烫伤。

“很多年了。”叶理按着她的双肩让她转过身来，凝视着她的眼睛，“妈妈昏迷很多年了，我也已经长大了。”

“昏……迷？”女人的神色恍惚。

“对。”叶理轻而缓慢地说，“妈妈是被爸爸推下了楼，变成植物人的。”

女人蓦然抬头，眼圈一瞬间就红了。很快，不止是眼圈，她的双眼遍布血色，神情变得怨愤而恐怖。隔壁的房间中，同时传来女人撕心裂肺地哭喊声。

两人一齐望向父亲的卧室。卧室门再一次变化，奶白色的木门变成了普通的防盗门。叶理看着眼熟，他知道这是后唐街26号404室。

女人一步步走向那扇门，将脖子上的钥匙插入了锁眼。她颤抖着握住了门把手，听着里头的哭叫声，却始终没有下定决心打开。当叶理都以为她会放弃的时候，她轻而坚定地将防盗门拉开一条门缝。

吱嘎——

年轻女人被按倒在沙发上，手脚并用地想要逃离身上人的禁锢，却被打断了双腿。她仿佛穿越时空看到了叶理和多年后的自己站在门前，朝他们伸手求救，然而被错开了手骨。她绝望地想要撕咬那个凶手，却被割断了喉舌。她痛苦不堪，也不知道哪里来的力气，竟在挣扎中逃出了禁锢，朝窗口的方向纵身一跃！

“不——”女人捂住了嘴。

凶手回过头来。

那是一双怨恨而又痛苦的眼睛，嵌在父亲的脸上。

叶满与叶理对视的那一刹那，后唐街26号404室的防盗门砰地一声关上了，而后幻化成了父亲卧室原本的模样。

刚才那一幕带来的冲击，对叶理而言是不可估量的。他亲眼看到了父亲是怎样施暴，施暴对象还是自己的母亲，整个人都在发抖。反而是女人搀扶住了摇摇欲坠的他：“已经没事了。”

“怎么可能没事！”叶理甩开了她的手，“他是个杀人犯！他杀了外公，带走了你，你为什么还跟他在一起！为什么还要……生下我？”

说到这里，他不由得捂住了自己的脸，指缝中涌出苦涩的泪水。这是他一生中最脆弱的时刻，他想不到他的出生就是一种罪孽！

“不是那样子的。”女人温柔地摘下他的手，“听着，那个人，他不是你爸爸。”

“别骗我了，我都已经看到了！”

“正因为我看到了，想起来了，所以我才会说他不是你爸爸。你爸爸他不会做这种事。”女人一直以来混沌的眼睛变得清亮许多，轻轻抚摸着叶理的头顶，“他是……梦魇。”

“梦魇？”

“不错。”女人转身，打量着这间房间，“这里是梦界，你知道有梦者的存在吧？”

“你是说那些炼金术士？”叶理想不到恢复记忆的母亲竟对梦界如此了解。

“对。炼金术士修习清晰术，可以在他人的梦中来往，但是这非常损耗他们的精力。有些炼金术士堕落了，他们靠吞噬人类的灵魂补充精力，然后占据他们的身体。”

叶理想起之前陌生人对他的科普：“就是传说中的夺舍？”

“是的。那些黑炼金术士，你不知道他们活了有多久，他们只是在一具一具身体中穿梭，永生不死。杀死你外公的，以及试图杀死我的，是同一个人，他是黑炼金术士中最邪恶也最强大的那个，我们叫他梦魇。你父亲当时只是被他操纵罢了。”

“梦魇为什么要追杀你？”

“很简单。”女人转过身来，身上突然显现出此前不曾有过的气势，让人不由自主想要臣服在她的脚下，“因为我是造梦之主。”

叶理花了整整半分钟消化这句话背后的意思。

面对女人微微含笑的表情，叶理欣喜若狂：“那么说，妈妈你就是酒神？你创造了整个梦界？”

“不然你以为你为什么能轻易地进入梦界，来去自由？那是血统，孩子，继承自最强炼金世家的血统。一旦你成年，自然就会被唤醒。”女人同他解释。

叶理大笑，他就知道他不会无缘无故那么优秀。

“我创造了整个梦界，但梦界变成了黑炼金术士的避难所。我不允许这种事情发生，四处追猎他们，于是梦魇也追猎我。他无法杀死我，就夺走了我的权戒，把我封印在梦里，让我失去了记忆，忘记了自己是谁。”

“权戒？”叶理觉得到处都是他无法理解的新名词。

“我并不是神，只是继承了我们家族的炼金宝器——权戒，所以才拥有了几近于神的力量，成为了造梦之主。那枚权戒以狄俄尼索斯命名，他是古希腊神话中的酒神，醉与梦总是联系在一起的。也正因为酒神的象征是葡萄酒，所以权戒上的贤者之石紫到发红，戒环则是编织起来的银质葡萄藤——你见过那枚戒指么？”

叶理摇了摇头：“从没见过。”

女人的表情有些泄气：“如果得到权戒，我就可以从现实中醒来。”

“真的么？告诉我它会在哪里！”

“梦魇将权戒带走了，但是他没有办法使用权戒，也许会把它藏起来。我可以教你一个炼化阵，为你指明方向，可是这期间你必须要远离所有人，因为每一张面孔后都有可能是梦魇，你父亲也不例外，他就曾经被梦魇夺走过意识……”女人握住他的手，在他手心里绘下炼化阵。

“那么找到之后呢？”

“来医院找我，将戒指戴在我的手上，这样，我就能解开封印。”

叶理收回了右手，郑重道：“好，等我。”

叶理回到现实中时，手掌上还残留着梦中的感觉。那是一道三角形的纹理，其中蕴含着混乱的圆与线条。叶理按照女人的教导将它按原样绘制在手上，闭合的一刹那，紫黑色的光游走于炼化阵中，那些混乱无序的圆与线条也改变了方向，重新组合成指南针，随着叶理的移动而剧烈地改变着指向。这种现象，只可能发生在与目标距离极近的情况下。距离越远，他个人的移动对大方向的影响越小。而现在，他一转身，指针就东西颠倒，这说明权戒就在家中。

叶理下意识地走进了父亲的卧室。此时，手掌上的光纹指针不再动荡，坚决地指向门里。

也是，父亲曾经被梦魇掌控过，甚至有可能梦魇现在还在他体内……

他今晚不在家，在医院陪床，这是将母亲解救出来的绝佳机会！

叶理推门而入，指针显示床头第二个抽屉就是权戒所在。他拉开抽屉，率先映入眼帘的就是一张全家福。年轻的爸爸，妈妈，抱着他。叶理捻起光洁如新、显然被保护得很好的镜框，觉得鼻子酸酸的。只是现在没有时间让他伤感了，他必须尽快找到权戒。

抽屉里堆满了杂物。全家福底下保存着一叠他的奖状，从去年的奖学金到幼儿园小班的小红花，统统都装在一个大信封里。叶理张开信封，对着那些黄与红的奖状，流露出笑容。

“爸爸……”他情不自禁地喊道。

但是他很快想起被戕害、被囚禁在梦中的母亲，眼神一厉，丢掉了那些奖状。

他在抽屉里翻找了许久，最后在抽屉一角找到了那枚紫宝石葡萄藤银戒。它的颜色暗淡，戒指上甚至有点磨损，显然被随意丢弃了很久。

“也许爸爸清醒之后，意识到这是他犯下的罪孽，所以将戒指藏了起来。”这样想着，叶理把戒指揣进了裤兜里，把他与父亲的家丢在脑后。

现在，他要去见妈妈了。

要不是往病房里张望了一眼，叶理的计划恐怕就要功亏一篑。他发现今夜父亲就陪在母亲身旁，一米八的个子，坐一方矮凳，趴在母亲床边像个恋家的小孩。仿佛感应到他的视线，父亲抬起头来，叶理赶忙闪到一边，心跳如擂鼓。

不远处的护士台传来谈话声，新入院的家属要请陪护，但夜已经深了，护士也劝慰说恐怕要等明天再安排。叶理想了想迎上去：“护工的话，叶满今天没安排，你可以问问他。”

护士听他言之凿凿，便打电话联系了叶满。父亲很快从房里出来，叶理趁人不注意绕后来到母亲的病床里，抓起她的手，将戒指戴上了她的右手无名指。

床上昏迷的植物人发出一声怪叫，睁开眼睛开始痉挛。叶理见到母亲醒转，再也抑制不住激动之情，张开双臂拥抱了她：“你终于回来了。”

母亲看他的眼神十分陌生，仿佛在看着什么陌生人，良久才反应过来他是谁，僵硬地将他搂入怀里：“好好好，干得好。”

可是叶理却发现母亲手上的权戒正在消失。

权戒风化成了黑色的粉末，随后像狂风中的沙粒一般悬浮在半空中，从门缝里溜出了病房。

叶理放下的心再度悬起：“这是怎么回事？”

母亲沉下了脸，迅速拔掉身上的吊针与导管，以一个昏迷十八年的植物人不该有的机警跳下了床：“不好，他知道了。”

“谁？”

“梦魇——快！那里有轮椅，推出来！”

叶理依言搀扶她坐下，冲出了病床。

护士台。

“他刚动完手术，要整夜打吊瓶，所以劳烦你今晚不要睡了，看吊瓶的时候也记得帮他翻个身——我说你有没有在听呐？喂！”病人家属正交代着，发觉护工低头凝视着自己的手指，又极严肃地抬头注视着他的背后，不由得不满意地嚷嚷。

叶满再也没有像平常那般好脾气地唯唯诺诺，推开他就冲进了走廊，然而1103病房房门大开，几分钟之前还躺在里面的妻子已经消失了，人去楼空。

叶满攥紧了手，权戒冰冷而坚硬的质地硌痛了他的指骨。

他向安全出口狂奔而去，她走不了太远的！

叶理推着母亲坐上了电梯，在父亲拐过拐角时按上了关门键，父亲“等等”两个字就被电梯门阻隔了。母亲松了口气：“如果被他找到我，后果将不堪设想。”

“没关系，有我在，他无法再伤害你。”叶理捏了捏母亲的手。

母亲笑得欣慰：“我会躲起来的。”

“你要去哪里？我跟你一起去！”叶理害怕再一次被母亲抛弃，重新过上与父亲朝夕相对的日子。知道真相以后，他连跟父亲同住一个屋檐都无法忍受。

“那里你去不了。正常人都去不了，却是我最好的藏身之处。”

“哪里？”

母亲的笑变得十足诡异：“疯人院。”

叶满追到街上的时候，天下着暴雨，雨势汹汹，能见度极低。他眼睁睁看着有人叫了辆出租车，将妻子抬上了后座，然后毫不留恋地绝尘而去。他声嘶力竭地大吼“停下”，可他的声音在雨里变得格外渺茫了。

他向过路的车辆招手，突如其来的大雨让所有出租车都亮起了“载客”的黄灯，除了被溅一身水，他什么都得不到。

等终于有师傅愿意对他敞开车门时，这个穿着灰蓝色护工装的人坐进车里，却连去哪里都说不清——那辆偷走他妻子的车早已消失在视野里。

“有病啊？蹭得车里一身水！滚滚滚！”

叶满便重新被丢到了下着大雨的街上，茫然无措。

正在这时，他突然想起来，权戒他一直保管在床头的第二个抽屉里。如果他们找到了权戒，也一定扫荡过家里。

儿子今晚一个人在家！

他一个激灵，连忙从兜里掏出手机想联系叶理，但是手机泡了水，亮了一下便黑屏了。他按了几次没有反应，就独自一人跑回自行车棚，跳上自己的老坐骑往回家蹬。

黑夜，大雨，呼啸而过的脚踏车。

心脏已经很久没有跳那么快了……

一直以来麻痹于照顾人的四肢，也品尝到了从未有过的血脉贲张。

平时十五分钟的路途，他五分钟就解决了，走到门前把自行车随便一扔，便一边敲门一边大叫：“儿子！儿子！”

慌乱中几次插错了钥匙，好不容易进到屋里，却是漆黑一片。

叶理不在他的卧室里，也不在任何地方。

黑暗中，叶满一次次呼唤着：“小理！小理！”然而没有人给他任何回答。

这一路上燃起的热血就全都冷了。

他跌坐在地上，就觉得冷气像刺似的，一根根往他心头扎。

“我这一切都是为了什么？！”他捋下权戒，重重砸在墙上，砸碎了父子俩的合影。

就在这时，门扑通一下关上，灯光大亮。

叶满回头，对上了叶理诧异的眼睛。后者正在收伞，伞上淅淅沥沥滴下雨滴。

“你、你在做什么？”叶理被父亲的神情惊到，连说话都有些结巴，“你在哭？”

话音刚落，他就被叶满一把抱住：“太好了……太好了你没事……”

叶理厌恶地推开他：“别碰我，好恶心。”

叶满没说什么，脸上还带着劫后余生的喜悦，跟着儿子在屋子里转来转去："今晚去哪儿了？"

"去给朋友补课。"叶理不动声色地撒谎。

"这样啊……"父亲又回复了往常的模样，啰啰嗦嗦问东问西。

但是，在叶理回房以前，他发现客厅的一角，权戒正在滴溜溜地打转。

他回头看了一眼父亲。

"怎么了？"拿毛巾擦着头发的叶满殷勤地问。

叶理收回目光："没什么。"

8　黎明前的黑夜

其后两天里，叶理和父亲相安无事。

叶理并不觉得他回到这个家中，代表着他可以释怀过去所发生的一切。他依旧比任何时候都厌恶父亲。只是那天将母亲送到疯人院以后，母亲告诉他："回到他身边去。我们之间终有一战，他会来找我的。到时候你可以提前通知我他的动向，我的小哨兵。"

所以他告诉自己，他回来是为了监视父亲的一举一动。

父亲这几天早出晚归，应该是在找寻妻子的下落，然而对他，依旧是只字不提。叶理想到父亲的不坦诚便咬牙切齿。只是不知道在那具躯体里的，是不会做梦的父亲，还是可以随意夺舍的梦魇，哪一种都让他觉得面目可憎。

周四晚上，父亲照常回家做好晚饭，两父子各怀鬼胎地相对而坐。

电视机里播放着晚间新闻："自本周二起，泗山医院出现大量植物人病例，引起各方面广泛关注……"

两人不约而同地抬头，盯着屏幕。

"泗山医院是我市最大的公立精神病医院，收治有百余位病人，对于大量病人病情突然恶化、失去意识一事，警方已介入调查。"

叶满放下了碗筷："你先吃，爸爸吃完了，出去一趟。"

叶理哦了一声，眼神戒备。那天，他就是将妈妈送去了泗山医院，看来爸爸——不，梦魇——已经感觉到什么了。

叶满走进自己的卧室，打开了衣柜，找到了衣柜深处多年不曾穿过的旧风衣。略显苍老的手抚上精心保养过的衣物——确是极好的皮料，不论过多少年都不会过时的考究剪裁。往事涌上心头，他不得不花了点功夫，才忍下了鼻尖的酸意。

待叶满重新回到叶理视线中时，他身着风衣，仿佛变了个模样。叶理看着他有些怔忪，他没有见过这样精神的父亲。

叶满与儿子擦肩而过，走到门前又转过身来："爸爸可能明天去不了你的家长会了。"

"本来就没想你去。"叶理淡淡地回答道。

"你这孩子。"叶满无奈地笑，"以后饭前记得洗手；别光顾着吃鱼，也要吃蔬菜；作业做久了起来活动活动，不然年纪轻轻要得脊椎病；还有眼药水别多滴……"

"够了！"叶理近乎崩溃地撑住了自己的额头，仿佛脑袋里再塞进任何一句他讲的话，都会立即爆炸，"我知道你做了什么。"

叶满一愣。

"我也知道你要去做什么。"叶理红着眼圈倔强地与他对视着，"所以，就算你死在外面，我也不会难过。那是你欠我的，叶满！"

说完，便起身把自己关进了卧室里，像每一次一样。

客厅里沉默了一阵，父亲的脚步声远去了，街道上传来小电驴的轰鸣。叶理靠在床边掰下了两指百叶窗，目送他远去，随后把自己扔上了床。

比小电驴更快的，是梦。

"他来了。"

叶理告诉母亲这个消息时，她抽烟的姿势一顿。叶理抽掉她指尖的烟："抽烟不好。"

"这是在梦里。"她笑道。

"那在现实中你也抽烟么？"叶理反问，"这和我想得不太一样。"

母亲心烦意乱地将烟蒂掐灭在烟灰缸里。

"泗山医院的精神病人怎么都成了植物人？"叶理问她。

她耸耸肩："他们原本就是疯子。"

“是你做的么？”叶理直视着她的眼睛。

“不，不是，当然不是我，你在想什么？”母亲皱起了眉头，起身离开了家，“他要来了，我需要帮手。你能帮我召集其他梦者么？告诉他们，梦魇醒了，酒神也醒了。如果想做点什么，就来泗山医院。”

“我当然要帮你！”叶理信誓旦旦，“我能保护你。”

母亲打量他半晌，终于松口：“在后唐街26号404室客厅地板下，有一柄附魔匕首，可以伤到他，你很容易发现那个暗格。”说罢便离开了房间。

叶理追着她走到了大街上。街上走满了做梦的人，可是母亲已经消失不见了。

“喂，原来是你！”有人突然拍了下他的肩膀，是第一天来梦界时遇见的梦者，“好久不见啊！”

“不要跟无关紧要的人说话，安期。”他身边站着个金发碧眼的外国少年，虽然面孔稍显青涩，身形却十分高大，此时盘着手数落名叫安期的少年。

“尼禄，礼貌一点，什么叫无关紧要的人！”

“你就是容易被人吸引，所以才无法集中精力修习炼金术。对于与自己没有利害关系的人，聊上一句都是浪费时间，更何况你这样成日招蜂引蝶。”

“‘招蜂引蝶’根本不是这样用的！”安期愤慨道，“你为人处世真是太功利了！”

“你们俩都是梦者吧。”叶理打断了两人的争吵，继而将目光投向安期，“而且我没记错的话，你是在找酒神。”

“怎么，你有他的线索？”安期立刻瞪圆了眼睛，连不友好的尼禄都闭上了嘴。

“他在泗山医院。而且，梦魇也醒了。他们今晚就会碰面。”

“哦……什么是梦魇？”安期偷偷抬眼问尼禄。

“你就是修行不认真。”尼禄嫌弃道。

“酒神需要我们的帮助，我们回到现实中以后，在泗山医院中碰头。”叶理丢下这句话，便离开了。

安期倒吸一口冷气从床上弹坐起来，呼呼喘着粗气。无论再来多少次，他都无法在梦界与现实世界间自由穿行。

身近传来窸窸窣窣的声音，是尼禄在穿外套。明明是一起入梦的，他却完成得轻而易举，仿佛不是穿梭梦境，而是去楼下便利店买了盒泡面。

尼禄将他的校服丢在他头上："弱也要有个限度，只是这样就疲惫得无法继续，你根本无法继承我的权戒。"

"知道了知道了，每天都唠唠叨叨的……"

"我可还有父仇要报，懒散的你却在不断拖累我，如果没有自己的梦想，好歹不要挡着别人的道。"

"我是笨了一点，但是我根本不懒散，你要什么我都尽力去满足了，不要睁眼说瞎话！"安期生气地反驳，"老实说吧，你故意触我的霉头，是哪里又不开心了，小子？"

"你跟那个人说话了吧？"尼禄冷不丁翻起了旧账，"那天晚上也是，刚学了一点皮毛，就陪着他在梦界转了一整个晚上，你以为我忘记了么？无聊的人与无聊的事都不应该去关心，专心自己的修行才能避免平庸。什么'我需要正常的社交''我需要休息'之类都是无稽之谈，是没有目标没有梦想的懒人给自己找的借口，仿佛这样肆意放纵自己就心安理得。不把时间浪费在没有用的事情上，这才是王权者应该有的人生态度。"

"可正因为我与他说话，我们才找得到酒神啊！"

"哼，酒神重新现世，我们总会得到消息。"尼禄转身离去，"总之，与你这种没有天赋、还不懂得为梦想努力的人做同伴，让我非常恼火，因为你根本就不可能有实现目标的那一天，只是混吃等死。"

他走到门前，停下了脚步，等待安期能因为他的一番话醒悟，敬他为人生导师，然后追上来磕几个响头。

但是安期没有。

追来的是一个枕头，然后是生物书、语文书、作业本以及台灯。

"你一个人去啊！你一个人去好了，反正我就是没有天赋还不会努力的庸人！"安期怒吼。

尼禄遭到了这样的反抗，脸上出现了惊诧的神情，而后演变为被冒犯的恼怒："冥顽不灵，懒得管你。"

年轻人被一阵急促的敲门声唤打断，闷闷不乐地摘下耳机，放下游戏手柄："来了来了……现在的快递都那么晚送到么？怎么又是你？！"

叶理闷声不响地推开他，进门四下一扫，就摸出折叠刀撬开了地板。

“房东非得打死我不可啊啊啊啊啊！”年轻人抱头哀嚎，直到他取出一卷书写着诡异符文的羊皮，“我家客厅底下怎么会有这玩意儿？！还有你怎么会知道我家客厅底下有这玩意儿？！”

叶理沉默着抖开羊皮，里面掉落一把匕首，匕首上刻印着难解的符文，应该就是母亲口中所说的附魔匕首了。

“管制刀具！”年轻人高举双手。

叶理随即沉默地离去了，如同他来时一样。

“你别再来了！”年轻人掰着门框泪流满面，“我受够了！你个小混蛋！”

9　梦魇与酒神

尼禄赶到泗山医院的时候，叶理也刚赶到门前。两人对视一眼，便认出是梦里打过照面的梦者。

叶理问尼禄：“还有一个呢？”

“有我就够了。”

“走。”叶理不置可否，将附魔匕首插在腰后，“他大概已经到了。”

叶满手执短剑，在黑暗的走廊里潜行。周围无声无息，一个活人也没有。这样的环境中，他的脚步声显得太过刺耳，虽然知道自己不会有危险，但他还是紧张得手心出汗。这让他意识到他已经老了。不单是身体，还有心态，都在长久的安逸和逃避中变得钝重。他怕遇见死去的妻子，他怕自己不敢动手，他怕自己输也怕自己赢，还怕自己再也回不了家，见不到小理……太多太多瞻前顾后，让他明白，他不再适合这样刺激又危险的工作。

“救命——”身边的病房突然洞开，扑出来一个穿蓝白条纹病号服的胖子。

看到他手上的剑，胖子显露出害怕的神情，却依旧紧紧抱住他的大腿：“别赶走我！救命！救命！”

发现不是敌人，松了口气的叶满将他扶起：“嘘——没事了。”

“医生根本不信我们的话……病人一个个全死了，我知道他们死了。他们的身体虽然还在动，可是背后根本就不是他们！”

叶满眼神一沉，果然，他猜的没错。

他的猎物在这里休养生息，恢复精力——靠吸食人类的灵魂。

叶满放缓声调问那胖子：“你知道怎么出去么？”

“我我我……知道！可是我不能走！”胖子瑟缩着往后退去。

“为什么？”叶满耐心地问。

“还有一些人在这里，我们要一起走。”

“其他幸存者？”叶满紧张起来，“带我去找。”

胖子带着叶满走进一间疗养室，推开了门：“就在这里……千万不能让她发现……”

精神病人们一个个在墙壁边上挨坐着，表情呆滞又恐惧。叶满走到一个小姑娘面前蹲下，把短剑放在一边：“没事了，叔叔会带着大家出去。”

背后传来关门声。

叶满转头，胖子堵住了门，用冷酷而又疯狂的眼神紧盯着他：“好久不见，叶满。”

叶满一愣，手向短剑探去，然而剑身却被小女孩一脚踩住，踢到了一边。

疗养室里，排排坐的精神病人全都站了起来，和胖子并着肩缓慢朝他围拢。虽然是不同的身躯，背后却是同样冷酷又疯狂的眼神。

在某个时刻，他们用同一种声调，对叶满异口同声道：“是时候做一个了断了。”

仿佛这许多人的躯壳中，只住着同一个灵魂。

叶理和尼禄冲入医院的时候，里面并不平静，到处都是疯子在逃窜。

“杀人啦！杀人啦！”他们向两人求救，又很快放弃他们，朝门外跑去。

两人对视一眼，逆着人流前行。在下一个拐角，叶理与母亲撞了个满怀。

“妈妈！”叶理搀扶住她，发现她腹部有一道深深的伤口，渗出的鲜血将病号服染得血红。

叶理望着自己手上的血，愤怒在胸口暴涨：“谁？”

母亲保持沉默，神情却愤懑，似乎不忍启齿。

叶理从她的表情中猜到了答案："是他对不对？他在哪里？！"

"救命——"又是三五个病人冲出安全门。

叶理抓住身近的一个："他在哪里？！"

病人指了指大厅，神似见鬼，叶理给尼禄递了个眼色："你照顾她。"

"我还能走。"母亲摇晃着支撑起身体，"我不能让你一个人涉险——让你带的那柄刀，你找着了么？"

"在这里。"叶理拔出腰后的附魔匕首。

母亲让他收好："这是在现实世界中可以毁灭一切灵魂的炼金武器。只要插入梦魇的心脏，梦魇就会死去，永远。"

叶理迟疑了片刻："那爸爸呢？"

"他会没事的，匕首只会杀死灵魂，对人的躯壳倒是没有损伤。梦魇消失之后，你爸爸他自会回来。"

叶理松了口气："那就好，我们走。"

三人很快来到医院大厅。这里，叶满正大开杀戒。他对着无辜的病人胡乱挥刀，断肢飞舞，鲜血流淌，整个场面恍若地狱。

见到叶理，以及他身后的女人，叶满满是鲜血的脸上有一瞬间的怔忪："你怎么会在这里？"

然后踩着一具尸体拔出他的短剑，焦躁地朝儿子伸手："快过来！"

叶理的呼吸有点紧促，但还是依言走上前去。

叶满一把将他拉进怀里，检查着他的眼睛："儿子？"

"是我。"叶理给了他肯定的答案。

"太好了……还好你没事……"叶满喜极而泣。

"但是你有事了，梦魇。"叶理递出附魔匕首，毫不留情地插入了他的胸膛。

叶满双目圆瞪，倒退了几步，靠在了大理石立柱边："什……什么？"

"难道不是你控制父亲杀了外公，又害得母亲昏迷十六年么？"叶理一步步走近他，"我是来复仇的。"

叶满越过他的肩膀，对上了女人冷笑的眼睛："她是……这样对你说的么？"

叶理用沉默代替了答案。

叶满苦笑一声："看来……有必要让你知道事情的真相了。"

两父子对视的一瞬间，叶满的右眼深处，紫色的纹章光芒大涨，像一场迷梦摄住了叶理的心魂！

叶理站在平江路108号门外。

透过窗子里的白炽灯光，可以看到餐厅里的父女俩神色诡异。

“爸爸，你怎么突然转了食性？你不是说喝酒伤身，从来不碰的么？”女儿看着父亲一杯杯倒酒，担心地劝诫。

父亲阴沉道：“吃你的饭。”

女儿泄气，不一会儿又拿出一份报考清单：“爸爸，你觉得我报哪所学校好？”

“呵。”父亲冷笑一声，“无论哪里都一样是凡间的蠢货，短命又毫无意义。”

“爸爸你怎么能说这种话？”女儿惊讶地起身。

父亲突然一把掐住她的脖子：“我说什么话，还要你指手画脚？”

女儿抓挠着他的手：“你、你根本就不是我爸爸！”

“你知道得太晚了。”父亲嘴角勾起一丝冷笑，“因为你很快就会死。”

他手上用力，女孩儿的脸涨得紫红。

正在这时，有人一脚踹开房门，以惊人的速度冲到那父亲身边，一拳将他击倒。来人手背上有线条凌乱的纹章，此时与手上的戒指一同散发出深紫色的光芒。被这光芒所笼罩，那父亲的脸变得十分扭曲可怖，渐渐的，竟变成了另外一个人的模样，幻化成一道黑气冲出天灵盖。男人顺势跪倒在地，夹住他的脖颈，咔嚓一声，干脆利落地拧断了他的脖子。

“咳咳……咳咳……”女孩儿惊恐地看着这一幕，被突如其来的一切惊得说不出话。

陌生人却冷静地在屋子四处倒上油，点燃打火机丢到脑后，扛起女孩儿就走。

“你这个杀人犯！放开我！”女孩儿拳打脚踢。

“他不是你爸爸，你知道的，你爸爸已经被他杀死了。”

“什、什么……”女孩儿泪流满面。

“世界上存在着一种东西，它们在梦中吞噬人类的灵魂，占取他们的身体，以此获得长生不老……我就是猎杀他们的人。很抱歉我来晚了，让你遭遇了这种不幸——你有地方去么？”

女孩儿摇摇头。

穿黑风衣的年轻男人爽朗一笑："我可以暂时收留你一阵。"

"你不是去杀外公的，你是去杀梦魇的……你才是酒神？"叶理呆滞地问身侧的男人。

叶满轻微地阖了一下眼睛，承认了自己的身份。

"那梦魇呢？他怎么会变成妈妈的模样！"叶理崩溃地将手指插入自己的发中。

"当时事态紧急，我只来得及毁去他的躯壳，逼他回到梦界。等我安顿完你妈妈以后，发现他已经逃走了。后来……"

女孩儿被年轻男人收留，这一住便没有了离开的念头。他们恋爱，结婚，搬进了后唐街26号404室。男人是炼金术士，没有正经工作，日子过得清贫，但是两人都很快乐，特别是有了爱情的结晶以后。

直到有一天，男人半夜起床，发现妻子站在客厅里，一手抱着儿子，一手握着匕首。匕首上刻印着炼化阵，是可以在现实中杀死人类灵魂的炼金武器。

男人清醒过来，如坠冰窖："你不是我的阿玉儿。"

"呵呵，我还在猜，你要花多久才能意识到枕边人是我。"梦魇在谢玉的身体里愉悦地笑，"没错，你的阿玉儿变成了我的一部分了。她在被吞噬之前，还在求我放过这孩子。恐惧又坚强的母亲，真是我平生尝过的极致美味啊……"

说着，梦魇舔了舔自己的嘴唇，流露出沉浸于回味之中的表情。

男人显然被打破了心防，情绪失控，手上的戒指连同纹章都爆发出炫目的紫色光辉。但梦魇丝毫不把他放在眼里，而是把刀对准了哭泣的孩子："你敢么？把戒指给我！"

男人毫不犹豫地捋下戒指，摆在地板上踢了过去："把儿子还给我！"

"我可没答应过你这样的交易。"梦魇毫不留情地将匕首刺向了孩子。孩子的躯体没有任何损伤，但是附魔武器的力量震荡到孩子的灵魂，哭泣声立刻悄无声息，他的灵魂碎裂了。

"小理！"男人扑过去拽住了梦魇的衣领，他们缠斗着，想将对方推出窗口。

两人在对视的一瞬间入梦，酒神戒在梦中幻化成裹挟着烈焰的狂欢之剑。梦魇显现出原本的模样，尖叫着想要反抗，但是男人哭泣着斩断了他的四肢……最后在梦魇的胸口高高悬起了狂欢之剑。

“救我，叶满。”梦魇突然变成了谢玉的模样，七窍流血地乞求着他。

男人最终还是没能下得了手。他将失去五感、记忆错乱的梦魇封印在自己的心底深处，回到了冰冷的现实中。

窗外的雨篷上，离他那么远的，是再也不会动、也不会说话了的妻子，除了呼吸，就像是一具冰冷的尸体。

“小理……”男人回身抱起了孩子，孩子同她的母亲一样，完全失去了意识。

“不……不……”男人嘶吼着，回到梦界，用狂欢之剑将自己的灵魂切分成了两半。

然后把聪明、冷静、勇敢、喜欢冒险的那一半，放进了儿子的体内。

酒神强大的灵魂，融入了孩子虚弱到近乎消失的灵魂之中，给予他汲养。

孩子重又哇哇大哭起来。

男人捧着孩子，像是捧着一整个世界。

10　醒

安期终究放心不下尼禄，打车来到了泗山医院。然而一下车，就发现叶理和尼禄倒在草坪上，更远的地方，病人七七八八倒了一地。安期吓了一跳，扑上去摇了摇尼禄，发现他还有气，后怕道：“莫非是在做梦？”

安期在他身上施展清晰术，进入了他的梦中。

尼禄发觉自己站在布满沙砾的海滩上。

不远处，有人静静地凝望着蔚蓝的大海。海潮周而复始地拍打着海滩，远来时如群马奔腾，推进到他脚下时，却驯顺如绵羊起伏的脊背。阳光照耀着他那头璀璨如黄金的长发，散发出让人敬畏的王者之势，让人只是凝望便甘愿俯首称臣。

男人觉察到他在身后，转过身来：“你来得太晚了。”

尼禄发现他与自己容貌绝类：“你是谁？”

男人赤裸着双足，踩着柔软的细沙顾自往前走：“你想要得到我的力量，却被人捷足先登。”

“你是……海神波塞冬？”

男人不置可否，只是扫他一眼：“你还来得及。”

他说完这句话，尼禄便听到背后传来安期的声音：“咦，这是哪儿？——尼禄？”

“杀了他，你就能得到你想要的。”波塞冬吩咐尼禄。

安期脸色一变：“尼禄！”

“你很清楚这一点，而你们共处的时间，足够你杀他一千次了。”波塞冬在尼禄耳边蛊惑着，“其实你很想杀他的吧？被这样的人窃取了力量，为他所拖累。”

尼禄咬牙，手中凝出了匕首，整条手臂却因为用力过猛而略微颤抖，冰刃反伤到了自己，鲜血渗入白沙。

“无法下定决心么？”波塞冬冷冷哼一声，“原来是内心软弱的人，的确不配得到我的力量。”

“不是的！”尼禄低吼。

“那为什么还不动手？”

尼禄凝望安期悲伤的目光，手一松，匕首跌落在白沙上：“只有这件事，我做不到。”

“很好。”波塞冬沉默片刻，转而对安期说，“那么，杀了他。”

尼禄大惊失色：前一秒钟还恐惧战栗的安期，下一秒凝出与他一样的匕首！尼禄眼睁睁看着他瞬移到自己身边，捅进了自己的心脏！

“我才是海王，你以为呢？”安期抵着他的肩膀冷笑道，“我不需要你，你活着只是个祸害。”

鲜血大量地涌出，淋漓泼在满地白沙上，力气在迅速地流失。尼禄抬头，阳光下看不清安期的脸。

“你……”他伸出手去。

真的是这样想的么？

“尼禄！”突然有人将安期一把推开，扶起他往前走，“快跑！”

模糊的视线里，一头栗色的短发耸动着，尼禄虚弱道：“怎么还是你？”

“你是在做梦！那都是假的！”眼看波塞冬和那个幻想出来的安期追了过来，安期赶紧在自己身上画了个清晰术，“来，我们逃去我的梦里。”

“不是应该回到现实中么？！”尼禄喷出一口血。

“可是怎么回到现实的炼化阵，我忘了！”安期振振有词道。

两人步入了安期的梦里。

尼禄感觉在上个梦中被捅了一刀的心脏好受许多，喘着粗气打量着四周：“你的梦可真无聊。”

“闭嘴吧，总比被我捅死好。”安期涨红着脸道。

说实在话，他也感到有点羞耻，因为他发现他的梦就是自己的家。都说梦是内心深处渴望或者恐惧之物，难道他的梦想是在家里宅一辈子么？

正当尼禄轻车熟路地打开冰箱要喝可乐的时候，安期突然听见哥哥的房间里有动静，丢了魂似得朝里间走去。

推开门，哥哥坐在书桌前回头：“怎么么么晚才回家？”

“哥哥……”安期红了眼圈，扑上去抱住了他，“哥哥！”

下一秒，尼禄拽着他的领子回到了现实中，泗山医院入口处的草坪上。安期保持着拥抱的姿势，与他干瞪眼。

“哥哥是谁？”尼禄神色不善道，“他为什么会在你的梦里？”

“我……我都做了些什么……”了解到真相的叶理想要去抚触父亲受伤的灵魂，却颤抖着无从下手。他受梦魇所骗，用炼金匕首伤了父亲，恐怕父亲的灵魂即将死去……

“还有追回的余地。我当年一时心软，只是将梦魇封印起来，而没有下手，这才导致今天的局面。这次，你一定要杀了他。还记得我手上的短剑么？那是酒神的狂欢之剑，梦界至高无上的宝器，没有梦魇躲得过‘狂欢’的斩杀。”

叶理到这时却犹豫了：“我能行么？”

叶满轻笑：“我们现在是在梦中，梦中的时间过得比现实要慢上许多。我们是在对视的一瞬间入梦的，等我们回到现实，大概才过了半秒钟。”

话音刚落，叶理发现自己回到了医院大厅里。眼前的父亲胸口插着炼金匕首，靠着大理石柱虚弱地喘息，自己在他面前说着无情的话，梦魇在背后冷笑。也许在梦魇看来，父子俩只是有一瞬间的怔忪罢了。

事实上，梦魇更加关心的是，为什么叶满被附魔匕首刺中，却没有立刻神魂俱毁？大概因为他是酒神的缘故，所以才拥有格外强大的灵魂吧？

他心中感到一丝忧虑，此刻再次怂恿叶理：“快，彻底杀了他！”

叶满朝儿子眨了下眼睛。

叶理沉默地拔出了父亲胸口的匕首。血，大量的温热的血喷在他的脸上，他无动于衷。眼看父亲缓缓倒地，叶理夺过他手中的狂欢之剑，再没有看他一眼，毫不留恋地朝梦魇走去。

“哈哈……”梦魇愉悦地大笑，“终于！终于！”

下一刻，叶理将短剑捅进了她的心脏！

狂欢之剑在母亲的身体中绽放出炫目的紫色烈火！

梦魇发出可怕的啸叫，显现出原本的模样。黑色的灵体冲天而起，充溢着整个医院大厅，叶理定睛看时，发现黑气中有无数张扭曲的面孔。那是梦魇在长久的时间里，吞没的一切灵魂，它们此刻在紫色光华的焚烧中，终于得到了解脱与安息。

其中有一张凝视着他，流下了一滴泪。

“再见，妈妈。”叶理低头道。“再见。”

叶理丢下匕首和短剑跑到父亲身边：“醒醒！醒醒！”

父亲气若游丝地把酒神戒交到他手里：“我……我恐怕不行了，拿去，以后你就是造梦之主。”

“我不要！”叶理突然前所未有地害怕起来。

他戴上了戒指，抱着父亲进入梦中，冲进自己的家宅，把他放在自己的床上。床上的炼化阵大亮。

“你在做什么？”父亲抓住了他的手。

“我……我本来就不应该存在，我在十七年前就已经死了。”叶理跪下来握住了他的手，“现在……我把灵魂全还给你。你会进入我的身体里，以我的名义活下去。”

“哦？”父亲面露惊讶，“那你呢？”

“不重要了……”叶理把脸贴上他的手背，“我只想你活下去。”

下一秒，他发现自己躺在泗山医院门外的草坪上。

父亲居高临下地踹了踹他：“一切都结束了，起来吧。”

End

叶满和叶理两父子坐在精神病医院的花园长凳上，看着东天发白，朝阳破晓。

“所以我一踏入泗山医院，就在梦里？”

“是。”叶满勾起唇角，“我建造了一个与真实的泗山医院完全相同的梦境，让所有人都以为他们还在现实中，包括梦魇。梦魇的附魔匕首，的确可以在现实中杀灭人的灵魂，但是因为是在梦中，你们拿的刀剑都是我梦到的，当然无法伤害到我；我的狂欢之剑却是酒神戒在梦中的化形，可以毁灭梦中的一切灵魂。”

“如果泗山医院是第一层梦境，那么后来你带我看到的回忆，就是第二层梦境咯？”

叶满了解他背后的疑惑：“虽然是梦境，却是当年真实的情形。”

“那……那是真的么？我的灵魂早已四分五裂。”

“是的。”叶满说起这件事，还是伤心，“你的灵魂是我重新塑造的。”

“所以你再也成不了酒神？”叶理充满了愧疚感。

“不，这倒不是，只是我不想再回到梦里了，那里封印着梦魇，总是会提醒我当年我是怎样失去你妈妈的……而且，我有你了，不是么？”叶满望着地平线，揉了揉他的头发，“我一个单身爸爸，要养你一个小子，多不容易啊。在外辛苦挣钱，回家还要洗衣服做饭，谁还有空去管梦的事。”

他满不在乎地说着，把酒神戒褪下来递到他面前：“本来不想告诉你这一切，是为了不再走我的老路。不过你要喜欢就拿去玩吧，你开心就好。”

叶理推了回去：“你收着吧。挺有意思的一个地方，现在梦魇不在了，你可以多回去看看。”

“我老了，没什么心情做梦了。”

“真的么？”

“真的。”叶满哈哈一笑，“你就是我的梦。”

“可我不是啊。”叶理凝视着他的眼睛，“爸爸，你曾经拥有过一整个世界。”

“但我有了你。”

“我已经长大了，我能照顾好自己。”叶理哽咽着说，“一直以来我幻想着拥有一个英雄般的父亲，可是你那么平凡，我、我只是无法接受你为什么是这个样子，为什么没有办法像其他人的父亲一样给他们领路，保护和庇佑他们……所以就不愿意接近你了。是我错了，做了很过分的事。”

叶满从口袋里摸出一根烟，揉了揉他的脑袋：“原谅你了，谁叫你是我的儿子。”

“我听说权戒不会轻易让主人之外的人碰触，他却一直跟着我，甚至愿意让我佩戴，其实是想让我把他还给你的吧。”叶理将酒神戒戴上了父亲的手指。“你是酒神，不要因为我的缘故，放弃了你的世界。”

叶满吐了个烟圈，眯着眼睛笑起来：“好。”

“你的梦想就是跟你哥哥呆在那个破公寓里唧唧歪歪？”尼禄朝安期发火道。

“这样的我，总比一个会杀你的家伙好吧？”安期不甘示弱地指责他，“你的梦里尽是些血腥恐惧，你甚至害怕我对你动手！我明明真诚又善良！跟你这种人一点也不一样！”

尼禄被戳中了心事，错开了他的目光。即使他再不愿意承认，那个梦的存在已经把他的隐忧暴露无遗。安期夺走了他的权戒，总有一天会拥有超越自己的力量，到那时候，安期会不会对自己拔刀相向？

“我不会的。”安期仿佛看穿他心中所想一般，把手覆上了他的手背，“我发过誓，力量也好，愿望也好，统统都会帮你实现。这个誓言，永远都不会变。”

尼禄被突如其来的告白般的安慰所震惊，良久都说不出话来，半晌才磕磕绊绊地张嘴：“那你呢，小子？你自己的梦想。”

“我？”安期感到意外，一向傲慢自大、全世界都围着他转的尼禄怎么突然有空来管他的事，认真思考了片刻，回答他说，“也许我的梦想就是很平庸地宅在家里，和重要的人一起努力生活吧。”

“那算什么梦想啊！根本算不上！”

“有什么不好么？这样我就可以闲来无事帮你报仇了呀。”

尼禄沉默一阵：“只是很难想象有人会愿意为他人实现梦想而努力吧。”

“往往这样才能收获更多。”安期使了个眼色，两人一道走到花园里。

“酒神好。”安期按着尼禄低头鞠躬。

“好好好。”酒神高兴地丢掉烟头邀请他们坐下。

“最近有一伙人杀了很多王权者，戒指重新择主以后，他们开始猎杀那些无辜的人。酒神你一直住在这里，知道些什么么？”

“大概是大图书馆的人吧。”酒神轻描淡写道。

“大图书馆？”

“以保护人类为名，与炼金术士对立的组织，一直与王权者为敌。你们可以往这个方向找寻线索。有需要的话，随时可以来找我帮忙。”

安期和尼禄对视一眼：“谢谢。”

酒神慵懒地起身：“又有的忙咯。”

叶理追上去：“爸爸，有空去我的家长会么？”

“诶？稿子都没写呐。”

“随便讲两句。”

“难道让我讲梦界的事么？可怕！”

父子俩的背影如此相像。

Chapter 5

Deal with me for a long time

我与我周旋久

1　一个打十个

一双破球鞋，一截挽起的裤腿，再往上是灰扑扑的宛如在泥巴地里打过滚的校服，以及被打肿的唇角——壹月单肩挎着书包出现在修理店的时候，就是这样一副模样。

爸爸见怪不怪地直起身，抓起工作桌上的矿泉水瓶："又打架了？"

壹月一瘸一拐地走过他身边，夺下瓶子往自己嘴里猛灌了大半瓶："你闺女被打了，你一点也不着急？"

"哈哈，我闺女哪能让那帮愣头青占便宜。我闺女要是挂了彩，对面起码得倒下九个，对不对？"爸爸扶她坐下，把她的脚踝架到自己的大腿上，比了个九的姿势。

壹月切了一声扭头，老半天才闷闷道："十个。"

"嗯？"爸爸愣了一下，很快反应过来，满意地哈哈大笑。

壹月怒不可遏："城南中学那个恶棍卡司，说上次我救了被他们勒索的女生，折了他的面子，非要来找我的麻烦！嘴里还说些不干不净的话，真当我好欺负？我抓起板砖就敲得他们跪下叫爸爸。"

"哈哈，我的闺女哟，威风得都当上爸爸了。"爸爸笑得凌乱，抹药油的手势都不知轻重起来。

"我也不想啊！"壹月一边喊着痛痛痛，一边揉着自己的肩膀，"我也想做个小女生，和别的女同学一样，找男神谈谈恋爱，走路的时候有胳膊可以挽，并排坐的时候有肩膀可以靠，自修的时候发嗲嗲的微信聊聊天，得闲的时候，一起吃着粉红色的冰淇淋看月亮看星星……"

"闺女大了思春咯！"爸爸温柔地抚摸着壹月的脑袋。

壹月的思绪却飘远了。

"以后别来我们这儿撒野！不然打得你们生活不能自理！"壹月经历过一场混

战，踩着脚下战败的混混，中气十足地教训着。

这时，她野兽般的直觉感受到了一道视线。一抬眼，就与明家大少爷对了个正着。

明家大少爷方才走出校门，坐上了他的专属座驾——黑色凯迪拉克。他是学校里的明星人物，谈吐不俗彬彬有礼，人缘好到不得了。都是一样的校服，套在他身上就是玉树临风，引得女生经过时直对他行注目礼。壹月虽然平时闷声不吭，看上去酷酷的，但她心里其实也是尖叫的："哦哦哦哦哦明少爷！"

结果明哲此时正从车窗里一动不动地望着她。

可她是怎样的呢？

——一双破球鞋，一截挽起的裤腿，再往上是灰扑扑的像是在泥巴里打过滚的校服，以及肿起的唇角，手里还捏着一块板砖，身边躺了十个城南中学的恶霸，躺在地上管她叫爸爸。

她浑身僵硬，仿佛被施了咒术，心里尖叫："怎么办怎么办怎么办这副样子被看到了！"

然而还有更加糟糕的。

卡司看出她的异常，不甘心地起身，想从背后给她来一下子。但是她即使不动如山地凝视着不远处的明哲，也能条件反射地抄起板砖把他拍飞，让他再次乖乖躺好。

明哲欣赏完这一幕，挑高了唇角，关上车门绝尘而去。

壹月手里的板砖"咣当"掉落了，她觉得自己从来没有离他那么远过。

"闺女！"爸爸在她面前挥了挥手，"想什么呢，连耳根子都红了？！真看上哪家小伙子了啊？"

壹月含糊地说了句没有，戴上工作手套，钻到了车盘底下。因为家里开修理店，她从小跟着爸爸学修车，每次心情不好的时候钻到车子底下，看着底盘上复杂的线路就能平静下来。

"跟爸讲讲嘛！"爸爸弯腰，将脸紧贴着地面，偷窥着她。

"有什么好讲的……我又不是那种女生。"壹月切了一声，"你把我生成一米七五的大高个，我想挽谁靠谁都不行。人家女生都是学钢琴学跳舞，我是个修车的，满身机油味，谁要喜欢我。"

"爸爸就喜欢你这种姑娘。"

“谁要你这种四十岁的老男人喜欢啊！”壹月把扳手丢了过去。

爸爸灵巧地躲过，又嘻嘻哈哈笑起来：“我说闺女，一人一命，修车的也有开车的喜欢，不用着急。世上的姻缘都是配好的，不会落下你一个。”

“可我也会想做公主啊！大家最好都来巷子里堵着我告白，不要来了就堵着我单挑。我也会希望有人对我说‘嗨，美女’，然后把我按在墙上夺走我的初吻，可你知道班里男生叫我什么么？他们管叫我航空母舰！”

“哈哈哈哈哈哈……”爸爸笑得响亮，壹月郁闷地踹了一脚排气管。

“好了好了，干正事儿了。”爸爸拿出一张写着地址的卡片，“周末去这个地方修车。”

壹月没好气地接过，看也不看地塞进了胸前的口袋里。

2 灰姑娘

第二天一早，壹月就背着工具包出门了。卡片上的地址在郊外，壹月倒了三次公交车还要走上山，心想这是哪门子犄角旮旯。结果当她站在气派的欧式庄园时，手里的工具包噗一声掉在了地上，并咽了口口水。

这里明明是在中国，为什么会有凡尔赛宫啊！要不要那么夸张！有钱人真是太可恶了！

“是宝贝车行的修理工么？”门禁对讲机中传来冷淡的声音。

“是。”不靠谱的老爸给车行起了个这样的名字，壹月每次自报家门都感到尴尬。

大门在她面前缓缓开启。壹月单肩背起工具包，穿过修理整齐的草坪，大理石雕的喷泉，明亮如镜的湖面，觉得自己好像是漫游奇境的爱丽丝。

庄园主体是一座欧风建筑，当她气喘吁吁地跑上树立着裸女雕像的环形阶梯时，身穿黑色执事服的管家早已等候在门前了。

管家瞄了眼手表：“迟到了十分钟。”

“抱歉……”壹月气喘吁吁地扶着双膝，“这里实在太大了！从大门到这里就走了一刻钟！”

管家领着她往里走，与忙碌的女仆们擦肩而过：“这次需要维修的是一辆1970年产的劳斯莱斯卡玛格，是老爷非常钟爱的一款车。无论车库更换了多少超跑，它都能在其中找到一席之地。现在，不知为何无法发动它。恕我直言，那辆车的年纪看上去比你大两轮，你有把握修好它么？”

壹月打了个响指：“70年4.5L排量卡玛格，V6电喷发动机，如果不经常开可能是油路问题。”

“看来你有把握。”管家展露出自打见面后的头一个笑容，“我看你年纪那么小，还以为宝贝车行的老板想自砸招牌。”

“我就是他的招牌。”壹月抱着脑袋吹了个口哨。

这时，她隐隐约约听到悠扬的小提琴曲。下一秒，管家推开一扇门，小提琴的舒缓曲调忽而变得清晰起来，和着少女们银铃般的笑声，让人熏熏然。

管家回头比了个嘘：“保持安静，跟着我走。”

壹月探头探脑地往里张望，这一眼就晃花了她的眼睛。

硕大的水晶吊灯从天而降，璀璨的光芒让一切熠熠生辉。光可鉴人的地板倒映出名流们剪裁得体的礼服，动人的身姿随着乐音翩翩起舞。忙而不乱的男仆们游走其中，为他们递上美食与香槟。

壹月倒吸一口冷气：“唉！有钱人的生活啊！”

管家用眼神示意她闭嘴跟上。壹月做了一番心理建设，才敢把脏兮兮的球鞋踩上大理石地板。意识到自己比地板还脏，壹月简直就要当场哭晕过去了。

正是因为太过格格不入，她只是走过路过，就引起了周围人的注意。

“这个人是谁啊？个子好高哦。”

“还脏兮兮的一股机油味儿，熏死我了……”

“你们真没礼貌，我就喜欢这样的，这叫男人味，懂不懂？”

壹月脚下一个趔趄，差点没摔倒，扭头狠狠瞪向那位眼瞎了的女士。谁想这位女士但笑不语，还朝她抛了个媚眼。

“恕我直言，这个派对上的小姐们，都不是你这样的修车仔可以肖想的。老爷是为少爷选择未婚妻，才特意邀请的她们，在少爷明言看中哪家姑娘以前，你都不能插手。”

“我是个女的啊！”壹月气得将工具包丢在地上，“你哪只眼睛看到我要泡妞啊！”

管家自言自语：“唔，怪不得梳着高马尾，原本还以为是不良少年……”

“那里出了什么事，为什么那么吵？”皇甫曦儿张望着大厅另一头。每当严肃的时候，这名长脸的少女就流露出战士般的肃杀之气，看上去并不可亲，倒是有一股拒人于千里之外的高冷。

“谁知道啦……人家只想知道明哲有没有选中人家，人家今天五点就起床梳妆打扮了啦。”黄可人抚摸着自己洋娃娃般的鬈发，偷眼瞧着不远处的主人家。名义上，明家是请各家的小少爷大小姐来明府做客，但是听说，这实际上是想为明哲挑选未婚妻。横跨政商二界的明氏，是S市当仁不让的豪门，能成为明家的媳妇，即使对这些养尊处优的大小姐也不乏吸引力，更何况背后牵涉到的家族利益，让这门联姻看上去更为诱人。

“诶？那不是我们学校里出了名的男人婆么？”高傲的林璐璐下巴一抬，“她来干什么？”

“壹月？”皇甫曦儿远远打量她一番，“一身修车打扮，不是来参加派对的。”

“她也不看看她那个样，还派对……派对个鬼呀！你们管那个男人婆干什么啦，到底分不分得清轻重缓急呀。这里，这里，这里，这么多女人，都是我们的竞争对手诶……看，明哲少爷刚才看了我一眼！天呐，他是不是爱上我了！”黄可人双手捂着自己的脸，表情惊喜。

“他只是翻了个白眼。”皇甫曦儿仔细观察着站在楼梯口的明家老爷与少爷，“他们好像不太开心——走，过去听听。”

林璐璐明明很好奇，却故意装出一副兴趣缺缺的模样：“这么凑上去合适么？真是的。”

“原本就是来给他挑的，知己知彼，总有好处。”即使受了奚落，皇甫曦儿也还是镇定自若地解释。

林璐璐不乐意了，摆弄着落地长裙换了个姿势，朝明哲的方向展示出自己的玲珑曲线：“我就站在这儿，爱要不要。”

“好吧，玩得开心。”皇甫曦儿转身就走。

黄可人小心翼翼地看看这个，又看看那个，最后嘴里说着“吵什么啦”，追上了皇甫曦儿的脚步。

皇甫曦儿和黄可人往楼梯口走了几步，就听见明哲情绪激动道：“这真是荒唐！”

“你才荒唐。”明家老爷子毫不留情地训斥他，“我落下老脸，请了这么多漂亮的富家千金来我家，让你自个儿挑你喜欢的，你竟然还不乐意了你！”

"我才十七岁，说这种事为时尚早。"

"我看你少年老成得很！"老爷子不住跺着手杖，"我给你算笔账。谈恋爱谈个四年，中间分分合合来个三四次，到二十岁感情就稳定了，一到法定年龄结婚生子，这不是刚好么？"

明哲抓狂："我为什么一到法定年龄就要结婚生子？！"

"简直一点社会责任感都没有！"老爷子气鼓鼓道。

"这跟责任感有什么关系？"明哲越吵越大声，"荒谬！"

老爷子狠狠指他两下："自私！自私！我就没几年时间好活了，你都不让我抱重孙子……"

"说到底你就是想抱重孙子！"明哲一脸厌恶，"我出生的时候也没见你抱过我！"

"那是因为你妈！"老爷子愤愤道，等清醒过来，才意识到说错了话。

明哲的母亲出生平凡，老爷子看不上这个儿媳，一度与儿子断绝关系。后来明哲的父亲病死，母亲独自将他拉扯大，日子过得不可谓不艰辛，最近才回明家认祖归宗。这个话题在祖孙之间可谓是禁忌，明老爷话一出口，明哲就变了脸色。

老爷子小心翼翼瞥他两眼，清了清嗓，苦口婆心地劝："你自己找，难免门第不相当，所以我这不是把跟你合适的姑娘，都拉来给你挑了么？"

"我哪个都不爱！"明哲大声吼道，"我喜欢的，自会带来！"

老爷子先是一懵，随后松了口气，老狐狸似的用那双火眼金睛打量着孙子："喜欢的自会带来，也就是说现在还没有。我就知道你根本找不到对象。"

明哲遭受了一万点暴击伤害。被安排封建包办婚姻的愤怒，瞬间就被嘲讽找不到对象的屈辱所取代："我……我有女朋友！"

"没有就没有，不用勉强。你就随便找个顺眼的接触接触，接触多了，感情就有了，感情的事慢慢来，不用灰心……小兔崽子你去哪儿？！"

明哲转过身来，朝他做了个等着的手势："我这就把我女朋友带来给你瞧！"

壹月被带入地下车库的时候，腿一软。她从未看到过那么多豪车从头排到尾，不由得发自内心地感叹："真有钱啊！"

管家把她带到2-14号车位前，指着老爷车对她道："就是这辆。"

"哦哦。"壹月丢下工具包，坐进车里试了试。只见她仔细倾听踩下油门时的噪音，然后二话不说躺进车底，开始检查油路。

“不要乱动其他东西。你干这一行，应该知道这车什么价钱。”管家吩咐完后，就悠然离开了。

壹月咬着扳手鼓捣半天，总算找到了问题根源，把化油器清理了一遍，卡玛格便又响起了轰鸣声。

她灰头土脸地从车底下爬起来拍拍手，把手覆上昂贵的漆水，闭着眼睛拂过钢铁冰冷光滑的肌理：“有钱人买得起你却不懂你，我懂你却买不起你，我们真是一对苦命鸳鸯……”

呲——

一阵刺耳的刮擦声惊醒了她。

壹月睁眼，整个人都傻了，嘴巴张成了一个圆圈：“我的妈呀！”

她抚摸过的地方，竟留下了一段长长的刮痕！

“怎么会这样啊！难道我手上长刺了么！”壹月用左手握住想逃离身体的右手，发现右手无名指上不知什么时候多了枚戒指，“啊啊啊我不但划花人家的车还偷人家戒指……我这个人真是没救了！”

她想把手上的戒指捋下来，可是根本没有用，这枚戒指简直就像是长在她身上的！戒环由纯银编织而成，镶嵌粉色宝石的戒面，还是桃心形状，一看就很少女，应该是哪位大小姐的爱物吧。可是她却完全忘了自己是什么时候顺来的，难道她除了能打，也是天生的盗贼么？偷得不知不觉，连自己都不知道！

“连还回去都做不到……”壹月跪倒在地，颓然道。

“你在这里干什么？”头顶传来清冷的声音。

“我到这里来干活，结果莫名其妙刮花了……哦我的天！”她突然意识到，跟她说话的人竟是明哲，简直当场就要欢喜得晕厥过去了。

明哲发现了车身上的刮痕，啧了一声：“知道这有多贵么？”

壹月从云端跌入冰窖：“不管怎样我都会努力打工还你的……”

明哲盯着她的脸，眼神深邃，似乎陷入了沉思。

壹月起先以为自己脸上有什么东西，后来见明哲眼神不对，不禁有些胆怯了。这车库那么大，一个人都没有，就算她喊破喉咙也不会有人来，看明哲这专注的眼神，不会是要非礼自己了吧？后来想到自己一口气能打死十八个明哲，便松了口气，遂想到这车库那么大，一个人也没有，明哲喊破喉咙也不会有人来，要不要趁机亲他一口什么的……

正当壹月满脑子不正经时，明哲一把握住她的手腕，将她拽起来往前走：“既然你欠我钱，那我要你帮个忙。”

“诶？”壹月发现她被拽住的手上，赫然是那枚偷来的戒指，吓得赶忙攥住了手，希望他不要看见，“帮什么忙？”

“今天的派对是给我挑选未来的妻子。”

“选老婆？！清宫剧么？”

“不，是包办婚姻。我不喜欢，所以请你假扮一下我的女朋友。”

“女、女朋友！”壹月不敢相信自己的耳朵，“我不太擅长！”

“那你难道擅长假扮我的男朋友么？”

“我、我没有谈过恋爱。”壹月结结巴巴地表达着自己的喜悦之情。

“要的就是你这副样子，你浑身上下散发着一种不羁的气质，这样就能达到反抗的效果。”明哲说完，手往卜一滑，试图握住她脏兮兮的手。

壹月一惊，戒指还在手上，会被发现的！

“等一下！”壹月侧过身，用左手抚上了他的脸。

一瞬间，两个人都愣了。明哲像突然想起了什么似的，他问道：“话说你叫什么名字来着？我只知道你叫航空母舰。”

壹月捂胸口：“壹、壹月。”

“好奇怪的名字。”

“因为生在一月份……”

“连名字都这么别具一格。”明哲这样说着，牵起她的左手往前走，没有注意到背后的壹月挎住了他的肩膀。

壹月承认自己是喜欢明哲的——学校里80%的女生都喜欢明哲，她也不能免俗。不过她有自知之明，她知道自己跟其他女孩子不太一样：别人都是淑女，她却是大规模杀伤性武器，明哲这样的大少爷大概永远不会出现在她的生活里。所以在周五之前，她都浅浅淡淡地喜欢着。只是在打完城南中学以恶棍为首的那帮小兔崽子以后，明哲那一笑让她觉得，也许他是不一样的。也许他能够透过她散发着机油味儿的外表，看穿她粉红色的少女心，管她叫青春美少女而不是航空母舰。

就在刚才她还这样幻想着，毕竟少爷拎着一个灰姑娘去当场公布恋爱讯息，即使是替身，那也是言情小说里的必备桥段啊！

然而事实是她想多了。

明哲连她的名字都没记住。

说不定明哲那天只是看着她旁边的鱿鱼摊，想到马上可以吃晚饭了，才笑了一下。今天更是只想反抗包办婚姻。

“诶……”壹月叹了口气，她还没谈过恋爱就失恋了。

“做好心理准备。”明哲给了她一个鼓励的眼神。

“啊那个……其实我可能还偷了你的……”壹月打算坦白，可就在这时，她发现她手指上的戒指波动了一下，消失了。

“什么鬼！”她尖叫起来。

“哈？这句话应该我问吧。”明哲掏掏耳朵，近距离经受壹月的尖叫让他感觉耳膜穿孔。

壹月攥紧右手，无名指上的硬物硌到了她的手心，是戒指的形状。但是挪开手之后，那上面确实是一无所有！

天呐，这玩意儿会根据她的心意隐形！

魔戒！

她拿到了魔戒！

虽然失恋了，但是或许她可以走上称霸全世界的征途？

明哲拉着壹月走进大厅的时候，所有人都聚焦在他们身上。

壹月吓得魂不附体：“我还没有做好一口气面对那么多人的准备……”

“你不是来打架的。”明哲紧了紧她的手，带着她从人群中穿过，“你只要战胜那边那个老头就可以了。”

“我不打女人小孩以及老头。我虽然是大规模杀伤性武器，但也是有底线的！”

明哲冷汗道：“我的战胜是比喻用法，你的小学语文是体育老师教的么？你只要站在我身边就可以了！”

“我不能眼看着你打老头而袖手旁观，我这辈子就没有做过那么不仗义的事！”壹月轻声反抗，还啐了一口表达她的愤怒。

“天呐！”在这个瞬间，明哲甚至觉得也许爷爷说的是对的，他应该选一个富家千金凑合过了算了。如果他自由恋爱，只能遇到壹月这种女孩儿，那他现在所做的反抗根本毫无意义——不论富家千金还是壹月，看上去都蠢蠢的，难道这世界上就没有聪明勇敢温柔可爱又会做菜的女孩子了么？至今为止，他遇到的聪明勇敢温柔可爱又会做菜的只有安期，但安期是个男孩子，这个世界真是太残酷了。

明家老爷子觉察到喧哗的大厅里有一瞬间的寂静，就做好了“大事不好”的准备，后来发现孙子果然拽着个人进来，心想这小子还真有两把刷子，眯缝着老花眼想瞧个究竟。

明哲将壹月推到他跟前："我女朋友。"

老爷子差点没犯心脏病："这不是个男的么？"

"是女的。"壹月为了验明正身，故意娇声娇气地说。

老爷子好不容易缓过口气，明哲给壹月递了个眼色："叫爷爷。"

壹月紧张地弯腰九十度鞠躬："爷爷好！"直接一头撞在老爷子额上，把坐着的老爷子连人带椅撞翻了。

"你在干什么！"明哲崩溃。

壹月红着脸站在风暴中心，四面八方投来的异样眼光让她无地自容。所有人都衣冠楚楚，皮鞋擦得精光锃亮，容貌翩跹举止得体，像童话里的小公主小王子一样，就她一个人这么笨拙，这么寒酸，还不断出着洋相……

好想遁地三尺……不然隐形也好……

壹月突然想起手指上的戒指。如果戒指可以隐形，那带自己隐形可以么？！壹月低头凝视着自己的无名指上，原本空无一物的手指上，粉色桃红色戒指在她的目光中显现，仿佛在回应她的祈求。

"这真是太没有礼貌、太没有教养了！你是我这辈子见过的最不可爱的女孩儿！"老爷子以滑稽的姿势挣扎着起身，冲着她扬起了手，脸色狰狞。

然而他刚说完这句话，余光就捕捉到粉色光芒自跟前女孩儿的手上一闪。老人漆黑的眼睛在一瞬间变成了粉色，然后粉色褪去，变成了包裹着眼球的一圈红痕。

于是，老爷子高高扬起的手轻轻落在她背上，变成了半抱的姿势："你好像受了惊吓，小姑娘。"

壹月咽了口口水："呃……可能是因为刚才你要打我来着？"

"哈哈。"老爷子爽朗一笑，"我打谁都行，我能打你么？"

说着牵着壹月在面前坐下，把巧克力松饼推到她跟前："饿了么？你平常都吃些什么，为什么会这么瘦？"

壹月目瞪口呆。

前一秒还像甲亢病人一般要把她活活打死的明家老爷子，现下一副和蔼可亲的模样，还拿甜食投喂她，就像对待笼子里漂亮的金丝雀，让人完全摸不着头脑。她惶恐地偷窥了眼明哲，明哲也深锁着眉头，流露出迷惑的神情。壹月再也管不了那么多，将松饼狼吞虎咽地塞进了嘴里。她真是太饿了，话说这甜点也太好吃了吧。

"慢点吃，慢点吃……还有。"老爷子呵呵笑着吩咐管家再拿来一些。

"你吃得好看点儿，"明哲暗地里踢她一脚，"碎末子都掉胸口了。"

"阿哲，你这是什么话，她……她叫什么来着？"

"壹月。"壹月支支吾吾道。

"——壹月喜欢就好，我看谁敢说三道四。"老爷子嫌弃明哲。

明哲摸不清爷爷的心思："你不是一直说坐有坐相，站有站相，吃东西也要符合餐桌礼仪么？"

"那是你。你是男人，要当家，在外面就要挣面子。壹月是我孙媳妇，自然爱怎样就怎样，别人都卖她的面子，那才是你做男人的能耐。"

壹月喷出一口巧克力碎屑。

明哲亦是一脸状况外："什么！她什么时候变成了我媳妇？！"

"你不是都把她带来了么？"老爷子挥挥手，"这姑娘好，你们选个日子订婚吧。"

3　公主

"爷爷！"明哲花容失色，"您知道自己在说什么么？"

老爷子怪道："我让你挑，你不肯，要自己找。找来了个壹月，我看着也喜欢，就准了你们的婚事。你还有什么问题么？"

"不、不是这样的！你不是应该大发雷霆么？！"明哲烦躁地把手指插入了发中，将额发推高，"我找她是为了气你！你看她这乱七八糟的！像是我女朋友吗？！"

"什么乱七八糟的，我看你才乱七八糟！"

"不！我不同意这门婚事！"

"扭扭捏捏推三阻四，你是女人么？走，孙媳妇儿，咱们不理他，他一定是害羞了。"老爷子说着，挽着壹月就上了楼，偷摸塞给她一张银行卡，"以后啊，你就在这儿住下。爷爷这儿房间多，你爱住哪儿住哪儿，爱买什么买什么，密码6个0。"

"可我还得回去修车。"壹月摊着长手长脚，从背后拿出一柄扳手掂了掂，满脸纠结。

"做我明家的媳妇儿，你还修什么车？"老爷子一脸恨铁不成钢，"走，现在先去洗个澡吧，看这花猫样。”

壹月就被四个女仆强行推进了浴室。

壹月凑近镜子，摸了把闪闪发亮的镜框，若有所思地搓磨着手指。紧接着，她又趴到马桶边上，好奇地摆弄那自带显示屏的厕圈，翻开又合上。之后又被浴缸吸引了注意力，跪在一边抚摸着底下突起的按摩粒，嘴里发出一连串惊叫声。女仆们面对着她这没见过世面的模样，互相交换了个眼色：“壹月小姐，您准备洗澡了么？”

“在这儿洗澡真的可以么？我就是来修车的。”

女仆们面面相觑，一个胆大的回答：“可您现在是老爷钦定的明家少奶奶了。”

“他为什么那么说啊？”壹月撒谎道，她知道这事儿跟她那枚不知从哪里来的戒指有关。

“我们也不晓得。老爷以前是最重门第的，注重女方的家室、教育、品貌、操守，样样百里挑一，才请来这次舞会供明哲少爷挑选。”

“最后挑了我。”

所以这到底怎么回事啊，戒指是给明家老爷子洗脑了么？是怎样发挥功效的呢？能不能……再来一次？壹月攥着右手中隐形的戒指，不住腹诽。

“少奶奶您准备好了么？”

“洗洗洗，看我这身上味儿大的……只是这浴缸怎么用啊。”

女仆们满心不乐意地上前帮她张罗，壹月眼珠子一转，站在镜子面前张开了双臂：“来来来帮我更衣！”

四位女仆无奈上前。

可就在她们靠近壹月的时候，壹月突然抬手，在她们面前让戒指显形！

与之前的状况一样，女仆们捕捉到粉色光芒一闪，瞳仁随即被粉色包裹。她们的表情突然变得生动起来，看壹月的眼神也充满雀跃，叽叽喳喳说着恭维她的话，上下其手地帮她除掉乌漆麻黑的衣裤。

壹月哇哇大叫：“你们做什么，停下，停下！”

她们却哭丧着脸：“是我们哪里做得不够好么？”

“你们别哭！”

“可是我们惹少奶奶生气了啊。”女仆们一脸焦急，“我们可是……最喜欢少奶奶了！”

喜欢？！

壹月脑海里过电般闪过这两个字。

她举起手上的戒指，难道这个玩意儿……可以让别人喜欢上她么？！

原来如此！那明家糟老头也是看到戒指之后，突然之间就对她改变了态度，允许她进门……

“神器！”壹月在灯光下打量着戒指，一字一顿道。

“什么？”四个女仆一脸殷切，不想漏掉她的任何一句话。

“没什么。”感觉到她的紧张，戒指自动隐身，壹月清了清嗓，“别对外人说我有一枚戒指。”

“什么戒指？”四人聪慧地装傻。

“真聪明，演得真像……喂呀别扒我衣服！”

女仆们无视她的挣扎，将她制住，开始了大清洗。

“咦，这个东西洗不掉，莫不是纹身么！好酷！”有个女仆像是发现了新大陆一般，捧着壹月的右手惊喜道。

“有什么好高兴的，我也有！”另外一个女仆捧起了她的左手，针锋相对。

“什么？”壹月听闻此话，吃了一惊，“纹身？在哪里？”

“在手心里！”两个女仆翻过她的手，比在她眼前。

果不其然，手心里现在有两枚形状相同纹章，一枚黑色，一枚红色。

“莫非又是因为那枚戒指？”壹月陷入了沉思，“又各自是什么功用呢？有机会一定要好好了解一下。”

“好啦。”洗完澡，女仆们兴高采烈地将她拉到镜子面前。

壹月看向镜子里的人。洛丽塔百褶裙，白色荷叶边袖，裙边上点缀着珍珠和亮片，看起来就很贵。她双手抓起自己的两绺头发往前一拉，总是因为油腻而打结的金色长发变成了海藻般的蓬松卷发，脸也因为神奇的化妆术看起来像电影明星一样光滑……所以这个人到底是谁啊！她39码的大脚蹬着羊皮靴真的合适么！还能好好修车么！

“少奶奶不满意？”女仆们小声问。

“不……很、很满意，就是觉得好像有点不像我。”

“少奶奶不就该这样么？”女仆们眨巴着眼睛说，“穿最漂亮的衣服，吃最高档的甜点，无忧无虑地住在庄园里……只要负责美丽就可以了。”

“美是美了点，就是这胸衣怎么这么紧呐。”壹月难耐地拉扯着自己的腰身。

“大小姐们为了体现好身材都穿塑身衣啊，很久以前的小姐太太们，还在腰上缠绕鲸骨呢。”

“听起来像是在犯罪。”壹月强忍下不适，好说歹说将她们劝出去，关上了卧室的门。

一个人的时候，她将自己扔到了床上，望着天花板上的吊灯出神。

这短短12个小时里，她从一个对男神怀春的修车少女，到修坏了男神家的车成为他的爱情替身，到最终被他家里人承认、过上了锦衣玉食生活的大少奶奶……人生跌宕起伏如乘过山车，以一百八十迈的速度冲向未来。

她撩起了手，看着华丽繁复的荷叶边，问自己：住大房子，穿漂亮衣服，吃好吃的，这就是我想要的全部了么？

这个问题因为超过了她的脑容量，很快就让她头痛起来。

正在这时，三位不速之客闯入了她的卧室。

壹月看到皇甫曦儿带着林璐璐、黄可人闯门，连忙从床上一跃而起，顺便铺了铺床单。铺完了才记起来这不是她们家，而是她家，哦不也不是她家，是明家……所以为什么她们四个要在明家的房间里碰头？

壹月大抵是认识这几个女生的。有钱人家的千金小姐，在学校里也不缺爱慕者，只是跟她不是一路人，没有搭上过话。

对面三位对她的认知也大抵如此。寻常人家的女孩，长相平平，据说脑子还不太好使，每天都在挂科，在学校里出了名得能打，只是跟她们不是一路人，没有搭上过话。

有那么三五秒钟时间里，双方互相打量着。

黄可人觉得壹月看上去笨笨的，率先发难：“我说你这个人哪里冒出来的啦，有没有自知之明，明哲是你可以肖想得么？在所有人穿礼服的时候穿成修理工，你是不是觉得你跟超级玛丽一样可爱啊！”说着翻了个白眼，一屁股在她床上坐下，“你怎么不说话？是不是要扮无辜然后搞得好像我们欺负你，博得明哲的宠爱。哼！好低的段数。”

“不是诶，我只是没有被这么骂过……”

“那你骂什么啊。”

“我们道上都说我是你爸爸。”

“真丢脸。”林璐璐呵斥黄可人，“吵得真难看。”

“你不想吵你跟来干什么？装什么清高。以为明哲一定会看上你，摆出一副高高在上的姿态搔首弄姿，结果还比不过一个修车的，这才叫难看呢。”

“你说什么？”

两个美少女开始扯头发挠脸，往对方脸上吐口水。壹月看着就觉得像两只小猫吵架，头疼地推出左手劝架：“行行行别吵了，别吵了！”

谁知手心里的黑色纹章一闪，两人越发歇斯底里地争执起来。

“我看不惯你很久了啦！你这个仗着好看就到处秀优越感的女人！”

“你呢？满嘴怪腔！还丑。”

两个人扭打在床上，黄可人扒下自己的高跟鞋要刮花林璐璐的脸，林璐璐勾起脚要踹她的肚子。壹月收回左手，哦了一声，“原来这纹身可以让两人互相憎恶。”

“你到底耍了什么花样？”一直冷眼旁观的皇甫曦儿抱胸道。

“我……我没有啊！明哲的爷爷突然就对我那么好，我也诚惶诚恐！那些女仆也大概是以为我听从了他的命令，才那么照顾我……这两个人她们自己就打起来了，你也看到的吧？”

皇甫曦儿冷漠道：“哦，明家爷爷，女仆，可人和璐璐，这就是你动过手脚的人。”

“为什么要反向推导我的话！”壹月飙出两行热泪。

“因为你满脸心虚，而且一副不太聪明的样子。”皇甫曦儿平静道。

“既然如此我也没有办法了……爱上我吧，大小姐！”壹月召唤戒指显形，对皇甫曦儿出拳。

皇甫曦儿没想到她竟然打人，一时半会儿没有动作，呆愣在原地。拳风到了眼前，皇甫曦儿长发飘起，待长发重新落下的时候，她脸上已经换上了沉迷的表情。

皇甫曦儿握住了悬停在她面前的拳头：“我们一起去逛街吧！”

“她、她们还在打架！”

“随她们去啦，逛街要紧。”

深夜，明哲疲惫地敲开了安期家的门。安期看他神色不对，殷勤地将门搬开，让他进来。尼禄穿着睡裤、端着漱口水杯从卫生间里出来，看到明哲就把脸拉得老长。

“现在我遇到了一件很棘手的事。”明哲正襟危坐，手指成拳摆在膝上，“是这样的……我爷爷逼我结婚。”

“什么鬼！”安期头一个表示不同意，“我连女朋友都没有，你居然就要结婚了？！这根本就不符合法律法规，我要报警了。”

“结婚等成年，目前先订婚，我爷爷说人生大事得趁早。”

安期无可奈何，叹了口气问尼禄：“所以我们得凑多少份子钱？”

尼禄耸耸肩，表示不知道：“我是个意大利人。”

明哲让他们先等等，先听他把话说完。

“是这样的。一开始，我爷爷让我挑个大家闺秀赶紧定下来，这背后还干系复杂的家族利益，让我觉得相当头痛。”

尼禄难得感同身受：“嗯哼，的确头痛。她们的身形像小鹌鹑，说话的时候顶五百只鸭，还有好些是来自古老的吸血鬼家族，和她们约会永远只能在血吧。”

安期和明哲同时对尼禄报以斜眼，不知道他交往的女生究竟是哪个物种，听上去好像很了不得的样子。

一阵寂静后，明哲继续说下去：“你们知道，我很厌烦他拿他那一套标准来衡量我的人生。他老是逼婚，我忍无可忍就带着壹月回家，告诉他我只喜欢壹月，让他看着办。”

“壹月？”安期思索了片刻，倒吸一口凉气，“那个单挑十五中八大金刚的航空母舰？”

明哲闭上了眼睛，轻轻摇了摇头，意思是“往事不甘回首”。

“你找也找个好点儿的呀！你找她是活腻了么！而且你是怎么把她带回家的？你是带了麻醉枪冲着她来了一梭子，然后丢进后备箱的么？”安期比了个开枪的姿势，“猎杀大象的那种剂量。”

“她刚好在我家地下车库修车……不不不这不是重点。重点是我爷爷觉得这事儿挺好，要让我们结婚。”

“你真倒霉。”安期幸灾乐祸道。

“你不觉得很奇怪么？我爷爷觉得壹月是个好姑娘！她当时刚从车底下钻出来，满身都是灰，走到哪儿都飘着一股机油味，头发还烧糊了半边儿，我爷爷竟觉得她比那些大家闺秀更适合跟我结婚？！而且我家女仆也觉得没问题，一直追我的皇甫曦儿甚至还跟她成为了好朋友！”明哲郁闷地往后靠在沙发上，“要我说，这个壹月根本不正常。”

“你觉得她是个炼金术士？”安期很快捕捉到了他话里的隐意。

“以我的修为，根本无法看破她有没有动手脚，所以才来这里搬救兵。”

安期会意，顶了顶尼禄：“包在我们身上。”

“我不要去。”尼禄斜了眼安期，“既然是魅惑术，她到时候魅惑我怎么办？你有想过我的感受么？”

明哲和安期同时切了一声：“谁要魅惑你，你脾气超烂的！”

尼禄：“”

最后，尼禄还是大发慈悲地在明哲额头画了一道抵抗魅惑术的炼化阵，明哲欢天喜地走了。

“哼。”尼禄在他背后流露出阴险的笑容，“好戏上演了。”

安期一看他的样子，就知道他干了什么好事：“你给他的炼化阵是假的？！”

尼禄笑得愈发愉悦了。

“为什么呀你？！”安期张大了嘴巴。

“怀疑一个意大利男人的魅力，是最不该做的一件事。”尼禄说着，朝他眨了下眼睛，笑容迷人，“更何况我看明哲和那个男人婆就很登对。”

“你开什么玩笑？！这可能是关系到权戒的大事！”

“权戒可以丢，明哲必须出局。”尼禄开心地哼起了小曲。

安期不解：“你们究竟多大仇啊！出局是什么意思！你是要弄死他么？”

“总之别让他来我们家里，弄得好像我们关系有多好一样。”尼禄把毛巾甩在肩上，端起洗脚盆。

“这是我家啊喂！什么时候变我们家了！话说你什么时候搬出去，我要报警了！”安期扑到沙发上找自己的手机。

“你在找这个么？啧啧。”尼禄从卫生间里探出半个身子，摇了摇手中的手机，“不许打。”

这一天来找壹月的人络绎不绝，刚清静一会儿，外头又传来敲门声。

“谁啊，睡了！”她扯着大嗓门道。

“是我。”

壹月赶紧从床上滚下来拉开了门，搓着手点头哈腰：“明哲你好，这么晚了什么事儿啊？”

明哲一把拽住她的手，将她推进屋里。

壹月紧张："孤儿寡母不太好吧……"

"这叫孤男寡女。"明哲纠正了她的成语，随即做了一次深呼吸，强压下被她蠢哭的冲动，"我不知道你干了些什么，但是我爷爷不会允许这样的你成为我的未婚妻，我也不喜欢你这样的姑娘，这个交际圈更不会接受你这样举止不得体的粗鲁女孩，你能明白么？"

壹月攥紧了拳头："所以呢？"

"所以？我希望你放手，让一切复归原样。"明哲意识到话说的重了，软下声调，"听着，以前我也不属于这里，我很清楚这不会是你想要的生活。我是因为血统的缘故，别无他法，但你还有得选……"

"那要是我不想选呢？"壹月冷下了脸，"如果我想要的是你呢？"

话音刚落，明哲眼角余光捕捉到一道刺眼的粉光，眼前的壹月突然变成了他朝思暮想的样子，他心中也充满着从未有过的柔情蜜意。

"怎么光着脚站在地上，不冷么？快上床去。"明哲打横将她抱起，送进了被窝里。

他还想与她说话，壹月却神情冷淡，甚至称得上厌烦："你走吧，我累了。"

"好吧，早点睡。"明哲默默地离开了。

第二天一早，壹月迷迷糊糊地下楼，却听到清脆的玻璃碎裂声，原来是女仆吓得摔坏了手中的茶杯："少奶奶！您怎么这么早就醒了？"

"啊？六点半了啊。"壹月挠挠头，"我该去修车了。"

"少奶奶您睡糊涂啦，修车不是您该做的事。来，我先带您去更衣。"

于是壹月被按在化妆镜前强行打扮了一个半小时。

"我说，要不要那么久？"

"少奶奶知道奥地利的茜茜公主么？她被誉为那个年代最美的女人，有一头无与伦比长发，她的丈夫奥匈帝国皇帝就是因此倾倒在她的石榴裙下。她每天梳头就需要花六个小时，可见美丽都是要花大量的时间去维护的哦。"

"六个小时！"壹月喷出一口茶，"我还不如不起床了呢！"

梳妆打扮完，壹月下楼，遇见了等在客厅里的明哲和老爷子。

老爷子欣赏地打量她一番："哦亲爱的，真美。"

壹月尴尬地羞红了脸。

明哲折拢了报纸："我和爷爷商量了一下，觉得尽快把我们俩的事定下来比较好。你觉得明天怎么样？仪式在九龙酒店的草坪举行，程序简单一些，仪式后是自助餐式的酒会。你喜欢哪个明星？我们可以试着请他来助个兴。”

“啥？”壹月一头雾水。

“所以你们这两个小家伙今天的行程很紧。你们得去挑婚纱和西装，然后她还需要一点仪态培训——我不是说你不好，”老爷子和气道，生怕这样说伤了壹月的心，“我很喜欢你蹦蹦跳跳的模样，但是……你知道的，那样穿婚纱并不好看，也不适合穿高跟鞋。”

“我不会穿高跟鞋。”

“没有一个大小姐不会穿高跟鞋。”明家祖孙俩相视一笑，“灰姑娘去赴王子的宴会时穿的水晶鞋，也都是有跟的。”

壹月无语。

明哲看着她的脸色，难以置信：“你真的不会穿高跟鞋？”

壹月摇了摇头：“可能是因为我穿了会比你高？”

“看来你今天的又多了一项。”老爷子在行程单里又加了一项：学穿高跟鞋。

明哲扶着穿高跟鞋的壹月来到地下车库的时候，她一直在抱怨：“这太可怕了，有这么多的东西要学，你不觉得太快了一点么？”

“这些都是作为我的妻子必须的技能。以后还有弹钢琴、插花、跳舞、织毛衣……你还应该精通古典文学和哲学，这样我们以后可以定期去听音乐会、看话剧以及画展。在20岁时你还会跟我一起去F国。”

“F国？”壹月一脸意外。

“是的，霍普金斯大学。你要在那里获得医学博士学位。我和爷爷讨论了很久，觉得明家需要一位懂医术的女主人。”

“那、那修车怎么办？”壹月整个人都懵了，“我的梦想可是做一名修车师。”

“你一定是在故意逗我笑，亲爱的。”明哲为她打开副驾驶车门，“明家的下一代女主人只能是霍普金斯大学医学女博士，不能是个汽修师，这点我们应该有共识。”

“可我根本没有考虑过这种事！我一点也不想成为一个医生。”

“当然，没有人让你做医生，你要做我的太太，那份文凭只是让你看起来跟我更相配一点。”

“所以我做这一切只是让我看起来更像你太太？”

明哲点点头：“当然。”

“那你为什么不直接找一个这样的人做你太太？”

“因为我爱你。”明哲坦诚道。

“但是你却希望我变成那副模样……”壹月一把扯下头上的珠花，用高跟鞋碾了碾，然后推开他坐上了驾驶位，“我一点也不想再玩这个游戏了，再见！”

“壹月！”明哲追了几步，得到的只是两只差点扔在他脸上的高跟鞋，以及满脸汽车尾气。

4 全城猎爱

尼禄十一点钟左右被明哲的电话震醒：“安期！她跑了！跑了！”

“你打错电话了。”尼禄挂掉，转了个身继续睡觉，结果被安期一个平底锅砸在头顶：“刚才是明哲的电话对不对！”

“是打错电话的……”尼禄缩进了被窝里。

“少骗我了，我给他设置了特别铃声！”安期揪住他的金色长发把他的脑袋拔出来，“别睡了你个混蛋！都中午了，快去做饭！为什么我每天都要做家务，我是老妈子么！你到底什么时候交房租……快把电话还给我！”

经受不了魔音摧残的尼禄把手机塞他嘴里，转了个身继续睡觉。

安期回拨明哲：“阿哲，怎么了？”

“壹月她逃婚了！”电话那边的明哲咬牙切齿，“这个女人！别落在我手里！”

“呃……”安期一脸无奈，“阿哲你是中邪了么？你昨天还说死也不要和她在一起的……哦我晓得了，你也被魅惑了，你稍等一下，我揍一顿尼禄。”

明哲听着电话对面传来的打架声，心绪不宁：“现在的关键是她居然逃婚了！她怎么敢！帮我找到她，安期，以后我儿子认你做干爹。”

“他没什么兴趣。”战斗胜利的尼禄发泄完起床气，踩着安期的身体进卫生间洗漱。

安期哭泣着爬回餐厅，坐上自己的位置，打开电视机，发现正在插播一则新闻：“今天早上十点左右，一辆劳斯莱斯卡玛格飙车下山，严重扰乱交通秩序，引起交警方面广泛关注。”

一辆老爷车出现在屏幕上，背后紧跟着几辆黑色轿车，在大街上横冲直撞，在小巷子里撞飞水果摊，从卡车肚子下贴地开过，还各种甩尾逃开交警，上演现实版飙车大赛。因为是路人拍摄，所以比监控要清晰得多，安期目瞪口呆地发现，开车的人是壹月。

“这车技？！”安期深受打击，他都没有驾照，壹月就已经是老司机了。

主持人继续一本正经地播报：“随后明家发声，承认飙车者为明少爷的未婚妻，明家将对此事负责。正当社会各界纷纷谴责之时，明家发布全城通缉，承诺谁将其送回明家，即奖励十万元人民币。原来今天下午本是明家少爷的订婚典礼，奈何未婚妻出逃……剧情高潮迭起一波三折，网友纷纷表示是一场豪门大戏。目前舆论最为关心的问题是：少奶奶为何逃婚？A、私奔。B、财务纠纷。C、其他原因。请编辑短信发送至123456参与有奖竞猜环节……”

屏幕上，明家老爷子站在如梦似幻的婚礼草坪义正词严地谴责孙媳妇，下一秒，镜头切换到宝贝车行的老板。

记者：“请问作为明家的亲家，您对您女儿逃婚有什么想说的？”

“我什么都不知道啊！”爸爸哈哈大笑，“她昨天去修了个车，今天就要订婚了，我是刚才看电视才知道的，没有人通知我。”

记者：“这、这样么？那么您其实不支持这门婚约么？”

“孩子开心就好。”爸爸笑道。

安期目瞪口呆。

尼禄抓着一头乱毛出来：“把遥控器给我。”

“出大事了！他们上电视了！”安期指着屏幕让他瞧。

“乡镇电视台，有什么关系。”尼禄落座，拨弄着碗里的饭粒。

安期依旧紧张地盯着电视屏幕。

镜头游移，壹月被五辆车围在了断头路上，眼看插翅难飞。可她抬手在眼前一装，又对下车的保镖们说了些什么，他们立马回到了车上让出路来，让她离开了。

主持人道：“看来少奶奶在明家很得人心。”

只有安期知道完全不是这样，拍拍尼禄的手：“这到底是怎么回事啊！”

尼禄笨拙地把红烧大排夹到自己碗里：“唔，是阿芙罗狄忒之戒。”

“那是什么？”

“希腊神话中的爱神，也就是罗马神话中的维纳斯。”

“爱……爱神？”安期很快明白过来，“你是说，她让这些人，都爱上了她？”

“神话中的阿芙罗狄忒掌管爱情，她也有一条金腰带，能让所有看到金腰带的人爱上她。爱神戒的功用也与传说中完全相符。见到爱神戒的人就会爱上她，她手上的纹章则可以让两个人坠入爱河或者结下仇怨……你这道菜做得太咸了。”尼禄三两口吞下大排，苛刻地点评着。

“有本事你做啊！”安期一捶桌，换上外套打算出门。

“喂，你根本没动筷，这对主人家是很不礼貌的行为。”

“这不就是我做的么，哪门子主人家啊！你起床就吃、吃了还嫌这嫌那你不是更没礼貌么！我们得去告诉壹月真相防止她乱来吧？！你怎么还在吃吃吃啊你是猪么？！”

“因为是你做的啊。”尼禄一本正经道。

安期目瞪口呆：“你为什么突然变得这么会说话？”

尼禄眨了眨眼睛：“因为我是意大利男人啊。”

“好好好你快吃你快吃吃完就走！把你的圣斯汀棋盘带上！我们一定要比任何人更先找到壹月才行！”

壹月好不容易将身后的人甩掉，老爷车却发动不起来了。她骂了句娘，完全不知道事情怎么会演变成这样。现在她意识到她不太想跟明哲谈恋爱了，但是好像由不得她回头……

一双大手突然按上了她的车头。壹月的心拎到了嗓子眼，却发现拦她的人是城南中学以卡司为首的那帮混混，她在松了口气的同时，换上了冷酷的表情。

她下车，砰地一声甩上车门：“现在有事，没空和你打架。”

卡司痞痞地把手插进校裤口袋里：“我不是来找你打架的。”

“哦？是为了把我送回明家，赢那十万元的奖金？”壹月冷哼一声，按了按自己的指骨，“你恐怕没那么容易得逞。”

两人正针锋相对，明家的车队堵住了巷子口。卡司使了个眼色给手下：“把人拦好了。”接着便身手敏捷地自水管爬上了二楼。

他蹲在上头，对壹月吹了个口哨：“上来。”

壹月眼见无路可去，只好遵命。

卡司带着壹月跑到顶层，在复杂的地势下左突右拐，远离了那片居民区。等明家的人再次消失在视野里，卡司停下了脚步，转身不悦道："喂，你怎么突然和明家那小子好上了？"

壹月郁闷地蹲在天台边，俯视着川流不息的街道："别问我，烦着呢。"

"他欺负你了？"卡司踹了她一脚。

"没有。"壹月的表情突然有些茫然了，"我以前喜欢他嘛，然后就想着，有天他喜欢我那该有多好。但是真有那么一天，我却觉得一点也不开心。"

卡司切了一声："你什么眼光！像他那种徒有虚表的男人有什么好？"

"他是白马王子诶。"壹月叹了口气。

"你也不看看你自己什么模样。王子是要娶公主的，你是公主么？"

"有没有念过书啊？王子也娶过灰姑娘，懂不懂？"

"是么？"卡司摸不着头脑。

壹月嫌弃道："你就是傻。"

卡司也不与她计较："那他要娶你，你怎么跑了？"

"我也搞不清楚，就是觉得挺没劲的，还不如刚才跟你一起爬水管。"

卡司听闻此言，耳朵发烫，沉默了半晌，才结结巴巴地开口："其实……"

背后，风衣猎猎作响。卡司和壹月凭着野兽般的直觉回头，看到一个穿黑风衣的少年站在高处，怀里抱着一把刀。另外一个年轻人跟他穿着同一制式的制服，打着一把铁伞，从单片眼镜后望着他们微笑。

"你们是谁？"卡司将壹月挡在身后。

"您背后的这位小姐得到了一枚奇怪的戒指，并且深受其苦，我们是来提供帮助的。"年轻人眉眼弯弯地笑着。

"什么戒指？"

卡司不明所以，壹月却心下一沉："你们怎么知道？"

"我们是专门管理这类戒指的人，戒指给您带来的困扰，我们深表抱歉。"说着，年轻人上前，打开一个水滴状透明容器，"只要将戒指扔到里面，一切魔法就会消失，灰姑娘。他们不会再追着你，生活将复归原样。"

壹月犹豫着，将手按在了戒指上。

"等一下！"有人一把推开了天台的门，喝止了壹月，"他们说谎！戒指选择了你，就是你的东西！不要被他们骗了！"

壹月认得这两个家伙，和明哲一个班的小子和外国人，三人是好友。既然是同学，壹月自然相信他们的话，护住戒指倒退一步。手持铁伞的年轻人却瞬间欺近她的门面，嘴角上扬：“交出来吧。”

两人中间闪过一道刀光。

穆先生脸色立变，收拢铁伞格挡，借着刀上传来的冲劲一个翻身，跪在地上滑出几米远。

“谁给你的自信，在我面前对女神出手。”突入战场的尼禄挺直了脊背。

背后壹月红了红脸。

“所以你到底为什么突然变得这么会说话？！”安期炸毛。

“都说了，因为我是个意大利男人。”尼禄护在壹月身前，凛然如不畏死的骑士。

下一秒，一直不发一言的零把刀顶出一寸，从天而降，轻而易举抵住了安期的脖颈。

穆先生鼓掌，转身看向尼禄三人：“把戒指交出来。”

尼禄攥紧了手：“把戒指交出来你会放过他么？”

“看零的心情。”穆先生笑道。

零加重了手上的力道，刀刃陷入安期的脖颈，渗出一道血纹。安期承受着疼痛，却完全无法动弹，零又在他的身后，他没有办法使用眼中的波塞冬纹章，只好将求助的眼神投向尼禄。

尼禄咬牙切齿，让壹月就范的话，海王戒和爱神戒都将不保！可是不交，安期又在他们手上，在零下手以前，他又有几成的把握救下安期呢……

“让开！”背后的壹月突然发话。

只见她平推出右掌，一道桃红色光芒瞬间笼罩了安期和零。

安期前一秒还因生死未卜而紧张僵硬，下一秒，眼泪刷一下就流了下来：“你把我弄得好痛……”

零心疼地收回了刀，从口袋里摸出止血带处理起他的伤口。

“你每次看到我，都这样……”安期哭着埋怨他。

“对不起。”一贯沉默寡言、鲜有表情的零，此刻也带上了愧疚的神色。

“我知道你是迫不得已的。”安期怯怯地把手搭在他的手背上。

零纠结了几秒钟，反握住了他的手，两人深情对视……

穆先生、尼禄："你们这是在干什么呀！"

"暂时没问题了！"壹月语调轻快地对尼禄禀告，"我让他俩陷入了爱河。现在，他喜欢安期还来不及呢，不会杀他了！"

"把安期变回来啊！"尼禄按着她的双肩猛摇，"把安期变回来啊我要忍不住打你了！"

"我从来没有试过收回来啊！"

"反向！反向使用炼化阵就可以了！"

"明哲的人来了。"卡司俯视楼下的街道，提醒壹月。

"他总算来了！"尼禄松了口气。

壹月脸色一变："你和他是一伙的？你也要抓我回去？！"

"显而易见，快跟我走！"卡司拽着她的手跳下屋顶，借着雨篷的缓冲，滚落到狭窄的楼梯上，一眨眼就不见了。

穆先生亦是说了句"后会有期"，消失不见。

明哲上楼的时候，就看到尼禄一个人站在原地："壹月呢？"

"跑了。"

明哲一把拎起他的领子："你们两个人还拦不住一个女人！"

"安期跑了！"尼禄崩溃，"安期跟着那个零跑了！"

"怎么回事？"明哲沉下了脸，"大图书馆也干预了？"

皮革马利翁之戒与酒神戒的事，他虽然没有参与，却听安期原原本本讲过。如果有大图书馆插手，事情无疑会变得更为复杂。

"壹月拿到了阿芙罗狄忒之戒，能够魅惑他人、掌管姻缘。图书管理员跟我们几乎同时找到了她，我们就打了起来，然后……然后壹月居然让安期和那个零陷入了爱河！我一回头他们就不见了！"尼禄掏出手机，拨通了安期的电话。

摩天轮下。

"你这样挂断他的电话，真的好么？"零凝视着安期的侧脸，似乎连眨眼都不舍得。

安期将手里粉红色的冰淇淋递给他："难得来游乐园约会，难道你想被打扰？"

零轻笑："听你的。"

说着，将手腕上的通讯阵统统抹掉。

楼底下的小巷中。

穆先生久久联系不到零，长长地叹了口气："恋爱中的少年真是棘手。"

然后，他蹲下身，望着被炼化阵束缚得动弹不得的卡司与壹月，笑得眉眼弯弯："要委屈你们先和我走一趟咯。"

说着，一把敲下了她手上阿芙罗狄忒之戒，装进艾萨克之瓶中。

戒指有一瞬间想要分解逃脱，然而被看不清的丝线四处缠绕，悬浮在容器中，恍若被囚禁。

明哲坐进车里的时候，接到了未知号码的来电："忒修斯权戒拥有者，久仰。"

明哲蹙起了长眉："图书管理员。"

"正是在下。"穆先生扫了眼身旁捆成一堆的壹月和卡司，"您的未婚妻现在在我手上，如果您想要救回她的话，就拿戒指来换。"

明哲阖上了眼睛："什么地方？"

穆先生报了串地址，那是郊外无人的废弃工厂："最好只身前来，如果带些人马，也只是徒增损伤罢了。"

"了解。你不要伤了她。"明哲说完吩咐司机，"去沧海路104号。"

这个时候，车门被拉开了，皇甫曦儿将长发拨到耳后，一脸理所当然地坐上后座。明哲不得已地起身往里让让："你来干什么？"

"她身上有古怪。"

明哲冷哼一声："壹月是我未婚妻，你有什么资格管我家的事。"

"我是为了你好。"皇甫曦儿并不生气，只是平静叙述着，"她不知道有什么法子可以控制人心。昨天我莫名其妙被她手上的粉光捕获，心里只觉得她是我这辈子最好的朋友，刚才清醒过来，才觉得十分荒唐。我想你和你爷爷都是这个情况。"

明哲沉默不语。

"你知道？"皇甫曦儿扫他一眼，"知道还去？绑架她的人问你要的东西，很重要吧？"

“不论爱情是怎样开始的，爱情就是爱情，她是我的人。”

皇甫曦儿很是诧异，最后转过了脸：“你要这么一条路走到黑，就随你。”

明哲吩咐司机开门：“下车。”

“我不是为了你去的，”皇甫曦儿淡淡道，“我是为了壹月。”

“你为什么总是追着我们不放？你很恨炼金术士么？”安期枕着零的肩膀坐在摩天轮上。

“你真的忘了我么？”零轻声问。

安期打量了他半晌，摇了摇头。

零冷笑：“天底下的炼金术士都薄情。”

安期不明所以：“还有别人和我一样伤了你么？”

“我的家人都是被王权者杀死的，我要报仇，可我又太无能，图书馆给我了复仇的机会。”

“但那只是极个别的坏胚子，很多炼金术士，包括王权者，他们都是好人。”

“你见过的炼金术士有多少？”零反问。

安期语塞。

“并不是每个人都像你一样善良。很多人得到了力量，就会膨胀，就会以为自己有权摆布其他人的命运，甚至掠夺他们的生命……要彻底杜绝这种现象的发生，除了让权戒从这个世界上消失，别无他法。”

“可借着强力肆意摆布他人的命运，甚至掠夺他们的生命……不正是你正在做的事么？”

零瞳孔一缩，整个人僵住了。

明哲一个人踏入废弃工厂时，穆先生早已布下天罗地网等待着他。他擎着伞从高处跳下来：“真是不爱江山爱美人呢。”

明哲越过他的肩膀，望向坐在束缚阵中的壹月和卡司：“她没事吧？”

“只要你不打算使用炼金术解救她，她就会没事。不然的话，后果很严重哦。”

壹月喂了一声，打断了两人的对话：“那些戒指，究竟是什么东西？”

“是由贤者之石打造的至高宝器，被戒指选中的人，就会拥有近神的力量，被炼金世界尊称为——王权者。”

壹月一愣：“王……王权者？”

穆先生敞开风衣，指了指怀里的阿芙罗狄忒之戒：“你原本差点就成为了爱与美之神，不过你似乎不是很愿意呢。”

“那他呢？！”壹月望着明哲，“他又是谁？”

“忒修斯，拥有交换能力的王者，”穆先生一推眼镜，眉眼弯弯地笑，“你爱上了了不起的男人。”

“所以……交换我用的是，他的权戒？”

穆先生打开容器，放在明哲的身前，眼睛却盯着壹月：“他是自愿的。”

明哲犹豫了片刻，伸手捋下戒指，悬在透明容器上空。

“别傻了！你根本就不是自愿的！”壹月怒吼，“你根本就不会喜欢上我这种女孩儿，你心里很清楚！是因为我对你使用了魅惑，你才会变成这样！”

“已经没有办法回头了。”明哲凝视着她的眼睛，松手。

“不——”

伴随着壹月的怒吼，修长的美腿横空一扫，狠狠踢飞了穆先生手上的透明容器，明哲的戒指掉落在地，然后迅速分解为黑色砂砾，重又回到他的无名指上凝出实体。在场的人都被这突如其来的变故惊呆了，壹月望着少女格斗的姿势：“皇甫曦儿……”

“没听到她说不要么？”皇甫曦儿收回横踢的腿，“就算你今天为了救她，放弃了那枚戒指，她也不会高兴的，因为这都是假的。”

明哲一愣，随即灵机一动：“快，给他俩松绑！你不是炼金术士，那个炼化阵对你的物理攻击无效！”

“了解。”皇甫曦儿走到炼化阵外，隔着十万八千里拔出匕首，捏着刀尖准备投掷。

壹月和卡司吓得抱成一团：“你瞄准一点啊！”

“没用的，我近视800度。”

“那你别救我们了，求求你！”

然而匕首已经旋转着朝他们的门面袭去……

“啊！！！！！”

笃地一声，匕首插入绑绳之中，绳子落地，壹月和卡司同时揉了揉手腕起身。

皇甫曦儿得意地勾了下唇角。

明哲拦在了穆先生跟前："来，咱俩过过招。"

穆先生一脸郁闷："说好的一个人来，现在变成了一对四。"

"而且我们俩可更能打哦。"壹月和卡司狞笑着上前。

"那就后会有期了！"穆先生打开铁伞，朝他们微微一笑，步入早已准备好的空间门消失不见。

"等一下，我的戒指！"壹月乐极生悲，追了几步，却不知道追去哪里。

明哲捡起地上的透明容器打开，里面赫然是她的阿芙罗狄忒之戒。戒指失去了束缚，变成了一道桃红色的雾气，回到了她的手指上。

她诶了一声："刚才不是在那个炼金术士身上么？"

"我拿被曦儿踢落的空容器，交换了他怀里那个。"明哲朝她展示了自己铁灰色的戒指，"别忘了我是忒修斯，掌握着交换的技能。"

说这句话的时候，他望着她的眼神有点得意，又有点羞涩。

壹月面对着这样的眼睛，犹豫了很久，终于朝他伸出手："结束吧。"

桃红色的光线自他眼中重新回到权戒中，明哲脸上爱慕的表情消失了，有些怔忡。

"对不起给你造成了这样的困扰。"壹月深深地鞠了一躬，"我以前很喜欢你，总觉得只要能够追上你的脚步，什么都愿意去做。但是……我突然发现，我会因此而变成另外一个人。我还是更喜欢我自己现在的模样。所以，对不起。"

壹月咧嘴，笑得灿烂："我可能，没办法再喜欢你了。"

"啊……哦。"头一次被这样表白的明哲有些不知所措，眼睁睁壹月和卡司肩并肩地离开了。

背后传来脚步声，明哲发现皇甫曦儿也正准备走。

"等一下！"他追了上去，"你晚上有空么？"

"我是被我爸爸逼着来参加你的派对的，我从没见过像你和你爷爷一样傲慢自大的人。选老婆？亏你们想得出来。就因为我们穿着礼服、打扮得漂漂亮亮去你们家做客，你就把我们看低，认为我们只是一群没有智商的花瓶。而壹月好好来你家修个车，你就因为她的家境不如你、她的个性有点男孩子气，把她拉去做挡箭牌。修车怎么了？女孩子不能修车么？我真好奇有什么样的女生是你会好好尊重的。我唯一清楚的就是，就算你成为世界首富，我也不要和你这种人在一起。"

说完，皇甫曦儿高傲地仰着下巴离开了。

“呃……我想你刚才的意思是没空。”明哲盯着自己的脚尖说。

End

零频频低头看手上的炼化阵，安期问他：“怎么了？”

零有些无奈：“穆先生已经回到了大图书馆，叫我回去。”

“那你就快回去吧。你们的人知道你和我在一起，要担心的。”

零笑起来：“你真是善解人意。”

安期沐浴在这样温柔的目光中，只觉得什么都愿意为他去做，捋下了手上的海王权戒递给他：“你带走吧。”

零面露惊讶。

“不然你不好交差……呃！”

零突然重重将他推在墙上。两个人凑得极近，呼吸牵缠着。零凝视着他的眼睛，轻声说：“我不想要权戒，我只想要和你在一起。”

“安期——！”气喘吁吁的尼禄赶到游乐园，一见到这场景，瞬间就凝出他的银弓。

安期受了惊吓：“事情不是你想象得那个样子，他并没有伤害我，也不是在抢权戒！”

零搭腔：“我们只是身不由己。”

“混蛋！杀的就是你个身不由己！”尼禄目眦欲裂。“你们俩统统给我去死！”

就在这时，安期和零眼中的红光突然消失了。两人愣了三五秒钟，慢慢回过头凝视着彼此的脸，然后各自倒下狂吐起来。

安期招呼尼禄：“杀了他！杀了这个混蛋！”

尼禄一脚踩上他的脸：“我看你先去死吧，混蛋！”

两人打闹间，零已经离开了。尼禄想要追出去，安期拉住了他：“今天算了。”

“因为今天是你们的约会纪念日么！”尼禄要把他活活打死。

“因为今天……他跟往常不太一样，你看。”安期指着远处。

那里，神色冷酷的零站在冰淇淋车前，买了一个粉色草莓口味的，然后默默地离开了。

“喜欢粉色和草莓的男人应该是有故事的男人……”安期耸肩。

“你在看哪里？再看就把你的眼睛挖出来听到没有！”

“为什么突然那么凶啊！我只是谈了一场不到两小时的恋爱而已！”安期不明所以。

尼禄沉默几秒钟：“因为我是个没有恋爱可以谈的意大利男人！”

Chapter 6

Leviathan

利维坦

1 夏日大作战

秋老虎依旧肆虐的天气，安期拖着大包小包走在通往海边的斜坡上，心浮气躁。他盯着前头顾自吃棒冰的尼禄，简直气不打一处来，脱下人字拖狠狠朝他丢去："去死吧！"

尼禄头也不回地接住，扭过头来冷冷道："你又怎么了，小子？"

"为什么所有行李都是我扛！你是手断了还是脚断了！你就不能把你自己的行李拖走么！"

"哦，原来是奴隶起义。"尼禄舔着冰棍自言自语。

"什么奴隶起义！我才不是你的奴隶！"

"我还听说你们是礼仪之邦，可是在你身上一点礼义廉耻我都没有看到。因为你进步缓慢，我特意找了片海域供你练习控制大海的技能。俗话说的好，一日为师终生为父，我以拳拳之心待你，你却对爸爸这样说话，爸爸我很伤心。"毒辣的太阳下，连尼禄都变得慵懒起来。

"'一日为师终生为父'根本不是那么用的！没有老师说完这句话，就把自称从'为师'改成'爸爸'！"

"爸爸没有你这样连行李都不肯拿的儿子。"

"谁是你儿子啊！发红包了么就敢自称爸爸！还有我不正提着行李么！"

两人吵吵嚷嚷来到海滩边。正值傍晚，海平面上是成片成片的火烧云。金黄色的沙滩上一个人也没有，只有海浪平静地冲刷着细软的海岸。尼禄不禁感叹："这个小镇上的人还真是不会享受。若是放在意大利，这里现在大概躺满了身穿比基尼的美女们吧。"

说着，他便招呼累成一条死狗般的安期跟上。

然而他刚伸出一只脚，就不知从哪儿冒出来两个穿黑西装的家伙拦住他："且慢，私人海域，请勿入内。"

"什么？"尼禄一挑眉，"私人海域？"

“是的，这片海域已经被买下，主人家不希望任何人踏足此处。”

安期坐在行李上，肩膀一下子就垮了。他回头仰望斜坡：“天啊！我还要拖着那么多行李爬上去……”

尼禄与保安争执起来：“我们乘了很远的车、走了很远的路才到这里的，看，他还搬着这么多的行李。”

两位保安对视一眼：“你是想让我们行行好么？”

“不，我的意思是，把你们老板的电话给我，我向他买。”

“What？？？”拿草帽当扇子的安期呆滞地望向尼禄。

“我有钱。”尼禄轻松地笑笑，“意大利最美的海滩都是我家的。我不介意在这里买下一片。”

正当双方争执不下时，一辆跑车驶到近前停下，保镖上前打开车门，下来的人却是明哲。

明哲分外惊喜：“你们俩怎么在这儿？”

“来给他做特训。”尼禄指了指安期，“这片海我看挺好，结果来了不让进，说是私人领地。如果是在意大利，我早毙了这无良富人。”

明哲沉默了几秒钟：“这是我的私人海域。”

“哦是么？那太好了。”

两人勾肩搭背地走了。

“少爷，行李呢？”保镖问。

“就让那个人拎来别墅吧！对，那边坐着的那个。”明哲头也不回喊道。

安期瘫倒在地：“我恨你。”

三人安置完以后，躺在沙滩上晒太阳，完全忘记了来这儿的初衷。

“你来这里做什么？洗你的忒修斯之船么？”尼禄顶着眼皮上的两片柠檬，问身边的明哲。

“不，相亲。”

“谁家的姑娘呀？”安期一手举着一个汉堡，双腿之间还夹着一瓶柠檬汁，胡吃海喝。他都快饿疯了。

“不知道，大概又是哪家的小姐吧，我已经习惯了。沙滩，比基尼，抹很多防晒霜，在我身边的躺椅上搔首弄姿，只对买她们的包包感兴趣。反正我一点儿也不喜欢她们，根本不会……”明哲说到这里，闭上了嘴。

安期和尼禄听到近旁有细碎的脚步声，有人踩着细沙上走近。于是他们抬头，同时拨下了墨镜。

皇甫曦儿正穿着校服套装站在明哲面前，如往常一样梳着双马尾，制服扣子扣到颔下为止。此时，她洁白的鞋面上沾染着细沙。

三个人都倒吸一口凉气。

明哲率先发话："你怎么在这儿？"

"相亲。"皇甫冷冷道。

明哲试图缓和这尴尬的气氛："所以爷爷选中的相亲对象就是你么？他总算有眼光了一次。"

"别再垂死挣扎了明哲。除了觉得我只是个徒有其表的花瓶以外，还有什么指教？"

"没、没有。"

"那就闭上嘴安静地度过七天假期，反正我也不会嫁给你这样傲慢自大、虚伪狡诈的混蛋。"

"好吧。"

皇甫朝他冷淡地一点头，径自向海边寓所走去。那是一幢洁白的三层小洋房，刷着白漆的露台上开满了时令的鲜花，看上去像是精致的糕点一样清新可爱。

明哲垂头丧气地回到了男生们中间，尼禄拍拍他的肩："我觉得教你一些意大利男人必备的搭讪技巧，比对安期做炼金术基础集训更加紧急。"

"或者你可以求求爱神。"安期眼尖，看到从小屋里走来的壹月。她倒是穿着裤衩人字拖，一副来度假的样子。

"她来这里干什么？"明哲摸不到头脑。

"嗨！"壹月用力朝他们挥了挥胳膊，"原来曦儿说的相亲对象就是你们啊！那我就放心了！"

尼禄和安期同时指向明哲："只有他。"

壹月甩掉额头上的汗水，随手抓起玻璃杯咕咚咕咚咽下饮料："我是她的保镖。如果你，或者你，还有你，想对她图谋不轨，我会立即让你们三个疯狂地相爱，哈哈哈哈哈。"

三个少年陷入了紧张的沉默。

"这种事情根本不会发生啦哈哈哈哈哈，开玩笑的！"壹月推搡着明哲和安期，想去推搡尼禄的时候被他瞪了一眼，讷讷地把手缩回来，在T恤前襟上蹭了蹭。

明哲和安期松了口气。

“不过如果你们真的对她图谋不轨的话，我会直接打死你们。”壹月突然一脸黑化道。

“知道了，知道了！”两人浑身的寒毛都竖起来了。

话音刚落，壹月噗地一声摔在沙滩上，打起了呼噜。

安期吓了一跳：“她怎么了？”

“她喝的是我的杯子，里面是鸡尾酒。我们来猜拳吧，谁赢谁把她拖回去。”明哲生无可恋道。

安期举手：“我认输。”

晚上，五个人聚集在海边小屋里用餐，对安期和皇甫曦儿的厨艺赞不绝口。

安期瞄了眼壹月：“大小姐都下厨诶，你却躺在沙发上和他们一起打游戏，不觉得惭愧么？”

壹月委屈：“我也尝试过下厨，可是厨房会爆炸。”

“的确。”皇甫几不可闻地叹了口气，“让壹月下厨，我整理厨房的时间比准备晚餐更久。”

“前几天都只有我们俩，曦儿很辛苦。现在安期可以帮上忙，这可真是太好了。”壹月由衷地感叹。她们比男生们先到三天，吃饭问题一直让她很愧疚。

“安期可不是来帮佣的，他今晚就得下水。”尼禄放下碗筷，强行更改了话题，“我带安期来这儿学习控制大海的技巧，一刻也不能耽误。”

壹月举手：“我想和你们一起打水仗！”

“这么大人了，不要那么幼稚。安期他们是要做正事，我们不要打扰比较好。”明哲好言相劝。

“那你从刚才开始就穿着一条泳裤走来走去是想什么啊！”安期忍不住戳穿了他，“你这样做，有想过皇甫和壹月的感受么？你不知道她们是会害羞的么？！”

皇甫和壹月同时停下了扒饭的动作，异口同声道：“不会。”

“既然大家都是想下海玩的吧，难得来海边，不一起放松一下怎么行？”明哲率先起身，拍了拍尼禄的肩膀，“你还是不要把安期逼得太紧了。”

安期知道尼禄根本不会听他的话：“算了，我还是……”

“好吧。”尼禄起身，跟着明哲往外走。

“我也不管了！”安期说着，一边脱衣服一边追了上去。

见男孩子们都已经冲向了海边，壹月不由得运筷如飞。她见皇甫依旧小口小口吃着饭，不禁心急如焚："曦儿你快吃！快吃！吃完我们去玩！"

"我不去了。"

"诶？"

"我讨厌大海，讨厌海滩，讨厌与海有关的一切。"皇甫这样叙述着，口气平静地恍若在说一句再普通不过的事，"所以我不会下海，也不能和你们一起玩水。"

壹月有些失落，但很快就想通了："曦儿，你是害怕么？你是不是不会游泳？可是我会啊！我很厉害的，我可以教你。其实大海没那么可怕，你只要试过一次就知道了，水里面超级舒服的……"

"与其说是害怕，不如说是厌恶吧。不然我父亲也不会把这片海滩卖给明家了。"皇甫抬眼，眼神莫名得冷，让壹月打了个寒噤。

但是那种神情只是一瞬间罢了，很快，皇甫又变成了那个不苟言笑但待人真诚的朋友，催促她快去和男孩子们一起玩耍。

"你一个人真的没关系么？"壹月磨磨蹭蹭，放心不下她。

"这是在陆地上，我什么事都不会有。"

"好吧……如果你改变了主意，就来找我们。"

壹月说着，套上泳衣泳裤，暴吼着在沙滩上留下一串足迹。皇甫眼看她跳进水里，水花溅了男生们一脸，就不由得笑起来。

但她看着夕阳下的大海，笑容就消失了。

那像打翻了颜料的、平静且泛着点点金光的大海，下一秒就有可能带走很多你所珍惜的东西，让你绝望。

2　海中的异声

皇甫曦儿第一次来海边的时候，穿着蓬蓬裙，踏着锃亮的小皮鞋，怀里抱着一只抱抱熊，乖乖牵着家教老师的手。她对眼前明亮而广阔的世界感到好奇，瞪圆了大大的眼睛："哇，这就是大海！"

家教老师把她抱了起来："来，大小姐，地上脏，别让细沙沾到了新皮鞋。"

皇甫曦儿被带到了海边寓所。这是一处漂亮的三层小洋房，刷着白漆的露台上开满了时令的鲜花，看上去像是精致的糕点一样清新可爱。

“刘先生，爸爸为什么不跟我一起来？”

“老爷很忙。一整个夏天，您都会呆在这里，由我来照顾您。”家庭教师一边说，一边将她放在沙发上。

然而一挣脱出他的怀抱，皇甫曦儿就跳下沙发跑到了窗边。温柔的海风吹拂着她的长发，周身都是落日融融的暖意。她闭上眼睛深吸海风，然后睁开清亮的双眼：“刘先生，我能去海边走走嘛？”

“可以，但是只有在每天的三点到四点。其余时间里，您要学习英语、法语、钢琴、舞蹈、体态和礼仪。这个夏天，大小姐可一点也不轻松，您不是来这儿度假的。”家庭教师摸摸她的脑袋。

皇甫曦儿有些泄气，但还是眼巴巴地追问他：“那我若是提前做完了功课呢？”

“那也不可以。适当的海风对您的身体有益，但是吹得太多容易让您着凉。”

皇甫曦儿指着沙滩上奔跑玩耍的孩子：“他们为什么就可以？”

他们个个身材精瘦，皮肤晒得乌黑锃亮，明明还是孩子，笑声却像大海一样嘹亮。

家庭教师的表情变得严肃起来。他牵起皇甫曦儿的手，将她带离了窗边：“这些都是下等人，皇甫曦儿跟他们，是不一样的存在。我这就叫人将他们驱赶出去。”

“城里来的人好讨厌啊，竟然说这里是私人沙滩，不让我们进去了。”水生朝伙伴们抱怨着，“明明是我们从小玩到大的地方啊，凭什么他们一来，我们就得让出去。如果整个夏天都不能下海，那暑假就根本没有意义。”

“是啊是啊，太过分了！”小山攥紧了自己的拳头，愤懑不平。

“可是我妈妈说那是户有钱人家诶，我们几个斗不过的。”拖着鼻涕的阿金面露胆怯，“那户人家姓皇甫，在S城里做很大的生意，把这块沙滩买了下来，还盖了那幢白色小洋楼。皇甫家的人来去镇上，从来不自己走路，都坐着那种加长轿车，跟镇上的人也没有交往……你说他们真的是人类么？”

“什么！居然不是人类么？”小山一惊一乍。

“我那天看到他们下车的时候，人群中有个漂亮的小姑娘，大家都叫她大小姐。但是那个大小姐，她就不走路，被人抱着去了小洋房里，再也没有出来过。你看，皇甫家的人来去靠车，走路靠抱，到了海边也不下海玩，是不是很奇怪？感觉跟我们完全不一样。”阿金继续推理。

“那不过就是有钱人家的规矩而已。”躺在泥地里的小海盯着碧蓝如洗的天空，看云朵在上头飘来荡去，“电视上的大小姐都是那么演的，叫做……大门不出二门不迈。”

小山崇拜地一拍他的肚子：“小海你懂好多！”

“那又有什么用？我们还不是回不了海滩——好无聊啊。”水生往泥地里一趟，望着天空。

“只能等那个大小姐走了。”阿金寂寞地拿鼻孔吹着泡泡。

小山诶了一声，手指成拳一击手掌：“那我们能把她赶走么？她一走，皇甫家的人都会走，海滩就会重新回到我们手上。”

所有人都眼睛一亮，直愣愣盯着小海。小海是他们的孩子王。

“看我做什么？”小海懒洋洋地枕着手臂，嘴里叼着根草叶子。

“小海，你最聪明，最有主意了！你想想办法，把皇甫家的人赶走吧！”

小海思考了几秒钟：“让人讨厌上一个地方么？听起来也不是太难。”

第二天中午，皇甫曦儿在自己的房间睡午觉，正翻来覆去时，听见外面有人砸窗户。她走到窗边，发现有个黑孩子站在底下，手里揣着一捧贝壳，正作势往窗户上砸。皇甫曦儿打开了窗户，压低声音朝他喊话：“你找我有什么事呀？”

男孩子吓了一跳，眼珠子一转，抓起一枚再次用力丢上来。皇甫曦儿侧身躲过，贝壳滚到了地上。

她捡起沾染着海水和细沙的贝壳，眼睛一亮，凑到鼻尖用力嗅嗅，这和在屋子里遇见的海风是一个味道。她知道这些贝壳沉在沙子里。傍晚散步的时候，她总是很想将颜色各异的贝壳搜集起来，但是刘先生不让。

刘先生说：“这些贝壳都很普通，而且说不准会有支离破碎的，划伤您柔嫩的小手。如果大小姐喜欢的话，我们以后可以去全世界最著名的贝壳博物馆，领略这个地球上最为珍奇的贝壳。”

皇甫曦儿珍重地合拢手心，将贝壳捧在怀里。她才不想要地球上最为珍奇的贝壳，那对她来说太遥远了，她只想要眼前的东西。

突然之间，第二枚、第三枚贝壳从天而降，散落在她的裙子上。皇甫曦儿坐在被阳光照亮的小小一角中，仰头看着形状各异的贝壳从天而降，头一次发自内心地觉得，能够来到海边真是太好了。

明哲和壹月回来的时候，皇甫摘下耳机看了眼他们身后："另外两个呢？"

"尼禄把安期留下了，说要给他做单独训练。"明哲解释。

"这么晚了还不放过他？"皇甫看了眼墙上的钟，都已经十点了。

明哲无奈道："尼禄是个严厉的老师。"

"学习怎么控制大海之类的……听上去就很不可思议。"壹月很是羡慕。

话音刚落，他们就听到远远地传来一声滚雷。

明哲和壹月冲到窗台边上，望着浅水中的两人。安期向前平伸出手，手上的光芒被身边的尼禄挡住了。所幸尼禄与他保持同一个姿势，因此可以清晰地看到他正在施展炼化阵。一股神奇的力量产生在他的手心，吸引着面前的海水扭成细细的一股，上升着盘旋成水龙，他脚下也因此形成了一道漩涡。尼禄的长发被这微型风暴吹起，而闭着眼睛的安期面前却好像什么都没有。

"笨蛋。"明哲宠溺地笑起来。

壹月顶顶他的手肘，示意他看远方。

在海与天连成一片的地方，一道巨大的水龙冲天而起，卷起几十米高的巨浪。天色迅速变得黯淡无光，潮水遮天蔽日，云层中电闪雷鸣。水龙搅动着狂风向四面八方奔腾而去，卷起白沫，传达海王的旨意。第一阵狂风到达的时候，阳台的花盆啪一下摔在地上。

"可怕。"明哲和壹月跑到露台上收起花盆。

皇甫跟出来，瞥了眼海上的天色，帮忙关上客厅里的门窗。她最后看了一眼风暴来临的大海，轻声说："这两个家伙不知道什么时候才回来……真是疯了。"

"不用管他们，既然安期是海王，自然也没有什么可担心的。而且反正我和明哲都在，不会出事。"壹月安慰她道。

"那我先睡了。"皇甫塞上了耳机，上楼走进了自己的卧室，临睡前又检查了一遍窗子有没有锁好。外面的风呼啸而过，把窗子震得簌簌作响。

就在这时，她发现脚下的地板上，有白色的凹印。

她蹲下身，抚摸着那些凹印。

是那时候留下来的东西啊……

小海来到海边小屋，像昨天一样绕屋一周，挑选着今日可以突破的窗口，却突然发现在最低矮的客厅窗沿上，放着一只小蛋糕。他见过这种小零嘴，是爸爸带他进城里的时候在街边的橱窗里放着的，好看得不像吃食，隔着一条街都能闻到巧克力甜香的味道。他馋虫直冒，两眼放光地伸出手去，窗子后的白色窗帘却“刷”地一声朝两边滑开，露出一张圆滚滚的笑脸来。

他吓得一屁股坐在地上。

昨天他来这儿搞破坏，没想到窗子后头有人，他犹豫了一会儿，依旧把手里的贝壳一一丢尽。那皇甫曦儿一开始还在窗边左躲右闪，后来就不见了，不知道有没有被自己打趴下。

他回去以后心里忐忑，怕皇甫曦儿来家里告状，要被爹妈抽耳光，结果一晚上都没什么动静，他就松了口气。不过他没有忘记自己的初衷——把她从这片海域赶走，于是今天又鼓起勇气来到这里，没想到出师未捷就再次被皇甫曦儿撞破，还吓得屁滚尿流，真是丢人。

然而那皇甫曦儿站在窗台后头，依旧还是笑。

既然被识破了，小海拍拍屁股站起来，准备走人。皇甫曦儿却抢先一步问：“今天你带什么来呀？”

“啊？”小海满头雾水。

“你昨天不是送我贝壳么？”皇甫曦儿伸出小胖手，手上有五个窝窝，手心里攥着一枚洁白的海贝。

她向小海展示了一秒钟，立刻合上，生怕被其他人发现：“我一直很想要啊，可是刘先生不允许，谢谢你送给我！你今天又来，是又给我带了什么好东西么？”

小海心想这真是个傻姑娘，不知道他是捡了贝壳丢她，正想说些刻薄话，却对上了她黑亮的眼睛，便不知不觉将话咽下了。那感觉就像拿石头丢了恶犬，却发现那还是条乞食的小狗，被打了依旧傻乎乎地黏了上来，让人充满了负罪感，再也下不了手。他终究抵不过皇甫曦儿那圆溜溜的眼睛，低头解开自己腰上的竹篓，向她展示赶海所得。

皇甫曦儿眼光发亮：“这都是什么呀？”

“就……普通的鱼虾蟹。”

“这个蟹好奇怪！好高的背。”

“这是寄居蟹，就是蟹爬到了螺蛳壳里。”

“我不傻，我只是不知道。”皇甫曦儿澄清。

他切了一声：“你不下海，当然不会知道。我们镇上的人都说你们可没劲了。

这么点大的地方，还出门坐车。爸爸妈妈都告诫小孩子不要跟你们玩儿，会变成懒汉的。”

“我不是懒汉，我每天都要做很多功课。”皇甫曦儿平心静气地辩解。

“功课有什么好做的，你还是不知道什么是寄居蟹。”他说着，转身便要走。

“等一下啊！”皇甫曦儿有些急了，端起巧克力慕斯，“你的蛋糕落下了！”

“我的？蛋糕？”他扭过身，一脸见了鬼。

皇甫曦儿用力点点头：“是啊，我专门给你留着的，谢谢你昨天送贝壳给我，我很喜欢。”

小海突然涨红了脸：“笨、笨蛋！你在说什么傻话！”

但是终究抵抗不了蛋糕的诱惑，扭扭捏捏挪到窗户底下，抓起蛋糕塞进竹篓里，一溜烟跑了。

跑出很远，他突然站住，咬牙切齿地回头招了招手：“还愣着干什么，跟上！”

“啊？”皇甫曦儿搞不清楚状况。

“你还想不想下海了？”

皇甫曦儿回头看了眼空无一人的客厅。午休时间，刘先生正在楼上睡觉。

她犹豫了一阵，跨出了低矮的窗台，踩着金黄的细沙朝那个黑黑的男孩跑去……

尼禄突然拽住了安期的手。

安期吓了一跳，眼中的波塞冬纹章消失了。风暴止息，一浪一浪的海潮卷着他们赤裸的脚踝，像是大海的呼吸。

“好像有什么声音。”尼禄说道。

他的手扣得很紧，安期感觉到他在紧张。尼禄的呼吸变得很急促，身体绷紧了，目光如炬地俯览着远处黑暗的海平面。

“什么声音？”安期小声问。

尼禄没有回答，拽着他往岸上走，脚步急促，到最后甚至小跑起来。安期被他拽着，深一脚浅一脚地差点摔倒在沙滩上，也不敢有丝毫抱怨，这样的尼禄看起来太不正常了。

直到两人推门而入，尼禄才小小地松了口气，回头问安期：“你刚才没有听到么？”

“听到什么？”

“就是——”

话音刚落，远方传来一阵长吟。那声音是如此地含混悠远，仿佛有什么在极深的海底痛苦地啸叫，光是听着就能患上深海恐惧症。

“那是……什么东西？”安期打了个寒颤。

尼禄摇了摇头：“人类对于海洋的了解甚至不及宇宙。我们虽然号称海王世家，却也只是比常人多了一些控制海洋的技能。大海深处有许多不可知的。”

“那你是在害怕么？”安期不假思索地问道。

尼禄一愣，脸上浮起可疑的红晕：“你以为我是你么，笨蛋！只是你闹出了这么大的动静，万一唤醒了沉睡的巨兽，引起了它的兴趣，那会很危险！”

对尼禄偶尔的关心，安期受宠若惊，但他还是被吓了一跳：“海中沉睡的巨兽？”

“对，”尼禄给了他一个肯定的眼神，“很多生物可不只出现在神话当中。即使是身为掌管海洋的王权者，也无法对它们的力量视若无睹，进而肆意妄为。”

安期抱着他的胳膊躲到了他的身后，警觉地张望着四周：“那、那我们还是赶紧钻到被窝里去吧！”

尼禄嫌弃地用手指捻着他的领子，将他拖离身前：“你先去睡觉，我在这幢房子周围布置一下结界。”

安期更加用力地抱住了他的肩膀，像一只不肯离树的树袋熊：“一起去！我一个人害怕！”

尼禄忍不住翻了个白眼：“早知道我就什么都不告诉你了。”

尼禄背着安期上楼，走到楼道里，突然停下了脚步。

安期吓得赶紧问他怎么了。

尼禄耸耸肩：“好像哪里的窗子没关紧，漏风。”

两人洗了个澡，就上床睡觉了。

自结识小海以后，每天中午成了皇甫曦儿最快活的时刻。太阳最毒辣的时候，她总是偷偷溜出去与小海一同玩耍。她戴着草帽坐在礁石上，把脚丫子浸到海水里，看小海像一条鱼似的在身边游来游去。他身边总是围着许多鱼，只有拇指大小，见到小海也不躲，但是只要皇甫曦儿伸手，它们就哗啦一声散开了。

皇甫曦儿泄气。

小海哈哈大笑："你把面包掰碎了丢进水里，鱼群就会循着味道一拥而上，争相啄食。"

皇甫曦儿试了试，果然如此，开心地咯咯直笑。

小海将她一把拖下了水，皇甫曦儿尖叫一声，看自己的衣服全漂了起来。

"把衣服脱了吧！我教你游泳！"

"不……不要！"

"诶呀来嘛，项链也解了。"

"不可以！这是妈妈留给我的遗物！"皇甫曦儿死死攥着项链不放。

小海收回了手："这样啊……"

他觉得自己无意间触碰到了她的伤心事，不由得小心窥探着她的神色，放弃了教学游泳的计划，拉着她上岸一起躺在沙滩上，看天上的云飘来荡去。

"为什么我们不去海滩上呢？"皇甫曦儿侧过脸看着后边的沙滩，"我之前看到你和你的朋友在那里一起玩。"

小海被戳中了心事："呃……那里离你的小别墅太近了，你不怕被刘先生发现么？"

皇甫曦儿恍然大悟："原来如此，小海你真聪明！"

"那是当然。"小海尴尬地笑笑，挠挠自己的后脑勺。

其实这个理由他是临时编的，与其说他担心皇甫曦儿同他在一起被家庭教师责罚，不如说他担心，他同皇甫曦儿在一起，会被他的小伙伴们视为异类吧。

因为莫名其妙的缘故，他明明怀着让皇甫曦儿讨厌这里的初衷接近她，却变成了天天一同下水的玩伴。要是让他的朋友们发觉他在这片海域享受着特权，一定会被认为是背叛组织了吧？小镇说小不小，说大不大，他可不想被朋友们隔离，便只好每天选择在隐蔽之处戏水。

泡在温暖的海水里，小海享受着片刻的安逸，心里却歉疚。此刻，小山、水生、阿金一定正像被晒干了的咸鱼似的，无精打采地躲在房檐下。明明只要把皇甫曦儿赶走，就可以拯救他们的，自己这是在干什么？

最后，他为自己找到了托辞：这只是权宜之计，接近皇甫曦儿，是为了找到她的弱点，更好地打击她而已。

嗯，就是这样。

"那里有条船！"皇甫曦儿突然站了起来，指着大礁石的另一面。

小海抹了把脸，朝她手指的方向望去，果不其然，礁石的背面停着一艘驳船。

它航行了很久，表面均已氧化成了锈红色。小海不记得镇上有过这样的船，它太大了，看起来不像是会停泊在这种小港。

“你想探险么？”他眼睛亮亮地望着皇甫曦儿。

小海沿着缆绳爬上了船，扒着船舷张望了一眼。

船上很安静，空无一人，只有船帆在空气中飘荡，牵扯着桅杆传出吱嘎吱嘎的声音。

小海跳上甲板，反身拽住皇甫曦儿的手，将她拉上了船。她比他想象得要轻，也更灵活，并不是笨拙缓慢的家伙。

“好安静啊——”皇甫曦儿轻声道。

小海听出她话里的紧张。

其实小海和她一样紧张，这条船安静得有点诡异了，仅仅是站在甲板上，就感觉到一阵阴湿的寒意侵入骨髓，仿佛身处寒冬，而不是在盛夏的正午。但出于男孩子的自尊，小海还是拍拍胸脯无所谓道：“有什么好害怕的，我们去船舱里看看有什么宝贝。”

皇甫曦儿犹豫了。

小海幸灾乐祸地嘲讽她：“果然城里人就是胆子小。”

“我才不是胆小。”皇甫曦儿与他解释，“你不觉得奇怪么？这么大一艘船，凭空出现在这里，却一名船员都没有。我在画册里看到过，上面说这叫鬼船。”

“你不要胡说八道！”小海呵斥她。

“我只是担心会有糟糕的事情发生。你有什么特别想要的东西值得去冒险么？”

“我才不要被你说教，一个城里人不配在船上对我说三道四。”小海气鼓鼓地说着，转身就走。虽然他预感到皇甫曦儿说的是对的，但是，土生土长的海孩子的自尊让他不肯认输。如果他听信了皇甫曦儿的话，那他和城里人有什么两样？他岂不是彻彻底底沦为叛徒了么？他必须证明他和皇甫曦儿不一样，比她更勇敢、更了解大海里的事物。

走出几米，小海听到背后传来皇甫曦儿的道歉。她轻声说了句“对不起”，然后轻轻地跟上，与自己并排走着，生怕被丢下。小海心里产生了从未有过的满足感，皇甫曦儿的每一次妥协都是城里人的战败。

两人朝船舱里走去。

船舱的台面上摆放着热茶，茶烟袅袅。书翻开着一页，钢笔被随意丢在上面，似乎船员方才离开。小海对书没有丝毫兴趣，抓起倚在墙边的鱼叉往更深处走去，皇甫曦儿却凑过去看那航海笔记，发现里面是德文，还描绘着奇怪的图案。外国的驳船停留在内海，怎么想怎么不对劲，航海笔记上的图案也散发出浓烈的不祥气息。可是她依旧战胜了内心的恐惧，努力跟上了小海的脚步。虽然她觉得小海在做一件蠢事，但还是希望自己能呆在他身边，就像他真正的朋友们一样。

舱室尽头有一方木梯，连通着阴暗潮湿的底舱，底舱里似乎进了水，木梯的一部分浸在水里。

“是遇到风暴、底舱进水，所以弃船而逃了么？”皇甫曦儿猜测着。

话音刚落，她一头撞上了走在前面的小海，小海不知为何停下了脚步，怔怔站在木梯上。

皇甫曦儿循着他的眼神望去。

阳光透过窄小的楼梯口，照射在满是水的底舱中，光尘在空气中飞舞，映亮了木梁上挂着的两具骷髅。

“啊！”皇甫曦儿低叫一声，自知失态，迅速捂住了嘴。

骷髅衣衫褴褛，头颈处被链条吊在横梁上，下半身是……

“鱼？”小海大着胆子摸了把那带刺的尾，骨殖在空气中吱嘎摇晃。

“别去动它！快走！”皇甫曦儿抓住了他的手臂。

然而下一秒，小海一个趔趄，滑进了水中！

有什么在浑浊的水中剧烈地扑腾，把他往水里拖！

这一切发生得太快，皇甫曦儿甚至没来得及反应。而小海抓着木梯用力踹了一脚，踹到了滑溜溜的实质，拖他下水的力道瞬间松了。

他撑着木梯后退，皇甫曦儿拽着他的肩膀将他往上拖。

但是，浑浊的水面变得更加激荡，恍若是一池滚水在沸腾！小海只在出海网鱼的时候见过这种场面，这是将要起网的那一刹那，千万条鱼类在水面下挣扎才会有的水花！更加糟糕的是，水面底下的那玩意儿那么兴奋，可不是为了挣扎求生！

“快走！”小海一把推开皇甫曦儿，皇甫曦儿倒退了几步，跌坐在楼梯口。

她安全了，可小海的脚踝再次被紧紧抓住。小海低头，那是一只手，泛着青灰、长着长爪的人类的手！

小海眼疾手快握紧扶手避免被再次拖下水，然而许多双手拉扯着他的双腿，在他的皮肤上留下可怕的血痕。木梯在长爪的抓挠下分崩离析，迸溅出无数木刺，发出亟待断裂的声音。小海捏紧了鱼叉，对呆愣的皇甫曦儿说：“走啊！”

他从她惊恐的眼里，看到了自己背后的场面。

此时，水面上浮出了半人半鱼的生物，一个又一个……

突然之间，皇甫曦儿拽下自己颈间的项链。又捡起一枚尖锐的木刺，毫不犹豫地划开了自己的手心。鲜血漫过昂贵的项链，她站起来，使劲力气将其让远处一丢。项链在空中划了个弧度，噗通一声掉进水里。

背后传来哗哗哗的争夺声，小海感觉到抓挠他的手变少了。

皇甫曦儿朝他大喊：“趁现在！”

小海手握鱼叉回身刺下！

他终于摆脱了那些可怕之物，半推着皇甫曦儿回到了上层船舱。

“这就是你说的探险么？”皇甫曦儿苍白着脸问。

“一般没这么激烈的。”小海喘着粗气回答。

皇甫曦儿支撑起他的身体：“你的脚还能走么？”

小海抹了把脸上的汗水，摇了摇头：“没事。倒是你，那项链……”

“先离开这里再说！”皇甫曦儿有些粗暴地打断了他的话，两人都听见甲板上有脚步声传来，消失的船员们回来了，然而他们宁可这是条鬼船。

少年拉着小姑娘的手偷偷跳出窗外，爬回自己的舢板上，飞快地划离了诡异的船，生怕被船上的人发现乃至……追上。

半夜，尼禄蓦然睁开眼睛，惊坐起来。抱着他胳膊的安期觉得被窝一凉，迷蒙地睁眼：“怎么了？……才几点？”

“有人闯结界！”尼禄说完，翻身下床。他布置的结界被人闯入，他能感应得到。

“等等等等！大海怪是来抓我的，不要丢下我一个人！”安期连鞋都来不及穿就追了上去，一把抱住了尼禄，再次变成连体婴儿，挂在他身上。

尼禄没空理他，取出圣斯汀棋盘，上面的白皇后朝右边挪动着，指向女生的房间。安期从他背后钻出脑袋：“不会吧……是壹月还是皇甫？”

正在这时，皇甫的房间里传来玻璃打破的声音！

尼禄上前一脚踹飞她的房门。

窗户洞开，窗帘飞舞，房间里充溢着海风的味道。皇甫正侧卧在床上，浑身上下都是湿漉漉的。

尼禄打开了灯，安期扑上去用力地摇晃着她："皇甫！皇甫！"

皇甫悠悠醒转："安……期？"

她抬手，发觉自己指尖低落咸腥的海水，脸上浮现出迷惑不解的神情："我……我这是在哪儿？"

"你在你的房间里。"尼禄拿着手电筒四处查看。

皇甫支撑着坐起来，手指触碰到了床上蠕动的海星，吓得低叫一声，安期赶紧帮她摘掉。

"为什么我的床上会那么湿？还有这种东西？"皇甫挣扎着下床，狼狈不堪。安期搀着她在懒人沙发上坐下，为她披上大毛巾。

尼禄走到窗边，鞋底传来玻璃碎片被挤压的声音。

"有东西来过，你有印象么？"尼禄淡淡地问。

皇甫摇了摇头："我晚上一直在睡觉。"

还做梦梦见了小时候的事。

然而这一点皇甫没有说。她觉得这没有什么好说的。

尼禄和安期对视一眼，尼禄拿起手电筒朝外照去。天下起了大雨，潮水上涌，几乎淹到了小楼脚下，水面上沸腾一般溅起雨水，黑乎乎的一片，什么都看不清。而且按照这个雨势，明天一早就什么都不留下了吧？

"今天晚上你去和壹月挤一挤。"尼禄命令道。

皇甫扯着大毛巾，一如既往地镇定自若，但是安期感觉得到她在发抖，她的眼神也不像平常那样充满自信。

"你知道是什么东西么？它为什么找上我？"皇甫问。

安期面露羞愧。

"我暂时不知道是什么。"尼禄一本正经地回答。

皇甫点点头，在安期的陪护下敲开了壹月的门。安期简单地介绍了一下情形，壹月非常热情地接纳了她的朋友。

等女生们关上房门，安期又拿出百米冲刺的速度跑进皇甫的房间里，扑到了尼禄的身上："好可怕，到底是什么怪物！是不是来吃我的！"

尼禄正蹲在地上检查玻璃碎片，被他一头撞在窗框上，痛得嘶声连连。等缓过一阵，不由得转头就骂他："你搞什么！"

安期蹲在他身边，死死挨着他："我害怕嘛！都是你不好，害我被不知名的海洋生物盯上了，现在一定是七大洋通缉犯。你有什么线索么？"

“玻璃碎裂在房里，说明窗户是从外向内被打破，刚才有人曾经破窗而入。我们在走廊上听见的破窗声如果就是那时候响起的，那闯入者应该没有时间做什么，也没有时间逃脱。”尼禄扫安期一眼，“它很有可能还在这幢房子里。”

安期一把勒紧他的脖子，挂在他身上，吓得连话都说不出来，直发抖。

“不过它要是还在这里，圣斯汀棋盘感应得到。它应该是早就进来，对皇甫做了些什么，后来听到我们的脚步声，破窗而走了。”

“我恨你。”安期从他怀里抬头，恨不能咬他一口。

尼禄莞尔。

第二天，天气仍然没有变好。风雨稍小，五个人一起呆在客厅里。

明哲给爷爷打电话：“爷爷，这里似乎要刮台风，我们想回来了……不不不，不是我和皇甫处不好，是她昨天受了点伤……”

壹月轻轻碰了碰她裸露在外的手肘：“还疼么？”

皇甫给她一个安慰的眼神：“不疼。”

昨天皇甫过来睡以后，壹月就发现她的手肘上有血，因为伤口很小还被水冲淡了，看起来很不明显。壹月帮她清理的时候挑出不少玻璃碴儿，但是问她，她却不知道哪里来的。

“也许是那个闯入我房中的东西带上床的吧，起身的时候不小心硌到了。”皇甫迷糊道，“它还带来一只海星。”

“所以你们到底有没有查清楚是什么原因啊。”等明哲一挂下电话，壹月就不高兴地开腔。

“可能是我们昨天的行为惹恼了海中的炼金生物，它们进攻了这幢房子。”尼禄实话实说。

昨天晚上安期叮嘱他一定要对大家坦白，不能隐瞒真相，还要他道歉，这个被他直接拒绝了。

壹月一听就生起气来：“是你们害曦儿受伤的么？你们也太不负责任了。”

“之前尼禄也不知道会造成这样的后果的，你别激动啊，而且他已经加固了结界了。”安期好言相劝。

“结界有什么用。我，你，明哲，好歹都有权戒护身，尼禄本身是炼金术士，我们当中只有一个曦儿是普通人，如果真的存在炼金生物，它能来一次就能来第二次！我是不会允许这种事再发生的，曦儿，我们走。”

明哲握着手机摇了摇头："出小镇的路因为天气的缘故，走不通了。已经联系了当地的道路局抢修，但最早也要等明天中午才能通车，我们只能再滞留一天。"

"怎么会这样啊！"壹月大声嚷嚷表达不满。

皇甫扯了扯她的袖子："我没事的。就是昨晚没睡好，有点累了。我想上去补个午觉。"

"那我和你一起去！"壹月自告奋勇。

皇甫流露出纠结的神色。她大床睡惯了，并不习惯和人挤一床。

平日里大大咧咧的壹月在此时却学会了察言观色，悻悻地收回了刚才的话："算了，我们几个都在楼下，你不用怕的，有事叫我们。"

"好。"

皇甫上楼之前看了眼窗外。她看到不远处的礁石后头有蓝色的粼光一闪而过，再定睛看时，却只见到了灰白的海浪。

礁石后头。

几个年轻人在海水中浮浮沉沉，手持三叉戟，保持着半露头的姿势。他们的身材精悍，耳朵却又尖又细，薄如蝉翼。在退潮的间隙，隐约可以看出水面以下表面璀璨的亮蓝色鱼尾。

"那个搅动大海的人，就在那幢房子里面。"

"金，你确定么？"看上去拥有头领气势的人鱼保持着蛰伏的姿势问道。

"确定。昨天晚上，我亲眼看到他们在岸边施展炼金术，旋即海上就引起了风暴，那个东西……也再次苏醒了。"金几乎是咬牙切齿地诉说着。那个东西的力量太过可怕，一夜之间就毁掉了很多美丽的岛礁，吞噬了繁殖期的鱼群，它在威胁着这片海域的生命。

"他们？"首领的尾音微微上扬，表示疑问。"主人只让我们寻找偷盗权戒之人。而权戒是只能属于一个人的神器。"

"的确是有两个人。其中一人似乎是另一人的导师。"

"权戒在谁手上？"

"在那个矮个子的男孩子手上，栗色头发。他的导师是外国人，梳着金发高马尾，一定不会搞错。"

首领握紧了三叉戟："好，把他们赶出来吧。"

尼禄是率先感觉到危险的人。

当时，他正支着额头看安期和明哲下跳棋，突然眼神一厉，瞟向窗外："有人。"

两人停下执棋的动作，壹月愣了一秒钟，飞快地往楼上跑去。

尼禄用眼神示意安期与明哲，走到窗边，双指拨下了百叶窗。外头是风暴中的大海。海水浑浊，海潮涣漫，几乎卷到了木屋脚下。

尼禄在有限的视野中来回窥探，什么都没有发现，但是他刚才清晰地感受到了结界的波动。他回头吩咐两人："检查屋子的各个地……"

话音未落，背后窗户突然炸裂，窗框上方倒挂一条人影，拿铁索勒住了尼禄的脖颈！

"尼禄！"安期起身摘掉了眼镜，打算动用眼中的纹章。

可是下一秒，房门哗一下被水冲开，一个大浪竟然凭空拍进屋子里，将所有人迅速吞没。安期毫无准备地沉入水中，不远处，尼禄被人鱼勒着脖子艰难地挣扎着，明哲被人鱼一拳打晕……等一下，人鱼？

安期呛了口水，人鱼，进到了他们的家中？

这个世界上真有美人鱼？

还是男的？

他们要做什么？

他还未来得及思考，侧面突然飞来一支短箭，脖子上随即传来尖锐的刺痛。刺痛过后，所有感觉都失效了，安期觉得困乏无力，视野慢慢合拢……

眼见安期停止了挣扎，人鱼搂住了他的腰堂而皇之地游出门外，潮水也像跟随主人似的，与来时一样突兀地退去。

挣脱后的尼禄剧烈地咳嗽着，呛出了肺里的水，踉跄跑到门边："安期！"

海面上溅起几朵水花，可以看到几个人影正向大海深处游去。

尼禄显现出从未有过的慌乱神情，狂奔到岸边，一个猛子扎入水中。

身处二楼的壹月在尼禄警觉之时，就去检查皇甫曦儿的房间，因此避开了人鱼的攻击，只是被浪头冲到墙上拍晕了而已。后来水涨到几乎没顶，人鱼的攻击都在水下发生，她模糊间什么忙都没有帮上。此时她见潮水退去，尼禄跳海，挣扎着爬起来，扶着墙推开了皇甫的房门："曦儿，尼禄他……天呐，你在做什么！"

皇甫站在窗台上，长发四散。

壹月冲过去试图抓住她的手：“别做傻事！”

然而皇甫面对着大海，直挺挺摔了下去。

尼禄看了眼身边越来越透明的气泡，咬牙切齿。安期用海王权戒召唤的风暴太过可怕，即使他用炼金术将水驱开，也避免不了被巨浪蹂躏的下场。他已经尽全力追赶不明来历的绑架者，但是距离非但没有缩短，反而越来越远了。可恶啊！人类怎么可能游那么快？

正在这时，他发现远处的男人停了下来，沉默地望着自己的方向。

“混账，这是要做什么？”

尼禄不敢有丝毫懈怠地朝他游去，却发现男人的目光不曾移动过分毫，也就是说，他凝视着的并非自己，而是海岸的方向。

然后，男人做出了让他无法理解的举动。他将安期推上了一枚漆黑的礁石，转身没入海中不见。

尼禄又惊又喜，喜的是他终于放下了安期，惊的是安期毫无反应地躺在那里，让他不敢细想发生了什么。在他拼命朝前游去的时候，中途的某一个瞬间，他感觉到身边涌过一道激流，带起一串漆黑的水泡。

眼角余光捕捉到了色彩斑斓的……鱼尾。

“人鱼？”尼禄呆呆地想。

皇甫曦儿和小海乘着舢板垂头丧气地回到岸边。舢板乘着海浪往岸边漂浮，只在必要的时候，小海才默默地以手拨水，调整一下方向。

“刚才……谢谢你。”小海讷讷地说，“你的项链……这么重要，却为了救我将它遗弃了。”

她说过这是她妈妈留给她的遗物。

“可是，妈妈已经不在了，你还在呀。”皇甫曦儿笑得有些忧郁，却还是乖巧地握住了他的手，“你是我最好的好朋友，是你教我鱼儿循着气味抢食的道理，我理所当然是要救你的。”

小海望着个子小小、眼睛清亮的皇甫曦儿，感觉心跳漏了一拍。

然而下一秒，一桨拍来，皇甫曦儿被从舢板上打落，掉入了水中。

“你们干什么！”

小海扒住了剧烈摇晃的舢板，望向小船上的水生、阿金。水生拿着船桨，阿金擎着渔网，小山跳到水里抱住了剧烈挣扎的皇甫曦儿。她不会游泳，拼命拍打着水面想要从海水里浮头，但是刚蹿出水面喘了口气，就被一张大网兜头网住了。小山按住她哈哈笑着把她往水下压，于是洁白的阳光变成了沉沉压在身上的海水。

“你们干什么！快放开她！”小海怒吼。

“什么嘛，吓吓她而已，死不了人的。”小山提溜着皇甫曦儿的衣领把她从水里拎出来，皇甫曦儿哭得眼泪鼻涕和海水融为一体，整个人瑟瑟发抖，对发生的一切懵懂无知。

“小海……”她求救似的望着他。

“快把她放下！”小海怒道。

“你怎么了嘛？”面对着小海的怒火，水生摸不到头脑，“把她赶走，现在不是好机会么？你把她一个人约出来，难道不是为了欺负她到再也不敢来海边？”

把她赶走……

欺负她到再也不敢来海边……

小山抓着她的头发，再次把她粗暴地按进了水里。

海面上的声音一下子就远了，小海的身影也变得扭曲起来，海水渍得眼睛好疼啊……

不是这样的，不是这样的……

“不是这样的！我们是朋友……我们每天都在一起玩……我还从美人鱼手里救过他……”在身体再次笼罩在阳光和海风的间隙，皇甫曦儿听到自己这样哭喊着。

“美人鱼？”阿金吸溜了下鼻涕，“大海里根本没有美人鱼呐。只有你们城里人才会相信这种傻乎乎的童话故事。你拿这个骗我们真是太傻了，是不是啊小海？”

是不是啊小海？

皇甫曦儿眼巴巴地望着他。

小海张了张嘴，没有说话。

小山唾了口唾沫，推了把她的脑袋，将她再次按进水里：“城里人！撒谎精！别看了！小海不是你的朋友，是我们的兄弟！这里没有人欢迎你！更没有人喜欢你！”

水从四面八方涌来，将她吞噬在阳光照不见的地方。

而小海坐在舢板上，从海平面以上，扭曲地、居高临下地望着她，无动于衷。

“救我，小海……”她哭着伸出手去，“救我……”

皇甫在冰冷的海水里抱住了自己的身体。

水从四面八方涌来，将她吞噬在不见天日的深渊里。

为什么不说话?

为什么不做些什么?

为什么无动于衷……

我做错了什么?

所有的血和泪都流向了永远不会被回应的地方。

这残酷的大海。

一滴眼泪混入海水中——

“救我。”

“曦儿！”

壹月脱下T恤，从二楼的窗台一跃而下，跳入水中。她看见皇甫的长发飘扬如海藻，缩成一团向黑暗中坠落，像是躲藏在母亲子宫中的胎儿一般宁静，完全没有求生的欲望。

“搞什么！”她气愤地想着，屏住呼吸向下潜游。

很快，她抓住了皇甫的手，向自己的方向拖拽。

可是皇甫的眼中空空洞洞，除了海水，空无一物。

壹月突然明白过来皇甫的眼神充满了绝望。

然后，耳朵捕捉到了湍急的水流。

水面以下总是非常安静的。即使是狂风暴雨，在这里也恍若打在瓦顶的江南细雨。有一种属于大海的混响稀释了一切声音。而此刻，混响被打破了，有什么东西在向她迅速地靠近。一瞬间，就从她怀里夺走了长发飘飘的少女。

留在壹月视野里的，只有一条色彩斑斓的长尾……

3　虽非

尼禄回到岸上的时候精疲力竭。他从来没有那么衰弱过，拖安期出水就跌倒了三四次。明哲见他回来，跑出来帮忙，尼禄却一把将他推开，挣扎着打横抱起安期回到屋子里。安期完全失去了意识，尼禄对他做了人工呼吸和心肺复苏，虽然动作娴熟，但却不停地出错，明哲发觉他的手在发抖，眼里也有不属于海水的液体。

明哲把一支断箭递到他面前，箭头上涂着颜色发黑的液体："是遗落在客厅里的东西，他恐怕不是溺水才这样。"

尼禄扫了一眼，抓到面前一嗅，用力丢到地上。明哲在箭头反弹的时候下意识地耸起了肩膀，他没有见过情绪这样失控的尼禄。

尼禄小心拨开安期散乱的长发，检查他纤细而发灰的脖颈，那里果然有一道伤口，正汩汩流出颜色浅淡的血丝。

"会是什么毒？"

尼禄没有回答，只是蹙起了眉。

壹月喘着粗气爬回了客厅，明哲跑过去担起她的胳膊支撑她坐回到沙发上，为她递上热毛巾与水。

壹月的眼泪噼里啪啦往杯子里流："我……我没能把曦儿带回来，她被美人鱼抓走了……"

"你是说，美人鱼折回来带走了皇甫？"尼禄严肃道。

"是、是的……她会不会遭遇什么不测？"

"我不清楚。"尼禄恢复了镇定，抓过明哲手里的毛巾擦拭掉安期脸上的水痕，"应该不会有事。"

"你怎么知道？"

"美人鱼是冲着安期来的，用毒是想带走他而不是杀死他，如果我没猜错的话，有人要抢他的戒指。"

明哲烦躁："我就告诉你们风暴太大了！美人鱼都受不了了。"

"不是因为这个。"尼禄笃定道。

明哲总感觉他出海一趟回来有什么瞒着大家，不肯吐露。

"可是曦儿怎么办？我们怎么找回她？"壹月哭得起劲。

"她和美人鱼大概有些渊源，不然人鱼没道理丢下安期来救她。现在我们能做的就是等，看他们下一步有什么动作。"

皇甫按着钝痛的太阳穴起身，发现自己被锁在一个铁笼子里，笼子角落沾染着不知是铁锈还是血液的暗红色污渍。周围很暗，还能听到水流的声音，她觉得口渴，爬到笼子边舀了一捧水解渴。从回声来看，笼子前面应该都是水，好像是个密闭空间。皇甫记起了进水的底舱。

突然，哗啦一声，水中钻出来一个人。男人赤裸的上身身材颀长，耳朵薄如蝉翼，浸在水面以下的部分可以看出五彩斑斓的鳞片。

皇甫吓了一跳，待看清他的面容后，戒备地撑着地面往后躲。

然后，接二连三的，更多的人鱼浮出水面。

“她不是那个戴戒指的人。”一条肥胖且邋遢的人鱼畏畏缩缩地说，“海，你抓错人了。”

“我知道。”看起来像是首领的人鱼暴躁地承认。

“你明明抓住海王了！为什么丢下他不管，折回去救回了这个女孩！”另外一条更加暴躁的人鱼逼问首领。“这样我们怎么和主人交代！”

“就说任务失败了！大不了再来一次。”首领沉声道，“怎么，你对此有疑义？”

两条人鱼对视了半晌，暴躁的人鱼气愤地低下了头：“随你！不过这个女孩怎么处置！”

他伸手，指着笼子里的皇甫。

皇甫紧紧抱着自己，看着眼前的这一场内讧。

首领沉默良久：“以后再说。”

“你这算什么？”他的同伴简直要跳起来了。

“她既不是海王，也就派不上用场。”首领解释。

“她是海王的朋友，我们可以拿着她去交换戒指！”

话音刚落，嗡的一声。

三叉戟将暴躁的人鱼钉在了墙上。

“山，我说了，她派不上用场，你听懂我的话了么？”首领靠近被三叉戟锁着咽喉的人鱼，一字一顿道。

“算了算了，小山就是暴脾气，他说得也在理……”老实巴交的人鱼在背后劝架，被首领眼一横，就乖乖闭嘴。

首领收回三叉戟，小山怒气冲冲地潜入了水中，其他两条人鱼见势不好，也离开了，只剩下首领和皇甫在阴暗的底舱里。

首领将一尾活鱼丢到了笼子边。活鱼噼里啪啦弹跳起来，皇甫抱着膝盖离他和他的鱼远一些。

“吃东西。”首领命令道。

皇甫并不答话。

“你不吃活的。”首领想了想，明白过来，“但你应该明白我对你没有恶意。”

“那就放我走。”皇甫错开他犀利的目光，顾自望着别处。

“你求人的时候都不看别人的眼睛么？”首领游到她面前，歪着脑袋盯着她瞧。

皇甫挪到了另外一边。

首领没有从她眼里看出恐惧，却看出了厌烦，有些意外：“你不怕我，你讨厌我。为什么？人类第一次看到美人鱼可都是该尖叫的。”

皇甫背过身去啧了一声，她觉得烦透了。

首领撑着台阶出水，坐在笼子边上，凑过去上下打量着她：“我是不是在哪儿见过你？”

皇甫瞥见他脖子上挂着的项链，突然愣住了。她眼疾手快地把项链从他脖子上扯了下来，攥在手心里。

首领瞬间展现出了狂暴的一面。他狂叫着露出獠牙，长爪探入笼子中央想要捏碎她的脖子：“还给我！”

皇甫紧靠着墙壁，胸口因为恐惧不住起伏着：“你哪儿来的？”

“还给我！”人鱼剧烈地冲撞着笼子。

皇甫咽下了好奇心：“那就给我钥匙。给我钥匙，我就把项链还给你。”

“你就这样回报我的好意。”首领咧嘴一笑，露出了獠牙，阴狠道，“当时在海里，我救了你的命。刚才不是我，我的手下也会冲上来把你撕碎。”

“我从没让你救过。”皇甫对他的好意视若无睹，“给我钥匙，我还你项链，不然我就弄坏它。”

“凭你？”首领面露轻蔑。

皇甫拎起项链拍在墙上，墙上落下簌簌的石灰。

“等一下！”首领显露出畏惧的神色。

皇甫高高扬起了下巴：“把钥匙扔进来。”

首领咬牙切齿地一拍笼子，转身跳入水中，过不了多久将钥匙丢上岸。

皇甫飞快地打开了锁，沿着窄窄的高台跑了出去，窜上了木质楼梯。首领在水中跟着她游了一路：“项链！项链还给我！”

皇甫转身：“这项链，是你的东西么？”

“快还给我！”首领怒目，擎起了手中的三叉戟，“不然我敢保证，你再跑一步，我就把你钉死在这里。”

皇甫嗤笑：“你根本什么都不懂。”

她张开紧握着项链的手，项链躺在手心狰狞的刀疤上。

“那就给你吧。”皇甫用力将项链丢向远处，“反正，我也不要了。”

在首领转身没入水中的瞬间，皇甫朝上层甲板跑去。

上头曾是一个装潢考究的船舱，因为疏于打理而显得杂乱无章。没走几步路，她就听见外头走廊上传来脚步声。她退回船舱，四下一扫，钻进了书桌底下。地板上有个裂缝，可以看见底舱。虽然千万个声音都在告诉她：别多管闲事，但她还是忍不住把眼睛贴近了裂缝。

脚步声往底舱去了，地板以下传来海螺悠长的声音，皇甫调整姿势，发现方才的那些人鱼都聚集在了水面以上，而且，还多了一个。

不，新来的那个不是人鱼，倒像是半人半蛇的生物。他的面廓非常立体，用柔软的下半身缠着铁笼子，看起来很受不了底舱阴郁潮湿的环境。他的手里把玩着一只海螺，很明显，刚才的声音就是此人发出的，人鱼在他面前都向绵羊一样驯顺。

“失败？”他咬文嚼字地说着，扬起手上的鞭子，狠狠抽在首领身上，“你竟然跟我说失败？！”

首领的胸口洇出一道血迹，强忍着痛意解释：“主人，我们正在谋划第二次进攻。”

“第二次？你当对面是傻子么？那个人有我的权戒！他知道你要去，他知道你会去，一定已经加强了戒备，你只会再次失败！”被唤作主人的生物歇斯底里地吼道，又狠狠一鞭子抽在首领脸上。

“他……他很弱。比较难处理的是他的导师。把他的导师引开就很容易下手。”

“导师？”那人思考了一阵，“什么导师？难道有强大的炼金术士陪在他身边？这根本不可能。”

像他们这样的炼金世家，导师就是父亲，权戒父死子继，自然没什么导师。如果权戒落入他人之手，其他更为强大的炼金术士往往会取而代之，夺取权戒都来不及，哪里会倾囊相授。

“是一个金发碧眼的外国人，很高，梳着高马尾。那天我们都看到他在海边引导着海王召唤风暴。那个炼金术……是他教给海王的。”

“尼禄？”主人脸上显出慌张的神色，“难道是尼禄？”

尼禄教授新任海王风暴召唤术，难道说……是和夺取他权戒的人联手了？还是说那枚权戒根本不是他的，是尼禄的波塞冬之戒？无论哪种，对他来说都是雪上加霜！

被叫作主人的生物变得焦虑起来，他在铁笼子中用尾巴打结，心里想着：当务之急，是去拜访尼禄，把这件事搞清楚！

“等一下主人！”一直隐在黑暗中的小山突然开口。

主人不耐烦地抬头：“什么事？”

首领攥紧了手中的三叉戟，望着主人背后打开的笼子，他感觉到小山的视线落在自己绷紧的脊背上。

良久，小山道：“没什么。”

主人噗通一声潜入水中，然后游上木梯，消失在上层船舱中。

“恶心死了，恶心死了！废物，都是废物！”

皇甫趴在地面上，看到粗如木椽的蛇游进舱室，不由得翻了个白眼。这是什么，海底总动员么？

游着游着，那条长尾开始变幻，幻化成修长的双腿，腿上淅淅沥沥低落浑浊的脏水，将腿毛打湿成一绺一绺的，刚巧站在书桌前。

皇甫捏住了鼻子。

“该死的……一点小事都做不好。每次见他们还得变身，可耻！等我拿回权戒一定要杀了这群不中用的东西！”

男人套上西裤，找到了自己的衬衫马甲，出门了。

海边小屋被人一脚踢开时，尼禄心下一惊：“不好！”

他专心照顾着安期，竟没有感觉到结界的波动。

然而下一秒，有个熟悉的人影冲到他面前，抓起安期的右手一看，低呼一声：“波塞冬权戒！”

尼禄这才发现是老熟人：“阿列克谢？”

阿列克谢出生自德国古老的塔克西米炼金世家，与尼禄的家族是世交。虽然两人从来看不起彼此，但不妨碍他们在异国他乡时，向对方的落魄施以诚挚的奚落。

“尼禄，波塞冬权戒怎么会戴在这个人的手上？”

尼禄夺过安期的手，将他整个拦在身后，浑身散发出强烈的杀气。以阿列克谢的修为，要杀死安期轻而易举。

阿列克谢却恍然大悟："你的权戒也被人偷了！"

"也？"尼禄一挑眉，望向他空空如也的无名指，邪邪笑起来，"看来，同样的事发生在了塔克西米家族当中了。"

几分钟以后，尼禄、阿列克谢、明哲和壹月都围坐在了客厅里。

明哲和壹月对阿列克谢充满戒备："他是谁？"

"阿列克谢·冯·塔克西米，海王世家原本的继承人。"尼禄把原本两个字咬得相当重。

"彼此彼此。"阿列克谢交叠着修长的双腿，摇晃着面前的红酒杯。

"你们是两兄弟？"明哲充满了疑问。

"不，只是这世上有两枚权戒可以控制大海。"尼禄死死盯着阿列克谢的双眼，"波塞冬，以及……"

"波塞冬的妻子，海之王后，安菲特里忒。"阿列克谢缓缓道。

客厅里一片沉默。

最后，壹月充满疑惑地指了指他俩："也就是说，原本，你是尼禄的妻子，然后现在你变成了安期的妻子？"

"根本不是这样，"尼禄扫兴道，"这只是传说中两位神祇的关系。"

"别那么绝情，克劳狄乌斯。我们两家的确世代联姻。"

眼看壹月和明哲一脸"果真如此"的表情，尼禄赶紧解释："但如果是两个男孩或是两个女孩，婚约则自动延续到下一代身上。而且这种联姻总是让人感到不快。"

"你这样说让我妹妹怎么想？"阿列克谢一个接一个抛出了重磅炸弹，"她毕竟是你的未婚妻。"

"你竟然是个逃婚者。"明哲一脸意外。

"想不到你竟然是这种人。"壹月愤愤。

尼禄比了个手势："我们来讲点别的。"

"安期就是偷你权戒的家伙？"阿列克谢扫了眼脸色发白的少年，他从刚才起就一直毫无意识，"你竟然跟他和谐相处。你疯了。"

尼禄觉得非常难堪："那你的那位呢？安菲特里忒权戒拥有者。"

“我是来杀他的。”阿列克谢把玩着酒杯围绕众人行走，“他就在你们中间，我很清楚。”

“为什么？”

阿列克谢的目光从他们脸上一个个扫过：“传说中的安菲特里忒是如此强大，以至于她从未被看成海神波塞冬的附属品。她是海洋生物的保护神，她甚至能够召唤出……利维坦。”

尼禄想起了昨天晚上听到的海中异声，明哲则倒吸了一口凉气，只有壹月摸不到头脑：“什么是利维坦？”

“神话中的邪恶海怪，居住在深渊之中。《约伯记》中记载它拥有坚硬的鳞甲、锋利的牙齿、口鼻喷火、腹下有尖刺，令人生畏。”明哲对她小声科普。

“是的，小姑娘。”阿列克谢绕到壹月身后，轻浮地凑到她耳边低语，“它和你们中国神话中的大鲲一样硕大无朋，呼吸间就是风暴与漩涡。”

“你说这么多，到底和我们有什么关系？”明哲问道。

“利维坦就蛰伏在这片海域。每到深夜，它就在深渊之中怒吼，海床被撕裂，鲸豚被吞没，海水里到处浸泡着鲜血和尸首……不久之后就会轮到陆地，毕竟利维坦从来不知道餍足。”阿列克谢缓缓叙述着，大家仿佛能从他琉璃色的眼睛里看到那可怕的场面。“而除了安菲特里忒权戒，没人能够控制它。我能感应得到，安菲特里忒就在这幢屋子里，就像尼禄能感应得到波塞冬一样。”

阿列克谢随即拔出了一把沙漠之鹰，一个个比过他们的脑袋：“是你，是你，还是你？”

明哲和壹月对视一眼，同时伸出了右手。

权戒随着他们的意志显现。

阿列克谢感觉有人按住了他的肩膀，耳边传来尼禄略带讽刺的话语：“你面前坐着的人，是忒修斯、阿芙罗狄忒以及波塞冬。别放肆，炼金术士，好好看清楚王权者们再动手，或者你可以试试跟我过招。”

阿列克谢拿枪顶住了他的颌下：“你，尼禄。唯一没有权戒的人是你。你失去了波塞冬之戒，就偷走了我的安菲特里忒之戒，我猜是这样。”

尼禄举起了双手：“我可从来没有召唤过你的小宝贝。”

“你很难说服我。我的人看到你昨天深夜带着那个叫安期的家伙……”阿列克谢瞥了眼安期，“在海边施法。”

“我在教他控制风暴。”

“我怎么知道你不是在召唤利维坦？”

“等一下。”明哲喊停，“你说利维坦每天深夜就出来作祟，是这样么？”

“是的，已经持续四天了。”阿列克谢揪住了尼禄的领子，依旧拿枪指着他的太阳穴，“你知道些什么，忒修斯？”

“尼禄和安期昨天才到。我们都是昨天才到。”明哲指着自己。

阿列克谢看看他又看看尼禄，浮现出疑惑的神情：“你保证说的是实话？”

“曦儿。”壹月突然想起了什么，“我和曦儿四天前到的！”

“屋子里还有一个人？”阿列克谢很快领会了她的话，“她在哪儿？把她带出来！”

“你之前是不是指使你的人攻击过我们？”尼禄挑眉，“不，不是人，是人鱼。除了你谁会指使人鱼？！”

壹月很快领会了他的意思，跳将起来将阿列克谢扑倒，精致的手枪在地面上打着圈滑出好远。壹月制住了他逼问道：“说，你把曦儿带到哪里去了？”

“什么曦儿？我不知道！”

壹月冲着他就是一拳头：“你的人鱼明明把曦儿劫走了！”

“我不知道这回事！”阿列克谢挡着脸。

尼禄制止了壹月继续施暴：“别担心。皇甫极有可能拿到了安菲特里忒之戒，那她应该没有大碍。”说着将气喘吁吁的阿列克谢拉起来。

阿列克谢整张脸都涨红了，嘴里骂骂咧咧地谈到他从未受过此等屈辱：“你的确应该担心一下那位小姐，尼禄。我要你把她带到我面前，我要收回她的权戒！”

“注意一下你现在的状况，现在谈条件不太适合。”

“注意一下波塞冬现在的状况。”阿列克谢笑起来，像一条森冷的蛇，“我原本以为，是他夺走了我的戒指，我的手下将他视为了目标，注射了一种来自于海洋生物的神经毒素……你说是箱水母，还是石鱼，抑或是刺鳐？”

尼禄知道这些都是以神经毒素著称的海洋生物，愤而掐住了他的脖颈。

“杀了我，波塞冬也不见得就会安然无恙地醒来。但是取悦我，说不定我一不高兴就解了他的毒。”阿列克谢摊了摊手，“随你的便。”

尼禄手上用力，阿列克谢被掐得面色紫红，然而他最终还是恨恨地松开了手，将他推到一边。

阿列克谢咳嗽起来：“跟我走、走吧！”

尼禄看也懒得看他，推门而出。

"尼禄！"壹月跑到露台上，"你会把曦儿带回来的吧！"

尼禄的背影一顿，没有犹豫地离开了。

"横着带回来。"阿列克谢经过壹月的时候扬扬得意道。

"我不会允许你们做这种事的……"壹月气急败坏地追了上去，"如果你敢杀她，我就敢让你爱上她！到时候你就会生不如死！"

"那就走着瞧吧。"阿列克谢哈哈大笑，全然不将爱神的威胁放在心上。

4　利维坦

皇甫翻阅着书桌上的炼金笔记，越看越觉得心惊肉跳。

她现在可以确定，这条驳船是十年之前她见过的那一条。而现在，她懂德文，能够看懂航海日志，也因为周围全是炼金术士的缘故，她看得懂炼化阵。

待她理清楚这一切来龙去脉，她迈开步子朝楼梯口走去。但是面对着深暗的底仓，她又陷入了矛盾之中：那群人……到底该不该救？

她犹豫片刻，转身离开："小时候无端端把我淹在水里，现在倒好，变成了一群人鱼。人鱼管我什么事？反正他们茹毛饮血，忘记了生而为人是什么感觉，我何必大费干戈。"

走了几步，她又停了下来，攥紧了拳头，抚触着手心长长的伤疤。手心上的伤，与皮肤弥合在一起，狰狞而恐怖，彰显着她在许多年前，失去的那一部分。

"他们的确不该救。"皇甫曦儿调转了方向，"可是如果是从前的我的话……"

她一定会回去的。

她曾经就是这样的人。

"最后一次吧。"皇甫叹了口气，"从今以后，就当做那个皇甫曦儿，在那天已经淹死了。"

皇甫走下木梯，抱着厚厚的航海日志："喂。"

坐在木梯上处理伤口的首领一挑眉："你不是跑了么？"

他戒备地盯着皇甫，发现她手上没有凶器，绷紧的肌肉放松了一些："回来做什么？挑衅？觉得我会一次又一次放过你？别太天真了，人类。现在滚还来得及。”

随着他的话语，小山、阿金、水生都从水里冒头，对着皇甫虎视眈眈地露出獠牙。

“人类……”皇甫冷笑，“你以为你们是什么东西？”

“我们是人鱼！”小山愤怒地拿尾巴一拍水面，“我们是海之灵长，口气放尊重点。”

“没有什么人鱼，都是人造的。”皇甫把厚厚的炼金日志丢在他们眼前。“这书上写了把人腿转化成鱼尾的炼金术，也写了如何用海螺驾驭你们。哦对了，那个被你们尊称为主子的家伙，也根本不是什么人首蛇身的灵物。他可是更喜欢双腿直立的感觉。”

“你胡说！我们跟你们这种奸猾无能的人类才不一样！”小山怒吼着朝她投掷出三叉戟，直逼她的面门。

皇甫吓退了一步，再次后悔自己多管闲事。

然而三叉戟却在半空中停滞了。

首领攥着那柄三叉戟缓缓放下，紧紧盯着皇甫：“你有什么证据？”

皇甫打开手机，把偷拍到的阿列克谢的双腿展示在他面前。

“你说我们曾经是人？”首领用鱼尾挪动着靠近她，“你认识我？”

皇甫盯着那双黝黑明亮的眼睛，错开了视线：“不认识。”

“那你凭什么这么说？也许我们生而为鱼。”

“我在上层甲板看到实验失败品，他们的骨骼一半是腿一半是鱼尾。”皇甫撒了个小慌。那是她十年之前在这里看到的。

见大家若有所思，她以退为进：“当然，也许你们说得对，人类按照你们的样子研究出了转化成人鱼的炼金术，也说不准。你们从小就是小人鱼，长大成了铁骨铮铮的人鱼汉，从来没有尝过陆地上的感觉。”

在她的引导下，首领很快觉察到了不对劲：“我只有来到驳船上以后的记忆。”

皇甫心想，哈，果然失忆了。连自己是什么人都忘了，更遑论记得她……不，是记得对她做过残忍的事。

水生、阿金面面相觑，细思极恐，起了一身鸡皮疙瘩：“难道我们是上船以后被改造的？”

“你们中了这个女人的邪么！她是人类！人类又狡猾又阴险，她在骗我们！这背后一定有什么阴谋。”

“我对你们别无所图。”皇甫擎起手，把书丢在他们面前，“你们是人也好，是鱼也罢，与我何干？书就放在这里，你们看着办吧。”

说罢转身就走。

可以了，就这样吧，你做得已经够多了……

背后传来哗啦的出水声，冰凉的锁链勒住了皇甫的脖颈，海低沉的声音贴着耳朵传来：“把我转化成人，我便信你。”

皇甫冷淡地瞟他一眼：“我不是炼金术士。”

“如果不是炼金术士，你如何看得懂炼化阵？人类或多或少都有炼化的能力。”

皇甫的眼神落在书页上。

的确，因为朋友们都是王权者的缘故，她接触到了大量的炼金术知识。起初，它们只是杂乱无章地排布在纸页上，是些难解又毫无意义的图形与符文，但是看得多了，她发现它们是有生命的。

元素，生命，旋转，发光……

炼化阵在她眼里，是活物。

譬如眼前的这个。

但是她收回了目光，尽可能表现得无谓：“我不会。”

“那么很可惜我要杀掉你了……”海冰冷的嘴唇贴着她的耳廓，轻如呢喃。

“你还是这样自私又自大。”皇甫说。

“你认识我。”海的眼睛变得迷离，表情却没有太多意外，“我果然在哪里见过你，是我尚为人类的时候么？你是我的什么人？”

“别自作多情，我说得是刚才上船的时候。”皇甫转身，小心捡起书本，“我可以试试，却不一定成功。”

海把三叉戟对准了她的咽喉。

“炼化的过程会很痛苦，你根本没有力气杀我。”

“海！”小山叫出了他的名字，“你疯了！”

“如果没有成功，就杀了她。”海轻描淡写地吩咐他。

见此事没有回旋的余地，皇甫放弃了无谓的挣扎：“我需要一块平地，得去上层甲板。”

“就在这儿，大小姐。”海指了指木梯，“就在这儿。”

混账。皇甫在心里道。

当她不情不愿磕磕绊绊地画下炼化阵的时候，一点光纹从闭合处出现，迅速沿着纹理扩散到整个炼化阵，所有歪歪扭扭的线条都自动矫正到符合仪轨的状态。

“我相信你。”海躺进炼化阵的时候，悄声说着，对她眨了下眼睛。

然而他很快大吼起来。

他的尾部传来钻心的剧痛，仿佛被撕裂，仿佛在刀尖上行走。白色炼化阵变化成了血色，汩汩的鲜血涌出他的身体，又被看不见的力量引导着，将他束缚在阵中。他本能地用巨尾拍打着地面，想要挣脱，然而动弹不得。

痛觉濒临了极限，肌肉贲张，每一条血脉都青紫着凸起，船舱里响彻着他痛苦的吼叫。

“海！”小山扑腾着游到木梯上，想去拖他，却被看不见的结界猛地一击，伏倒在水中。

海的眼球翻白，气息渐弱，很快就不动弹了。

“怎么会这样……炼化阵是没有问题的……没有问题的……”皇甫颤抖着看着眼前的一切。

小山的目光猛地拉到皇甫的身上，眼球布满了血丝，眼中充满了恨意！

“你杀了他！你杀了他！我要你偿命！”他暴吼着，使劲尾部的力气跳出水面，一把将呆滞的皇甫扑倒。

皇甫尖叫着挣扎，却被远大于她的力量拖下了水。

“可恶的人类！可恶的人类！”

利爪刺入了她的皮肤，尖齿吞噬着她的血肉，好多双手揪着她的头发往浑浊的水里按。

疼痛、鲜血、窒息、含混的声音……

皇甫突然又回到了那一天。

听见他们嘻嘻哈哈笑着说：“可恶的城里人！可恶的城里人……”

小海坐在屋顶上，抱着膝盖，面对着晒了一地的咸鱼。

夜凉如水，他能够看到对面那幢三层楼的洁白小洋房。刷着白漆的露台上开满了时令的鲜花，看上去像是精致的糕点一样清新可爱。

跟她一样。

透过窗口的黄色灯光，他看到高个子的男人在气愤地走来走去，打包东西。他知道那是刘先生，皇甫曦儿的家庭教师，一个趾高气扬看不起人的家伙。他老早就想狠狠让他丢脸、让他难堪了。

他也的确做到了。

今天下午，刘先生来海边把皇甫曦儿抱回去的时候，脸色是有够黑的。

但是他一点也不高兴。

皇甫曦儿不动，不说话，嘴唇泛白，有着精致花边的白色丝袜被扯成了长条，看上去脏兮兮又湿漉漉，难看极了。

然而她依旧不是他见过的那些海边丫头。

终究不是。

晚上刘先生来告状，他吃了爹妈几个耳光，没有和往常一样为自己辩解，只是问："曦儿怎么样了？"

吃了更多的耳光。

刘先生淡漠地看着他，他咬牙切齿迎着他高人一等的目光，虽然依旧愤怒，但隐忍又祈求。

"曦儿她还好么？"他再次问。

"大小姐明天就会回城接受治疗。"刘先生无视了他，转而对他的父母说，"老爷开恩，不与你们计较医药费与精神损失费。不过恕我直言，你们这群渔夫，心也真够黑的，对一个孩子下手。我们一走，海滩就是你们的了，吃着这海里的东西，可别生些恶病。"

小海回忆着他的话，看着天上的月亮。夜深了，他却越来越浮躁，他需要做些什么，他一定要做些什么——

因为他当时什么都没做。

而她就要走了，明天。

所以他现在，心像是被火烧着一样疼痛而急迫。

小海溜下了屋顶，敲开了小山、水生、阿金家的家门："跟我走一趟。去硖石湾后的驳船上。"

"做什么？"

"取一条项链。"

然后呢？

记忆像潮水一样涌来，空虚的躯体被遗落太久的情感迅速填满，疼痛到快要炸裂。炼化阵中的人鱼回忆起，这样的疼痛他曾经也经历过一次。只不过那次是……为了一串项链。

他们四个拿着三叉戟，在阴暗的底舱，在尽是鲜血与海风的夜里，打捞出一串项链。

甲板上传来沉重的脚步，戴着戒指的异邦男人出现在木梯口。

他紧紧攥着项链，不服输地想要连他一同打倒，就像打倒那些半人半鱼的怪物。

天快要亮了，他再不回去，曦儿就走了。

只要打倒他就可以了……

木梯上，濒死的人鱼眼角滑落一滴眼泪。

然而他输了。

他们被看不见的力量制服，记忆被抽离，双腿变成了鱼尾……

鱼尾？

海朦朦胧胧睁开了濡湿的双眼，盯着自己的下半身。

那绵软、修长的两条东西，正是被人类引以为傲地称为“腿”的东西……

皇甫曦儿坐在车里。

保镖把行李一件件放上后备箱。

刘先生坐在她身边：“一切都会好起来的。那群下等人，不会再伤害到您了。”

皇甫曦儿望向窗外。

初升的朝阳里，什么人都没有。

大海，空空如也。

皇甫曦儿转过了脸，恢复了直挺的坐姿。

她的眼睛缓缓从边缘开始结冰，变成了坚硬、冷漠、骄傲的水晶玻璃。

水晶玻璃中映出一枚纹章。

妖异，而且残忍。

她挑高嘴角诡笑，手指上不知什么时候多了一枚戒指。

“不……不不不……你们住手，快住手！”海双手扒着木梯，艰难地朝水中爬去，“小山！放开她！放开她你听见了没有！”

“海？”

阿金最先回过神来，停止了施暴的行为：“你不是死了么？”

“我……”

水面以下，突然光芒一闪。

然后，巨大的爆炸从水深之处，将驳船摧枯拉朽地毁去了。

“你的人鱼看起来也不怎么忠诚，绑了个大美妞回去，也不知道知会你一声。说不定他们现在已经被策反了。”尼禄奚落着阿列克谢。

“摇你的桨。你多嘴一句，我就让那个叫安期的多承受一分钟的痛苦，你觉得怎样？”

尼禄恨恨地闭上了嘴，但没过一会儿便又按捺不住地问：“如果那位姑娘的确是安菲特里忒，她召唤出了利维坦，我们怎么打败她？”

“船上，我父亲留下了许多炼金巨著，你我联手还是有胜算的——你划快点儿。”阿列克谢掏出丝绸手帕，给自己扇着风。

尼禄愤愤地往驳船划去。

风雨已经停了，但是铅云依旧堆积在大海上，沉重得仿佛抬头就会碰到。两人由衷地希望在他们上船以前都不要再起风暴。

然而，当驳船近在一百码开外时，船体突然爆炸了。

先是耀眼的光束掠过水面，紧跟着巨大的火球冲天而起，冲击波以废墟为中心向四周扩散。尼禄和阿列克谢本能地低头，躲避飞掠而出的钢片铁条。

“你的船怎么炸了？！”尼禄把桨一扔。

说完，一条人鱼从天而降，然后是第二条、第三条。水生、阿金、小山叠叠高似的砸在小船上，噼里啪啦甩着尾巴跳进了海里。

“还有那些鱼是怎么回事！”被甩了好几个耳光的尼禄怒气冲冲道。

这时，大海深处传来一声巨响，整个水面都摇晃了一下。

所有人都愣住了，不敢出声，余光紧张地搜掠着自己的身下。

硕大的阴影迅速吞没了原本就浑浊的海水，有什么庞然大物从他们底下游过。

又是一声巨响。

涟漪以船为中心扩散。

低沉却可怕的嚎叫响起，连同海啸一起掀起小舟！

“跳！”尼禄大吼一声，两人同时跳船。

巨大的海浪冲天而起，将船顶翻到十多米的高空，然后被包裹在水中看不分明的锯齿咬成了两截！

“这就是……利维坦？”潜在水里的尼禄发觉自己的声音发飘。

“是、是的。”阿列克谢琥珀色的眼睛神经质地转动着。

尼禄回过神来，一把抓住水生的尾巴：“皇甫曦儿在哪里，你们带走的那女孩！是她召唤出了利维坦！”

“她……她刚才在船上，好像死了……”水生结巴着，瞟了小山一眼。

小山凝视着自己双手上的血，也有些不知所措了。

“这不可能！这里离船那么近，她死了权戒就应该选择我才对！”阿列克谢大为光火，被尼禄瞪了一眼，又恨恨补上一句，“而且她死了利维坦不会出现！”

“不管怎样先退回岸上！”尼禄命令道。

阿列克谢掏出海螺，放在嘴边长吟，三条人鱼立即陷入了被控制的状态，驼起两人迅速地撤离了风暴中心。当五人回到海边的时候，明哲、壹月都从屋子里跑了出来，小镇居民也踱出了他们的楼房，挤在阳台上看风暴中央高耸入云的巨怪。

此时的利维坦，已经不再藏匿于水面之下。它暴吼着离开了深渊的伪装，大步朝海边靠近。它一掌拍飞了停泊着渔船的干船坞，用它坚硬的鳞甲撕裂了硖石湾，所过之处火石纷飞。

“我们有危险了。”明哲咽了口口水。

“快！你的家族如何驾驭它？”尼禄按住阿列克谢的肩膀狂摇，“你的海螺可以控制它么？”

阿列克谢显露出恐惧和软弱的表情：“我、我爸爸还没来得及教我关于利维坦的事，就过世了，这是每一代安菲特里忒的秘密，他怎么可能传授给我……我只知道怎么把人制造成人鱼，控制他们为我所用……”

“上帝啊，你竟对利维坦一无所知？”

“我只知道它的召唤术，和怨念和愤恨有关！”阿列克谢道。

尼禄甩开他，跑回沙滩上招呼明哲、壹月：“我有个办法。海边小屋是离岸最近的房子，我会在屋子里布满爆裂阵。把它引来这边，它若是把屋子吃下去，就会从内部炸裂。”

“可它为什么要吃屋子？屋子并不好吃啊！”壹月觉得这个主意听起来就很愚蠢。

“因为我们在里面。”尼禄与她错身而过，朝屋子里跑去。

“那我们不是死了么？”壹月一脸懵圈。

明哲思考了几秒钟，明白过来，拍拍她的肩膀：“别忘了我拥有交换的能力，虽然空间交换很难，却不是不能做到，到时候我会把大家都转移到安全的地方，祈祷我不要失手吧。”

尼禄站在海边，迎着传说中的巨兽利维坦。海潮凶猛地拍打着海滩，远来时如万马奔腾，推进到他脚下时，却驯顺如绵羊起伏的脊背。他的姿态激怒了那巨兽，然而他还嫌不够似的勾了勾手指：“来。”

说完朝海边小屋走去。

大家都脸色凝重地在屋子里等他。

“咚！咚！咚！”

海边传来沉重的脚步声，是利维坦走上了浅滩，嶙峋的甲壳暴露在狂风暴雨中。那黝黑的、经历过岁月洗礼的盔甲，坚硬如铁，轻而易举割裂了海边的礁岩。

明哲率先发现了问题：“人鱼！”

三条人鱼正躲在礁石后，刚才没有人注意到他们！

然而利维坦注意到了，它那炭火般燃烧着的血目，一下子被脚下的人鱼吸引，俯下身来，粗糙虬结如树瘤的巨吻凑近了它们。

“救命啊！”水生哇哇大叫。

阿金晕了过去。

小山手执三叉戟，决定输死一搏。

“不要！”海滩上突然传来一个微弱的声音。

众人循声望去，那是一个被冲上岸的年轻男子。他有着裸露的健美上身，和白皙修长的双腿。

“海！”小山激动道，妄图冲上去救他。

然而他的举动激怒了利维坦，它张开了血盆大口，深邃的喉咙深处散发出岩浆般的红光。

“不要！”海大吼。

“明哲！”尼禄递过一个眼神。

明哲在岩浆喷出的一刹那，将人鱼与屋檐下的三盆盆栽交换了位置。

三条人鱼挤在窗台下，惊魂未定，完全不知道自己为什么出现在三百米外。

“不行了……”明哲虚弱地一屁股坐在地上，“交换三个人的空间位置已经把我耗光了，我恐怕救不了那个落单的人……”

此时此刻，海滩上只有海与利维坦对视着。

“你们先去安全的地方，这里交给我！”尼禄凝出他的长弓与水刃，飞快地在水刃上绘制上爆裂阵，然后挽弓，拉满，瞄准。

只要利维坦张嘴，他就要它死!

却不想海滩上的小海，对着他比了个停的姿势。

利维坦俯下身来，巨吻拖着涎水滴落在他身上，腐臭的气息让人绝望。

然而海依旧没有躲开。

“不，不要再继续破坏下去了。”他从身后递出一串项链，“我找回来了，曦儿。”

利维坦的瞳孔放大了。

皇甫曦儿坐在车里。

保镖把行李一件件放上后备箱。

刘先生坐在她身边：“一切都会好起来的。那群下等人，不会再伤害到您了。”

皇甫曦儿望向窗外。

初升的朝阳里，小海站在她面前，伸手递出项链。

他背后是一整片明亮的大海。

那像打翻了颜料的、平静且泛着点点金光的大海……

蓝色渗进了那冰冻起来眼睛。

那一瞬间，坚硬、冷漠、骄傲以及残忍，都融化成了柔软的东西。

风暴止息，阳光刺破了云层。

那一天，所有人都看到一个少女从沙滩上醒来。

而古老的、只存在于传说中的利维坦，不知何时已杳无痕迹……

End

“不，只要皇甫不把权戒还给我，我就不会救安期，你就看着他死吧！”阿列克谢即使被打得鼻青脸肿，在这一点上却丝毫不肯不让。

“好吧。”尼禄放下了拳头，将他交给了身边跃跃欲试的壹月。

壹月先是抓住他一顿暴揍，然后把他按在安期身上，将右手的纹章对准他俩。

一道粉色的光芒过后，阿列克谢看安期的目光立刻变了。他伏在安期身上，抚摸着他汗湿的头发：“天呐，我对你做了什么……”

尼禄眼见他拿出了解药，赶紧提溜着他的领子将他关进了厕所中。阿列克谢用力敲打着门：“你不能那么做！我要他醒来第一眼看到的人是我！是我！”

尼禄一脸见鬼：“想都别想。”

“你要我做什么，才能允许我呆在他身边！”

尼禄和明哲交换了个眼色，意识到这是个探听敌情的好机会，朝厕所里喊道：“你父亲，也去世了？”

“是的……”

“他怎么去世的？”

“我不知道！我只知道他最后来到了S城，参加了王权者会议！”

尼禄喃喃自语：“王权者会议……为什么要召开？！”

“我不清楚，只知道这次的会议……与永生有关！”

尼禄瞳孔一缩：“永生？”

窗外的沙滩上。

“对不起，我不知道我每天晚上化身利维坦，我甚至不知道我手上有权戒……”皇甫攥着手心里的项链，伤心地哭泣，“我杀了很多海洋生物，对么？其实我喜欢大海呀，但是我被大海、被你们讨厌着，我得不到，我既羡慕，又嫉妒，才无意识地破坏着……”

“这都是我的错。”海将她拥进怀里，“我既高傲，又怯懦，画地为牢，不敢接受异类……其实我们身上的共同点比相异之处多得多。我才是那个明明喜欢着却要去伤害对方的人，在十年前的那个晚上我就明白了。可惜我没有赶上第二天，和你说一声抱歉。”

海笑看了一眼自己苍白的腿。

“现在也不晚。”皇甫笑起来。

“是么？”

“至少这次我走的时候，你赶得上说声再见。”

海眼里的笑容淡去了：“啊，是的。”

他亲吻了皇甫的额头，就像亲吻自己的妹妹：“你是要回到你的古堡去，大小姐。”

皇甫凝视了他片刻，突然吻上他的唇：“或者考虑一下从明哲手里把这块海滩买回来。”

Chapter 7

Deathmatch · part1

死亡竞赛（上）

1 死了一次又一次

龙浮从法医厅出来，失魂落魄，满脑子都是那张脸。

——苍白，精致，毫无半点生命力的。

“死者今年22岁，身上无明显外伤痕迹，死亡原因不详，要等进一步解剖结果……龙警官，你认识他么？”

龙浮犹豫了。

他既没有承认，也没有否认。

有些时候人会有一种奇怪的感觉：正在发生的事，似乎早早就经历过一遍。偶尔遇见的人，仿佛早已相识多年。

尸检台上的那个人，于他正是如此。

他不知道那人的名字，不记得曾与他有过交集，但是在看到他的一刹那，心脏疼痛得无法呼吸。

“龙警官，你……”法医流露出担忧的神情。

“我没事，可能昨晚没睡好，有点感冒。我先回去，有进展联系我。”

说完这席话，龙浮扶着墙走出法医厅大门。外面阳光正好，他却觉得浑身都冷，冷到打颤。明明从警多年，早已看惯生死，但是此时此刻，他的心被强烈的情绪撕扯着。他是谁？谁杀了他？为什么？他痛苦么？他是抱着怎样的心情离世的？……他打消了回家休息的念头，打算先回一趟警局，申请调查这起案子，把杀人凶手缉拿归案。他心中有强烈的悲愤，要还死者一个公道，就好像他是自己重要的人。

刚走上大街，他就听到背后传来微弱的呼救，是少年带着哭腔的声音。

“救我，请救救我！”

龙浮转过身，在刺眼的阳光中，看到朝他奔跑而来的少年。

被晃盲的眼睛根本看不清来人的脸，但龙浮本能地伸出手去。

近了，已经很近了，近到可以触摸，可以看清楚他是谁……

“滴——”

在长而尖锐的喇叭声后，砰地一声，人重重地飞起落地。

目睹这一幕，躲在墙角的安期受了惊吓，低呼一声捂住了嘴，回头不确定地张望了眼尼禄。尼禄亦是皱着眉头，一脸疑惑。他们从藏身之处跑出来，安期胆子小，只敢远远地张望，尼禄却走近了躺在地上抽搐的人。血洇了一地，龙浮的眼神都已经涣散了，看来等不到救护车来就会咽气。

“龙警官怎么会是被车撞死的？”安期不解，“他明明是……”

尼禄抬手，制止他说下去。

他在围观路人的窃窃私语中，扶住了龙浮的脸颊，凑过去凝视他的眼睛。

瞳孔深处，有一条蛇形的纹章。蛇盘绕成了一个完整的圆形，头尾相衔。

龙浮嘴角流着血，身体微弱地动弹着，目光变得极为涣散。他像是越过了面前的尼禄，望向时空极深远之处。

“你现在看到了什么？”尼禄轻声问。

“快，再快一点，不然就会被抓住的，被抓住以后就……”白子非这样想着，眼眶湿润了。对于接下来即将发生的事情，他害怕得手脚发软。可他还是坚持着拨开眼前的障碍物，在小巷子里夺命狂奔。这是他唯一一次机会，如果不能成功的话……

脚下猛地一滑。

他整个人扑进脏乎乎的垃圾桶中，腾起一波苍蝇。

臭味轰地冲入鼻腔，冷雨打湿了他单薄的衬衫，肮脏的垃圾弄脏了他的身体，苍蝇流连着他身上污浊的伤痕。他这辈子都不曾如此落魄过，不经哇地一声大哭起来。

雨水突然变小了，从发梢滴落的水流慢慢枯竭，最后变成滴答滴答的水珠，一如打在伞面上的声音。

“我还是头一次看到有人坐在垃圾桶上哭。”穿着校服的少年认真地注视着他，“我说，你是有多绝望才会选这种地方。”

白子非愣住了，他呆呆地望着眼前的少年，半晌，突然抓住了他的手：“救我！请救救我！”

少年被那只伤痕累累、满是污浊的手抓着，犹豫了一阵，说：“好。”

他没有问为什么，也没有推开他。

因为那只手颤抖得那样厉害，又那样冷，虽然动作很坚决，但实际上怯生生的，和它的主人一模一样。

没有办法就这样放开不管。

龙浮站在法医厅里。

“死者今年22岁，身上无明显外伤痕迹，死亡原因不详，要等进一步解剖结果……龙警官，你认识他么？”

龙浮回过神来，莫名其妙地打量着周围。

“龙警官？”法医循着他的目光四处张望，没有发现异常之处。

龙浮低头摸摸自己的身体，没有任何疼痛感，四肢健全，完好无损。

怎么回事？

他明明记得刚才他走出了法医厅，然后被一辆大卡车给撞了。

难道是白日做梦？

“龙警官？”法医第三次叫唤他，眼神更多疑惑，“你到底怎么了？”

“哦你刚才说什么？”龙浮心不在焉地看了眼墙上的挂钟，指针指向十点一刻。

“我说，你认识他么？他是你的什么人么？你看起来对这桩案子特别关心。”

龙浮再次把目光落在那张脸上。

苍白，精致，毫无半点生命力的。

龙浮的瞳孔紧缩了，倒退了两步。

这是他从垃圾桶上救来的那个少年。

等龙浮开车离开法医厅的时候，尼禄和安期从墙脚跑到街边，拦下了一辆的士，让司机师傅追上他。

“怎么回事？他怎么又活了？他刚才不是死了么？我们亲眼看到他跑到路中央，被一辆大卡车给撞死了。”接下来他们两个跑到了道路中央，尼禄检查了龙警官的尸体，再后来……安期有些记不清了，总之等意识清醒，他们就又回到了躲藏的街角。

“因为时间重置了。”尼禄看了眼腕表，上头显示十点二十分。

“这可能么，时间重置？”安期看着窗外来来往往的车辆，陷入了困惑中。

“我不确定。但至少以龙警官的角度来说，这是他经历过的事。稍安勿躁，我们很快就能查出真凶。”

尼禄想起龙浮眼中的那枚衔尾蛇纹章，眯起了眼睛：“我已经猜出凶手是谁了。”

龙浮开车回到自己的住处，一路胆战心惊。还好因为他的谨慎驾驶，再也没有发生意外事故。他将自己抛入沙发中，为自己平安到达松了口气，然而心绪再次变得烦乱。

刚才他被车撞死的经历，到底怎么解释？

这真的发生过么？

如果是的，他现在又怎么会完好无损地坐在家里呢？

如果不是，那感受却是如此真实明显，现在想起来，五脏六腑都还隐隐作疼，仿佛身体被打上了死亡的印记，又强行抹去了。

更加诡异的是，脑海里的那个少年。

一想起他，龙浮就把双手支撑在膝上，陷入了沉思。

他非常清楚，他从没有遇见过那个少年，从来没有。第一次从法医厅走出来的时候，他甚至还想回警局抓紧调查他的一切。因为警局就在附近，他选择了徒步，以至于发生了后来的惨剧。

但是当他处于濒死状态，他却获得了一段记忆，一段从来不曾有过的记忆——他遇见了一个少年，救了他。

他看到少年从弄堂深处跑来，扑倒在垃圾桶里，哭泣着牵住了自己的手哀求着：“救我！请救救我！”

他看到自己的手收紧了。袖子是高中制服的样式，的确是曾经就读过的学校。

对了，少年说的话很耳熟——

“救我！请救救我！”

龙浮蓦然想起第一次走出法医厅的时候，他之所以会在路中央停留，就是因为他听到有人在哭喊这句话！现在想来是那少年的声音。

可为什么会这样？

他当时不是死了么？他应该躺在尸检台上才对啊！

记忆与现实之间的界限突然变得模糊。有一种深重的恐惧压迫着龙浮，让他发现他笃信的常识正在坍塌。

有那么一会儿，他坐在沙发上，动弹不得。

但是，作为一名警察，他很快冷静下来，把一切归咎于感冒带来的幻觉。他翻出一片感冒药丢进嘴里，一边往浴室走去，一边脱掉衬衫，打算好好泡个澡睡个觉，就不会再想这种诡异的事了。

热水从莲蓬头里哗地一声淋下，身体暖和起来。龙浮隔着浴帘伸手去洗漱台上拿肥皂，却摸到了一个镜框。浴室里什么时候放了镜框?

他抹掉脸上的水，将镜框拿到眼前。

照片里是两个穿着浴衣的少年，凑在镜头前亲昵地搂着肩膀。

一个是不情愿的自己，另一个是兴高采烈的……

脑海里的开关被按下，回响起了熟悉的声音。

“我叫白子非，是白家的少爷。”白子非裹着他的校服，哭哭啼啼地跟在他身后说道，“有人在追我，求求你收留我吧。我要是在外面游荡，很快就会被捉回去的。”

“走都走到了。”少年无奈地拐过最后一道楼梯，“前面就是我的公寓。”

刚好有人拎着垃圾下楼，见到他，愉快地打了个招呼：“龙浮。”

又看看他身后的人：“这是谁？”

白子非飞快地躲到龙浮身后，戒备地盯着来人。

“垃圾桶里捡来的猫儿。”龙浮不动声色道，然后回头安抚紧张的白子非，“不用担心，这是我同学，零。你不会觉得一个穿睡衣、趿拉拖鞋、下楼去扔垃圾的人对你有什么威胁吧？”

零意识到自己不受欢迎，朝他比了个再见的手势，下了楼梯。白子非警觉地目送他离开为止。

龙浮莞尔，摸出钥匙打开了自家的门。

墨绿色的防盗门，漆金的数字房号，白子非看了一眼618的门牌，小心翼翼地往里张望。

“这么小的屋子？”他的表情很快充满疑惑。

“那你住什么，城堡么？”龙浮脱鞋进屋。

“对啊。”白子非理所当然地说，“我以前住在霍亨索伦城堡，现在住在城外的费舍庄园。”

“喂喂喂，开玩笑也要有个限度吧，小王子。”龙浮打开电视机，进厨房做菜。

“这是什么？”白子非看到电视机，眼睛一亮，冲进客厅里绕着它左转转，右转转。

龙浮系着围裙，在腰后打了个结：“没看过电视？”

“没有诶，没有见过。”白子非的注意力很快又被冰箱吸引了，“今晚吃什么？”

龙浮取出两份便当：“没有存货了，只有日式吞拿鱼套餐。”

“我想吃黑松露和肥鹅肝。”白子非把下巴扣在冰箱柜门上撒娇。

“没有黑松露，没有肥鹅肝，只有吞拿鱼套餐。先去洗澡，我热一下罐头。”

龙浮熟练地撬开吞拿鱼罐头，将里面的佐料拨到盘子里，放进微波炉。眼看底盘在橘黄色光线的包裹下旋转起来，白子非哦了一声，感兴趣极了：“这是在干什么？”

“加热。”

“是炼金术么？”白子非一击手掌，面露兴奋，“是把光转化成热的炼金术，对么？”

“是智障么？”龙浮拖着他走到浴室里，调好了热水，“洗干净再出来，记得换浴衣。”

等白子非穿着松松垮垮的浴衣在餐桌边坐下时，晚餐也已经准备就绪。对面龙浮抵着下巴，目不转睛地盯着城市新闻。

“现在插播一条紧急通知，城外费舍庄园走失一名前来做客的少年，庄园的主人明先生已经上报警方寻求帮助。明先生公开了贵客的照片，请任何见过他的市民与警方联系，明先生将给予丰厚的报偿……”

照片上的少年大概十三四岁，有着极浅的发色和瞳色，面容精致如女子。他穿着衬衫和西装短裤，衣领上打着蝴蝶结，表情非常乖戾冷漠。

龙浮和白子非对上了视线。

明家是S城首屈一指的豪门，能被明家老爷尊称为贵客、安置在费舍庄园的人，恐怕真如他自己所言，是个仿佛活在童话里一般不谙世事的少爷。

而白子非在龙浮审视的眼光中，恐惧不已。他冲进厨房里，抓起水果刀悬在自己手腕上：“你报警我就自杀！”

“为什么？”龙浮眯起了眼睛。

“因为……因为我不想再回去了。”白子非闪烁其词。

“住城堡不好么？”龙浮又问。

白子非摇头：“你什么都不懂……”

“哦，那你要不要教教我？”龙浮放缓了声调，慢慢靠近他。

“不要！”白子非厉声喝道，“你别过来！”

“呵。”龙浮掏出了手机，对准了白子非。

“那是什么！你要对我做什么？！我不是吓唬你，我真的会割下去的！”

白光一闪。

屏幕上留下了白子非的影像。明明因为自己的靠近吓得要晕过去、却还故作坚强，龙浮不由得笑了一声：“有趣的少爷。”

下一秒，他就变了脸色，因为他在照片上看到了……

“血？”

他放下手机，冲到捂着手腕的白子非身边：“你怎么回事？！”

白子非哭泣：“求求你……不要把我送回去。”

“我不会的。”

龙浮坐在沙发上，膝盖上搁着小药箱，小心翼翼托着白子非的手，帮他包扎腕部。白子非的精神纤弱敏感，即使是提议将他送去医院，也招致了他的坚决反抗，龙浮打定主意，不再做任何有可能刺激到他的事。

“你不想说原因，也没有关系，但只要你不想回去，我就不会举报你。”

“他们许诺了很多钱。”白子非依旧不太安心地望着他，期待一个承诺。

龙浮笑：“嗯，那我可能是该好好考虑考虑一下了。”

白子非一愣，瞪圆了眼睛，作势要站起来冲向厨房。龙浮赶紧揽住他的腰：“你不怕疼么？”

白子非老实道：“我超怕的。”

“那为什么动不动就用自残来要挟我？你以前也经常这样做么？”龙浮问。

白子非再次垂头丧气地不说话。

“好吧。”龙浮起身，按了按他的脑袋，“晚安。我也洗洗睡了。”

等他洗完澡出来，就看见白子非摆弄着他的手机等在浴室门前。

“这个东西原来是照相机！”白子非把自己挂在龙浮身上，笑得阳光灿烂，“茄子！”

“就这么一会儿工夫，都学会自拍了……”龙浮无奈地盯着摄像头，不情不愿地拿毛巾擦着头发，在白光一闪后，留下了一张显然不怎么愉悦的合照。

“拍得一点都不好。”龙浮虽然这样说着，却把手机连上了拍立得，洗出了照片送给他。

白子非由衷地道谢：“这是我第一次笑着拍照片，谢谢你。”

“看得出来。”龙浮凝视着他的眼睛，慵懒地说。

话音刚落，灯光突然暗了，整幢屋子都漆黑一片。

龙浮第一反应是：“停电？”

“不。”白子非绝望地看着被踹开的门，“他们来了”。

相框从手中滑落，龙浮脱力地双手抱头。

在沉默一阵后，他突然大叫起来，用力拍打着墙面。

为什么浴室里会有这张照片？为什么他看到照片会想起这些？没道理，没道理一个曾经存在过的少年会被彻彻底底地忘干净，没道理他天天在浴室里洗脸刷牙却看不到想不起。照片不是一直在这儿的，一定不是的，可是除了他自己，谁有家里的钥匙？谁会把这样一张照片放在他的洗漱台上逼他回忆？他是疯了么？还是说过去十年里，他都忘掉了一些重要的事情？

龙浮心力交瘁地靠着墙壁慢慢滑落浴缸中。

他没有意识到他硌到了热水器外接线。

外接线没入水中。

“啊啊啊啊啊啊啊啊啊啊啊——”

“龙警官是电死的？”安期捏着鼻子，“这根本不可能！我们看到的不是这样一具……烧焦的……”

他实在说不下去了，面对这样的惨案，任何斟词酌句都显得多余。

“还没完。”尼禄抓起洗漱台上的镜框。

镜框上是两个少年的合照。一个是龙警官小时候，眉目依稀是他的模样，另外一个比他年幼一些，身材更加纤细，是鉴于少年与成人之间的体态。

“这个人我认识！”安期从他手里接过相框。

“哦？他是谁？”

“一个炼金术士，是我哥哥的朋友。”安期想起他来家中以后，哥哥对他态度的转变，神情变得无精打采，连说话的语气都十分低落。

“那他们水平都应该和你差不多。”尼禄面露不屑。

安期来不及伤心，立刻为哥哥正名：“我哥哥超厉害的！连你都不是他的对手。”

“是么？”尼禄只是挑高唇角，没有再与他争执，就当满足一下他被自己打击到破碎的自尊心。可是他很快想起第一次见到安期的时候，他说他被家人抛弃，哥哥出门游历，这让他脸色一沉。

而安期却灵机一动：“也许我找到这个人，就可以找到我哥哥也说不准，他们关系很好。”

头一次，安期主动想要解决一桩事端。因为有可能得到家人的线索，他的眼睛都比平时明亮许多。

“那又怎样？”尼禄泼他一头冷水。

这样不负责任的哥哥，安期还处处维护，甚至上次去他的梦里，也全是他与哥哥过往的片段，这让尼禄心里很不痛快。他取过安期手上的照片，塞进衬衫口袋里：“找到了，他也不要你。”

法医厅。

“死者今年22岁，身上无明显外伤痕迹，死亡原因不详，要等进一步解剖结果……龙警官，你认识他么？”

龙浮眨了眨眼睛，仿佛忽然神游归来，确定自己所在何处后，眼神胶着在毫无声息的少年身上。他在尸检台边单膝跪地，握住了尸体绵软下垂的手：“白子非……”

“我只不过随便问了一句，没想到你们真的认识。”法医一脸尴尬地耸了耸肩膀，“看来要请你节哀顺变了。”

“谢谢。”龙浮还算平静地回答，“他是什么时候被送来的？”

“昨天。”

“什么案子？”

法医表示自己一无所知：“密闭的酒店房间，无明显外伤痕迹。如果不出意外大概会是自杀吧。”

龙浮叹了口气：“那你能找到些意外么？”

“我尽量——不过你确定你的这位……”法医仍旧不知道他俩是什么关系，视线在两人之间来回扫荡。

“朋友。”

“好吧。你能确定你的这位朋友没有自杀倾向么？”法医说完就觉得这种说法很不负责任，于是赶紧解释，“毕竟你与他关系密切，会比我们这些陌生人更加了解他的性格和心理。当然我是觉得他看起来应该还蛮开朗的，年纪轻轻应该不会得上抑郁症吧……”

殊不知他的这番话却点醒了龙浮，让他想起初次见面时，白子非手执水果刀自残的那一幕。

他的视线落到相握着的手上。

他把白子非的手翻过来，露出手腕，手腕上的皮肤光洁平整，没有任何伤疤。

“怎么会这样？”龙浮迷惑不解。

十年前，自己亲眼看他划开静脉，要不是他阻拦及时，不知道要酿成多大的灾祸。事后也是他小心翼翼帮白子非包扎的。这样深的伤口，又没有专业的缝合，不可能没有留下任何印记。

“你在找什么？”法医探头探脑地问。

“没什么。”

就在龙浮放下白子非的手时，他发现他的无名指上戴着一枚戒指。

戒指看起来非常古老，纯银的戒环上打造出圆形的戒托，镶嵌着一颗铅灰色的不知名宝石。宝石深处雕刻着一条蛇，蛇盘亘成了一个圆，头尾相衔。

“奇怪……”龙浮腹诽。

光是看着，就感觉到极其不祥。

眼见龙浮开车离开法医厅，安期从躲藏着的墙脚溜出来，招呼了辆计程车。等到他跳上去以后，他才发现尼禄呆在原地，漠然地望着他，一动也不动。他不禁着急：“愣着干什么？快上来啊！”

“反正他迟早也会回来的。”尼禄抱胸道。

“什么意思？”

“第二次了，笨蛋。”尼禄走过来撑着车门奚落道，“你没发现么？每次龙警官一死，时间就被拨回到十点一刻。再多的调查证据都会在这一刻被清零。”

“难道我们就什么都不做了么？！至少我们的记忆没有被清零。我们现在知道龙警官有个朋友，他恰巧是位炼金术士，这难道仅仅是巧合么？”

"到底讲来讲去讲些什么东西啦，还走不走了？"出租车师傅不快道。

尼禄对于他的回应，是狠狠瞪了回去，然后不情不愿地坐在了安期身边。

"他甚至还认识我哥哥！"安期兴奋地对尼禄道。

"又是哥哥。哥哥哥哥哥哥，你怎么回事？"尼禄发火。

安期莫名其妙："我哥哥走了，我当然想找到他。"

"那你想过，他想不想被你找到？走了就是走了，笨蛋！"

安期被他吼得眼眶都红了，颤抖着嘴唇说不出话来。

尼禄看到他一如既往地屈服了，强压下心中的不安，哄他两句："说好的，先找到杀死我父亲的真凶。"

没想到安期瞬间爆发："你这个冷血禽兽，你根本不懂人与人之间的感情！"

尼禄难以置信地望着他，良久冷哼一声："的确。但我很清楚他为什么不愿和你为伍。若不是权戒在你手上，我也懒得看你一眼。"

"你们吵架能不能下去吵！吵吵吵吵吵得人头都大了！"司机大怒。

安期本来就没有再争执的欲望，全程望着窗外，而尼禄虽然一脸冷漠，却时不时偷瞄着他的侧脸，心想着："如果他能道歉，我就勉为其难地原谅他。"

三分钟后。

"这个混蛋要犟到什么时候？难道他想让我低头么？绝不可能！"

五分钟后。

"如果被我抓到他偷看我，我就装作若无其事地跟他聊聊天气。他一定会因为我的宽宏大量而心生感激。"

十分钟后。

"好吧，晚上回去买个克里斯丁的鲜奶蛋糕送给他——今天会有晚上么？"

尼禄抬手看看自己的腕表，手表指向十二点，而龙警官的车驶入了费舍庄园。

2 庄园秘史

"费舍庄园修建于40年代，由法国人设计规划，后来辗转到明家老爷的名下，一直保存到现在。"管家在看到龙浮的警官证后，笑容可掬地讲解着。

"那你认不认识这个人？十年前他来这里做过客。"龙浮掏出手机，将白子非的遗照递到他面前。

“不。”管家看见发白的尸体，不由得打了个寒噤，很快否认了。

龙浮一挑眉：“不？当时他从这里‘走失’，还逼得明家老爷调动全城警力寻找，这件事上过电视，你以为你一个不字就能打发我么？”

“什么时候的事？我没有印象了，可能年纪大了……”管家貌似谦卑，却话锋一转，“不过我照顾这所庄园，已经有三十年了，我对来过这里的每一位客人都服务得周到体贴。我能记住他们的衣服尺码，喜欢的颜色，爱吃的食物。”

“而你不记得他。”

管家微微阖了下眼睛，龙浮看出他没有在说谎。

“允许我一个人四处看看么？”

“请便。哦对了，不要踩坏苗圃里的花。”

庄园占地宽广，主建筑仿欧式，进门是大厅，楼梯分两侧向二楼蔓延。龙浮突然感觉自己不是第一次来这里，而且这栋楼的某处，让自己不寒而栗。

“滴答——”

古怪的声音从地底下传来，似乎是粘稠的液体从高处滴落。龙浮循声走向通往地下的楼梯，最后发现自己来到了酒窖中。酒窖里摆满了大桶大桶的葡萄酒，但是他总觉得眼前的房间在闪烁，仿佛有两个时空在叠加，另一个时空里，这里本该更空旷一些。

更空旷……为什么？

“滴答。”

声音变得更为清晰了。

他紧张地摸出了配枪，把着枪柄一步一步向前，随时都做好准备，和酒架后跳出来的敌人近身搏斗。

然而走过最后一排酒架，他只看到了墙边倚着一只漏水的酒桶。

红葡萄酒从水龙头中滴落：“滴答——”

融入地上的一大摊血色中。

这声音突然让龙浮无限惊恐！

他仿佛回到了十年前，四肢被强壮的男人束缚着，头颅被固定在刑架上！

他大力挣扎：“你们做什么！你们不知道这是非法的么！你们不能绑架我，放我回去！放我回去！”

“你见过他，甚至接触过他。”一个外国男人穿着西装坐在空旷的房间中央，举止文雅，笑容可亲，湛蓝色的瞳孔却冰冷如最严酷的冬天，“而他的存在于我们来说，是需要保护的绝密。所以，非常遗憾，把你带来这里。你将会被处决。”

高大的保镖按住了他的身体，手中弹出一截刀锋，靠近了他的颈动脉。

穿着浴袍的龙浮疯狂地扭动着：“为什么！他是谁、你们是谁，我统统不知道！我只是随手救了他而已！我什么都不会说！我也什么都说不上来！”

外国男人思索了几秒钟，比了个停下的手势：“说得对。”

龙浮喘着粗气凝视着眼前的男子，直觉告诉他没那么轻易就能得到赦免。

“虽然比起活人，我更信任死人，但杀生是残忍的行为，不是么？”他交叠着修长的双手，雍容华贵地笑起来，“现在给你两个选择。死亡，或者失去你的耳朵和喉咙，永远陪在我们的小少爷身边。你选哪个？”

“什、什么？”龙浮大惊失色。

“我们的小少爷看起来很寂寞，你不是很享受把他带回家的感觉么？”男人将照片甩在他面前，照片上，白子非挂在他身上笑得热情灿烂。“永远陪在他身边，听起来很诱人吧？不过是听不到又说不了话而已。还是说，你更想死？”

“我……”

龙浮有那么一瞬间感到后悔，偶尔的义举为他惹来这么个大麻烦，但是他却在那些人按着他施暴的时候，不合时宜地想：如果重来一遍，他会选择推开白子非的手么？

脑海里响起白子非带着哭腔的声音——“救我！请救救我！”

他会对这样的恳求视而不见么？

不，他不会。

他永远都不会。

龙浮闭上了眼睛：“我还不想死，我想……陪在他身边。”

于是，外国男人震聋他的双耳：“你再也听不到任何声音。”

弄伤他的喉咙：“你再也说不出任何话语。”

男人看着躺倒在血泊中、满嘴都是血水却哭不出半个字的少年，惋惜地摇了摇头：“现在，你可以去见他了。”

龙浮瞳孔一缩，他依旧站在地下酒窖中。痛苦的记忆的记忆让他遍体生寒。他小心地、试探着喊了声“喂”，对着空无一人的房间。房间里响起的声音低沉悦耳，是他听惯了的声音，自己的声音。

"滴答。"红葡萄酒从水龙头里滴落，清晰可闻，一如之前。

他的听觉和声音都没有被剥夺。

龙浮松了口气，背靠上斑驳的墙壁。只是踏入这个房间而已，他就仿佛亲历了被凌虐的恐惧。那样真实的一幕幕，就在他身上上演，冷汗把衬衫全都浸湿了，黏糊糊地粘在后背上。

"您在这里干什么？"管家惊异地站在酒窖门口，"这里很少有人来，也不对外开放。"

"抱歉，我只是……"龙浮扶着墙壁站起来。

脚踩在水洼中，整个人一个趔趄。还好他眼疾手快，用力抓住了荡在身近的一条粗麻绳。

"不！"管家的神情变了。

他往下一拉，头顶旋即笼罩下黑色的阴影。

他最后看到的场景，是巨大沉重的酒桶自上方滚落……

"这莫名其妙。"管家垂头丧气地对警方解释，"这根绳子连通着一个机关，一往下拉，就会打开上层的隔板。平时搁板上什么东西都不放，真的，我保证，但是这一次，上头摆满了酒桶，全满的酒桶。龙警官就站在正下方……我很遗憾。"

"那你知道谁把酒桶放在那里么？"警察做着笔录。

"也许是黄嫂，也许是徐丽。她们负责今天的打扫。"

"那你觉得会有其他人故意把酒桶放在那里么？"尼禄询问。

"你们俩是谁？你们是从哪儿进来的？"管家不明所以。

尼禄看了眼安期，安期拒绝与他有任何形式的眼神交流，也不打算说话，尼禄只好快快地指了指安期："他是明家少爷的朋友。他让我们来这儿等他。"

"少爷要来？！"管家又惊又喜。

"现在大概来不了了。"尼禄望着脚下的尸体说。

他转身离开事故现场，安期过了好一会儿才悄无声息地跟上。尼禄道："他每一次死得都不正常。第一次肇事车辆逃逸，无法追查；第二次，热水器线路老化导致故障，然而他家的热水器是新的；第三次，更加明显，酒桶被人重新垒过了，有人非常了解他，知道会来这个地点，设好了局。"

安期不言不语。

尼禄停下了脚步："你就打算因为你哥哥的事，一辈子不跟我说话了么？"

“你对他到底有什么意见？”安期圆亮的眼睛不满地瞪了回去。

“我？我对他有什么意见？我从来没有见过他，你却天天因为他的事跟我吵架。你说我对他有什么意见？”尼禄摊手，一脸“你不可理喻”的神情。

安期不理睬他，转身就走。

法医厅，十点一刻。

“他是我朋友。我正打算去费舍庄园调查他的线索。以及我不觉得他是自杀，因为有人在阻碍我调查。”不然没有道理每次他想起点什么，就立刻被害死。一次两次可以是巧合，三番四次龙浮只能理解为有人故意阻挠。

法医举起双手：“我还什么都没问。”

他一挑眉：“哦，是么？”

龙浮走到门口，回过头来叮嘱：“我建议你在我离开以后，立刻着手尸检。有任何进展都马上联系我，你有我手机。”

“有这么着急么？”法医瘪嘴。

“有。”龙浮自言自语，“毕竟不知道什么时候我又死了。”

费舍庄园，十二点。

龙浮对迎面而来的老管家出示警官证：“我来调查一起案件，我不会去酒窖。”

“酒窖？一般人都不知道这里还有个好酒窖。”管家笑着追上他，“请问有什么需要帮忙的么，警察先生？我在这里服务了三十年。”

“你没法提供什么帮助，先生，你一问三不知。”

管家一脸无辜：“您还什么都没问呢。”

龙浮莞尔，步入了大厅。这一次，他听到了二楼传来八音盒的乐声。

“有什么其他人在楼上么？”龙浮与管家对视一眼。

管家摇摇头：“也许是黄嫂……”

“也许是徐丽，她们负责今天的打扫。”龙浮抢答。

管家难以置信：“你怎么知道？”

“这可真是万金油，无论什么问题都可以用她们俩来回答。”龙浮打趣道，朝二楼走去。

管家恭敬地为他打开书房。

这是一间装潢考究的屋子，读书的位置正对着壁炉。房间采光很好，白色窗纱在阳光中飘扬，轻抚过一架佩卓夫三角钢琴。钢琴上，一枚八音盒打开着，正循环播放着《雪绒花》，是水晶般清脆缓慢的曲调。

龙浮凝视着那枚八音盒，眼前的房间慢慢变成了另外一副模样……

“我的小少爷，你是想跑到哪里去？外面的世界对你来说非常危险。”男人坐在壁炉前，优雅地搅动着银勺，一心一意品味着眼前的茶香，眼里并没有攥着拳头的白子非。

“这里对我来说才是危险的地方！”白子非咆哮。

“危险在哪里呢？是你漂亮的小皮鞋，昂贵的蕾丝衬衫，还是随叫随到的佣人？”

“你清楚我在说什么。”白子非咬牙切齿。

“是的，我们是对你做了一些你不高兴的事，但这对你来说毫无影响，不是么？可一旦普通人知道你是怎样的存在，他们会怎样想？”男人用温柔的声音叫唤着他，“白子非，他们远比我们更为残忍。”

“这并不是我想要的！”白子非又开始在红衫木椅上大力挣扎，然而他的手脚都被束缚带绑得死死的。

他懦弱地哭泣道：“我从来没有想过要得到这枚戒指！”

“但是你拿到了，白子非。我们嫉妒你被命运如此垂怜。我们也因此善待你，希望你有所回报。”

“善待？！”白子非看了眼束缚带，“这就是你们所谓的善待？！”

“我们让你养尊处优，少爷，但你想要逃走，你不会天真地以为可以逃脱惩罚。”

“你们还在我身上……”白子非眼里浮现出可怕的场面，那些冰冷的器械和旋转的炼化阵……

“那是一点点的报偿，对你来说毫无影响。”男人放下茶盏，交叠起了修长的双腿，“同是王权者，难道你要独守着那个秘密，不与人分享？真是个自私的小鬼。”

“我根本只是你们的试验品！你们连半点炼金术都不肯教给我。”

“你在我们的监护下并不需要任何炼金术，但我觉得你可能需要一个玩伴。”

白子非一愣，很快反应过来：“你们把龙浮也带来了这里？！他只是个无辜的普通人，快放他回去！”

“哦？”男人将他的反应尽收眼底，流露出饶有兴味的笑容，“你很关心这个小子嘛。你们明明才认识一个晚上，我却照顾了你五个月。作为你的监护人，我真感到伤心。”

“放他走！”白子非流下了悔恨的泪水，“只要你放他走，我什么都可以接受！我再也不会逃走！”

“真是感人至深。不过既然如此在乎，放在身边不是更好么？费舍庄园对你来说也会成为温暖的地方。”

男人起身，打开了钢琴上的八音盒，水晶般清脆缓慢的曲调在温暖的房间中奏响。

在阖上门前，他转过身来说：“听听音乐冷静一下，小少爷，你很快就会见到他了。”

当龙浮穿着执事服出现在自己眼前时，白子非早已打定了主意该怎么做。

“那天谢谢你救了我。”白子非向他深深鞠了一躬，浅色的头发梳得一丝不苟，在后颈处用天蓝色缎带蝴蝶结绑成一束。

“但我觉得你不适合在这里陪伴我。我之前不过是因为贪玩，受不了这里的功课，才想着逃走的，克劳狄乌斯先生已经教育过我了。我意识到我跟你这样的平民是不一样的，我因为身份高贵的缘故，会与寻常的低俗享乐绝缘，但我会因此学习到更多贵族的技艺，日后成为统治阶级的一员。而这样的我，并不需要你的陪伴，我只需要一个人潜心学习，偶尔和尼禄这样身份相当的少爷交流就可以了……非常抱歉。希望你可以离开。”

龙浮从一开始就静静地看着他，等他长篇大论地讲完，依旧跟个木桩子一样，除了凝视他以外，没有其他的动作。

“你到底听懂了没有啊……”白子非发觉自己的声音带上了哭腔。

他用尽了力气，才装出一副若无其事的模样，说出这样傲慢又残忍的话。他希望龙浮能揍他一拳，然后尽快走掉。

不然他就要装不下去了。

他会哭着牵着龙浮的手说：“救救我。”

甚至会央求他：“留下来。”

哪一种都会累及无辜的龙浮，就像上次那样。只不过因为与他萍水相逢，拉了他一把，龙浮就被强行带到了费舍庄园，变成了他的执事。他无法再接受只能给他人带来灾祸的自己，他必须藏起懦弱无能不被龙浮看到，也不去倚靠他。只要他与龙浮保持距离，克劳狄乌斯先生就会意识到龙浮没有用，过不了多久就会放他走，他也会回到原来的生活轨迹中。

这样是最好的结果。

然而他太想念那双温暖的手了。

还有他总是镇定自若的眼神。

以及他满不在乎又能奇迹般地安抚自己的话语……

想握住他的手，想与他对视，想听他说话。

白子非意识到这自私到可怕的心愿，握紧了拳头，强压下内心涌动着的渴望，突然之间反身把书桌上的书一本一本朝他砸去："滚啊！我叫你滚你听见了没有！滚啊！"

龙浮无辜地望着他，不明白这突如其来的攻击是源于什么。

他一步一步走到了白子非面前，白子非像是惧怕着什么，一步一步倒退。

最后他的脊背贴在了书架上，再也无法逃避了。

龙浮终于开始说话了，用手。

他先是指了指自己的耳朵，摇了摇手。

然后张嘴指了指自己的喉咙，用尽办法只发出了两个单调的"啊"。

他掏出了纸，在上头写着："我听不见了，我不知道你刚才为什么生气。"

他确定白子非看完了，把这张纸揉成一团，塞进了裤袋里，又着手写下一张："我也不能说话了，我以后只能写字给你看。"

啪嗒。

一颗水珠落在便签纸上。

接着是第二颗、第三颗。

龙浮望着白子非泪流满面的脸，先是一愣，然后一脸明了地笑了。

白子非示意他把笔让给自己，紧跟着他写下："我很好，你走吧。"

龙浮写道："你一点也不好。我们一起走。"

然而白子非却再也不敢尝试第二次了。

他从来都是胆小懦弱之人，也没有习得任何炼金术，那天逃走完全是凭着一腔孤勇。怀揣着"反正无论如何都不会比眼下更加糟糕"的心情，反而侥幸脱身。

但是现下，他有了牵挂。

他不能走，他不能承担被追回后将要面临的惩罚。

对自己，无非只是些肉体上的折磨，他们知道这伤不到他。

可是龙浮是个普通人。他们已经夺走了他的听觉和声音，接下去会夺走他的什么呢？龙浮他受不了的。

“果然，有了友人的陪伴，少爷的品行端正了不少呢。”克劳狄乌斯先生欣慰道。

他对龙浮使了个眼色：“你做得非常好。”

龙浮已经学会了唇语。他谦卑地低下头，深深压下了眼中的火光。

当他与白子非两人独处之时，他总是在不停地劝服白子非跟他一起逃脱。白子非成功过一次，一定知道费舍庄园哪里有防卫薄弱处。可是白子非对于这件事总是闭口不谈。他总是打开钢琴上的八音盒，表示谈话已经结束了。

龙浮听不见声音，但他看得到。

白子非用他听不见的音乐拒绝着他，告诉他自己很忙。

的确是很忙。他每天穿着漂亮的丝绸衬衫，用蓝色缎带束着浅色的发，与家庭教师学习外语、数学、音乐、艺术、礼仪、哲学，看似忙着团团转，但眼睛总是空落落的。

龙浮感到愤怒。

他知道白子非胆小怯懦，所以写了那么多张便签想让他鼓起勇气，却得不到回应。

白子非感到绝望。

他看着那些便签，无数次想回应，可只能一次次打开八音盒，无法言说。

不能说话的那个疯狂地想说些什么，可以说话的那个却保持缄默。

很长一段时间里，他们就是这样沉默地相处着。

只有水晶般清脆缓慢的曲调，在房间里周而复始地循环播放。

“不要碰它！”背后突然传来少年的声音，虽然年幼，却已经可以听出狮子般的威仪。

龙浮惊觉自己已不知不觉走到八音盒面前，情不自禁地想要去抚摸上面的纹理。

然而下一秒，钢琴爆裂，向上弹跃的锋锐琴丝划过龙浮的颈动脉，血液泼到了窗帘上。

“天呐！”管家抱头，“怎么会这样！”

“怎么又是这样！”安期抱头，这已经是他一天之内目睹两场惨剧，主角还是同一人。

尼禄走到尚在抽搐的龙浮身边：“告诉过你不要去碰……不过反正你也习惯了，告诉我，你刚才看到了什么？”

龙浮说不出话来。

趁管家忙乱，龙浮施术检查了这个房间：“看来是非常强大的幻术。”

“我们为什么感觉不到？”安期问。

尼禄背对着他，嘴角抬起一丝弧度，有些小得意。但是转过脸的时候语气却分外冷淡：“没记错的话我们还在冷战。”

安期愤愤地闭上了嘴。

“因为我们都不在事故发生现场。”尼禄经过他身边，抬手揉了揉他的脑袋，“承认吧，你没有我就不行，笨蛋。”

法医厅，十点一刻。

“他们究竟是谁？为什么把你我关在费舍庄园里？他们又对你做了什么？”龙浮握着白子非绵软无力的手，自言自语着。

“龙警官，你认识他么？”

“你除了会说这句话，还会来点别的么？”龙浮不高兴地反问。

“呃……”法医对他突如其来的暴脾气有点摸不着头脑，“我还会解剖，我是个法医。”

“那就赶紧出结果，一有发现立刻联系我，我等你半天了。”龙浮说完，推门就走。

法医无辜：“你刚上我这儿，还没有五分钟。”

费舍庄园，十二点。

龙浮停车的时候，手机响了。

他一看联系人，连忙接通：“你总算赶在我踏入庄园前给我来电话。”

法医：“什么？”

“没什么，有什么线索。”

“呃，你的朋友死于失血过多。”法医道，“但是奇怪，他体表并没有任何创伤。什么都没有。”

“诡异。”龙浮下结论，幸而诡异的事已经够多了。

这时，对面突然挂断。

“喂，喂喂？”龙浮对着手机喊了两声，确认只有忙音以后，收线。

法医这个电话断得莫名其妙。

更加莫名其妙的是，有三个人在费舍庄园门前等他。

“您是龙警官吧？幸会幸会。”管家点头哈腰。

“你怎么知道我要来？”龙浮不自在地与他握手。据他观察，他不停地在进行着死亡循环，这期间除了他以外，所有人都没有感觉到时间重置这回事。每次他回到十点一刻的法医厅，这个循环开始的地方，所有人的记忆就都被清空了。老管家应该从来没有见过他才对。

“是我们家大少爷知道您要来，派他的朋友们过来通知我，让我提前准备。”管家介绍身边的安期和尼禄。

龙浮变了脸色，手按上了后腰上的配枪。

首先，他见过这两个小孩。在第一次车祸以及第四次意外后，他都没有立即死去，他保有模糊的记忆，记忆中就有这两张脸。两次出现在死亡现场，这未免太过凑巧了吧。

其次，尼禄和记忆里囚禁白子非的克劳狄乌斯先生，长得非常像，这引起了他的警觉。

然而他还没来得及动作，手腕就被尼禄制住了。

尼禄凑近他说：“别紧张，我们是来帮你的。”

“帮我？”龙浮的眼神在他俩身上来回扫荡，“我有什么可帮的。”

“你在追查一起案件，但是一有进展就会立即死亡。不知道你自己有没有注意到？”尼禄不确定龙浮是否能在每次循环后保有记忆。

“你们知道我在死亡循环？”龙浮眼神一眯，“你们到底是什么人？”

尼禄犹豫片刻道：“我们是炼金术士。”

“克劳狄乌斯是谁？”龙浮紧追着问。

尼禄被他问住了：“什么？”

“十年前，我在这里遇见过一位克劳狄乌斯先生，他和你长得很像。”

他们正常分贝的交谈吸引了老管家的注意。他哦了一声：“克劳狄乌斯！他可是为了不起的先生。他是意大利人，曾经一度租下了费舍庄园，但是一个月后就搬走了。”

“一个月？”

龙浮发觉对不上，克劳狄乌斯说他做了白子非五个月的监护人。

“你们说的人，应该就是家父。”尼禄道，“克劳狄乌斯是我们的家族姓氏。”

“那我们没什么可谈的了。”龙浮越过他走向大厅，留下感觉受到了冒犯的尼禄。

在龙浮用生命为代价找回的记忆中，克劳狄乌斯可没干什么好事儿。他把自己变成了个哑巴兼聋子，还把白子非囚禁在庄园里。虽然表面上看起来，白子非是个童话里的王子，但是现在他遭遇的一连串时间失序都告诉他，十年前的事可能跟炼金术搭上边，这让他怀疑白子非遭禁背后还有更深的隐情。他没有办法和罪魁祸首的儿子一起追查真相。他想捅他一刀倒是真的。

不久之后，他感到有人追了上来。

“我说了，我对克劳狄乌斯家族的人没什么可谈的。”

“我不是那个克……克家人。”安期跟他并肩走着，“外国人的姓氏太长了。”

“那你跟他也是一伙的。”龙浮觉得跟小孩子说话，他自己也变得像个小孩子。

“嗯……关系也不是特别好。”安期低头看鞋。

“吵架了？”龙浮敷衍地问道。

“我觉得他不可理喻。”安期烦恼，“我根本不知道他在想什么，为什么要因为哥哥的事跟我争执。”

龙浮停下了脚步，他想起他和白子非在这所庄园里，对于逃跑的事无法达成共识，以至于连关系都变得生疏了。当时，他觉得逃跑是那样直截了当的正确答案，任何有脑子的人稍微想想都会赞同他的，但白子非就是不肯答应。

他根本不知道他在想什么。

现在想问，还来得及么？

“你怎么了？”安期仰着头问龙浮。

“我只是想起了我的朋友。”

“是浴室相片上的那个人？”安期回忆。

“是的。”龙浮笑得有些苦涩，“不过我可能没你那么幸运，我永远没有办法了解他的……一些事情。”

“为什么？”

龙浮沉默良久：“因为他死了。”

安期瞪圆了眼睛：“什么？白子非死了？”

“你认识他？”龙浮挑眉。

“是的，他是我哥哥的好友。他竟然已经不在了？我还想从他那里打听我哥哥的消息……”

“你哥哥？你哥哥是谁？”

“我哥哥叫安迟。”

龙浮想了想，摇摇头：“我没听说过这个人。我和白子非在一起的时候还很小，那时候他可能还不认识你哥哥。”

安期泄气，他的线索又断了。但他还是强打起精神问道：“龙警官，你难道正在调查他的死亡原因？”

“对，只不过一点进展都没有。”龙浮苦笑，“说老实话，我把与他的曾经过往都给忘得一干二净了。现在，好像冥冥之中有人指引着我找回记忆，代价是我的性命。每每我想起一些，我就会死，然后又重新开始。”

“有人在设局。我们检查过照片、酒以及八音盒，都发现了幻术的痕迹。你想起来的那些，可能是有人故意给你看的幻觉。等你意识朦胧之际，将你诱入他的死亡陷阱。”

“这个人是谁，为什么要这么做？”龙浮无法理解，“如果他有时间循环这样强大的能力，他要杀我简直轻而易举，何必如此大费周章。”

“我们会帮你找到结果。”安期安慰他道。

这时候，楼顶上突然传来花瓶碎裂声。

两人对视一眼，攀着扶手朝上跑去。

卧室。

“不要！不要！放开我！”

白子非穿着睡衣在高脚床上挣扎，甚至想去够到墙上挂着的两柄猎枪，克劳狄乌斯先生坐在房间一角，冷漠地示意手下将他按住。

炼金术士用束缚带固定住白子非的身体，然后按照惯例取血。取血的针筒是

400CC的规格，他需要抽两罐。

“今天会测试水系炼金术对你的身体影响状况。”克劳狄乌斯先生打了个响指，手指上的权戒散发出温柔的蓝色光芒，房间里的温度下降，水汽凭空凝结成刀锋状，一柄柄匕首悬浮在他身侧，无视地心引力。

“放开我！”白子非倔强地甩着脑袋，不肯乖乖闭嘴。

“为什么还要与我闹呢？明知道一点用都没有。”克劳狄乌斯先生表现出厌烦，他以为白子非早该习惯了的。

果不其然，白子非安静下来了。他侧过脑袋把脸贴在床单上，压低声音紧张地说：“快把门关起来！”

克劳狄乌斯侧耳倾听，很快明白了白子非这样要求的缘由。楼梯上传来了脚步声，除了那个小仆人，不作他想。

“原来如此。”克劳狄乌斯在床边坐下，居高临下地俯视着他，“从前，这个庄园里所有人都知道你是怎样一个怪物，他们避你不及，你也不在乎任何人，所以你肆无忌惮地与我作对，也不顾及体面。然而现在，你有了重要的人，不想让他知道你拥有一副怎样的身体，对么？”

白子非抿着嘴唇，流下了眼泪。

“痴心妄想。”克劳狄乌斯温柔地说着残酷的话。“上帝对人类一样公平，人类总是生老，病死，一代又一代。即使我们偶尔得到了被称为贤者之石的至高宝器，我们也无法像传说中那样永生不死。而你，你何等何能，竟然能避免这永恒的苦难。在我们都化为尘土与齑粉之时，你依旧行走在这个世界上，这是可以想见的事。你理应承受永恒的孤独，怎能期待人类的感情？他们对你来说都太短暂了。”

男人摘下一柄用水凝结成的匕首，缓慢地在少年身上留下一道长长的划痕。冰冷的刀锋滑过娇嫩的肌理，鲜血流向膝弯，然后在到达脚踝以前干涸了。伤痕迅速地愈合，只留下光洁的皮肤因为片刻的疼痛而战栗。

“你觉得这公平么，白子非？看来是的，你觉得这是你应得的，因此将我们的款待视为敌意，不肯配合我们的研究。”克劳狄乌斯俯下身，拍拍他的脑袋，冷笑一声，“你这个自私的小鬼。”

他突然眼神一厉，身边悬浮的匕首微微调整了位置，对准了白子非的身躯：“所以也不怪我们妒忌到发疯了……”

下一秒，匕首接二连三地扎入了洁白的身体，血花四溅，白子非在床上尖叫起来。

“我们尚且如此，更遑论那些普通人。他们毫无力量可言，因此更为贪婪。你这副身体，只会激起他们心中更为热烈的施虐欲与破坏欲，他们将毫无怜悯地处置你……”克劳狄乌斯抬眼，对上了门缝中龙浮的眼睛，扯着面容扭曲的白子非与他对视，“而现在，他知道你是个怪物了……”

安期冲上去扑倒龙浮，两人滚倒在地。枪声响起，然而都打空射在了门板上。迟来的尼禄吓了一跳，立刻凝出了匕首，但是房间里没有其他人了。看不见的细丝布置在脚下，保证龙浮触碰到的瞬间会牵扯猎枪的扳机，而枪口正巧对着他的眼睛。

“谢谢。”龙浮对安期由衷道谢，“要是不幸被击中，大概很疼吧。”

“你们还要在地上躺多久，”尼禄不客气地踹了龙浮一脚，“你压到他了。”

安期瞪了尼禄一眼，将龙浮搀扶起来：“龙警官，你刚才又看见了什么？”

龙浮这回没有立刻回答，他的视线在两人之间游移，最后落在尼禄身上：“在这之前，我很想问个问题——你们为什么找我？你们是来这里调查什么？为什么你们在死亡循环里，不会丢失记忆？”

尼禄和安期对视一眼：“我说了，我们是炼金术士。”

龙浮显然对尼禄怀着很深的敌意，也读出了他话里的敷衍，转而望向安期。

“我们是……炼金术士。正在追查尼禄父亲，也就是克劳狄乌斯先生的死因，被迫卷入各种事件中。这次我们调查一起案件，死者被炼金术士杀死，但一点线索都没有，于是，我们通过进入他的记忆，来重现案件……”

安期越说越轻，直到悄无声息。

龙浮蹙起了眉头。

他看着这两个孩子，最后难以置信道：“也就是说，我其实……已经死了。你们进入了我的记忆里，想要找到真凶，是这样么？”

“然后我们发现你的死亡真相是……死了一次又一次，一次又一次。”安期从侧面证实了他的猜测。

“真凶是耶梦加德之戒所有者。”尼禄沉默地上前，抓住他的手，让他手腕上翻。龙浮惊觉不知什么时候，自己的皮肤上被烙上了一个图腾。那是一条蛇，盘绕成圆圈，头尾相衔。“这条蛇叫永恒之蛇，又叫尘世巨蟒，是北欧神话中‘诸神的黄昏’的裁决者，诸神的终结者。你身上留下了耶梦加德的印记。被这个印记标记的人，会陷入时间循环，因为这位神祇本身就代表着无限。”

“那你们知道耶梦加德是谁么？”龙浮追问。他没有想到有一天他会以受害者的身份催促他人办案。

“这个我们会尽力调查的，希望你能尽量协助我们。”尼禄表现得像是一个受到被害者追问的警察，公事公办道。

“不，不不不。”龙浮矢口拒绝。

尼禄不解：“为什么？”

龙浮指了指他，又指了指安期：“你最好先把跟他的事情搞定，比如说，你为什么要因为他哥哥的事无理取闹。”

尼禄立刻把矛头掉转向安期：“你竟然对旁人说我无理取闹。”

安期一脸怨怼：“难道不是么？我只是提了几句想找我哥哥，你就大发雷霆，还对我们兄弟之间的感情说三道四，挑拨离间。”

“我需要挑拨离间么？你们的感情本来就不好。”

龙浮眼见两人陷入争执，捡起地上的警帽拍了拍，戴在自己头顶，转身离开了房间。

管家见他一人走出大厅，有些奇怪：“那两位呢？”

“我还有些事情要处理，他们说……要等少爷回来。”

“原来如此。招待不周，还请见谅。”管家鞠了一躬。

龙浮比了个再见的手势，向前走了几步，又倒回来：“对了，请问车库里有车么？”

“有一辆。”管家据实以告。

“钥匙在谁手上？”

“就在我这里，不过那是少爷的爱车，恕不外借……”

话音未落，砰的一声枪响。

龙浮从管家身上摸出车钥匙，藏进裤兜里，然后对着尸体摇摇头：“反正这里不是真实世界，是我的记忆。”

枪声惊醒了二楼的尼禄和安期。

两人停止了争吵，跑到窗边，眼见龙浮开车离开，花坛中倒着管家的尸体。

安期整个人都懵了：“怎么会这样？！他要去哪儿！”

尼禄跳窗追去，龙浮却早已绝尘而去。

“他要甩掉我们，这里根本打不到车！……不对，应该有车库！”安期忙着要去找车，却被尼禄拦下。

“晚了。他一定是为了抢车钥匙杀了管家。”

“为什么呀？！”安期简直要崩溃了，“这根本说不通！我们是来帮他找凶手的！他却把我们甩开了！”

安期的话倒给了尼禄启发。

“他知道谁是凶手，他不想我们找到他。”尼禄喃喃，“他在保护凶手！”

3　那些我没有说出口的话

龙浮驱车赶回法医厅的时候，法医已经不在了。

透过玻璃窗，他看到白子非坐在尸检台上，默默凝视着他。宽大的白色遮布下，Y字形尸检缝合线正在飞速地愈合。戴着耶梦加德之戒的手上，捏着一只千纸鹤。

他长大了，有十年了吧，眉目依稀是当年的模样，不过看上去不再像个童话中的王子。

他应该经历了很多事，遇见了很多人。

龙浮和他对视了几秒钟，然后抬步，走上了法医厅的楼梯，推开了尸检室的门。

门缓缓开启，里面却不是冰冷的尸检台。费舍庄园的书房中，白子非躲在阳光照不见的角落里，抱着自己的膝盖哭泣。

他有一部分损坏了，永远都修不好了。

他虽然胆小怯懦，却天性乐观开朗。因为在那天晚上，他第一次知道这个世界很大，庄园外还生活着很多人，他们不是炼金术士，住很小的房子，吃吞拿鱼套餐，用微波炉加热，看电视机里的新闻。他们善良又正直，愿意接纳不明来路的他。

就像龙浮那样。

他不想让龙浮知道他生活在炼金世界里，炼金术对他来说太遥远了，更何况于炼金术士来说，他都是个怪物。

他用力制造着“我是一个普通人家的大少爷”这样的假象，希望可以用这种体面的方式告诉他：我们不是一类人。然后让他离开这个危险的地方。

但是他失败了。

他所有不堪的秘密都被龙浮发现了，他是一个囚徒，被关押在锦衣玉食的监牢里。所有的伤痛在他身上留不下半点痕迹，和所有人都不一样，也为所有人所嫉恨。

此时此刻，龙浮正在门外凝视着他。

他再也不会越过那扇门，走到他身边了。

“可以把他赶走么。”白子非温顺地对克劳狄乌斯先生说道。他现在总是用这种口吻与他说话，克劳狄乌斯先生很满意。

“你还惦记着那个小鬼？怎么，他有什么地方让你不满意么？”

“我已经不需要他了。”白子非低下了头。

“说得也是。把他放在身边非常危险。毕竟因为你的缘故，他失去了自由，听觉，以及声音。人类是容易记仇的生物，我总是担心他会对你进行报复。”克劳狄乌斯先生表现得非常担忧。

“报复……”白子非重复着这两个字，平静如死水的眼睛里起了汹涌的波澜。

对啊，他理应是恨我的。

然而他很快又变成了那个听话的小少爷：“那就尽早让他离开吧。离开之前用治愈术将他恢复到原来的状态，可以么？”

“这要看他的表现。”克劳狄乌斯笑得高妙。

白子非点点头，起身离去：“我要去学钢琴了。”

“记得留门，接下来我有贵客要见。”

白子非来到走廊上的时候，正巧碰上迎面走来的龙浮。龙浮撞见他的目光，别扭地挪开了目光。

虽然千万遍告诉自己，不要为人类短暂的感情再伤心了，但鬼使神差的，白子非还是将口袋里的千纸鹤遗落在他身后。

他回到自己的卧室里，溜上了大床，叠好另一只千纸鹤，将它放在面前。

不一会儿，千纸鹤开始说话了。这是他背着克劳狄乌斯先生偷偷学会的传印书，技艺尚不成熟，因此书房里的话传得断断续续：“是时候测试彻底的死亡将带来的影响。总是不痛不痒地在他身上制造伤痕，是无谓的……要找一个他亲近的人去做这件事，我想你知道我指的是谁……唔，可以考虑修复听觉和喉咙，这是一桩好买卖，没有人会拒绝……”

龙浮走到白子非面前。

“你从什么时候知道是我？”白子非玩弄着手上的千纸鹤。

“如果说怀疑的话，大概是从第四次死亡开始，那只八音盒带来的幻术。里面有一个场景，是你和克劳狄乌斯先生在书房里坐着说话。那个场景里，是没有我的，我就想，一个我不曾参与的事件，我怎么会留下记忆？然后我就发觉这记忆也许是你的。那些记忆里，有你没有说出口的话。”

“有一些的确是我分享的记忆。”白子非浅淡地笑着，“但更多时候我只做了引导。”

“我的确想起了很多。我把你彻彻底底忘了，而我甚至不清楚这一切是怎么发生的。”龙浮插着裤袋，挨在他身近坐下，笑得像是做错了事的大男孩。

“不清楚么？”白子非笑起来，握住了他的手，“那看看我们的最后吧。”

在他们双手交握的一刹那，整个尸检室变成了一片火海。费舍庄园的卧室在燃烧，暴雨和疾风拍打着窗框，雷声震耳欲聋。所有人都在尖叫，没有人顾及得到这个小小的角落，只有龙浮静静地陪伴在白子非身边，凝视着他逐渐失去光芒的眼睛。

有那么一瞬间，龙浮突然意识过来自己在做什么。他低头望去，发现手里有一把刀，刀插在白子非的心尖上。

然后他觉察到了疼痛。

疼痛从心尖上开始扩散，洇湿了他的衬衫。

那一点心血让烈火与惊雷褪色了，他眨了眨眼睛，望见了雪白的停尸房，窗外的阳光，跌落在脚下的千纸鹤，眼前白子非那淡色的瞳孔，近到可以看见他脸上犹带稚气的绒毛。

血液在迅速地离开身体，他觉得冷，便靠在了白子非的身上。

白子非松开了手上的刀，莫名其妙地看着他：“你不怕我么？”

龙浮懒散地笑起来。

他的笑让白子非不安，他仿佛要说服自己似的，说与他听：“我来找一个人，顺便报仇。”

“哦，是么？”龙浮的话发飘，他的力气在迅速地流失。

“你当年杀了我以后，我并没有死。我一死，时间就会重置，这是我第一次意识到我有让时间循环的力量。我回到了逃出费舍庄园的那个雨夜，但是，我没有再向你求救，我与你擦肩而过，直到今天。”白子非凝视着他的脸，“这仿佛是两辈子的事情，这辈子我们是陌生人。”

“怪不得我不记得你了。我安安心心上完了学，变成了人民警察。”龙浮话中似有得意。

“但是我恨你。我什么都还记得，你却什么都忘记了，凭什么？你上辈子对我做了这样残忍的事……你是我唯一的朋友，你却当我是个怪物，你甚至听从克劳狄乌斯的话，提着刀来杀我！”

白子非神色狰狞地控诉着，眼泪却噼里啪啦往下掉，与第一次见面时一样，不服输的倔强。

龙浮抬手抹去了他的眼泪：“我没有听从他的话。那时候，我只是突然之间明白了你为什么绝望。我想你需要一个解脱。”

白子非一愣：“什么？”

“死亡。”龙浮倚在他怀里，“见识了他们的手段，我明白了你为什么不再想要逃跑。他们不是普通的人类，我也没有强大到可以护你周全。呆在那里，你比死了还难受。与其让你不断地受折磨，不如亲手杀了你来得痛快。”

“你在说谎……这不是真的。”白子非整个人开始发抖，“你一定是在说谎……”

龙浮把手贴上他的脸：“那来看看我的记忆吧。”

白子非犹豫了片刻，闭上眼睛埋进他的手心里。

尸检室再次变成了一片火海。费舍庄园的卧室在燃烧，暴雨和疾风拍打着窗框，雷声震耳欲聋。所有人都在尖叫，没有人顾及得到这个小小的角落，只有龙浮静静地陪伴在自己身边，而自己的心上，插着一把刀。

然后，龙浮拔出了刀，刺向了自己的心口。

有脚步声从走廊处传来。

白子非呆怔地抱着怀里越来越冷的龙浮，听他叙说着：“对不起。我看到你受伤害，却什么都做不了，只能选择这样的方式结束一切……”

说到最后，他的声音和着上涌的血液，含混不清。

门被推开了。

“你找我，白子非。”全身上下着黑衣的男人摘下了手套，抬起了那双比夜色更幽深的黑色眼睛。

“带走我，放过他吧！”白子非死死抱着怀中人，畏惧地面对着一直以来渴求着的男人。

“他死了。”年轻男人一抚手背，一枚纯黑的权戒显形，“死者属于我。”

“安迟！”白子非跌倒在地，几乎是爬到了他的面前，是极为谦卑的姿势，“放过他！他不是该死的人，我才是该死的人！给我一个痛快！”

“你一开始并不是这样想的。你只是想杀他，一遍又一遍，一遍又一遍，泄愤的同时，用他不正常的死亡来召唤我。”年轻男人怜悯地望着他，“所以他是我的祭品了，白子非。而你，耶梦加德之戒持有者，永恒之王，你还会继续活下去。我不会触碰你，直到你找到活下去的意义。”

Chapter 8

Deathmatch · part2

死亡竞赛（下）

1　无法逃离的游乐园

安期和尼禄气喘吁吁地赶往法医厅。

“快跟上，小子。”

安期扶着膝盖：“我实在是跑、跑不动了……”

费舍庄园位置偏僻，他们又没有代步工具，一路跑下山偷了辆自行车，还被主人家追了半座城。安期觉得，他现在直接倒在尸检台上，就能被当成尸体。

尼禄回身支撑起他：“整个世界正在消失。”

安期闻言，抬头望向天空，天空的边界变得模糊，像是被雨淋湿的水墨画。周围的一切都在淡出，行人，车马，连声音都在降调。安期知道这意味着什么。他们在龙警官的记忆里，而龙警官的记忆已经走到了尽头。

“他……他真的要死了啊？”

尼禄停下了脚步，脸色凝重地望向尸检室。隔着透明玻璃窗，他看见了意想不到的人。

安期循着他的目光望去：“是他们？”

此时此刻，躺在尸检台上的人是龙警官。而在龙警官身边的人，是零和穆先生。他们俩正检查着他的尸体。

尼禄切了一声：“原来是大图书馆搞的鬼。”

地面开始大面积坍塌，由远及近。法医厅外的街道、楼宇分崩离析，崩裂成悬浮在虚空中的碎片，他们的脚下成了唯一存在的实境，然而也已晃动不止。零和穆先生虚浅的身影步出法医厅，与他们擦肩而过，完全没有感觉到他们的存在。安期与尼禄只能看到他们的嘴巴在动，却听不见他们说些什么。

“该回去了，既然已经知道谁是凶手。”尼禄道。

下一秒，安期发现自己站在尸检台边。外头天气晦暗，衬得头顶的白炽灯阴森恐怖。

刚刚进行过记忆穿越，他感到头痛。他花了一点时间来整理已然发生的事：他和尼禄发现龙警官意外死亡，认为有可能与王权者有关，因此进入龙警官的记忆找寻凶手，谁知他死了一次又一次，最终，这一切都与大图书馆有密不可分的关联。

然而……

“龙警官的尸体到哪里去了？”安期听到身边的尼禄喃喃自语。

他们现在面对着的，是一床干净整洁的尸检台，钢青铁冷的支架散发着死亡的光泽，但是其上空无一物。

“我们是在这里找到龙警官，然后进入了他的记忆。我们出来应该还是同一个地点，而且不会过了很久，因为人类的思维很快……”说到这里，尼禄突然闭嘴了。

“怎么了？”安期询问道。

“钟停了。”尼禄盯着墙上的钟道。

那是十点一刻，时间并没有再往下走的意图。

尼禄抬手，他的表也是一样的情况，包括安期的手机。

“可恶！”尼禄低骂了一声，朝外跑去。

安期追到庭院里的时候，就感觉情况不太对劲。天空不知何时下起了大雪，然而分明还未到下雪的季节。没有一丝风，安期伸手接住了直直飘落的雪花，雪花尤有温度，暖烘烘的，不像是自然的结晶。

尼禄走得更远一些。他跑到了法医厅外的街道，那里被茫茫的白雪覆盖，没有人，也没有一点声音。街道两旁的建筑物歪斜，似乎被废弃了几十个世纪，黑洞洞的窗口中传来诡异的神秘感。

而在街道的尽头，有一座游乐园。

游乐园拥有红白相间的帐篷，和红白相间的迎宾小丑。红色与白色的电气灯闪烁在招牌上，点亮了“死亡竞赛”四个字。干冷的空气中飘荡着孩童喜悦的歌声。

“诡异。”安期情不自禁贴近尼禄，打了个哆嗦，尼禄牵起他转身就走。

“这是怎么回事？”

“不论怎么回事，都得离开这里。”尼禄的口气一如既往地暴躁，但是安期可以听出他的声音发飘，不那么笃定了。

他们走出不远，很快，尼禄就停住了脚步。

安期定睛一看，前方是游乐园。

“我们刚才明明是……”安期说到一半就住嘴了，他相信尼禄知道他的意思。

他们明明是在逃离游乐园，走在相反的方向上。但是事情看起来好像不是这样。游乐园不知什么时候跑到他们前面去了。

两人一同回望走来的方向，还是那条被白雪覆盖的街，废弃的建筑物，唯一亮着灯的是法医厅，透过窗口还能望见尸检台上的一具具尸体。

尼禄突然发力狂奔，安期毫无准备地被拉向黑暗之中。他们俩重复了刚进入龙警官的记忆时所做的事——躲在墙角，伺机观察。只是这一次，安期能够感觉到背后的尼禄呼吸沉重。

“你有什么头绪么？”安期悄声问，“你觉得我们依旧在龙警官的记忆里，还是已经回到现实世界中了？”

“都不是，应该是结界。”尼禄猜测，“某些非常强大的炼金术士，可以制造脱离现实的时空领域。”

安期感到恐惧：“他想做什么？”

“欢迎来到小丑的死亡竞赛！”耳边突然响起刺耳的机械声，孩童天真无邪的歌曲无限放大了。

安期和尼禄吓得跌坐在地，怔怔地抬起头，迎上了小丑呆滞的目光。

那是一个真人大小的人偶，穿着马戏团小丑惯有的肥大彩色裤，红色尖头靴，拥有亮到反光的皮肤，下巴上镶嵌着一道机关。说话的时候，机关牵动嘴唇一开一阖。

“你们将会在这里杀死每一个人，直到留下最后一个活着出去！”小丑诚挚地发出邀请。

“谁要参加这种竞赛啊！”安期和尼禄异口同声道。

“请跟我来！”小丑转身，咕噜咕噜往前走去。他的脚下有一个底盘。

而两人发现，不知什么时候，他们已经来到了游乐园的大门前。那个可以避身的角落早已消失得无影无踪，身后是漆黑一片的街道，闪烁的电气灯在两人脸上留下了红红白白的光影。

“看来是逃不过去了，可恶。”尼禄咬牙切齿。

“难道要进去么？”安期下意识地抚了抚自己的权戒。

“迟早的事。”尼禄起身，拉起了腿软的安期，“也许进去之后会有转机。设置这个竞赛的炼金术士一定是个变态，他很欣赏这样的游戏吧？那么他会在附近全程观赏，如果可以找到他，就有可能活着出去。”

“活着……”

从尼禄嘴里听到这两个字，让安期头一次有了真切的危机感。印象中，尼禄神挡杀神佛当杀佛，总有办法解决任何事端，然而这一次，连他都说出了生死。

尼禄凝出匕首，朝前走去。

“喂。”安期别扭地叫住尼禄。

尼禄回过头来，一挑眉：“怎么，害怕？”

安期摇摇头，到这紧要关头，他倒是没有去想接下来将要遇到的危险。很奇怪的，他想的事说起来有点鸡毛蒜皮：“你为什么要跟我哥哥过不去？为什么每次我一提到他，你就大发雷霆？”

尼禄：“哈，我有么？”

“你有。你不说我永远都不会知道缘由，你告诉我也许我能让你不那么生气。”

“今天的认错态度倒是非常端正。”尼禄抱臂，手指因为愉悦在小臂上轮流弹动。

被他这样奚落，安期未免有些尴尬，重心从左脚挪到右脚，又从右脚挪到左脚。他错开尼禄的视线，望向远处亮着灯的法医厅：“龙警官说他和他的朋友有些误会，但是他的朋友死了，来不及说清。”

大概是被这种悲伤所感染，所以气消了一大半，愿意迁就尼禄这个混蛋。

可是尼禄却不领情。

他瞪大了眼睛：“你是在咒我死么，混蛋？”

“也有可能是我死了，”安期泄气，“你到底说不说？”

“有我在你才不会死。”尼禄飞快道，还跟了句意大利语，大概是脏话。

尼禄的内心并没有像表现出来的那般满不在乎。安期会从这个世界上消失……光是想到这种可能，都让他不寒而栗。

一开始只是觉得，这家伙是个愚蠢的蟊贼，窃取了属于他的荣耀。然而随着相处的加深，尼禄渐渐发现，安期对他来说越来越不是“蟊贼”两个字可以概括的了。他闭上眼睛都能看到安期坐在身边，努力地试图解开黑板上那些无聊的数学题，阳光跳动在他栗色的发间，让脸侧稚气的绒毛都像是在发光。

那是无法用任何言语概括的、鲜活的生命，无法夺走，也不想失去。

“他回来我就没有地方住了。”尼禄听到自己含糊的声音。

安期讶异地抬起头来：“啊？”

尼禄对于不小心说出心里话全然没有防备，可是说出去的话泼出去的水，再收回已经来不及了，只能涨红了脸继续说下去：“我说！如果你哥哥回来，就没有地方可以给我住了！他会把我赶走，然后你这个蠢货还会很高兴地围着他转悠！”

“所以你就因为房子的事情，一直挑拨离间我和我哥么！天呐！”安期简直要被他气笑了。

然而尼禄觉得这事非常严重，用那双湛蓝的眼睛死死盯着他，眼神中还有些他自己没有觉察到的委屈。

“你可以睡沙发呀。”安期揶揄道。

“滚。”愤慨的尼禄大踏步地走向死亡竞赛。

“等等我！不要急着找死！”

“古人云，‘置之死地而后生’，你不知道么？也许只有赢得死亡竞赛才能回到现实，找到大图书馆的人。他们不会无缘无故杀龙警官，一定是与那枚耶梦加德之戒有关系。”

说到这里，尼禄停下脚步，回头扬起嘴角：“说不定还会有你哥哥的下落哦。”

安期一愣，似被他感染一般，嘴角不受控制地上扬：“嗯！”

2 献祭的羔羊

所有项目均在启动中，旋转木马，海盗船，抓娃娃机，金币大转盘。机械提示声、欢呼声和着喜庆的儿童音乐，交织出一片轻松的氛围——如果不是在下着雪的深夜里，周围又空无一人的话。

在紧张的前十分钟过去以后，什么都没有发生，尼禄踩着新雪询问安期：“这里似乎就我们俩人——你要去坐个旋转木马么？”

“别在这种时候开玩笑。”

“不要么？我以为你会很喜欢那种东西——要不要我给你套个洋娃娃？打气球赢奖品也行，我准头很好。”尼禄坏坏地笑起来。

“我又不是女孩子。”安期给他一个白眼。

“不是么？”尼禄笑得更开心了。

下一秒，他们就笑不出来了，双双举起双手，因为两支黑洞洞的枪口对准了他们。

零和穆先生从旋转木马的阴影里踱出来。零依旧是那副不苟言笑的模样，穆先生微微歪了下脑袋，作为行礼。他的高帽子和游乐园倒是相得益彰。

“你们怎么在这里？”安期疑惑道。

他和尼禄在法医厅里亲眼见证他们杀死了龙警官，然后就步入了诡异的游乐园结界。在他的心目中，大图书馆管理员即使不是罪魁祸首，也是终极Boss之一，倒是没想到这么快就能再见。

“也许他们想坐旋转木马。”尼禄对安期耳语。

“停止你愚蠢的玩笑！根本不好笑！”安期忍不住呵斥他。

尼禄只好闭嘴。

“这句话该问你们才对。”零冷冷道。

尼禄抬杠：“你们先说。”

零打开了保险，把手指按在了扳机上。

安期连忙解释：“别开枪！我们追查龙警官的死亡原因，从法医厅出来就来到了这里！”

零和穆先生对视一眼。

穆先生莞尔：“我们也一样。”

安期蹙起了眉头：“一样是什么意思？”

这个时候，广播里突然响起欢快的乐声，乐声持续了半分钟以后，小丑开始说话：“亲爱的小朋友们，大家好，欢迎你们参加死亡竞赛。现在进入第一回合——献祭的羔羊！”

四个人下意识地聚焦头顶的喇叭。如果没有弄错的话，“亲爱的小朋友们”大概就是在指他们。幕后黑手通过广播下达命令，推动死亡竞赛。

气氛变得紧张，四个人面面相觑着，等待着广播中的指令。

而接下来，小丑的话让人摸不到头脑——

“零的一生充满坎坷。因为高中时的一次入室行凶，他失去了他的父母。他发誓要为父母报仇，然而杀人凶手不是普通人，而是一个炼金术士，要终结凶手的性命显然超出了他的能力范围之内。因此，他加入了大图书馆。”

“他怎么什么都知道？”尼禄连声啧啧。

零面色发青。

穆先生向他投以担心的目光。零的身世，除了他与大图书馆寥寥几个高层管理员之外，根本无人知晓。幕后黑手是谁？为什么要在这个时候揭开他的伤疤？有什么企图？

零感觉到穆先生的担忧，重重地阖了一下眼睛，强压下怒火。暂且听听小丑接下来的话吧。

“零所不知道的是，他加入大图书馆，心心念念与炼金术士对抗，都是徒劳的。因为他的仇人，已经死了。就算他将一生奉献给与炼金术士的战斗，也无法体验到亲手手刃仇人的快感。他所做的一切，都毫无意义。”

“什么？”零的瞳孔紧缩。

“说得对，没有意义。”尼禄点头表示赞许，“大图书馆与我们炼金术士的对抗原本就没有任何意义。为什么不允许少数人类追求卓越？”

“但是，仇人的儿子，此刻正站在他的面前。”小丑语调突然拔高，音乐也到了高潮。

四人脸色突变。

零原本颤抖的手再一次牢牢握住了枪管。他后退两步，枪口在尼禄、安期以及穆先生之间不住摇摆。

“我都不知道我爸爸是谁……”安期一头雾水。若是自己从未谋面的父亲杀了零的父母，自己因此要被杀死，那他也太无辜了吧。

穆先生没有说话，他看起来像是在沉思。他与零的眼光对视了一秒钟，然后便错开，投向了尼禄。零的枪口随即对准了尼禄，胸口因为激动而起伏。这一下连安期都忍不住看着尼禄，尼禄沉下了脸色。

“没错，猜的没错！尼禄·克劳狄乌斯！海王世家的继承者，上一任波塞冬的子嗣！波塞冬，海之王者，他的愤怒摧毁一个普通人的家庭，就如同风暴和海啸摧毁一艘小船那般轻易！”

“砰！”

小丑话音未落，子弹已然离膛！

然而高速的子弹一头撞上一道水幕。

纤薄的水幕被撕扯到极致，几乎可以看到那枚子弹的形状和颜色，但是子弹的速度依旧还是被消减了。水幕像是有灵之物，迅速追上子弹，包缠、折叠，最后形成一枚水球，静静地悬浮在尼禄的面前。

尼禄抬手托起水球，面露轻蔑：“凭一把未曾附魔的枪，就想杀我么？”

下一秒，零早已抽刀砍来。

尼禄抱臂，身边凝出无数匕首。他除了闪躲再无动作，可是那些匕首继承了他的武技，零就像是在与无数持刀的手比拼。

安期早已被推到一边。此时见两人刀刀搏命，不由得心急如焚：“有话好好说！”

“这种事情，大概是不能好好说的。杀父之仇，从古至今都是以牙还牙，以眼还眼，血债血偿。”穆先生不知何时站在了他的身边，定定地凝视着高处的喇叭，“这个幕后黑手，知道一些不得了的事情呢。”

“他想让我们自相残杀！我们不能顺遂他的意！”安期攀住了他的手臂，“求求你想想办法。”

穆先生无动于衷：“他甚至不需要做任何事情，只要告诉我们真相就可以了……献祭的羔羊，到底是指谁呢？”

穆先生思考了片刻，自言自语道：“那么，试试吧。”

他从容自若地抽出匕首，抵上了安期的脖子。安期没防备他这一手，一时间两人静默着，摆出了挟持的姿势。

正在激战中的尼禄眼风一扫，大惊失色：“安期！”

密不透风的防备随即被零寻到破绽，全身心的愤怒与对解脱的渴望灌注在那一刀上，对着尼禄的脖颈劈空斩下！

“不——”安期尖叫。

血淋淋漓漓坠于雪上。

先是三五滴，然后是一瓢泼。

带着瑰丽颜色的冰凌透体而出，朝向四面八方，仿佛一朵盛开在零身体中的花朵。

那是海王的力量，透过目视这个动作，将水瞬间凝结成冰的能力。

只不过，这水是零身体中的血液罢了。

零的躯体被自己凝结成冰刀的血液所割裂，骨骼、内脏，错位的四肢。血液凝结成冰完全刺穿了他的躯壳，他不得不拄着长刀跪下来，跪在仇人的儿子面前。

“多谢。”头顶，尼禄朝安期轻松笑道。

零吃力地呼吸着，用最后的力气望向目瞪口呆的安期。

安期错愕地望着他，就像第一次见面的时候那样，垂怜着一个可怜之人。

“你终究还是会杀我的……”

安期听见零这样说。

然后零睁着眼睛望着他的方向，不动了。

“快，再快一点，不然就会被抓住的，被抓住以后就……”白子非这样想着，按照记忆中的路线，拨开眼前的障碍物，在小巷子里夺命狂奔。

这不是他第一次逃走了，但是他知道这是他唯一一次机会，成功几率还不大。

这件事情对他来说非常难以理解，他记忆中的自己，是被杀死在费舍庄园中了。但是他没有死，看起来他回到了过去，逃离庄园的那个晚上。如果没有搞错的话，他马上就快要遇见龙浮了。

脚下猛地一滑。

他整个人扑进脏乎乎的垃圾桶中，腾起一波苍蝇。

臭味轰地冲入了鼻腔，冷雨打湿了他单薄的衬衫，肮脏的垃圾玷污了他的身体，苍蝇流连着他身上污浊的伤痕。还好他已经经历过一次了，而且他发誓过不再哭泣。

眼前走过一个穿着制服的高中生，单肩背着书包，打着一把大伞，是再熟悉不过的侧脸。

“龙浮……”白子非几乎是条件反射般地叫出了他的名字，伸出了手。

他太想念那双温暖的手了。

还有他总是镇定自若的眼神。

以及他满不在乎又能奇迹般地安抚自己的话语……

想握住他的手，想与他对视，想听他说话。

有那么一瞬间，他们的手相距不到五厘米。白子非甚至能隔着冰冷的空气感觉到龙浮手上散发的暖意。

但是一想到这将会导致的后果，他又强忍住了，攥住拳头缩回了手。

被追捕，被幽囚，失去了声音与听力的龙浮，刺在自己胸口的刀。

一想到所有的温暖终将被仇恨冻结，冷漠，大片大片的冷漠覆盖了白子非那双颜色浅淡的眼睛。

龙浮走过巷子，停下了脚步回望：“刚才好像有人在叫我？”

可是清冷的街道上什么人都没有。

“大概是哪里的猫儿吧。”他耸了耸肩，走进了便利店。家里存货不多，他要好好补充一些。

他不知道，他背后的所有寂静，都是白子非选择的错过。

白子非不知道往哪儿去。上一世——如果可以这么说的话——他是在白子非的公寓里度过他那自由的四个小时的。那是他一生之中为数不多可以称得上幸福的回忆。然而现在，连这一点点短暂的幸福都被剥夺了。

等白子非回过神来，他发现他奔跑在楼道上。

没有办法，身体好像本能地记住了这条路径。庄园和城堡外的一切，对于他来说都是陌生的，他缺乏常识，后有追兵，只能循着上一世走过的路奔逃，就像第一次迁徙的小鹿，生来就知道哪里是安全的。

楼梯拐角，有人勾着垃圾袋下楼。

白子非吓了一跳，脑海深处响起龙浮的声音："不用担心，这是我同学，零。你不会觉得一个穿睡衣、趿拉拖鞋、下楼去扔垃圾的人对你有什么威胁吧？"

"零……？"白子非轻声道。

"诶？"零注意到黑暗中的逃难者，"你是谁？"

白子非惊慌失措，除了龙浮，他尚没有与普通人接触的经验，像是兔子一般撒开双腿逃走了。

零耸耸肩，觉得有些奇怪。不过他没有把这个陌生人放在心上。他看上去只是个人畜无害的小少爷罢了。

白子非跑到了六楼，那是他上一世走到的离庄园最远的地方，也是他认知的极限了。

朝走廊左边望去，他可以清清楚楚看到龙浮家的门牌号。

"还是……来到了这里么？"白子非轻轻抚摸了618三个数字。

墨绿色的防盗门，漆金的数字房号，主人还没有归来。公寓里阒静无声，不准备迎接任何人。

可是他就快要回来了啊……

白子非确定只要他愿意，他就可以得到进入房间的准许，就像他可以从过去的龙浮那里索取到任何东西一样。但是，那却会是一个彻彻底底的悲剧。

不，自己本身就是一个悲剧，而龙浮是无辜的。

放过他吧……

放过他吧……

白子非在618公寓门前站了一小会儿。

他没有出声，从背后看起来只是略微打颤。只有他自己知道，他咬得有多重才能避免自己哭得失去理智。

“你是谁？”身后突然传来白子非最不想听见的声音，“你很冷么？”

白子非慌忙放开咬着的手腕：“不……617室，是这里么？”

“你哭了？”龙浮的视线落在他流血的手上。

白子非没有说话，他很久都没有说话。后来他近乎哀求地望着他，沙哑地张口：“617室，在哪里？”

龙浮对这少年有强烈的熟悉感，就好像他在什么地方曾经见过他。只是现在他唯一能做的也就是把零的家指给他了：“就在那里，楼梯口的右边。”

“谢谢。”

白子非与龙浮擦肩而过。

龙浮握住了他的臂弯，他手里的少年剧烈地打了个寒颤。

“别误会，我只是……”龙浮把便利袋里的纸巾递给他。

白子非挣脱了他的手：“求你了……”

然后他走进617室的温暖光芒中，消失不见。

龙浮愣在原地，少年拒绝了自己的所有好意，但他从他眼里读到的却不是厌恶之类的情绪。

而是愧疚。

“为什么对我愧疚？”龙浮呆呆地想，“我们见过么？”

一辆跑车慕尚轻巧无声地滑过夜色。零多瞄了几眼，欣赏那流畅的线条。不想车窗摇下，有人问他：“喂，小鬼，你见过照片上的这个人么？”

照片上的少年大概十三四岁，有着极浅的发色和瞳色，面容精致如女子。他穿着衬衫和西装短裤，衣领上打着蝴蝶结，表情非常乖戾冷漠。

零想起方才在楼梯上撞见的人，哦了一声：“是他啊。”

“你见过他？”

零指指楼上：“往楼上去了。”

“几楼？”

“不知道。我遇到他是在四楼。”

“谢谢。”

“不客气。”

车窗摇上的瞬间，零望见说话那人附在男人身边说了句什么。男人坐在后座上，看不清脸。不过他们一行人问完话便下车了。零见到了男人的背影。那是一个外国人，穿着体面，拥有一头璀璨如黄金的短发，周身散发出不可违逆的王者之势，让人只是凝望便甘愿俯首称臣。大概是零的眼神太过热烈，男人回头，与零对上了眼。

那是一双阴鸷的蓝色眼睛，像是发怒的大海。

“零，回来了么？快去做作业！”

甫一进门，白子非就听见女性温柔的声音。

“成天就知道让儿子做作业，做作业！作业有那么重要么？！”零的父亲坐在餐桌边，一边翻报纸，一边对妻子的教育方式发起异议。

“已经是高中生了，你以为还是幼儿园么……”

谈话还在继续，白子非却僵在门厅处，不知道该怎么办才好了。

方才他为了避免累及龙浮，随口报了个房间号，结果来到了零的家中。而之所以他家留了门，一定是因为零刚才下楼丢垃圾去了。这不是为自己留的门，他应该赶紧离开才对。

然而当他把手按在门把手上时，他听见外面的走廊里，传来克劳狄乌斯先生不甚标准的中国话。

“你见过照片上的这个人么？”

“他刚刚还在这儿。”

“那么现在呢？”

“去零家中了。”

虽然隔着沉重的防盗门，但白子非还是清晰地辨认出了龙浮的声音。他甚至可以想象龙浮怎样给克劳狄乌斯先生指路：“就是楼梯口对面的617室。”

白子非心中一沉。

外头，响起了熟悉的脚步声，不紧不慢的。

因为他总是能够找到猎物在哪里。

而餐厅中，零的父母还在为素质教育与应试教育的优劣而争论，丝毫感受不到危险的降临。

他没有地方可以逃了。

克劳狄乌斯端坐在餐厅中央的椅子上。

前一秒，这里还是充满欢声笑语的家，下一刻，一切都被风卷残云一般地毁去，连头顶的吊灯都明明灭灭，仿佛是在恐惧男人的力量。

手下搜掠一通，翻箱倒柜，回来报告他：“没有。”

克劳狄乌斯的目光投向两夫妻：“把他交出来，我就放过你们。”

两夫妻跪在地上，被突如其来的厄难惊住，不知如何是好：“您、您在说什么？我们听不懂啊……”

克劳狄乌斯使了个眼色，手下将白子非的照片摆到他们面前：“我的小少爷，躲进你们家中了。”

两夫妻矢口否认：“没有这回事！”

克劳狄乌斯起身，怜悯地走到女人面前：“你是个好母亲，好女人，看得出来。”

又绕到男人身后：“你，虽然没有什么用，但姑且算是个老好人吧。”

他走到窗前站定：“这样的你们，看到一个长相可爱、穿着体面却又满身脏污的小少爷，只消他说几句谎话，你们就愿意满足他的一切要求，毕竟他只不过是被坏人追杀，要做的只是把他藏起来而已。这样的祈求，谁会拒绝呢？就算有坏人，也还有警察啊，你们是不是这样想的？”

“没有……我们没有啊……”女人吓得哭起来，“我们没有见过这个孩子，他也没有来过我家……”

“真的么？”

克劳狄乌斯打了个响指，无名指上的蓝色戒指瞬间大亮。

于是她的丈夫发出一声惨叫。

他的躯体完全被打开了，骨骼、内脏，错位的四肢。血液凝结成冰完全刺穿了他的躯体，带着瑰丽颜色的冰凌透体而出，朝向四面八方，仿佛一朵盛开在身体中的花朵。

“啊——”女人当场就晕了过去。

而男人在地上兀自攀爬了半尺距离，做着徒劳无功的逃离，立马就咽气了。

克劳狄乌斯端起桌上的茶盏一闻：“好茶。”

说完随手泼在女人脸上。

女人被烫醒了。

在短暂的几秒中，她以为自己是做了一场噩梦，但是睁眼所见，依旧是丈夫未冷的躯体，这让她感到绝望。

“现在可以和我认真谈谈这个问题了么？”克劳狄乌斯在她面前蹲下，举起手中的照片，“我的小少爷，在哪里？”

女人起先只是哽咽，但很快就从哽咽变为歇斯底里。她的所有恐惧酿成了愤怒，双手变为利爪朝他脸上抓去：“你杀了我丈夫！你杀了我的丈夫！”

手下赶紧将她按住，克劳狄乌斯起身远离了疯妇：“不错，的确是这样。以及你不说实话，我恐怕还会杀了你。”

“我真的不知道！”女人目眦尽裂。“我们没有说谎！”

克劳狄乌斯垂下眼睑，怜悯地帮她整理了一下乱发，拇指抚摸着她脸侧因为挣扎而刮擦的伤痕。

“也许你们真的没有说谎，”他深情款款道，“我很抱歉。”

然后，他干脆利落地扭断了女人的脖颈。

“会在哪里呢？”克劳狄乌斯走到窗前，俯视着这一片公寓。

“他也许躲到别处去了。”手下这样说道。

“那就把这里的所有房间都搜一遍。”克劳狄乌斯命令。

所有人都鱼贯而出，白子非双手打着颤吊在六楼的窗台上，只觉得一阵沁入骨髓的凉意。

克劳狄乌斯甫一开门，就看到零跌坐在走廊上。

“是你。”他记得这个少年，就是他在楼下为他们指路。而这少年现下看着门里，流露出极为崩溃的表情。

克劳狄乌斯回头看了一眼：“巧了，这是你的家。”

不，这不是我的家。

爸爸被折磨得不成人形，冰凌融化的时候，就像打翻在地的血色甜点。

妈妈的脖子则呈现出诡异的形态，死不瞑目。

这怎么会是我的家……怎么会是……

“你帮我指过路，因此我不杀你。这报酬很公平。晚安，小鬼。”

克劳狄乌斯绕开他，朝下一家走去。

“零，杀你父母的人，是海王权戒的拥有者，这一任的波塞冬，一个强大的炼金术士。”

当零跪在父母身边的时候，身近突然响起了陌生人的声音。他这才意识到这个房间里还有另外一个人。他像是惊弓之鸟，手脚并用地退避三舍，过了良久，才借着昏暗的月光看清陌生人的脸。

“是你！”

他扑上去狠狠揪住白子非的领子：“他们是来抓你的！”

“那你杀我呀。”白子非仰起了脖子，报以冷漠的眼神。

“你怎么敢这样看我……你怎么敢？”零难以置信道。“你害死了我全家啊！”

“你可以杀我，这很容易。我是多么弱小的存在，杀了我，然后告慰父母罪魁祸首已经伏法，你就可以继续毫无心理负担地活下去。这当然比杀克劳狄乌斯简单多了。”

零的手开始颤抖。

几秒钟之后，他说：“克劳狄乌斯！”

他几乎是咬牙切齿地说出那五个字的，唾沫四溅。

“要杀他可不容易。”白子非直视着他的眼睛，“逃出这里，我可以教你。”

零望了眼门外，走廊上守着很多人。

白子非使了个眼色：“爬窗。”

两人花了将近半个小时从六楼爬到一楼，然后偷偷摸摸离开了小区。

“你知道这个地方么？”白子非把手心里摘录的地址给零看。

零点点头，眼神一扫，走到车棚里偷了两辆自行车。

“我不会骑。”白子非坦率道。

零强压下怒火：“那就坐后面！”

在白子非抱住他的腰时，零发话了：“你真的会教我杀那个人的办法？”

“他是个炼金术士，你要杀他，就要成为比他更加强大的炼金术士。”

虽然听不懂，但是零还是点点头。如果一天之前有人跟他说这世上存在炼金术，他保准以为这人是疯了。

“所以我们现在是要去哪里？”

“去找唯一能够给予我庇护的人那里。他会教我们修习炼金术。”

“你确定？”

白子非攥紧了手，无名指上的耶梦加德之戒硌痛了他的手心：“确定。”

在那个破晓，白子非敲开了梦寐以求的那扇门。

小少年揉着眼睛出现在门背后：“谁啊？”

白子非举起了右手：“耶梦加德权戒拥有者，不死的永恒之王。”

小少年醒全了，但是目光游移到零的脸上。

“他是一个可怜的避难者。就在昨天晚上，他的父母都被海王波塞冬杀死了。”白子非说道。

小少年微微张开了嘴，报以怜悯的眼神，老半天才回过神来，对白子非点点头：“好的，请等一下，我去叫爷爷起来。”

“他是谁？这里是什么地方？”零询问白子非。

“如果我没猜错的话，他叫安期，是有可能成为下一代死神的人。而这里是死神哈德斯的地盘，他们家族世代继承死灵权戒，是所有炼金术士恐惧的对象。”

3 背叛之花

“欢迎来到小丑的死亡竞赛！”耳边突然响起刺耳的机械声，孩童天真无邪的歌曲无限放大了。

安期和尼禄迷惘地抬起头，迎上了小丑呆滞的目光。

那是一个真人大小的人偶，穿着马戏团小丑惯有的肥大彩色裤，红色尖头靴，拥有亮到反光的皮肤，下巴镶嵌着一道机关。说话的时候，机关牵动嘴唇一开一阖。

“你们将会在这里杀死每一个人，直到留下最后一个活着出去！”小丑诚挚地发出邀请。

“又重新开始了。”尼禄喃喃自语，翻看自己的右手。

不出所料，手心里是一枚蛇形的纹章。蛇盘绕成了一个完整的圆形，头尾相衔。

他继而又拉起安期的手，安期也被打上了耶梦加德的标记。

“是永恒之王。”尼禄扶额，“龙警官一次又一次的死亡就是因为被他标记，这个独立的时空大概也是他制造的。我们不论走到哪里最终都会步入游乐园，因为空间始终是循环往复的。”

“而现在我们都被他标记了。”安期望着手中的蛇，感受到一丝不祥，“我们都会跟龙警官一样循环死亡么？”

“差不多。但是在龙警官的世界里，只有他拥有着多次经历的记忆。而在这里，一旦有人死亡，我们所有人都会复归原点，所有人都会有上一次循环的记忆。”

说起上一次循环，安期就脱口而出：“你杀了零。”

尼禄推脱：“不不，你杀的。”

“我不是故意的。”安期辩解，“只是当时眼睁睁看他要杀你，我一激动就……”

尼禄笑看着他，并不说话。

“总之我并不想伤害零的。”安期无法对他解释自己的动机，觉得多费口舌的自己非常丢人。

可是尼禄并没有对他进行嘲讽，反而是嗯了一声：“我知道。”

这倒出乎安期的意料之外。他摆出洗耳恭听的姿势：“你知道什么？”

“我知道你软弱无能，但是会不顾一切保护我。所以我也不会让任何人伤害你。”尼禄温柔地直视着安期的眼睛。

“根本不是这个问题！”安期气得捡起雪球砸他，“我是说，你爸爸杀了他全家！你居然还二话不说跟他动刀动枪！甚至还想杀他！你是不是人啊！”

“我爸爸杀过很多人。如果他们每一个来找我报仇的时候，我都引颈受戮，我恐怕早就见不到你了。”尼禄一边往前走，一边毫无波澜地解释。

“话是这样说……”

“而且我爸爸是我爸爸，我是我，不是么？”

安期被他搞懵了：“可是你怎么能一点愧疚之心都没有呢？”

“大概是因为，弱肉强食吧。”尼禄耸了耸肩膀。

“我以为我们早就摆脱丛林时代了！”

“那就……欢迎你回到炼金术士的丛林世界，尊贵的波塞冬殿下。”尼禄迈进游乐园的大门，对安期弯腰行礼。

安期犹豫了一阵，踏入新雪之上。

几乎在安期踏入游乐园的一瞬间，广播里再一次响起了小丑的声音：“亲爱的小朋友们，大家好，欢迎你们回到死亡竞赛。现在进入第二回合——背叛之花！”

“这次倒霉的又是谁？”尼禄倚着金币机，仰视着头顶的喇叭。

“安期是一个郁郁寡欢的人。他出生在继承死灵权戒的家族中，却从来不想杀人。啊哈，他甚至不喜欢炼金术！”

尼禄蹙起了眉头：“你不是普通的炼金术士，而是死神哈德斯的后人？”

安期尴尬：“我不知道！我从来没有听爷爷讲过这回事。”

“他以自己本性高洁为荣，却从来没有想过，别人要为他的道德洁癖承担什么样的风险，付出怎样的代价！而这个自私又懦弱的人，最后把那些人，统统都忘啦！”

小丑的话放到这里就结束了，取而代之的是欢快的儿童音乐。尼禄和安期面面相觑。

最后安期捡起地上的雪团砸向喇叭：“干吗对我进行人身攻击！”

要不是尼禄从背后抱着他，他简直要把喇叭拆了。

“某种意义上，我觉得他说的没错。”尼禄认真道。

“因为我没有放任你们自由地相互残杀，所以我是个坏人？是这个意思么？”

尼禄思考了一阵：“炼金术士有炼金术士的行为准则，千百年来我们就是这样生存下来的，和你在一起太累了，有的时候还要因为你的善心遭遇不测。”

“那你杀了我啊！”安期挣脱不开他的束缚，气喘吁吁地仰视着他，“反正这一回合想来是要杀我。”

“虽然累，不过也很有趣。”尼禄拍掉他头上的雪，“我会保护你的。”

话音刚落，游乐园中央的魔术舞台处便传来一声枪响。

“怎么回事？”安期吓了一跳。

尼禄比了个嘘：“去看看。”

两人走到台前，那里空无一人，红色的帷幕紧紧拢着，只有音响里播放着暖场音乐。

尼禄示意安期待在原地，自己跳上舞台，轻轻拨开帷幕。

然后安期就感到胸口一凉。他低头，发现心脏的位置透出刀尖来。

一双冰凉的手捂住了他的眼睛，零在他耳边低声道：“你终究还是杀我了。”

“我……我不知道你在说什么……”安期断断续续道。

捅进他心脏的刀锋更为狞厉了，安期从疼痛的加剧中感觉到了零的愤怒与怨恨。

“忘记意味着背叛。”

零说完这句话，抽出了自己的刀，转身隐没与黑暗之中。安期失去了他的支撑，扑通一声跌倒在雪中。

“什么都没有……”尼禄自言自语着转身，却被眼前的场面惊呆了。“安期——”

老者上下打量着白子非。白子非迎着他的目光，努力不让自己露怯。眼前这个耄耋老者，就是曾经拥有过死灵权戒的强大术士，如果不是没有办法，他也不愿意与他打交道。

老者蓦然之间握住了他的手，拉近到眼前。

“的确是耶梦加德之戒，没错。”他笑起来，嘴角带着讽意。

“这些年，我一直被克劳狄乌斯监管，他想从我身上得到永恒的秘密。”

“哲人石上的纹章，是凡人无法掌握的炼化阵，那个蠢货。”老者的笑声干瘪又嘶哑，不怀好意，“他总干这种蠢事。”

“现在他正在追杀我，在这个城市里除了您之外没有人能够救我，请庇护我。”

“我为什么要庇护你？你跟我有什么关系？”老者恶狠狠道。

“爷爷……”坐在一边的安期嗫嚅着想要劝阻，他的哥哥递给他一个眼神，安期就又把嘴边的话咽下了。

白子非举起右手：“凭《神圣联盟》条约，一旦王权者向另一个王权者寻求庇护，后者有保护前者安全的义务。”

老者流露出恶作剧般的笑容：“我根本就不是王权者了，小鬼！死灵权戒早就被他们夺走了，夺走了！”

“那如果我能帮你拿回来呢？”白子非仿佛早有准备，坚定而又缓慢地说道。

老者的脸色变了。

过了一小会儿，他才再次恶声恶气地开口：“就凭你？”然而他动摇了，口气不那么严厉，带有更多的疑问。

“死灵权戒被王权议会所封印了。只有集齐当年的八位王者，让他们解开封印，哈德斯才能重见天日——我听说是这样。”白子非缓缓道。

“你准备怎么让他们解开封印？”老者用一双覆满白翳的眼睛凝视着永恒之王。

“我没有任何准备。”白子非坦荡道，“在此之前，我自身难保，哪有闲情去管你家的事。”

老者发出一声轻蔑的呵声，但他显然因为白子非刻薄的话语，而更为欣赏他了。

“不过我和你不一样，我和其他任何人都不一样。我有很多次机会去尝试……无数次。”白子非挑高嘴角，“所以我总会成功的，不是么？”

老者凝视了他很久，终于露出微笑，虽然仍旧狡诈精明，却不再夹枪带棍。

“成交。”

月色高悬的庭院里，浑身是伤的零一个人坐在步阶上，搂着刀。

来到老者家中已有一个月了。期间，克劳狄乌斯没有追来，似乎这个城市的某个角落存在着死神的事实，已被他彻底遗忘。

老者很容易就接受了白子非，因为他们身上有同类的气息，他们都是炼金术士——现在零懂一点炼金术的事了，权戒，哲人石，王权者之类——但老者依旧对自己心存戒心。

或者说得更干脆一点：“零是个废物。”

“他的父母都被克劳狄乌斯杀死了。看看他的眼睛，他可以为我们所用。”白子非尽力留下他。

可老者对此嗤之以鼻：“那又怎样？他依旧是个废物，只不过加上了点愤怒罢了。愤怒的废物到处都有。”

“我也想学炼金术！”当时的自己是这么说的吧？“我想变成比克劳狄乌斯更

强大的炼金术士，杀了他，为我父母报仇！”

老者闷笑：“你以为炼金术是什么？你想学就能学，学了就能天下第一？他是海王波塞冬！你是个什么东西？”

零攥紧了拳头。

他的悲伤、他的愤怒、他的所有情绪，传达到老者那里，都如同遇到了铁板块，被蔑视，被唾弃，被践踏。

因为他是无能的人，所以发生在他身上的一切厄难都微不足道，不值一提。

可恶！胸口仿佛有一股沸水，想要冲开桎梏，将眼前的所有炼金术士统统抹去。

他听见身近的白子非接话道：“我想要系统地学习炼金术，各门各派，以便将来的复仇，也顺便能帮你要回死灵权戒。为此，我需要同伴。”

白子非望向零。

老者沉默了几秒钟：“我的孙子安迟和安期可以做你的同伴。”

“克劳狄乌斯半点炼金术都没有教给我，他们对我来说太难对付了。零却是个普通人，跟我一样没有任何基础。”

老者会意：“你需要一个沙包。”

这就是零现在总是满身是伤的缘由。

他知道自己现在只有这点价值，对白子非也没有什么可抱怨的。只是白子非从来不提这件事，让他分不清这究竟是不是他的好意。白子非太冷漠了，第一次在楼梯上见到他的时候，直觉告诉自己他不是那样的人。但是那个晚上过去以后，白子非性情大变，零能感觉到他跟自己一样，心底里的某一部分永远地坏掉了。白子非不愿意再接近任何人，幸好零也不是很介意，因为他现在也不愿意任何人接近。他们的关系很复杂。白子非间接害死了他的父母，又带他卷入了炼金术的世界，他们曾经共患难，却算不得是朋友。

身后传来脚步声。

零回过头，发现安期将托盘摆在他身后。托盘上是一盏清茶，和樱花草饼。

“这么晚了还不睡么？”安期靠着他坐下，“要不要吃点东西啊？”

这是老者的孙子中年纪较小的那个，白子非说他天赋很高，原本是要继承权戒的，零却看不出来。因为年纪大的那个，现在还在庭院里和白子非修习炼金术，安期却不像他哥哥那么用心。老者经常打骂安期是个废物，似乎从前曾对他抱以厚望，现在已然破罐子破摔了。安期也散漫，打不还手骂不还嘴的，有时候被打疼了，就躲进厨房里哭泣，出来的时候又换上一副笑脸，手里端着各式各样美味精致的吃食。零有时候觉得，在这个家里，他和安期的处境还挺像的。安期之于他的哥哥，就类似于自己之于白子非吧。

“你身上有很多伤，我帮你恢复一下吧？”安期伸手，手心里散发出温暖的微光。

零神思一转：“那你能不能把治疗术教给我？”

安期没有料到他会与自己说话，一愣过后，笑道：“可以啊，当然可以。”

“那其他的呢？”零追问，“你爷爷教白子非很是尽心，我没有他那样的天赋，根本跟不上。”

其实事实还要更糟糕一点，零意识到老爷子并不想自己习得太多炼化阵。对他来说，普通人和炼金术士在血统上有根深蒂固的差距，在身份上则是天差地别的对立。对自己这种普通人透露太多信息，是一种冒险的行为。

但也许可以在安期这里找到突破口。

“没问题。”安期果不其然满口答应。

他的神色始终亲切柔和，只是在望向庭院中修炼的哥哥时，有一瞬间的落寞。

“你最近和零走得很近。”

安迟出现在厨房里的时候，安期很是意外：“没有想到哥哥也会下厨。”

“因为在其他地方根本找不到你吧。”安迟倚在墙边，无奈地说。

安期递上可乐鸡翅：“要吃么？刚出锅的哦。”

安迟把盘子夺下，搁到一边，狠狠打了记他的手：“这不是该去做菜的手。”

“那你宁愿我沾上满手血腥么？”安期反问，“爷爷教我们的杀人之术。”

“我们生来就是炼金术士，我们的家族又如此特殊。敌人不会因为我们唱赞美诗就放下屠刀，我们学杀人之术只是为了保护自己重要之人。”安迟定定地凝视着他，将重要之人四个字咬得相当重。

安期笑道：“我重要的人，就是哥哥你啊。你永远都那么强大，我从来都不担心你会输给谁。”

安迟没有为这句话所蛊惑：“所以即使陪着一个普通人从最基础的炼金术炼起，也不愿意陪我一起制造五级空间结界么？”

“我不行的，”安期低下了头，“五级空间结界，我哪里做得到……”

“你明明做得到！”安迟突然发起怒来，一拳捶在墙上，“你有的是实力！”

安期脸上的笑容消失了。他盯着哥哥起伏的胸膛，眼神失焦，不敢抬头看他的眼睛。

“你只是不愿意再陪我一起走下去了，对么？”头顶传来安迟轻如呓语的话语。

安期没有说话。

安迟蹲下身来，像小时候那样牵住了他的手：“与我相较，我们暂且不提。可白子非很努力，在试炼中，你已经连续输给他三次了，爷爷对你越来越没有耐性。我不想有一天跟我并肩作战的人是白子非，我只想要你，你能为我赢一次么？”

安期犹豫了半晌：“好。”

安迟松了口气，如释重负。

“小期，不要剩我一个人。”

爷爷将家族内的试炼看得很重，总是大张旗鼓。这一次，试炼的地点是游乐园。

正是樱花盛开的季节，安期穿梭在绯色的花雨中，感叹道：“这样的天气，就算是来进行无聊的比试也很愉快呐。”

安迟不轻不重地斥责：“小期。”

“嗨，嗨，我知道了。”安期挽住了他的胳膊，“我不会输的。”

安迟笑，眼神滑到白子非那一边。白子非一如既往地面无表情，而他背后的零却喜形于色。这是零第一次被准许参加家族试炼，他对证明自己的实力跃跃欲试。

大约感觉到自己被注视着，零回望安迟。两人的目光在空中触碰，安迟若无其事地看向前方。他有些搞不清爷爷让零参加的用意。他觉得这并非意味着爷爷对他的肯定，然而更深层次的目的，他不敢想。

零被安迟这样决绝地无视了，心中也没有多少触动。他既对普通人与炼金术士之间的鸿沟有所了解，就对炼金术士都抱有一定程度的戒备与疏离，除了……

他的目光落在安期的背影。

一开始，他的确是抱着利用的目的去接近的，聪明如安期不会不知道。

但他不介意自己实力低微，也不介意自己堂而皇之的另有图谋，他待他甚至有如……

朋友。

是的，朋友。

他的真诚让零意识到，自己在父母死后，是如何得愤世嫉俗，满身尖刺，抗拒其他人的接近，以及……渴望温暖。

所以会被他吸引很理所当然吧，他确实和别的炼金术士不一样。

零甚至感觉得到，正是自己的微弱，吸引了安期的目光。

真是个奇怪的人呐。

他望着安期的背影，忍不住流露出一丝笑意。

到了指定地点，安迟分发给三人一个锦囊。这一次，他是作为裁判来到现场的。

那三个锦囊上标注着地点。

安迟嘱咐："到达指定地点，才能打开。"

零率先离开了。他太急于表现自己，希望头一个完成任务。

安期失笑，零虽然戾气满满，却打从心底里是个老实人。他几乎原地就想拆锦囊，却被哥哥用眼神制止。他只好老老实实走出一百步，走到安迟看不见的地方，悠哉游哉地取出了任务。

一张小纸条飘落在他脚下。

上头写着三个字："杀死零。"

怎么会是这样？

零不是作为猎人踏入试炼的，他是作为……猎物？

是了，爷爷怎么可能让一个普通人加入战场。

如果不是这段时间他对零的单独教导，也许零连做猎物的资格都没有。

安期瞳孔一缩："是我害了他！"

他自以为是的善良和援手害了零。

安期颤抖着摸出了手机。白子非的手机是他用过的旧手机，他联上网络就能定位他的位置。

因此，在白子非一心狙击零的时候，安期突然冲过拐角，拦在了他的面前。

"你的任务，也是杀死零吧。"安期喘着粗气道。

“你要阻止我么？”白子非歪了下脑袋，“呵，也是，毕竟是对手，听说你答应安迟一定要赢我。”

“这不是输赢的问题！”安期厌恶道，“他不是你的朋友么？！为什么为了一次无关紧要的试炼就能对他动手！”

“他不是我的朋友，我白子非只有一个朋友。”白子非说到这里顿了顿，否认了自己的话，“不，一个都没有。”

“冥顽不灵！”安期制造了个结界把他丢了进去。

五级空间结界，他回到现实起码要花一个小时吧。

接下来要做的事就简单了。

“零！”

花了一点时间识破了他的伪装，安期终于来到了零的面前。

零有些失落：“难道第一次试炼就让我躲猫猫么？好吧，现在你找到我了，你赢了。希望下一次可以有点难度。”

安期停下了脚步，喃喃自语：“下一次……”

对啊，这一次可以护他周全，下一次呢？

不，甚至，下一刻钟，事情会变成怎样，都无法可想。

白子非被打败，他却不可能完成任务，没有谁是赢家。

难道就堂而皇之地把零带回去么？

爷爷会怎么想？

那个老头，根本不在乎零的这条命啊！他也许大发雷霆之下就……

“没有什么下一次。”安期抬起了头，眼神凶恶而冷漠，“我是来杀你的。”

这样陌生的安期显然让零感到无所适从，他开始后退：“什么？你在说什么？”

“我的任务，是杀掉你，没听见么？我和白子非的胜利条件，和你不一样的！你被骗了，傻瓜！”

安期纵风，透明的风像是长鞭一般狠狠抽在他身旁。

零这才从惊愕中回神，就地一滚躲开了看不见的鞭影：“住手！”

“什么？”这回轮到安期惊愕了，他失笑，“猎物让猎人住手？我没听错吧。”

“你不是这样的人！”零抽出了刀挡在身前，试图接近他，“安期，你就想过普通人的生活，不想这样打打杀杀，你还记得么？”

“那又怎样？”安期躲开了他的目光，“这些跟今天的任务无关。”

“我们走吧。别管什么任务了。”

安期哈哈大笑起来：“你发什么疯？我为什么要跟你走？你只不过是个无能的普通人，我身体里却流着有史以来最伟大的炼金术士的血液。我怎么可能丢掉我的家人跟你走？”

“你恨你爷爷。”零笃定道。“你恨他弱肉强食的观念，你恨他控制你，他甚至打你。”

“可我答应了我哥哥不丢下他一个人！”安期几乎是吼出这句话的。

零看到他的眼圈变红了。

安期将手放在眼睛上，像是一个委屈的孩子般哭泣：“我已经被白子非打败三次了，我就要……失去与哥哥并肩作战的资格了……”

他兀自哭泣了一会儿，放下了手，面如死灰，却杀气昂扬：“所以，我只能杀你，零。你若是想活，就打败我，然后有多远，滚多远。”

安期回到游乐园的时候，满身是伤：“我找到了零，却让他逃走了……”

“啪！”一个清脆的耳光打断了他的话。

轮椅上的爷爷再也没有看他一眼，被白子非推着离开。

安期麻木地承受着疼痛，没有再追上去。

“小期，你的演技太烂了。你能用五级时空结界困住白子非，却杀不了一个零。”身近，安迟的声音轻轻慢慢。

“是，我杀不了零。”安期痛快地承认了他的小伎俩。

“爷爷说你什么都好，就是学不会杀人。”

“是，我一辈子都学不会。”

安迟轻笑了一声：“那就……没有办法一起走下去了。毕竟我是要成为死神的人。”

“啊，爷爷已经决定了，那很好，恭喜哥哥。”

“也不是什么喜事——身上的伤，都是零做的么？”

安期沉默良久：“是。”

安迟点点头："我和白子非，要去找回死灵权戒，大概很久都不会回来了。临别之前，就再抱一下吧。"

安期淡笑着张开双臂，被安迟拥入怀中。

安迟的大手按住了他的脑袋："零为你带来了这么多悲伤，就不要再记着他了。不喜欢炼金术，也统统都忘记了吧。忘了我即将要去做什么，不过千万记得你有个很疼爱你的哥哥——不论你做了什么，成为了什么样的人，你都是他最重要的人。"

安期依靠在令人安心的怀抱中，毫无防备地，就忘记了那些伤心的事。

天色已晚，火红的夕阳坠落于漫天的樱花之上，连空气都染上了绯色。

那种绝类美人泪的颜色，虽美且哀。

4　被愚弄的王者

"欢迎来到小丑的死亡竞赛！"耳边突然响起刺耳的机械声，孩童天真无邪的歌曲无限放大了。

安期站在原地，目光呆滞。

一双大手拉过他，上上下下检查了一遍他的身体，发现没有明显的伤口才松了口气："还好，还好有耶梦加德的标记……"

到这种时候，尼禄已经完全不在意自己是不是流露出太多情绪。当安期倒在雪地上的那一刹那，他的心脏也差点停止跳动。有一种极其陌生的情绪涌上心头，不是愤怒，而是恐惧。

如果这个世界上没有了安期，会怎样?

他不想去猜测太多，可他知道，就算他能因此得到波塞冬之戒，也没什么好。

"我死后……回忆起了一些事情。"安期支撑着尼禄的手臂道。

"那恐怕是耶梦加德惯用的伎俩。还记得他在龙警官身上使用的幻术么?特殊的地点，特殊的幻术，特殊的死亡。"

"也许吧，我不太清楚。"安期有些头痛地揉了揉太阳穴，"可是应该不是幻术，是真实发生过的事情吧……只是我被施加了遗忘术，所以想不起来。"

"想起来了什么呢?"

安期沉默良久，苦笑了一声，答非所问："也许小丑说的没有错。我其实是个自私又懦弱的人，没有让任何重要的人……幸福过……"

"喂，蠢货，不要突然说这种让我苦恼的话。"

"你？苦恼？为什么？"安期不太理解，抬头望向显然不太高兴的尼禄。

尼禄一本正经地指了指自己："因为我和你在一起，超开心的——我难道不是你重要的人么？"

安期一愣，笑出了声："当然是！"

早已等候在一边的小丑诚挚地发出邀请："你们将会在这里杀死每一个人，直到留下最后一个活着出去！"

尼禄心情大好地一弹小丑的尖帽子："事实显然不是如此，我们不断地在重生。你到底想做什么，永恒之王？"

广播里，小丑的声音嘈杂："亲爱的小朋友们，大家好，欢迎你们参加死亡竞赛。现在进入第三回合——被愚弄的王者！"

"这次应该是我，"尼禄严肃地扫视着众人，眼神傲慢，"王者。"

"尼禄的一生都是个大写的笑话。他毕生致力于继承海王权戒，结果他的父亲意外被杀，导致权戒旁落，他什么都没有得到。他口口声声要从窃贼手里夺回权戒，最后却变成了窃贼的保镖。"

"是么？"尼禄抬眼，"你就这么形容我和安期的关系？"

即使安期还沉浸在惨痛的回忆之中，他也不得不发表意见，觉得这种说法太羞耻了。

"更加可笑的是，他口口声声要找到杀父仇人报仇雪恨，却为杀父仇人卖着命。"

尼禄的脸色变了。

安期慌了。

他们第一时间去确认彼此的眼神，安期朝他摇摇头："他……他说谎。"

"前两次，他说过谎么？"

"没有。"零从雪地里朝他们踱来，按着腰上的刀。"关于我的第一回合，他基本陈述事实。只是他的评价我不赞同。"

两人一同望向安期。

安期张了张嘴，最后挫败道：“关于我的第二回合，也是……事实，他的评价也合情合理。但是我真的没有……”

尼禄对他推出手掌，让他不必多说：“你们每次死去，都会看到与判词相关的记忆，是么？”

安期和零不明白他这样问的缘由，却都点点头。

尼禄走到零面前，张开双臂：“不是很想报仇么？我让你杀一回。”

“尼禄！”安期惊慌失措地想要阻止他的企图。如果尼禄看到的场景，证明克劳狄乌斯先生的死亡与他有关的话……他根本不敢想下去。

尼禄转身对他说：“我比你更想搞清楚事实，安期。”

“那就跪下。”零顶开刀锋。

“别得寸进尺。”

零沉吟片刻，手起刀落。

尼禄缓缓倒下了。

零隔着狂涌的颈血，死死盯着安期，然后舔了一下被血溅到的嘴唇，疯狂又残忍。

巴黎春天酒店，38层会议厅，八名肤色不同、操着各种语言、穿着打扮各异的人围坐在长桌边。他们唯一的共同点，就是手上各有一枚戒指。

“为什么突然召集我们，克劳狄乌斯？”佩戴铁灰色权戒的破坏之王潘多拉开口，“你不会又出了什么岔子吧？”

“他还有什么岔子可以出？”佩戴粉红色权戒的爱与美之神阿芙罗狄忒冷笑，“五年前他让耶梦加德逃出了我们的势力范围！还有什么比那更恐怖？！他可是被称为‘诸神的黄昏’的存在！”

其余诸王纷纷表示赞同。

克劳狄乌斯鼓掌让他们停止争执：“肃静，朋友们。这次不是我召集各位会面的。”

“别卖关子了！”另一位海神戒的持有者安菲特里忒不高兴地起哄，他与克劳狄乌斯是世交，也是世仇。

“通知我们来这里的人，正是诸神的黄昏，耶梦加德之戒持有者，白子非。”

会场爆发出一阵窃窃私语。

“怎么会是他？”

“他还活着？”

“他怎么敢回来？”

“他想做什么？”

七嘴八舌。

这个时候，会议室的门被推开了。

一双白球鞋轻快地踩在厚实的软毯上。

“我想与各位分享关于永生的秘诀。”宽松的迷彩裤随着脚步摇摆。

“你总不会无缘无故交给我们的。”克劳狄乌斯坐在上首，着迷地望着他曾经折磨过的孩子。

“的确。”

克劳狄乌斯看向这双冷漠的浅色眼睛。

“交易条件是你们解开死灵权戒的封印。”白子非勾起唇角，“就像你们当初它那样。”

“谈判怎么样？”安迟百无聊赖地等在会议厅外的走廊上。

“失败了。他们把我当场杀死了。”白子非蹲坐在他脚边，头顶着墙壁。

“然后你就又回到了这里——真是方便。”

这就是他们的计划：无限通关。

这扇门里面，汇聚了全世界等级最高的炼金术士。他们两人要逼得他们解封死灵权戒，难于登天。

还好他们有无限次的机会可以去尝试，因为白子非一旦死亡，时间就会倒流。

这就是他作为永恒之王的能力。

“这一次你想怎么办？”安迟虽然没有循环的记忆，却还是试图理解目前的行为在时序上的位置。

“冲进去扫射。”

“这个想法真酷。你觉得这样能成功么？”

“不能。”白子非拉下了保险，“但那又怎样？我已经重来了548次，我快要疯了，我需要发泄。”

他们是在第1108次成功的。

白子非推门而入："我不想跟你们废话那么多，我想要死灵权戒。海王波塞冬，你如果不答应我，我就杀了你儿子，不要辩驳，你最疼爱的就是尼禄·克劳狄乌斯；破坏之王潘多拉，爱与美之神是爱你的，我帮你们挑明这段长达20年的暗恋，你得帮我解封死灵权戒；安菲特里忒关于第七卷召唤术的保险箱密码是yhtyuj13612，如果你不帮我，我就向全世界公开这串数字；以及如果你们想要杀我的话可需要好好考虑一下，皮革马利翁是个自恋狂，他从虚空之中创造了一个他自己，而现在，他站在我这一边……"

当白子非一口气说完所有人的弱点以后，另一个皮革马利翁出现在他身后，于是全场肃静。

"好了好了，把死灵权戒交出来吧。"白子非口干舌燥道。

"那可是死神！他会杀了我们的！"爱与美之神拍案而起。

"他只会杀我，这是我与他之间的约定。而且当我真正地长眠以后……"白子非伸出手臂，衔尾蛇戒指在灯光下闪烁着诱人的光芒，"就会产生下一位永生之人了。"

在那个晚上，王权者们为了得到永生，释放了死亡。

"你该兑现诺言了。"白子非看着迎面走来的安迟，扬起了唇角。

曾经，白子非想要杀掉在座的所有人，为他们降临在自己头顶的厄难。

而他也的确这么做了，1107次，各种死法。

他的愤怒在一次又一次的杀戮中平复。

他的心脏也因此越来越空虚。

那个约定是真的，白子非除了复仇，没有活下去的动力，更遑论永生。他愿意为安家夺回死灵权戒，是因为他想要拥抱死亡，真正的死亡。

但是刚刚被死灵权戒选中，成为哈德斯的安迟，却选择与他擦身而过。

他用手抚摸了在场的所有人。

诸王陨落。

无人生还。

独独除了永恒之王。

"为什么这样做？"白子非蹙起了眉头，"你杀了他们，却不愿意成全我……”

“我的弟弟，他曾经跟我说，这世上为什么会有炼金术、王权者这样的存在？为什么人与人之间这样的不公平，以至于到处都在肆意地恃强凌弱？”安迟陷入了回忆之中，连眼神都温柔，“安期他不喜欢这样的世界。”

白子非感到战栗。

安迟这个男人，看似温润如玉，温和如水，却有时候让人觉得他在发疯。

“事已至此，他们的死活我根本不在乎，”白子非扭过头去，“只要你完成我们之间的约定，带走我。”

“我不会碰你的。”安迟转身离去，“白子非，你尚有心愿未达成。”

随着巴黎春天酒店38层会议厅大门的阖上，一颗宝蓝色的银质古戒，砸落在少年的身上。

一切开始。

End

“欢迎来到小丑的死亡竞赛！”耳边突然响起刺耳的机械声，孩童天真无邪的歌曲无限放大了。

“不是我，对么？”安期轻声问尼禄。

尼禄摇摇头，将他轻轻纳入怀中，虚弱地靠在他的肩膀上。

安期松了口气，抚摸着他的脊背：“没事了，没事了，我在这里，我不会离开你的……”

下一秒，安期感到心脏传来尖锐的刺痛。

他用力眨了眨眼睛，想要低头去看自己的胸口，可是尼禄抱得太紧，不肯松手。

他听见尼禄带着哭腔的声音：“都是你……都是因为你……”

那匕首就在这哭声中，被送入了他心脏深处。

安期不知道尼禄是何时松开他的，他的意识已然模糊了，整个人跌倒在地。

倾斜的视野里，他望见尼禄摇摇晃晃向着游乐园走去，不知道要去到那里。

他伸出手，试图叫他回来，可是他的声音太微弱了。

“尼、尼禄……”

“他不会再回来了。”头顶突然传来熟悉的温柔声音。

视野里出现了哥哥的脸。

“我是……真的快要死了么……”

快要死了，所以看到了哥哥，哥哥明明不会再回来了。

“是我。”安迟这样说着，避开了安期摸索他脸庞的指尖。

“我已经不能再碰你了。”他低笑着说，“我碰你，你就真的会死。”

他摘下手套，伸手靠近安期的手指，海王权戒在他的威压下，失去了灵物般的莹蓝光泽，轻而易举就从安期手中脱落。

他随意地揣在口袋里，重又戴上手套，轻轻摸了摸安期的额头。

“不要逞强做自己不开心的事，当一个简简单单的小孩。剩下的，就都交给哥哥吧，凡事都有我。”

安期再也支撑不住，眼皮沉沉地阖上。

最后看见的，是哥哥走向死亡竞赛的背影。

图书在版编目（CIP）数据

王戒17 / 西斯廷著. —北京：中国电影出版社，2016.6
ISBN 978-7-106-04476-3

Ⅰ. ①王… Ⅱ. ①西… Ⅲ. ①长篇小说—中国—当代 Ⅳ. ①I247.5

中国版本图书馆CIP数据核字（2016）第126724号

出 版 人　宋　岱
总 策 划　周　政
总 监 制　杨翔森
责任编辑　苗　卉　王雪秋
特约编辑　谢凌英
封面设计　彭意明
版式设计　李映龙
校　　对　谢凌英
责任印刷　庞敬峰

王戒17

西斯廷　著

出版发行　中国电影出版社（北京北三环东路22号）　　邮编　100029
电　　话　64296664（总编室）　64216278（发行部）
　　　　　E-mail：cfpygb@126.com
经　　销　新华书店
印　　刷　湖南凌宇纸品有限公司
版　　次　2016年6月第1版　　2016年6月第1次印刷
开　　本　710mm × 1000mm　　1/16
印　　张　18.5
字　　数　300千字

书　　号　ISBN 978-7-106-04476-3 / I. 1096
定　　价　29.80元